U0724053

献礼阿坝州建州七十周年

传承之路

阿坝州文学艺术界联合会 —— 编

团结出版社

UNITY PRESS

图书在版编目（CIP）数据

传承之路／阿坝州文学艺术界联合会编. -- 北京：
团结出版社，2023.9

ISBN 978-7-5234-0376-1

Ⅰ. ①传… Ⅱ. ①阿… Ⅲ. ①报告文学-作品集-中
国-当代 Ⅳ. ①I25

中国国家版本馆 CIP 数据核字（2023）第 161421 号

出　　版：团结出版社
　　　　　（北京市东城区东皇城根南街 84 号 邮编：100006）
电　　话：（010）65228880　65244790
网　　址：www.tjpress.com
E － mail：65244790@ 163. com
经　　销：全国新华书店
印　　刷：四川科德彩色数码科技有限公司

开　　本：170mm×240mm　1/16
印　　张：24. 75
字　　数：321 千字
版　　次：2023 年 9 月第 1 版
印　　次：2023 年 9 月第 1 次印刷

书　　号：ISBN 978-7-5234-0376-1
定　　价：78. 00 元
　　　　　（版权所属，盗版必究）

《传承之路》
编委会

顾　　问：刘　坪　罗振华

主　　任：杨　星

副 主 任：依当措

执行主编：巴　桑

编　　委：江　萍　琼　措　王庆九　刘小花

　　　　　郎　幸　蓝晓梅　斯达塔　嘉阳乐住

　　　　　李　进　张学凤

目 录 Contents

备注：按传承人姓氏拼音排序

追寻传承路上的每一次感动

——记国家级非遗项目阿尔麦多声部民歌传承人泽英俊家庭

胡海滨　刘顺洪 / 文

　　人世间有许多事，大多因人心浮躁，岁月流逝，无法让人感动。

　　王国维在《人间词话》中，用宋词描写"做学问、成大事"的三重境界："昨夜西风凋碧树，独上高楼，望尽天涯路。""衣带渐宽终不悔，为伊消得人憔悴。""众里寻他千百度，蓦然回首，那人却在灯火阑珊处。"而我却在第一重就败下阵来。

　　曾经那种执着、坚韧和专注，都随着"廉颇老矣"而"宠辱不惊，闲看庭前花开花落；去留无意，漫随天外云卷云舒"。不像杜甫老大人，还有心情"感时花溅泪"尔尔。

　　世事本难料，一次偶然的机会，令我能够追寻传承路上的每次感动……

我感动于能近距离接触阿尔麦多声部民歌，释怀了我的好奇；我感动于泽英俊执着的传承故事，唤醒了我的躺平；我感动于阿尔麦传承之家的传承精神，震撼了我的灵魂。

眼见千山挂新绿　一路追寻思绪远

4月24日，我们一行三人，按照事先与被称为阿尔麦民歌传承之家的家长泽英俊的约定，驾车前往知木林木都村。

从黑水县城出发，沿岷江上游的最大支流黑水河一路东下，至渔巴渡溯，过毛尔盖水库大坝，沿毛尔盖河北上，然后到热里，进入了小黑水河流域。这里的河流都是沿山谷而下切，构成了山高谷深的地貌。道路则是依河傍壁而建，是黑水县通往松潘县的要道，小黑水河在恰如画屏的新绿山林中穿行流淌。要是到了秋天，山上黄的桦树，红的花楸，绿的青松翠柏，相杂相依，形成六十里蔚为壮观的彩林。

一路上，我们"不敢高声语"，害怕惊扰了这片阿尔麦大地的宁静。

遐想中，我一时思绪横飞，如猛河春水欸流。

古代原始先民，在群居中，劳动生活中，连连喜事中……边跳边舞边唱，或者边舞边跳边唱，以此表达一种情谊。

又说："试察今之蛮民，虽状极狰狞，未有衣服宫室文字，而颂神抒情之什，降灵召鬼之人，大抵有焉。"并与今日边远少数民族地区相比较，进一步解释了当时"葛天氏之乐"的歌舞内容和形式。

我不禁想到今年"三八妇女节"庆典现场，由知木林推送的阿尔麦多声部民歌：但见得六七十人穿戴着藏族服饰的男男女女，他们"踏脚而舞，张口而歌"，手里拿着表演用的劳动道具，时而弯腰作低声部，时而起身渐作中声部，时而放敞作高声部。

虽然不知道他们所唱歌词是什么意思，但我也在他们声部的转换中，被声音的盛宴，被典雅的藏装和饰品，带入其乐融融的遐思境界，甚至忘记了午后烈日的灼烫，忘记了抹掉额上的汗水。

之后，我的好奇心大增，总想寻个机会解开阿尔麦多声部民歌的密码。

我对于阿尔麦多声部民歌的认识，源自四川经济日报的《这里是民族宗教》文章。文章中说："阿坝州的多声部民歌也开始进入人们视线，黑水县小黑水流域的阿尔麦多声部民歌重新发现，千年传唱得以再现。2014年，黑水县阿尔麦多声部民歌列入第四批国家级非物质文化遗产代表性项目名录。"

那为什么又要采访泽英俊一家呢？

因为"在小黑水河，甚至在整个黑水河流域，他们是阿尔麦多声部民歌的传承之家"，这是一位名叫罗格扎西的黑水本土舞传承者告诉我的。

∧ 三代传承人

据说，小黑水河流域的阿尔麦多声部民歌有一千多年历史，而泽英俊的父亲泽瓦杨初、女儿德青卓玛都是阿尔麦民歌州级非遗传承人，他和妻子若干初是阿尔麦民歌省级非遗传承人。

毫不夸张地说，几十年来，他们一家三代倾其所能，执着于阿尔麦多声部民歌传承事业。

当我正对今天的采访放空心灵之时，座下的发动机加快了呐喊的分贝，我整个人突然间有种如飞机上升或下降而失重的错觉。从沉思中惊醒，我透过车窗，发现在黑水县城看见的风急云黑消失了，取而代之的是日丽天蓝。山路两旁高高低低的绿，气势高昂，扬长而上。

凭直觉，木都村快要到了，因为每一枚绿叶上，仿佛都颤动着民歌的风声。汽车转过十八道"之"字形的弯，我闻到车身顿挫间所带来的泥土芬芳，并给人以感动的节奏。

一种力量来自传承 一种感动拒绝平庸

下车伊始，脚踏在厚实的水泥地面上，一道双扇铁门应声而开，一座浓色重彩的藏家片石小楼矗立眼前。

一位二十多岁的精干小伙在前，嘴里说着"你好"的汉语，跟在他后面那位不惑之年有余的中年人就是泽英俊，脸上有着黧黑的高原红，那见惯沧桑的双眼，透着一股阅人无数的深邃。

他微眯的眼角传递出一种幽默的笑意，干练沉着。他是这里唱歌的领队，当地人称他为日阿玛格八真（藏语音译词，汉语意思为领头的歌者。），他热情地欢迎，善意地寒暄，说话时喉音如低密的风，极具穿透力。

等同行师傅将车停到院内，我们便在泽英俊的引导下，踏入他家藏楼。爬上木楼梯，便到了二楼。二楼内全是木结构的原生态装饰，与所有藏家一样。因为此行的目的是采访阿尔麦多声部民歌传承之家的家主——泽英俊，所以我关注最多的是与之有关联的人、事、物。

首先映入眼帘的是二楼右侧的木质隔架上，摆放着三十余本摊开的荣誉证书，其中大部分是泽英俊和他妻子所获得的，也有他女儿德青卓玛的。

这些荣誉的取得，足以说明传承之家为传承所付出的努力和心血。

等到应有的待人接客礼节做完，我便和泽英俊这位阿尔麦多声部民歌传承之家的家主聊起了传承之事。

我这才知晓，阿尔麦多声部民歌起源于岷江上游，千百年来被当地藏族百姓传唱。之所以叫多声部，因其形式是男、女声的重唱或合唱，"人多，才能唱起来。男声组合叫朗玛，女声组合叫热玛，同时还有更多人的组合……"

对于音乐，我是音盲，而对于民歌的茫然，特别是阿尔麦多声部民歌，并不影响我对它的好奇。

南京艺术学院研究生丁博在木都村进行"知行合一"的社会调查时，利用他对民歌的了解和研究，曾说过这样的话："阿尔麦多声部……其歌语多用赋、比、兴手法，生动形象传神，其旋律清新畅快，风格粗犷豪放，极具地域特色，演唱时有唱'细'点，有唱'粗'点，有唱'尖'点，有唱'破'点，中间鼓、两头平，高、中、低音多声部相当自然轮流接唱，反映了社会生活和生产劳动各个方面的情感，成了感情发泄之源。"

泽英俊始终以中声部的语调、语速与我交谈，介绍我想知道的阿尔麦多声部民歌特点和传承情况。经他介绍，我算是对此有了一个大概的了解。

如果把他传承路上的经历编撰成一个个感人的故事，那我和他聊三天三夜都聊不完。这里有以时间为节点的几组粗略数据，可聊以慰藉众多也如我一样想追寻传承人内心强大力量秘密的人。

由于特殊历史原因，生活在这里的嘉绒藏族没有能够掌握书面藏文，所以阿尔麦多声部民歌都是口口相传来延续的。

阿尔麦多声部民歌传承人泽英俊的高祖父，将阿尔麦多声部民歌传给泽英俊的祖父，再由他的祖父传给他的父亲泽瓦杨初。泽英俊在六岁时，也就是在1977年就跟随父亲泽瓦杨初，每天早上与一家人到河边练唱。

后来他到黑水县城读书期间，一如既往地坚持练唱，其间还将他的藏族名字"若学"（藏语音译词）改为汉语名字"泽英俊"。

20世纪80年代末90年代初，泽英俊先在矿山打工，后又进入县交通部门上班，很少唱歌了。当木都村的青壮年纷纷离开家乡，到城里闯荡打拼，泽英俊也随大流到若尔盖一个锰矿打工。但接下来的几年，一有空闲，泽英俊就邀约儿时"歌友"回村里"练嗓子"，从没有忘记自己喜爱的民歌。"那时没有柏油路，从县城回村近60公里，得走好几个小时。"泽英俊回忆道。后来他干脆辞了工作，跟三五好友在阿坝州各地进行民间演出。这时的泽英俊和他追寻的阿尔麦多声部民歌，还没有走出阿坝草原。

当他逐渐意识到唱歌的人越来越少时，他弄清了其中的原因：并不是因为大家对阿尔麦多声部民歌不热爱了，而是缺少机会。

于是，2005年开始，他利用各级政府搭建的平台，将自己打工挣来的钱，用来为大家伙购买演出所需的家伙什，为大家的演出无偿出资。正是对阿尔麦民歌的热爱和执着，他将自己十几年辛苦挣来的钱填进了演出活动中，这是后话。

2006年，他率队到成都参加青歌赛，获得了好的名次，这也给他带着民歌走出草原增强了信心。

2007年，阿尔麦多声部民歌被列入四川省级非物质文化遗产名录，给了泽英俊和伙伴们莫大的鼓舞。2008年到北京参加青歌赛，阿尔麦民歌受到专家评委高度赞誉，他的干劲更大了。

2009年，他和伙伴们到茂县参加原生态民歌演员的选拔考试，被羌混班成功录取，给了他带着民歌飞翔的快感。在政府和文化部门的支持协助下，在民歌的收集整理、传唱表演上，大家良性互动、良好合作。经过不懈努力，阿尔麦多声部民歌传唱到了更远的地方。

2010年，阿尔麦多声部民歌参加全国非遗节目录制。2011年，参加五大藏区民歌海选比赛，阿尔麦多声部民歌取得了晋升50强的名次，后到云南参加比赛，跻身前20强。

再后来便一发不可收拾，泽英俊和伙伴们先后到过天津、云南、青海等地参加展演或比赛。在他压抑着感情的诉说中，他说"参加最多的是比赛"，甚至赴台湾参加两岸文化交流。2012年在康巴卫视的全国五大藏区原生态藏歌大赛中，阿尔麦民歌获得特别奖。

2014年，虽然"阿尔麦多声部"被列入第四批国家级非物质文化遗产名录，但因木都村位置偏僻、交通闭塞，这门民间艺术鲜为外界所知。

如何破解困局，让更多的人了解阿尔麦民歌，并由此知晓黑水县知木林木都村这个藏家小寨呢？

2017年，他在木都村成立了有30余名成员的阿尔麦多声部演出合作社，并在政府的搭台下，率领他的团队先后到香港、台湾展演，还进一步走出国门，到达日本和美国。

以歌搭建平台，既传承又同走脱贫路。

2019年，泽英俊一家和他的伙伴们雄心勃勃，与其他阿尔麦多声部传承人一起，联合成立"黑水县阿尔麦多声部保护传承协会"，还组建了"四川纳玛文化有限责任公司"，现在协会已有50多人。"阿尔麦多声部民歌体现出了自身的商业价值，如果将它与产业相结合，在保护传承古老民歌的同时，还能促进当地居民增收。"时任阿坝州黑水县纪委书记覃治如是说。

2020年，13位木都村歌手登上大型文艺晚会《中国梦·黄河情》舞台，演唱《纳什米》："我们今年丰收了，一年无病无灾，我们在坝子上跳起来，唱起来。"阿尔麦多声部民歌走出了四川，也走出了国门。泽英俊夫妇还曾多次到成都对阿尔麦民歌开展现场教学，在有演出任务时，也会通过微信视频、电话等方式进行远程教学。他们所教的学生在美国威廉玛丽学院的孔子学院、克里斯托夫纽波特大学、美国国际艺术节以及威廉斯堡艺术高中，进行了4场展示和演出，为美国院校师生、当地民众和纽波特纽斯市的华人华侨同胞们带去了一场场中国传统民族文化视听盛宴。

聊到兴致处，我耳边仿佛响起了《听我们的祝福》的喜悦歌声：

今天我们相聚在这大房子里

大家都禁不住纵情歌唱

现在我们即将开始

请你们认真倾听我们的祝福

祝福老年人身体健康

福寿无疆

祝福年轻人心想事成

快乐成长……

歌声飞过半高山的木都村，飞过小黑水河，飞过猛河大地，飞过藏区的每一个角落……

一路传承一路歌，每一次成功都会给泽英俊一家和团队以力量和信心，也都会令他感动非常。

最美家庭最美梦　砥砺前行歌飞扬

人生有最不能等的三件大事：孝、爱和善，它们是幸福的源泉。泽英俊一家作为阿尔麦传承之家，以多声部民歌维系着他们的孝、爱和善，并有阿坝州级阿尔麦民歌非遗传承人两人，省级非遗传承人两人。在黑水县，在阿坝州，这是个典型的阿尔麦传承之家。

2017年，泽英俊家庭荣获四川"最美家庭"的荣誉称号，2018年，泽英俊家庭参加了四川省"最美家庭"事迹巡讲走进阿坝，《阿坝日报·阿坝民声》曾作过这样的报道：观众们纷纷讲到"'最美家庭'事迹感人，要以他们为榜样，用心用情经营好家庭，争创孝老爱亲、夫妻和美、教子有方的'最美家庭'"。能够被评为"最美家庭"，泽英俊家庭凭借家庭成员的共同努力，实至名归。

经过泽英俊的介绍，我了解到：从他的太爷爷及祖父开始，一家人就

∧ 参加"中国梦·黄河情"文艺晚会

为了传承阿尔麦民歌而不懈努力，到他女儿德青卓玛，已经五代人了。可以说，他们是有着梦想的家庭。这种梦想就是让阿尔麦民歌走出黑水，走出阿坝，以歌为媒，广播真、善、美。

正如印度诗人泰戈尔说："屋是墙壁与梁所组合；家是爱与梦想构成。"此话与泽英俊阿尔麦传承之家，何其吻合啊！

泽英俊六岁就担当起传承的责任，跟随父亲练唱阿尔麦民歌，数十年如一日，不畏严寒暑热，毫不懈怠。他的妻子为了支持他的事业，也毅然决然地辞掉了木都村的村妇女主任一职，追随他四处参加展演和比赛。

他的女儿也是六岁开始走上传承之路，在一次中央纪委国家监委网站的连线采访中，他的女儿德青卓玛（又名若芒初）发出了这样的感慨："我六岁开始，就学习阿尔麦多声部，但我之前都不敢想象，在田间地头传唱的黑水民歌，能传唱到大山外面，让那么多人听到。"在阿尔麦传承之家

∧ 四川省"最美的家 最美的你"

的哺育下，她也成了一名多声部州级传承人，并成长为一名优秀的歌手，为人们所喜爱。德青卓玛曾获得2013年度《星光大道》总决赛第五名。2019年黑水县冰川彩林节上，她的歌声清新脱俗，歌喉亮丽，赢得了观众的赞誉。

新华社记者高健钧、张超群在《唱响川西深山的致富藏歌》一文中写道："因为他们深知，今天的这一切多么来之不易——一度几乎无人演唱的古老民歌，不仅走向了世界舞台，还成为让村民脱贫致富的产业。"

2017年，曾经的贫困村木都村摘掉贫困的"帽子"，2019年贫困户全部脱贫。到2020年底，这个只有373人的小村子，依靠阿尔麦多声部民歌，实现了年人均纯收入达12400余元。

我曾问过："阿尔麦多声部民歌在知木林，木都村是否是唯一的？"泽英俊坦然地回答："整个知木林乡都有。"他为了让我明白，进一步说道，因为木都村位于高半山上，与山下的方言还是有区别的。并且给我举了一个例子，如山下发"niu"的一个字音，在山上发"mang"。至于是什么字，因语言的差异，我只能仿其发音，用拼音代替了。处于同一地域，却因方言有所差异，这也正好说明木都村阿尔麦民歌的独特性。但总的来说，阿尔麦，本地藏语意思为"本地人"，会该民歌的人很多，也因此证明泽英俊一家仅为阿尔麦民歌的传承之家。

曾记得鲁迅先生的《鲁迅全集》中有这样一句话："现在的文学也一样，有地方色彩的，倒容易成为世界的，即为别国所注意。打出世界去，即于中国之活动有利。"木都村的阿尔麦多声部民歌，因出于高半山，又带有独特的方言，所以歌词干净简练，风格粗犷豪放，演唱过程生动、形象、传神，极具地域特色。

最美家庭的泽英俊一家人，带着木都村这地域特色的民歌，唱出了黑水，唱出了藏区。他的家庭成员先后参加过星光大道、中国好民歌的比赛。他家的女儿德青卓玛，现在还在浙江千岛湖当一名驻场歌手，用自己木都村养成的歌喉，传承着阿尔麦多声部的民歌。

∧ 川西山歌比赛

坎坷传承路　微光终成炬

　　离开木都村泽英俊这个阿尔麦传承之家，我回头望了望他家大门水泥柱头上悬挂的两个铭牌，用汉藏双语写着：黑水县阿尔麦多声部保护传承协会、四川纳玛文艺有限责任公司。牌子上金黄的铜色打底，在四点过的余晖下，略显昏暗，这是否预示着传承路上的艰辛和苦涩呢？

坐在车上向山下行，路面有一层刚下过小雨的湿斑，给人一种浸微浸消的违和感。不得不令我忆起一次偶然翻阅1984年编写的《彭县濛阳公社志·吼山歌》（社志编写小组编），还是手刻蜡纸油印本。

据载：吼山歌一般均系男性农民，主要在薅秧季节唱。其内容除民间流行歌词以外，还能触景生情，边编边吼，众人帮腔。每年农历五月初五端午节，午后二时许，山歌手陆续进入西街土祖庙茶铺后面的树林（树上挂有细红一道），由各组歌手，互相比赛，若赢得群众雷鸣般的掌声时，首先向得胜者披红放炮，以示奖励。得胜者则身披红绸随队游示，仍边走边吼，一般是吼出东街或东街外半截塔结束。

从中，我大抵认识到了山歌是"吼"出来的。吼出劳动中的激情，吼掉劳动中的疲乏，吼出生活的美好，吼出身心的健康。这种劳动中、劳动后的愉悦场景，便成为老一辈心中的记忆，而年轻一代也就未有机会一饱眼福和耳福了。就连我这样的有心人，都只能在故纸堆里去翻捡残留的文字，甚是唏嘘泪流。

清代龚自珍《定庵续集·古史钩沉二》中有云："欲知大道，必先为史。灭人之国，必先去其史，欲灭其族，必先灭其文化。"其意思是说：要掌握"大道"，必须先研究蕴含着"大道"的历史。要灭亡别人的国家，必定要先去篡改除去他们记载过去历史的事实。想要一个民族灭亡，必须让它的史观消亡——践踏民族历史，解构民族文化，涤荡民族自信，破坏民族认同。这句论述警醒世人，对于经济甚是发达的国家和民族，更应该保护好国家民族的非物质文化遗产，这是一个国家和民族的魂脉所在！

坐车行进在知木林通往黑水县城的油砂大道上，我再次回望木都村方向。初夏的山上嫩绿清爽，一阵风拂过，我仿佛看见了半山腰的一块水泥坝子上：

不惑之年有余的泽英俊师傅，正与一群青少年一起，身着毪氇靴子、毪氇巾、毪氇裙，手持龙碗等道具，男女两队呈八字排开。泽英俊起唱，众歌手高低唱和，男队右脚微踏步或小碎步，双臂向前平举，掌心朝上，身体随着节律上下起伏，有时右手顺时针快速翻掌，有时一手高举；女队则随着节律缓缓转动。

男声激烈高亢，震耳欲聋；女声低声应和，婉转回荡。她们左手叉腰，右手掌贴着腮帮，歌声不绝如缕，清冽如鸽哨，低回如沉丝，回旋激荡；男声曲调如裂帛一般直入云天后，突然以降四、五、八度回归，音调起落转换，意烈情浓，最后以长气颤音收腔。

我在追寻阿尔麦民歌传承路上，因泽英俊的阿尔麦民歌传承之家被民歌感动而感动，也被阿尔麦传承之家砥砺前行的精神所感动。

白玛阿佳

——记白马刺绣（藏绣）传承人班润美

李春蓉 / 文

一

　　越是熟悉班润美，越是让我感觉眼前的班润美就是白
马藏族现代版的花木兰。花木兰替父从军，体现中华文化
的孝道；班润美替父完成传承白马文化的心愿，她传的是
白马文化，承的是生生不息的精神。当然，从小就跟在父
亲身后一招一式学习傩舞和熊猫舞（登嘎甘傩）的班润美
对白马文化也是痴迷地热爱，甚至是为之疯狂。

　　如果说鱼儿离不开水，那班润美的精神和生活离不开
白马文化的滋养。她的生命就像一朵娇艳的花朵，白马文
化是养育她生根发芽的大地，白马刺绣、白马舞蹈、白马

∧ 班润美

山歌是花朵生长的空气、水分和营养。2009 年，班润美注册成立了九寨沟县白马文化艺术协会，从此，她带着与生俱来的传承白马文化的使命，与时间赛跑，在老年人那里挖掘、抢救、整理白马文化，并将白马文化传承发扬光大。

十多年来，班润美一头扎在白马文化的研究和传承里，在取得成绩时有过发自内心的欢笑，在被别人误解和遇到障碍时也在人后默默地流过眼泪。不论是欢笑或是眼泪都不能阻止她对白马文化的热爱。在传承路上，班润美知道未来会面临更大的难题和挑战，也会收获更大的荣誉和辉煌。

二

　　当阿坝州委书记刘坪在观看完白马文化艺术协会的表演后，拉着班润美的手说："阿佳，就是白马藏族女性中最好的那个。给自己一个目标，从点点滴滴做起。初心好，发心好，别人如何说不重要，文化的保留要纯粹干净，文化是向善的，绝不是邪恶的……"

　　这一番话给了班润美力量，更为她扫平前进路上的思想障碍。是的，文化是民族的，更是世界的。文化是纯净的，白马文化走出九寨沟，走出阿坝州，走出四川，走出中国并立足于世界是靠白马文化自身独特的魅力和传承者的热爱与执着。班润美确信自己找到了方向。千百年来白马文化散落在白马寨子里，散落在白马藏族老人的记忆里。也许命运冥冥之中安排班润美就是那个追着时间，沿着白马藏族生活之路前行的拾宝人。

　　班润美认为国家级非遗傩舞、熊猫舞只是逢年过节跳意义不大，没有机会被白马藏族之外的人知晓。想让白马文化的精粹被更多的人知道、喜爱，就不能仅仅靠过年过节时在白马寨子里的自娱自乐了。经过深思熟虑，一个计划在班润美头脑中日益成熟。2015年，班润美和白马文化协会里志趣相投的同伴自己掏钱，筹办召开了九寨沟县第一届白马文化艺术节。当时有人不理解地问：班润美，你到底想干啥？班润美也在问自己：是啊，我到底想干啥？班润美心中明白：我想干的不外乎就是想把白马文化挖掘出来，我想干的不外乎就是想把白马文化传承下去，我想干的不外乎就是想把白马文化宣传出去。

　　白马文化散发出独特而神奇的力量，吸引着班润美，让班润美欲罢不能。

　　办一场文化艺术节，谈何容易。没有资金就发动大姐和二姐家的儿子还有亲戚的孩子无偿扮演熊猫，两个大点的孩子扮演大熊猫，两个小一点的孩子扮演小熊猫。父亲一招一式地教，孩子们一招一式地学。在第一届白马文化艺术节上，当四个熊猫亮相时，那可爱的熊猫面具，憨憨的姿势，博得了满场的喝彩。班润美清楚地知道，这掌声和欢呼声是送给熊猫舞的，是熊猫舞千百年来文化的沉淀让人们痴迷，是熊猫舞自身散发出的独特魅力让大众好奇。

班润美说她只是组织族人们将熊猫舞表演给了大山以外的人欣赏。

班润美从熊猫舞里悟出人与动物之间的关系，衍生出人与万物之间的逻辑关系以及万物与万物之间的逻辑关系。这是中华民族几千年优秀文化中蕴含的深刻的哲学道理，这需要悟，需要懂，需要传播。

班润美深知：民族的文化就是世界的文化。将民族文化传播到世界，是自己毕生的理想和追求。

三

对于班润美来说，这初次的舞台意义重大，听到掌声响起来后，她的心中涌起了无限的感慨。传承路上个中的辛酸，让班润美几度哽咽。走在传承路上，班润美知道她的道路会更加坎坷和曲折，只是因为她是个女性。

因为白马人的㑇舞和熊猫舞有个铁的规定：传男不传女。

熊猫舞发源于班润美所生活的九寨沟县草地乡上草地村，千百年来只是由上草地村的四家人传承。熊猫舞的由来是有故事的。

当祖先班杰尼如和单真郎杰两兄弟到咕嘟垴劳作时，遇上两只熊猫在大松树下玩耍嬉戏，熊猫那可爱的动作让班杰尼如和单真郎杰看呆了。回来后，两兄弟揣摩熊猫的一招一式，有了熊猫舞的雏形。熊猫舞最具特色的是驱邪降福的仪式或者说是舞蹈。熊猫舞由上草地村的格主尼——杨家、阿札主尼——班家、先牟主尼——毛家、凯冉主尼——羊家四家人传承。有幸生于这四个家族的男孩，从小就要跟随大人们学习跳登嘎甘㑇。

班润美家恰恰生了四个姑娘。父亲焦虑的不是家里没有男孩而是白马藏族㑇舞、熊猫舞传男不传女的族规。而且这族规无法更改，更不能打破。父亲二十多岁时生了一场大病，他的身体被病魔折磨得日益消瘦。父亲看着四个年幼的女儿，心想，必须活下去，孩子们需要他。父亲略懂藏医，于是他学习白马藏医知识，自己给自己的身体治病。父亲视白马文化如生命，闲暇时跳伯舞跳熊猫舞，自己给自己的思想治病，给灵魂治病。顽强的意志加之民族文化的滋养，慢慢的父亲竟然好了起来。全家人都知道白马文化是父亲的精神支柱，是白马文化治好了父亲的疾病，白马文化就是治疗父亲疾病的良药。大病之后的父亲好像突然想明白了许多事，从此，父亲教女儿们跳伯舞，跳熊猫舞，心随舞走，无时无刻，自在快活。

剥玉米的间隙，父亲会手拿剥掉玉米颗粒的玉米核，口里哼着伯舞的节奏，哼、哼、哼哼哼……教女儿们跳伯舞。姐姐们不愿意学习，悄悄地溜了，班润美总是跟在父亲的身后，一招一式认真地学习。就算只有一个女儿学习，父亲还是会认真地教授。父亲认识到健康的身体是多么重要，于是父亲让女儿和他一起晨练。班润美平举着的两只手各拿一只铁桶锻炼臂力，刚开始练习时，只能举空桶，慢慢地可以往桶里加水了。无论如何，班润美总能配合父亲的方案坚持锻炼。为了锻炼班润美的力气，父亲要求女儿抱小猪仔上下楼。一年下来，猪仔长成了大猪，班润美的力气也不知不觉跟着增大。父亲坚信他培养的不仅是女儿强壮的体魄，更是女儿坚韧的意志，让女儿学会性格里要有坚持。父亲认为坚韧的性格对于女儿的人生来说更重要。

学归学，跳归跳，女儿们还是不能在大庭广众之下表演。父亲焦虑了，这怎么办？知识的积累和眼界的开阔让班润美显得很豁达，自己不能跳，可以组织人跳啊，文化的传承多种多样。也许自己组建白马文化协会，对文化的传承更加重要，起到的作用将会更大。班润美知道，父亲永远是自己的铁杆粉丝，永远站在自己的身后，随时准备为白马文化的传承效力，他会将几十年来对白马文化的研究和心得毫不保留地奉献出来，只要是对白马文化的传承有益。

父亲让班润美感动的绝不是语言上的支持，更是行动上的亲力亲为。文化传承需要从孩子们做起，给孩子们教授伯舞、熊猫舞，父亲说到做到。每个周末，父亲的身影总会出现在校园里，身边跟着一群孩子，有男孩有

∧ 班润美和她的伙伴们

女孩，在锣鼓的伴奏下，孩子们一招一式地学习着，而父亲不厌其烦地教授着。孩子们的每一点进步都是父亲最开心的事。虽然很累，但是父亲年轻了，身体好了。是白马文化治愈了父亲几十年的顽疾。

班润美开心极了。

四

千百年来，白马藏族在大山的深处自娱自乐，他们跳俉舞、跳熊猫舞、涂墨狂欢，他们恋爱、结婚、生子，生生不息。内部像滚烫的开水般沸腾，但一山之隔的大山之外，他们的生活对别人而言就像森林般陌生，就像大山般沉默。白马藏族天生活跃的文艺细胞，被高高的大山禁锢，白马藏族坦荡的胸怀不能被外界熟知。近年来随着班润美和其他年轻人逐渐走出大山，自我认知被外界的新鲜事物冲击、唤醒，习惯于生活在大山深处的白马藏族、默默无闻的白马藏族连同他们世代流传下来的独特文化，逐渐走出大山，来到世人的面前。他们是那样原始淳朴、那样一尘不染、那样璀璨夺目、那样有灵气、那样有差异性，使白马文化一出场就自带光芒，只等着慧眼来识。

在前辈铺就的路上，班润美迎了上来。她的方向更明确，目标更远大、措施更准确。对一个心怀梦想的年轻人来说，没有什么比发扬自己民族文化更让人激动的了。就像一个童真的孩子，拿出自己家所有的好东西，给来家里的客人品尝、观赏一样，班润美发动了白马藏族里唱的、跳的、弹的、说的人参与协会，这是一个多么庞大的大家庭啊！白马文化能走出大山了，老人们激动得泪眼朦胧，他们说文化需要传承，民族的优秀的文化不能被他们带进时间里而消失。

在传承白马文化的路上，班润美付出的太多。也许是班润美对白马文化的执着感动了神灵，在筹备第一届白马文化艺术节期间，班润美没日没夜地工作，人明显憔悴了许多。一天，当累得精疲力尽的班润美做完事准备回家，被协会里的好心人拦住了："我骑摩托车载你回家吧。"别人的好心不能辜负，况且自己也没有走回家的力气了。没承想摩托车开进小区后直直地冲进绿化带。班润美着急了，马上就要演出了，关键时候可不能出事啊！说来就有那么神奇，班润美感觉像是被人轻轻抱起稳稳地放在地上。当摩托车侧翻时，班润美站在地上，看着眼前的一切像是在演电影。

所幸骑车人没有受大伤。父亲知道后对班润美说："孩子，你做的是好事，神灵都在保佑你。放手去做吧！"

一次偶然的事故，让班润美感到了被神灵保佑的力量。

班润美暗暗下定决心，在白马文化传承的路上，还有什么可畏惧的呢？还有什么理由不做好呢？

五

首届白马文化艺术节的成功举行，为班润美和她的团体打开了通往外界的一扇门。2016 年青海年保玉则文化旅游节组委会通过九寨沟县摄影家协会拍摄的照片找到了班润美和她的团队。班润美了解到这是五大藏区的一次大型活动，是一次大手笔，有幸参加将会对白马文化走出九寨沟，走出阿坝州起到非常大的宣传效应。机会难得，非去不可。

此时班润美却犹豫不定，因为此时她怀上了二宝不到三个月，正是最危险的时候，家里十岁的大宝因为放假也无人看管。

怎么办？开弓没有回头箭，只有迎难而上。

班润美自己不能去，她想协会的会员去参加就是代表自己去了。节目的编排可不能松懈，会员们没日没夜地训练，一切都遵照计划按部就班地进行。临出发前，计划好的方案又出状况，带队的姐姐家里临时有事不能带队去青海。难题再一次摆在班润美的眼前。如果不是因青海那么高的海拔，如果不是因怀孕还不到三个月，这点事对于班润美来说就不是个事。

没办法，事都赶上了。为了白马文化走出九寨沟，为了协会长远发展，为了把握这么好的宣传平台，必须亲自去，就得冒天大的风险。班润美又犹豫了，年保玉则的主峰海拔有5000多米，其他地方的海拔也不会低，自己的身体吃得消吗？如果自己坚持去，老公会怎么想？如果肚子里的二宝有个闪失，自己怎么对老公交代？班润美陷入了两难的境地。怎么办？机不可失，失不再来。去吧，自己走上了这条路，怎么也得有付出，可能还会有牺牲。当时怀着孕的班润美被妊娠反应搞得精疲力尽，整个人都憔悴不堪。她知道老公不是不支持，只是这次确实是特殊情况。老公阴沉着脸："自己情况特殊，你自己晓得。假如出事是你自己的事，你自己掂量。"

出发了，班润美怀里抱着大宝，任由妊娠反应折磨。奇怪，当班润美把注意力和精力放在照顾晕车的同胞身上时，不知道什么时候开始，妊娠反应消失了，班润美想想都觉得奇怪，自己将去的年保玉则传说是格萨尔王生活过的地方，难道自己得到了格萨尔王庇佑？

到了青海年保玉则，班润美和她的团队看到了亚东等知名藏族歌手并和他们同台表演，既感到兴奋，又感到压力。他们认真表演，把自己民族最好的一面展示出来，得到了评委和观众的好评。班润美和她的团队获得了2016年年保玉则文化旅游节首届国家级非遗藏族传统服饰大赛优秀奖。

回到九寨沟，班润美刚要走上自己单元楼的楼梯时，那消失的令人害怕的妊娠反应就像在楼梯这里等着她回家似的，等不及回到家里，班润美吐得一塌糊涂。此时的班润美就又是个孕妇，一个需要家人照顾关爱的怀孕不到三个月的孕妇。在年保玉则的那个女汉子班润美留在了年保玉则，留在了评委和观众的心里。

此行，班润美团队达到了预期目标。掌声的后面，班润美付出得太多。

肚子里的二宝好争气，没有因为母亲的这次任性有任何闪失。如今想起这事，班润美仍然心有余悸。所幸看到健康敦实的二宝，班润美感到发自内心的欣慰。

六

　　凡事不可能一帆风顺,随时总有小插曲发生。就连班润美生孩子,人躺在手术台上,都在给会员解决矛盾。

　　一位阿姨想跟着协会出去表演,协会出去表演总是不带上她,因为阿姨没有才艺。阿姨不高兴了,到处说领队的坏话,领队听到了,自然心里很是气愤。

　　当班润美在手术台上疼得死去活来时,在阵痛的间隙,她给这位阿姨打电话做思想工作:"阿姨,你看你是能弹呢,还是能唱?"阿姨一下哑口无言。结合阿姨的情况,班润美没有嫌弃她,因为班润美心里始终认为文化是大家共享的,阿姨对文化有热情就非常好。班润美说:"阿姨,你学习打碟子吧,打碟子最简单。你把碟子打好了,我出去演出就带上你。"

∧ 展示白马藏绣

阿姨二话没说，回家就开始学习打碟子，手磨出了血泡都不休息。班润美知道这个情况后又给阿姨做思想工作："以后有什么事大家当面说，我们是一个团体，每个人都是我们的兄弟姐妹，假如兄弟姐妹哪个地方没做好，我们就有义务帮助他们。"阿姨连连说好。

经常出去演出，形象很重要。除了排练节目外，班润美更多强调的是："在九寨沟我们代表的是草地乡的白马藏族。走出了九寨沟，我们代表的是九寨沟县，代表九寨沟的老百姓，我们的一举一动都要文明礼貌，显出我们的素质。"一次，当等了许久的公交车开来时，几个阿姨跑去挤上了公交车，班润美喊几个阿姨下车，排队重新上公交车。其实不仅是坐公交车，就是上下电梯，班润美都给会员们再三强调注意事项，并由专人带领。

当班润美的团队穿着白马藏族鲜艳的服装，在公众场合整齐有序地出现时，总会让人眼前一亮。他们文明得体的举止，总会让人对他们心存敬意。从他们的言行举止，从他们的服饰，能看得出一个民族的生活水平，一个地方的发达程度，一个民族的文明程度。

班润美的成长过程并非一帆风顺，成长规律里该有的，她都经历过。她被人骗过，最后自己掏腰包把钱给别人补上；她带领会员表演的演出费被别人冒领过，她觉得愧对协会的会员；她遭遇过会员的背叛，她重整旗鼓……

但是班润美说："这些磨难促使我尽快长大，成熟。感谢经历，感谢磨难，感谢所有支持我反对我的人，是你们成就了今天的我。经历了许多，相信今后的路会平坦一些；相信今后的我，会更成熟一些；相信白马文化会走得更远一些。"

笔尖神韵
——记唐卡绘画艺术（勉唐派）传承人赤增绕旦

赤让阁 / 文

　　象藏艺术学校位于松潘县川主寺镇麻依村，紧邻藏寨，背靠青山，俯瞰岷江，四周草坪环绕，学校的藏式建筑在高原山水间颇具气势，远远看去，犹如一座宫殿。

　　赤增绕旦，一位优秀的唐卡画师，就是象藏艺术学校的创办人。赤增绕旦是中国美术家协会会员、中国民协会员、西藏民协领事、西藏自治区工艺美术协会副主席、一级唐卡画师、象雄绘画代表性传承人，曾先后获得世界手工艺理事会颁发的"国际百花杯"铜奖、"中国百花杯"金奖、"中国十佳民间艺人"、西藏自治区工艺美术大师等称号。专业论文《恰茹·穹（美工艺术）》在第二届国际象雄文化学术研讨会上发表。美术代表作《藏传佛教传承》《神变图》

∧ 赤增绕旦

《龙界》《第一代象雄王》等多幅作品被台北故宫博物院、国内外美术馆、各大寺庙等收藏。

赤增绕旦第一次接触唐卡是在 2001 年上中学时。那时候学校有各种兴趣班，学生可以根据自己的特长选修一门喜欢的课程，有的同学选择计算机，有的选择体育运动，有的选择音乐，而他选择了绘画。

一天他去同学家里玩，无意间看到一个陈旧的画框，心里突然萌生出要画一幅唐卡的想法。那时候他还不知道怎么去制作画布，也不知道绘画唐卡的比例等等，但这个想法却一下抓住了他的心。于是，他在同学家借了个画框，绷画布，打草稿，上颜色，每一个步骤都是在摸索中进行。由于当时找不到用矿物和植物制作的颜料，赤增绕旦就用普通的颜料代替，用一个月的时间画了人生中的第一幅唐卡画。这幅唐卡画的是苯教五大本尊之一的瓦塞昂巴，至今仍然保留在他身边。

∧ 赤增绕旦画的第一幅唐卡——苯教五大本尊之一瓦塞昂巴

从这幅稚嫩的唐卡画作开始，赤增绕且算是踏进了唐卡艺术的大门。原本在画一幅唐卡画之前，需要在老师的指导下打好绘画基础，循序渐进，经过多年的刻苦学习才能最终在画布上作画，但是突然决定要创作这幅唐卡的时候，赤增绕且的内心忽然感到自己等待的就是那一时刻，或者说那一时刻一直在等待着自己，他非常有信心能完成好这幅画。

就像每一位艺术家从小就有不一样的天赋，赤增绕且从小就擅长画画。那时候去学校有几个小时的路程，每天最早走出村寨的就是他们这些学生，特别是下雪的早晨，在铺天盖地的积雪中，在银色的世界里，除了走兽和飞鸟留下的印迹，就只有他们的脚印了。平常他就喜欢用树枝在积灰的路面上画，用木炭在光滑的石墙上画，雪后的大地更是一块硕大无比、天然洁白的画布，他更是画得不亦乐乎，想到什么画什么，见到什么描什么，动物植物、山川河流、建筑车辆，不一而足。

对藏区的孩子们来说，他们从小就有机会接触到藏族绘画艺术，因为不管是在自家的经堂，还是在寺院的大殿、神殿或者转经房里，都画有色彩缤纷的壁画，悬挂着绚丽而庄严的唐卡。

在读中学期间，每次到了寒暑假，赤增绕且都回到寺院里去住一段时间。赤增绕且是家里最小的，所以到寺院里去照顾已经80多岁的奶奶的任务自然就落在他身上。奶奶跟别的老人一样，到一定年纪后就到寺院常住，每天转经诵经，为来生积攒功德，为众生祈祷祝福。在寺院的日子里，赤增绕且除了照料奶奶的饮食起居，还在一位叫巴青孝的高僧那里学习。巴青孝在工艺学、医学、佛学等方面有着很深的造诣。赤增绕且在他那里学习的时候，见到他画唐卡，但只是看，没有去学，只在他那里巩固完善藏文文法和学习一些佛学知识，这对赤增绕且以后走上唐卡画师这条道路打下了很好的基础。

赤增绕且人生中的第二幅唐卡画跟他的母亲有关。那时他刚20岁出头，母亲却意外去世，为了报答母亲的养育之恩，他在没有任何老师的指导下用三个月时间画了一幅苯教五大本尊，将其供养在尕米古寺的护法殿里，这幅唐卡至今仍保留在那里。

赤增绕旦与唐卡绘画艺术的缘分还有一部分是来自他家里保存的一些唐卡手稿，这些手稿是他们家族里五代前的一位高僧绘制的，其中还有关于护法殿和坛城修建的画稿，弥足珍贵。

赤增绕旦走进唐卡绘画艺术的殿堂是在 2002 年，那年他考入四川省藏文学校，就读艺术系的唐卡专业班，在老师们的指导下，开始系统地学习唐卡的各种理论知识，并学习噶玛噶赤画派唐卡技艺。

绘制唐卡，需要画师有深厚的文化修养和理论功底。首先要学习并熟背《造像度量经》，这是学习唐卡的基础。制作唐卡法度森严，尤其是佛教题材的内容，每一尊佛像的比例、结构，甚至形象姿态都有非常严格细致的规定，这些规定就详细地记录在《造像度量经》里。每一位学习唐卡的学生，都必须将《造像度量经》烂熟于心，见诸于行。

唐卡的题材和内容包罗万象，除以宗教题材为主以外，还包括了政治、历史、民俗、天文历算、藏医藏药甚至人体解剖、经脉、骨骼或胚胎学等等，皆可入画，可谓传统藏文化的"百科全书"。一名出色的唐卡画师，必须掌握大量的藏文化、藏传佛教等各类知识，画师在如何构思唐卡的内容，如何富有新意地表达一个故事时，全凭自身的文化底蕴和深厚的绘画功底来展现。

经过前期的刻苦学习，当绘画水平达到一定水准后，最终可以在画布上作画。绘制一幅唐卡，程序严格而复杂，从白描、上色、勾线、描金到开脸，工序繁复。

白描就是起画稿，是用木炭笔勾勒出整幅唐卡的故事情节，这一步在整幅唐卡的绘制过程中非常重要。赤增绕旦在象藏艺术学校的走廊里挂满了各类白描作品，就是为了让学生耳濡目染打好基础。不管是赤增绕旦曾经在学校学习，还是如今他给学生讲授，都是先从学习佛祖的画像开始，先学画佛头，再学佛身、着装，完全掌握之后，再依次学习寂静诸菩萨像，如慈祥的绿度母、四臂观音、文殊菩萨等等，之后再学画愤怒诸菩萨，如力量型的金刚或护法神，最后学画多头、多脸、多脚的本尊像，如胜乐金刚、大威德金刚、密集金刚等菩萨、佛母、护法、金刚等造像的画法。这些人物的形象、结构、比例都要依照之前背熟的《造像度量经》里的规定来画，不可逾越，不能自己创作。接下来整幅画面故事怎么设置，佛祖及人物形象放在什么样的场景中，人物之间怎样排列组合，背景怎么设置，就要靠学生平日里的文化知识积累了。

学习唐卡很艰苦。首先，在学习和练习的过程，要求盘腿而坐。很多孩子这一关就过不了，正是好动的年龄，坐都坐不住，更不要提盘腿坐数小时不动了！每一阶段的练习，也充满了艰辛。比如练习毛笔勾线，要控制力度，要憋住气，手要稳，一条线勾下来需流畅不间断，有的还要有粗细变化。一幅唐卡多的有几十上百个形象，线条不计其数，勾坏一条线，作品就失败了。赤增绕旦传承的勉唐画派，绘制的唐卡以细腻写实见长，对线条力道的要求更高。他们需要不停地练习，一口气勾7、8个小时，天天如此，持续两三年才有小成。只有临摹白描稿初有成效，才能开始着手创作。

在唐卡绘制中最关键的环节是开眼，所谓"开眼"，就是点五官，也就是给佛像画眉眼，整幅唐卡所绘故事的意义、佛祖的慈悲、护法的威严、金刚的愤怒，全靠眉眼来展现。点五官之前，画师会按仪轨举行或简或繁的仪式，如诵读经文、沐浴焚香、礼拜佛像与发放布施等等，算定吉日良辰方能开笔。点五官不仅考验画师数十年练出来的手上功夫，更体现着画师本人对藏传佛教、藏族文化的理解，画师们在此方面的练习，需要加倍下功夫。

绘制唐卡，许多功夫在绘画之外。比如，制作画布、画笔、颜料等等，画师们也必须掌握这些知识。

做画布时，先熬胶（植物胶或牛皮胶），胶熬好了以后，把一块白布绷在画框上，将白色矿物质颜料和上胶刷在画布上，干透后用鹅卵石打磨，重复刷几次，一般正面刷3、4次，背面刷2、3次，彻底干透以后再用打磨板反复打磨，让画布平整光滑。

制笔。绘制唐卡使用的画笔制作精细，种类有木炭笔、石英石笔、天珠笔、勾线笔、染色笔、上色笔等等。每一种画笔，都有严格的制作工艺。比如，绘制唐卡草图用的木炭笔，它的制作原料主要是藏式民居屋顶插风马旗的木杆或柳条，此外一些白木、乔木、檀香木也可以用。制作时，将木杆去皮，裁成筷子形状大小的木条，再放到专门的陶制容器里烧制冷却，得到木炭条。也可以将容器改成铁桶，连续烧制 24 小时，才能得到优质的木炭笔。再比如点五官用的细勾线笔，和画中国画时用黄鼠狼毛制作的笔不同，唐卡勾线笔用猫脊梁或猫尾巴毛来制作。老一辈的唐卡画师，都使用自己手工制作的画笔，都有一些制笔的"独门秘诀"。

唐卡的千年传习，大都靠代代画师的口耳相传，靠每一位画师自己的理解与感悟，没有规范的文字记载，所以对唐卡的理论研究至关重要。

唐卡所用的颜料都是用天然的矿物研磨而成，比如孔雀石、朱砂、雄黄，还有名贵的金、银、珊瑚、绿松石等等，不光色泽鲜艳，成本也颇高。

在四川省藏文学校学习期间，赤增绕旦沉浸在艺术的海洋里，心里有了归宿感，同时他也在心里反复询问自己，绘画唐卡难道就是今后自己要走的人生道路吗？答案是确定的。所以，当 2005 年他从学校毕业后，没有选择去报考公务员或者国家公职人员，也没有去找一份相对安稳的工作，而是做了一名画师，给别人的房屋建筑绘装饰画。人生道路的选择充满了矛盾、艰辛和困难，家人们当然希望赤增绕旦能找个好工作，但是他们也知道他的兴趣爱好所在，于是尊重他的选择，不断地鼓励他。就这样画了些时日，赤增绕旦知道自己在绘画方面需要有所突破，于是在 2006 年到著名的唐卡之乡青海热贡去深造。

热贡唐卡之名享誉世界，这里也是每一个画师心目中的艺术圣地。赤增绕旦在热贡期间，没有固定找一位老师学习，而是拜见很多老师，从他们那里学习各自特有的绘画技艺，其间他在青海热贡吾屯下寺首次接触到勉唐派画技，并深深地喜欢上了勉唐画派。

为了进一步学习勉唐画技，赤增绕旦 2007 年年初去了拉萨，拜西藏勉唐画派的绘画大师次丹朗杰和罗布占堆为师，在他们那里学习了 4 个月。接着，他又拜西藏大学艺术系教授、国家级非遗勉唐派代表性传承人丹巴绕旦为师。丹巴绕旦的家族充满了传奇性，从爷爷奶奶那时就是布达拉宫里的宫廷画师，接着是他的父亲，然后是丹巴绕旦他自己。

丹巴绕旦不但绘画唐卡的技艺精湛，他还把唐卡绘画艺术纳入大学学科，为唐卡艺术的发展和推广作出了重大贡献。赤增绕旦拜他为师后，直到 2022 年丹巴绕旦圆寂，一直都在他那里学习勉唐派的绘画技艺以及理论知识。

勉唐画派，也称"门赤画派"，因其创立者勉拉·顿珠嘉措大师的出生地洛扎勉唐而得名。根据现有记载，勉拉·顿珠嘉措大约生活在公元 15 世纪上中叶，年轻时曾在画师朵巴·扎西杰巴门下学习绘画。由于勉拉·顿珠嘉措过人的天赋，他不但掌握了老师的绘画技艺，而且还不断地创新和发展。当时，在西藏地区影响最大的是尼泊尔画派，勉拉·顿珠嘉措则是更多汲取了西藏本地的民间艺术并融合了一定的汉地绘画的风格，创造了与尼泊尔画派风格迥异的勉唐画派。

17—18 世纪，勉唐画派进入鼎盛时期，画师云集。遗存在布达拉宫、罗布林卡、拉萨哲蚌、色拉、甘丹三大寺的壁画和唐卡多为勉唐画派画师所绘，可以说，西藏绘画发展到勉唐画派时真正走向了成熟和繁荣。到"文化大革命"以后，勉唐画派的发展陷入低谷，但随着近年来的恢复与发掘，勉唐画派逐渐恢复了往日的繁盛，涌现出很多像丹巴绕旦一样的艺术大师，勉唐画派也成为 21 世纪藏区较具影响力的三大画派之一。

勉唐画风别具一格，线条运用较为丰富，既有长短之分，又有动静之别。一般来说，画面中的袈裟、背光、彩瑞祥云等多运用长线条来表现，而各种头饰、法器等则以短线条表现，长短相宜，又富于变化。除长短搭配外，线条的动静交错也是勉唐的明显特色。

勉唐在色彩运用中，多以单色平涂与配色晕染相结合。画师大都先以工笔勾出外轮廓，进而"平涂"出主要色彩，再以"晕染"处理细节。所谓"晕染"，即是用色彩渐次浓淡来表现物像的透视感。这种平涂加晕染的设色手法能使物象轮廓清晰且具有立体感。充分利用色彩反差作对比也是勉唐设色的显著特点，一般来说，勉唐多以冷色为底色，并以暖色描绘物象，同时还在暖色中加入冷色作为间色，由此产生强烈色彩反差使画面极具感染力。

构图是绘画的灵魂，是有序整合画面中诸多因素的枢纽。勉唐绘画中，画师们会根据不同的题材内容选择不同的构图方式。中心构图是唐卡绘画最具典型性的构图形式，其艺术特色是主次分明，均匀饱满，具体来说，就是将本尊放置在画面的正中央，占据主要位置，而其他形象则均匀地分布在本尊的周围，如本尊的上方为"空界"，绘以诸佛或菩萨，本尊的下方为"凡界"，经常绘以护法或僧侣，整个画面形成一个"井"字形布局，本尊居于"井"字的中心，一望而知是画师所要突出和强调的主体。

经过几年的刻苦努力，2010年赤增绕且开始着手画毕业作品《藏传佛教传承图》，这件作品历时3年，当完成时，他突然感受到世间的一切没有什么是永恒的，除了我们人类，还有那些绘制的唐卡，创作的各类艺术作品，包括世界各地的建筑，迟早都会消失，但是它们的精神内核会延续下来，这就是它们的魂，它们的记忆，而这一切都需要用传承的方式去完成。

如果没有传承，一个记忆，或者一种技艺也许就永远消失了，是传承让有些东西继续延续，继续保留其价值。因此，2013年毕业时，赤增绕且下定决心要在自己的家乡松潘县川主寺镇麻依村建一所唐卡艺术学校。

其实在他建松潘象藏艺术学校之前，他已经于2012年在拉萨创办了象藏唐卡艺术中心。取名"象藏"，是因为在赤增绕且看来，想了解西藏文化，需要从最古老的象雄文化入手。截至2017年，象藏唐卡艺术中心已培养了近百名技艺精湛的优秀唐卡画师。

松潘处在整个藏文化区域的最东部，有很多优秀而独特的传统文化，

∧ 藏传佛教传承

经过岁月的淘洗，虽然有的文化传承得很好，但是有些文化已经消失在历史的尘烟里，还有些文化也日渐式微，处在消亡的边缘。特别是现在随着时代的变化，传统文化受到的冲击更大，加上很多年轻人为了挣钱，选择进入旅游业，到黄龙和九寨沟等景区打工，从做小工、唱歌跳舞到做导游，不一而足。受生活所迫，他们对传统文化失去兴趣，传承也就显得岌岌可危。而拉萨是整个藏文化的中心，赤增绕旦每次回家时两相对比，差异非常明显，这更加坚定了他办学的决心。

当然，建一所学校，对一个普通的画师来说并不是那么容易的事情，面对重重困难，他四处奔波，多方求助，有资金的时候动工修建，资金告罄就暂时停工，其间他一次次想到朋友们的劝解和提醒，才真切地感受到其中的滋味。就这样，建建停停，停停建建，凭着自身的一股韧劲，凭着对家乡文化的热爱之情，经过不懈努力，他终于把学校建设成功了。象藏艺术学校于 2017 年落成并举行开学典礼，面对家乡的父老乡亲、从各方赶来庆祝的嘉宾和第一批入学的学生，赤增绕旦思绪万千，内心感慨不已。

象藏艺术学校是一所民办非企业学校，属于纯公益性质，面向全国免费招收学员，提供唐卡绘画、美术、书法、雕刻（藏式）、版画、壁画等技能培训，免费提供食宿。学校于 2018 年申请为松潘县非物质文化遗产传习基地，2019 年被四川省文化和旅游厅列为四川省非物质文化遗产项目体验基地，2020 年被列为阿坝州第三批州级非物质文化遗产项目传习基地。

然而，学校最初建立的时候只有七个学生，过后是十几个，然后二十几个，逐年增加。教学对赤增绕旦来说也是个新的挑战，他在跟学生授课的同时，也在不断地学习怎样为人师，用最好的方法将自己的知识全部传授给学生。所以，他觉得教学过程也是个相互学习的过程。

学校落成后，赤增绕旦还面临着一个更大的困难，那就是对学校的持续性投入。当赤增绕旦想到建这所学校的意义，就是这些孩子学成毕业后，不但有了一技之长，他们在传承和发扬唐卡文化的同时，也会将唐卡技艺传授给下一辈，在薪火相传中留住唐卡文化的魂。这是赤增绕旦所追求的远大目标和所要体现的人生价值，因此不管遇到什么困难，他都会全力以赴地去解决。

如今，象藏艺术学校已初具规模，唐卡教育设有初级班和中级班，既有文化课程的学习，也有不同唐卡绘画流派的实习绘画。课程设置有唐卡绘画、美术、书法、雕刻、版画、壁画、矿物和植物颜料制作等。学制为七年，前三年学习绘画理论及度量经，后三年学习传统唐卡绘制等技艺，最后一年绘制毕业作品及论文写作。此外，学校还与西藏大学、阿坝师范学院等高等院校建立合作关系，为学校的发展与传承提供师资保障，相信赤增绕旦和他的"象藏艺术学校"会有一个更加光明的未来！

光环不是从天而降，成果也不是一蹴而就，赤增绕旦在艺术创作的道

∧ 画室

路上努力多年，以下获得的荣誉和取得的成绩即是见证：

2016 年担任西藏自治区文化厅"西藏唐卡艺术博览会评审专家委员会预备专家"，同时期担任西藏唐卡画院签约导师。

2018 年 8 月在腾讯公益发起"四川省红十字基金会象藏艺术基金——藏区娃的彩色民族梦"项目，共募集资金总计 112939.44 元。

2019 年至 2020 年担任阿坝师范学院（美术系）客座教授。

2020 年 10 月由中共松潘县委、松潘县人民政府授予"松潘县民族团结进步创建先进个人"称号。

2021 年 8 月由四川省文化和旅游厅授予"四川省乡村文化和旅游能人"荣誉称号。

2021 年担任西藏自治区工艺美术协会"首届日喀则市工艺美术大师"评审专家。

2021 年至今担任西藏唐卡协会第一届理事会常务理事。

2022 年至今担任西藏自治区工艺美术协会"首届拉萨市工艺美术大师"评审专家。

2009 年 6 月参加西藏自治区首届旅游纪念品大赛（展）多幅作品入选，其中《四臂观音》获得铜奖。

2010 年 8 月参加首届西藏唐卡艺术博览会，作品《龙界》参展，并在现场绘制《四世班禅》，被评为优秀作品。

2011 年 3 月作品《龙树菩萨》入选 2010《民族百花奖》中国各民族美术作品展。

2013 年 5 月参加中国艺术研究院主办的首届"嘎玛博秀杯"优秀中青年唐卡画暨藏文书法评选，作品《释迦牟尼》获一等奖。

2013 年 9 月月参加国家大剧院举办的第二届"和美西藏"美术作品大赛三幅作品获入围奖《释迦牟尼》获金质收藏奖。

2014 年 9 月参加"首届中国唐卡艺术节"精品展，多幅作品入选，其中作品《大黑天》获铜奖。

2014 年 10 月在第十五届中国工艺美术大师作品暨国际艺术精品博览会中，作品《释迦牟尼》获得"百花杯"中国艺术美术精品奖金奖，之后入围艾琳·国际工艺精品奖，获铜奖。

2014 年 11 月参加首届中国（苏州）民间艺术博览会作品《藏传佛教传承》获精品奖。

2014 年 11 月在首届中国（张家港）长江流域民间艺术博览会"金菊奖"评选活动中，作品《藏传佛教传承》获金奖，作品《苯教护法益西瓦姆》获铜奖，象藏唐卡艺术中心获优秀组织奖。作品《益西瓦姆》由张家港博物馆收藏。

2014 年 12 月参加中国（广州）民间工艺博览会作品《益西瓦姆》获金奖；作品《藏传佛教传承》获中国民间工艺精品奖。

2014 年参加在珠海举办的第三届两岸四地非物质文化遗产博览会，作品《释迦牟尼》获"非物质文化遗产新传承创意设计大赛"金奖。

2014 年应邀赴台参展，唐卡作品《四部医典秘诀本》由台湾省台北故宫博物院收藏。

2014 年参加关山月美术馆及莞城美术馆"灵魂纸上"西藏唐卡艺术展，唐卡作品《白度母》由深圳市关山月美术馆收藏。

2015 年应邀参与台北故宫南院开馆大典，唐卡作品《第一代象雄王》由台北故宫博物南院收藏。

2017 年 6 月参加"传承与振兴——中国（昆明）官渡第七届全国非物质文化遗产联展"作品被评为金奖。

2019 年 5 月唐卡作品《第二代吐蕃王穆赤赞普》在第十五届中国深圳国际文化产业博览交易会上获"中国工艺美术文化创意奖"铜奖。

2021 年参加百花杯评审活动，唐卡《神变图》荣获 2021 年"白花杯"评审活动金奖。

∨ 《神变图》（系列之一）

∧ 第一代象雄王

∧ 《第一代吐蕃赞普——聂亦赞普》

南木达藏戏

——记南木达藏戏传承人俄旺旦真

尕壤卓玛　高梧 / 文

一

　　2018 年 5 月，我是作为高梧教授（高梧，汉族，四川民间文化研究中心主任，长期从事民族民间文化研究，多年来深入中国西部乡村与少数民族村寨进行田野作业）的翻译全程陪着她在壤塘做非遗口述史研究。在那些珍贵的日子里，我们去了寺庙、古镇、田野、藏经阁、古遗址，我们闻花香、识百草、翻阅书籍、翻译古经典、闻经书的气味、欣赏跳动的梵音乐谱、仰视确尔基寺的元代壁画、游走在绝美的明清唐卡中，去见了精进专注的非遗传承人。其中就有南木达藏戏的核心人物，壤塘县佛协原主席、壤塘县政协原副主席，南木达藏戏省级传承人——俄旺旦真。至今，我仍然觉得这段调研岁月如此惬意、浪漫且富有情怀，这段宝贵的工作经历依旧让我记忆犹新，回味无穷。

高梧老师调研期间，作为一个翻译，我特别希望能翻译好当事人的表达和情绪，更希望能完全感知当事人的情绪和心跳。我怕我翻译不好，所以提前做了功课，翻译好了藏戏里的专业俗语，又怕自己词根不够，去学习了华热索南才让老师的《话说藏戏》和《西藏艺术研究》。当在书中看到索南才让老师提及南木达藏戏和俄旺旦真主席时，我特别欣喜，特别自豪，我觉得我一定会翻译得很好，变得信心满满。

∧ 俄旺旦真主席

我和高梧教授不同，并非初次见他，我是俄旺旦真主席看着长大的孩子，他知晓我的际遇，总是赞许和鼓励我。他在四川、青海、甘肃都是颇有威望的高僧大德，是我非常敬畏的老活佛。我们从小看着他编排各种藏戏剧目在各个片区展演，我们会搭上拖拉机、翻进东风车，和人群蜂拥而至，一头钻进人群，用袖口一把抹去鼻涕，和尘埃一并落在观众席的第一排，张着嘴巴等待藏戏的幕布从舞台两边被化着浓妆的面颊红红的藏戏演员徐徐掀开……《格萨尔王》《智美更登》《文成公主》这些经典剧目永远定格在以辽阔的草原为舞台，蓝天白云和雪山河流为背景，以潺潺流水、马斯牛鸣、百鸟放歌为自然音乐的藏戏艺苑中，人们沉浸其中。

那种热闹的场面、激动的心情让我们忘却去擦汗珠浸湿的头发，舒缓一路飞跑的疲惫，更多时候我们看的不是剧情而是热闹。看着半百的老人在剧情动人处，转动手中的经筒，呢喃着经文老泪纵横时，我们不明所以，却不想那时他们看的已是如戏人生。而我，在戏未完时，已在母亲怀中酣然睡去……

二

和蔼的俄旺旦真主席讲到自己儿时和藏戏的渊源，仿佛一个可爱的孩子，时间在他手里串成了一串佛珠。老人娓娓道来："1949 年 5 月，我出生在壤塘县南木达乡南木达村，父母是当地牧民。4 岁时被认定为转世灵童，5 岁在青海省班玛县阿什羌寺坐床入寺，在识字读经的同时，我痴迷藏戏，拜浪本寺的班热喇嘛系统学习了藏戏。自己经常观想金刚乐舞，尤其是《猎人贡波多吉》的故事，是我儿时心心念念的剧目，也让我领悟到了金刚乐舞的寓教于乐。《猎人贡波多吉》成了首部我创编的南木达藏戏传统经典剧目。1959 年，民主改革时我回到南木达开始培养藏戏传承人。1962 年，我的首演是演《智美更登》。1979 年，在公社和县里的支持下，我带头组建了南木达业余藏戏团，用的是 1962 年的剧本，精选了 60 余人排演。政府给了 1000 元排练经费，这在当时是一笔巨款。钱主要用来制作服装，我们买来纱布、棉布，自己浆染裁剪制作。演员不懂表演，从开始要让他们去感受，我就口口相授、手手相传，抬手落脚力求精益求精，一招一式、一鼓一钹、一弦一琴，力求做到既连贯又完美。舞台表演小到一个手法、一个动作、一句唱腔、一句台词都规范具体，我认为这是藏戏表演的灵魂。舞蹈动作的表演、唱腔节奏的变化、每个场次的转换、间歇时空的过渡均由乐器支撑，根据藏戏乐队配器，一张鼓有多种击法，鼓钹根据需要配合打击，唢呐长号间奏插吹，以增强戏剧的气势和增强演出效果，反复排演近两月。1979 年 10 月 1 日，我永远记得这天，微风和煦、气氛热烈，《智美更登》在南木达乡演出，现场观众 2 万多人，演出引起了轰动。

"走出第一步后，后面的事情就比较顺了。1980 年 10 月，县上邀请了一些戏剧专家，以藏戏团为主，加上相邻地区舞狮和跳金刚乐舞的民间艺人，搞了一次藏戏会演，观众来了 1 万多人。1981 年 9 月，在甘孜州巴塘县举办首届全国藏戏调演，藏戏 8 大剧种都来了。调演了两个星期，我们团的《智美更登》得了第一名，还得了创作奖。1983 年 7 月，阿坝州举行藏戏调演，我们团的《智美更登》得了一等奖。1986 年 10 月，在阿坝州艺术节上，我创作的《赤松德赞》得了特别奖。1987 年，四川省首届藏戏调演在巴塘县举行，我们的剧目又得了金奖。从 1981 年开始，除壤塘外，我们还在马尔康、金川、红原、阿坝、松潘、色达、若尔盖、青海省班玛县等地演出。2010 年 5 月，南木达藏戏被四川省政府列入第二批省级非遗名录。2012 年在原南木达藏戏团的基础上成立了壤塘县藏戏团，南木达藏戏逐渐形成了具有壤塘地方特色的代表性佳作，由于上演剧目众多、内容丰富、巡演形式多样，因而深受群众喜爱。2013 年 9 月，阿坝建州 50 周年，我们专程赴马尔康表演了《智美更登》。建州 60 周年，我们表演的藏戏《文成公主》，得到国家、省和州领导的肯定及广大群众的一致好评。为什么南木达藏戏会如此受欢迎？是因为以前农牧区的文化生活比较匮乏，而如今我们贴近群众，来源于群众，走进了群众。也因为我们拥有自己的剧本、自己的表演方式和表演风格，使它成了安多藏戏中影响力特别大的重要支系，我觉得南木达藏戏开始由寺庙走向了更广阔的戏剧舞台，从传统藏戏走向了现代藏戏的发展方向。"

　　老人在讲到荣誉的时候并未提及自己的奖项，但我们在翻看他的"宝贝" 时，看到 1986 年 5 月、1997 年 6 月，国家文化部、国家民委、中国文联、中国社科院为他在英雄史诗《格萨尔》抢救与研究工作中做出的优秀成绩给予了两次表彰，他还获得了"州十佳文化传承老人"等多项荣誉。

三

　　俄旺旦真说："我是南木达藏戏的省级传承人，传承是我的主要工作。其实抓传承，州县的扶持力度是非常大的。特别是县里，给藏戏团编制、经费，安排藏戏团参加各种文化演出，建立藏戏传习所，建设藏戏演艺厅，传习所评星定级，都是保护传承。藏戏团从成立就得到了政府的大力支持，每年都会定期、不定期得到一些资助。政府给的钱能让我们团基本维持下来。特别是县里面给剧团核定了 40 个编制，是以公益性岗位定性解决的，由政府购买服务，第一次就拨了 100 万元经费。剧团比较稳定，愿意参加剧团的人很多。我现在有 2 个传承人，还招了一批 20 多岁的年轻演员进藏戏团。团里每 5 年换一批演员，年龄大了就要退下来。我现在最忙的事是培养人。我已经 70 多岁了，要争取多写几个剧本、多培养几个演员。现在非遗进校园做得非常好，我把注意力放在了中小学，壤塘县寄宿制小学是重点传承基地，其他中小学我们也教藏戏的基本知识和基础的表演技巧。我们还参加各类文化节和藏羌戏曲进校园活动，不断到各大院校、中小学校演出。这些年我们去了成都、上海、浙江、北京演出，把南木达藏戏传播到了各个地方。我也会竭尽全力，让藏戏发扬光大。

　　"这些年南木达藏戏演出的剧本都是我创作或者改编的，主要有《智

1983 年，南木达藏戏团在金川演出《松赞干布》

《赤松德赞》剧照

美更登》《松赞干布》《卓瓦让姆》《日吉尼玛》《却吉那让》《赤松德赞》《赤德祖旦》《卓瓦桑姆》《米拉日巴与猎人贡多波吉》以及格萨尔王系列的《色玛依阿》《地狱救母》《丹玛青稞》《降妖除魔》《赛马称王》《霍岭大战》等。我最喜欢的剧本是《赛马称王》，讲述格萨尔王在赛马中夺冠，最后成为部落领袖，这样的家国情怀值得宣扬；最让我感动的剧本是《智美更登》，讲述年轻王子历经磨难后仍热心助人、不惜献出自己的眼睛，这样的奉献精神值得推崇。写剧本、改编剧本我要强调主题，像《赤松德赞》我抓住三点写：一讲民族团结，二讲搞好建设，三讲发展文化。赤松德赞的母亲是金城公主，这是说藏汉一家亲；赤松德赞请来莲花生大师修建桑耶寺，这是讲互助友好搞建设；而剧中的歌舞、行善积德的故事，这是核心价值观的文化宣传。所以，团结、建设、文化就是剧本的核心。除了剧本的创编外，我对藏戏的演出时间、乐器、角色、舞美都做了改动。一部剧的时间从最初展演 2 天，压缩到 3 个小时，最少的半个小时。以前每年演出日子固定，现在有需要就演。除传统藏钵、藏锣、手摇铜铃、莽筒、海螺等乐器外，我根据剧本的需要，逐年增加竖风琴、电子琴、二胡、扬琴、口琴等。角色上，过去男扮女装，现在招了女演员。舞美改得比较多，新道具出现，灯光布景变美，在剧场还能加上汉文字幕。为了让演出更生动，我穿越山林、草原、河谷，把风声、水声、鸟声录下来作为背景音乐，创新使用迪斯科灯光、喷雾器，服装也尽量接近剧中时代、贴近人物。藏戏从根源讲是宗教戏剧，乐舞表演被认为是宗教观念和宗教仪式最显著的外化方式。所以，过去的戏剧演出都在寺庙里，演员是僧侣，也严格禁止女人参加演出。但藏戏必须适应新形势，跟上时代的发展和社会的变迁，我认为女性的柔美和善良足以担任任何一个特定的伟大形象。"

四

德国哲学家黑格尔曾经说过："哪个民族有戏剧，就标志着这个民族走向了成熟。"藏戏作为我国藏民族戏剧艺术，已经发展形成了具有诸多不同风格特征的剧种和流派，它随着藏民族自然崇拜的原始苯教而萌芽，由历代藏戏艺术人创造，后来又经藏族语言文学大师毗若遮那、赞巴兰卡、唐东杰步等杰出人物与众多藏戏艺人们不断充实和完善发展。到公元 18 世纪，不仅有着如同西方世界希腊雅典戏剧节似的世界东方"雪顿"藏戏艺术节，而且有着以藏语卫藏方言区的"阿姐娜姆"、康巴方言"朗达羌姆"、安多方言"南木特尔"和嘉绒方言"鲁嘎尔"等不同剧种，而今天我们讲的就是安多藏戏"南木特尔"中的南木达藏戏。

有专家把藏戏的发展分为三个时期：7 世纪以前为藏戏的孕育和滥觞期，8—14 世纪唐东杰布时期是藏戏的发展时期，党的十一届三中全会以来，

∧ 俄旺旦真教授现场

藏戏恢复，之后现代藏戏开始繁荣发展。2006 年，藏戏被列入国家级非物质文化遗产代表性名录。2009 年，入选联合国人类非物质文化遗产代表作名录。而俄旺旦真主席讲到这里，意味深长地说道："恰逢文化盛世，自己定当不改初心，与时俱进，致力保护传承。"看着古稀有余的主席这样信誓旦旦，我竟忍不住掉下眼泪。

藏戏艺术历史的悠久，剧种和流派众多，音乐唱腔韵味隽永、面具服饰五彩缤纷，各角新秀层出不穷，而文化流派的诞生不是一种刻意的行为，俄旺旦真主席当初想的仅仅是我要演藏戏，我要让藏戏好看，看的人更多。一不小心，南木达藏戏就从安多藏戏中显现出自己的特色，成为一个重要的分支。文化没有"打造"一说，它源于历史，植根于生活，在传承中变迁，以本土气质取胜。俄旺旦真的这一系列改革，使安多藏戏从寺庙走向专门的戏剧舞台，从宗教戏剧转向世俗戏剧，并形成了安多藏戏的重要分支——南木达藏戏。

文中的重要时间节点和事件脉络，我是用第一人称的叙述方式完成的，只想要真实地还原俄旺旦真主席朴实的语调和平易的态度，他老人家在传

承的过程中既有传承又有创新，既有改革又有发展。用民间歌舞、说唱艺术、宗教艺术、佛学哲理同现实生活相结合，不断实践、不断编创各种剧本，全程参与体制创制、程式设计、流派奠基、形象塑造、音乐舞美、布景服饰、戏曲唱腔、剧本创作、演艺技能等各个重要环节，不仅为藏戏艺术的发展，也为民族文化发展和民族团结，铸牢中华民族共同体意识作出了卓越贡献。如今我们已经激活了优秀传统藏族戏剧的源头活水，使这股源头活水真正流淌下来了，古圣往贤的经典剧目已经源源不断地滋养着更多的人，我相信，通过传统经典剧目的"创造性转化"和"创新新发展"，优秀传统藏族戏剧就一定能再创辉煌！

马背上的人生
——记红原马术队教练尕嘎

周家琴 / 文

又到红原，去见一个叫尕嘎的老人。

草原落日，温暖的余晖洒向渐绿的草地，远处绵延起伏的群山若隐若现。而近处蜿蜒流淌的河流，像一条金色的哈达铺在草地上。天似穹庐，笼盖四野，那些近处或远处搭着黑帐篷的草地上，有数不清的肥壮的牛羊漫步其间，这里是它们流动的家，也是游牧主人流动的家。

藏族是一个马背上的民族，是一个能骑善射、能歌善舞的优秀少数民族。草原上的马，最初是牧民出行的方便快捷的交通工具。后来草原上通了公路汽车，马就成了另一种新兴产业的道具，于是在景区有专供游人骑玩和拍照留念的骏马。现在我要说的是与赛马有关的事儿。藏族有

∧ 尕嘎

着悠久的历史文化传承和体育竞技运动传承。赛马是藏族人民所喜爱的传统体育项目之一，跟跳锅庄、唱歌、骑马射箭一样，也是藏族人民的娱乐方式之一。藏族赛马大会比较有名的有：四川红原"草原赛马会"、西藏当雄的"当吉仁术"、西藏江孜的"达芒节"、青海的"盘坡草原盛会"等。红原芒卓甲扎（红原马术）在红原大草原上家喻户晓，甚至在四川省都是一个叫得响当当的名字。红原马术队的总教练尕嘎，曾经叱咤风云的人物，如今已是近八旬的老人。

我都不记得来红原多少次了，前几次的到来都是因为"精准扶贫"脱贫验收工作。这一次是来走访红原草原上已经退休的尕嘎老人，在退休不离岗的日子里，他像一支蜡烛在自己的岗位上发热发光，照亮更多人前行的路。

"莫道桑榆晚，为霞尚满天"，尕嘎老人和很多老人一样，把默默奉献当成人生的乐趣，把老有所为当成另一种精神境界的追求。

初识尕嘎教练

我们约好了在河边的一个小茶馆见面。

一身藏青色衣装，佝偻着背的老人慢步走进小房间后，安静地坐在木质沙发上。年龄和我父亲差不多，精气神还不错的尕嘎老人出现在我面前的时候，我还是感到有些意外。县委组织部的卓玛说尕嘎老人76岁了，是红原芒卓甲扎民间马术队的总教练，也是从红原县文体局退休的老干部，还是阿坝州非物质文化遗产的传承人，更是脱贫攻坚道上的引路人。

尕嘎是土生土长的红原人。他从小随家人生活在茫茫草原上，从小就以草原为家，牛羊马匹都是他的好伙伴，长期的赶牛放马让他与动物们产生了深厚的亲近感和特殊的感情。骑马放牧也是尕嘎的一种生活常态，策马奔腾也是尕嘎从小就享受到了的快意人生。草原的生活环境让他从家人那里从小得到民间马术技术的真传。在数十年的人生阅历中，见证了红原县民间艺术、体育文化的发展变化，并以满腔的热情参与其中，为红原县的体育文化事业发展作出了最大的贡献。

我们在一碗马茶的氤氲中开始打开话匣子。

"今天我们聊聊您的红原芒卓甲扎，马术队是好久成立的呢？马术队今天发展状况怎么样了？"

"红原芒卓甲扎（红原马术）是四川省非物质文化遗产代表项目。红原县芒卓甲扎民间马术队成立于1985年，至今已经有三十八个年头了。刚刚建立的马术队人单力薄，只有五个人五匹马，人少是少，我们训练却非常认真，有点成绩后大家有了更大的信心和凝聚力。后来参加马术队的伙伴逐渐增多，优良的马匹也越来越多。人和马都需要长期训练，怎样选马跟选队员一样都要认真对待的。三十八年后的马术队也只有十六人二十四匹马，可这也是四川省甚至全国的第一支民间马术队。以前红原还没有建县时，草原上有很多部落。到了夏天草原上最美的时候，各部落要举行很多集会和宗教仪式，赛马就成了大家都喜欢的比赛活动。无论男女老少都会特别期待举行赛马会。这也是草原上男子大显身手的时候，赛马会上优秀的骑手也会因此得到姑娘的喜欢。所以很多有追求的年轻人都想进入马术队当赛马队员。这对于他们来说也是很风光体面的一件事。"

红原，被称为中国马术之乡。

川西北高原上的藏民族因人人都善于骑马，故被称为"马背上的民族"，有着历史悠久而且丰富多彩的马背文化。马背文化的核心和精华就是马术。红原县民间马术活动可以追踪到100多年前，草原上的游牧民都喜欢这项运动。

马背文化源于古老的游牧社会，作为体现马背文化核心的马术运动，是古老的藏民族在长期的生产实践中，形成的一项具有鲜明游牧民族特色和悠久历史，深受广大游牧民族喜爱的文化体育运动。早在1300多年前的吐蕃时代，藏族地区就广泛开展赛马术文化体育活动。赛马场上那"骏马腾起似旋风，一声长嘶破碧空"的壮观场面让多少人热血沸腾，赞叹不已。

草原赛马最有名的当属内蒙古的那达慕赛马会。红原草原的马术队的表演或者参赛活动一样让人无比震撼。草原赛马大致分为三个项目：一是短程赛马，这种比赛比较普通，参与度比较高，难度系数低。当然这种比赛随意性较强，赛程不作硬性规定，大致在1000米到2000米之间。获胜者奖哈达、彩绸或砖茶等物。哈达或彩绸系于马脖，以示荣耀。在辽阔的草原上，可以说马术队每天的训练就相当于是在短程赛马，也可以什么都不奖励，奖励一片喝彩声就可以了。短程赛马参赛者不论年龄大小都可以参加，以青壮年居多。二是穿越障碍远程赛马（又称格萨尔王赛马式），赛马过程中设置的障碍包括栏栅、石墙、沟渠等，这种赛事难度系数增加了，要比技巧和耐力，也要比勇气和胆量。三是飞马骑技。这是最精彩的赛马环节了，可以让观众看得欢呼雀跃，热血沸腾。草原人民喜欢马，喜欢看赛马比赛，喜欢这种速度与激情碰撞出的欢愉。同时，赛马场也是爱马人寻觅良驹的好地方。在赛马场，也是藏族青年小伙儿与心仪姑娘约会的好地方。

红原马术的名声越来越响,精湛的技艺也是有口皆碑。新中国成立以来,红原民间马术队继承和发扬传统表演项目,积极学习驻县骑兵部队驯马经验及骑术,不断开发新动作,"跃马舞枪""五彩凌空""乘马跳鞍""海底捞月""雄鹰展翅""登高望远""蹬里藏身""燕探绿海""跃马越鞍""八步赶程""综合造型""仰下登上""展望未来""飞马踏燕""飞马直立""倒挂金钩""飞马横鞍""飞马倒立"等动作项目相继诞生。

赛马节

　　尕嘎受家人的影响 17 岁开始接触马术，经过数年的艰苦训练，悟性极高的尕嘎慢慢地成长为一名优秀的马术运动员，直到成为优秀的马术教练。尕嘎几十年来除了当好教练，严格按照马术运动的规定传授专业技能，包括怎样去发现优质潜能的马匹，如何调教马匹，如何规范上马动作下马动作，怎样在飞奔的马背上表演高难、惊险、优美、巧妙的动作等训练外，还要在生活上关心马术队员，解决他们的后顾之忧。红原马术队在草原上迅速成长起来。今天的红原民间马术队，已经形成 36 套具有藏民族传统

特色的马术表演项目，其中"致礼献花""飞马跃鞍""燕子探海""双鹰展翅""飞马拾哈达"等高难度高技巧项目最引人注目，成为马术运动赛场上最为亮丽的风景。

辽阔的大草原，水草丰茂的高原湿地，任你驰骋奔腾的草原。外地游客欣赏陶醉到的都是最美草原风光。可是在当地老百姓心里还有比草原更美的大事，那就是草原上的赛马会。红原马术队就是赛马会上最耀眼的星星。

如今，红原马术队已经走过了三十八年的风雨路程。三十八年，弹指一挥间，却也是一段艰辛的岁月。三十八年间，马术传承和保留了六十余套高难度的表演动作，培养出了一批优秀的马术表演人才，其中多名"〇〇"后队员如今已经成为省州级非物质文化遗产代表性传承人。红原芒卓甲扎展示了藏族人民豪放的性格、像雄鹰一样勇往直前，不怕艰难险阻的倔强精神。红原马术队的表演也已经成为红原大草原上一道

▽ 训练场上

靓丽的独特的风景线。

红原马术有着独特的藏民族传统体育特色，它蕴藏着展示着深厚的马背文化，同时也坚持不懈地传承和弘扬了马背文化，成了红原县、阿坝州乃至四川省一张非常响亮的体育名片。这张名片也打开一扇对外宣传的窗口，为让更多的人通过马术运动比赛知道了红原，了解了红原，喜欢了红原。让更多的人明白去红原不仅仅可以欣赏辽阔美丽的大草原风光，恰逢草原盛会还可以看马术表演，也可以在大草原骑马纵横驰骋。

优秀的红原马术队

这支小小的民间队伍，在尕嘎教练的带领下南征北战，代表阿坝州或者四川省参加了全国各届少数民族传统体育运动会，并且屡屡获奖，这也让这支马术队的名声在草原上随风飘散，美名远扬。

话匣子一旦打开，尕嘎老人也不拘束，问什么聊什么。问到这些年来马术队的生存问题时，尕嘎坦然说："政府还是非常看重我们红原马术队，也在各个方面关心帮助我们。红原县政府每年要补助一些专项资金给我们马术队，我们每次外出表演也好，参加比赛也好，都是有酬劳的，特别是受邀请去参加马术运动表演，有时出场费高达几万元。"为此，作为总教练的尕嘎不会放弃每一次外出演出的机会。他深深地知道，马术队员大多数来自草原上贫穷的牧民人家，平日里也没有收入。在马术队只要表演了还是有一定的额外补助，队员家里收入增多了，慢慢就会摆脱贫困。当然马术队员们也不能完全靠马术表演和参赛来为家里增收，平日里到了挖虫草挖药的季节，也会去加入挖药的队伍，毕竟在草原上名贵的中药材可以卖个好价钱，这方面的收入还是比较可观的。

谈到自己的马术队不仅仅是在传承民间马背文化，还在脱贫攻坚的路上贡献了一份力量，尕嘎觉得自己的努力没有白干，倍感欣慰。

从 1995 年开始至今，红原马术队很多次代表四川省参加全国少数民

全国民族体育先进集体及个人表彰大会合影留念 1991.11

∧ 全国民族体育先进集体及个人表彰大会合影留念

族传统体育项目运动会，获得五金三银十三铜的好成绩，又在四川省第
十一届少数民族传统体育运动会上囊括了马术项目全部奖牌。2005 年，
四川省第十二届少数民族传统体育运动会马上项目在红原举行，红原民间
马术队不负众望，荣获速度赛马四金四银四铜、马上项目三金三银三铜的
成绩。可以毫不夸张地说，红原马术队是为少数民族传统体育文化作出了
巨大贡献的，说马术队是绽放在红原县、阿坝州乃至四川省的"民族体育
之花"，一点也不为过。鉴于红原马术队卓越的体育竞技艺术，红原马术
于 2013 年被列入阿坝州州级非物质文化遗产代表项目名录。

　　我们谈到红原马术队取得全国第五届、第六届、第七届和第八届民运
会的优秀成绩时，尕嘎老人非常淡定，他觉得那些金牌银牌和铜牌都是过
往，只能代表过去的成绩，马术队怎样更好的传承发展下去才是他最操心

的事儿。

诚然，随着时间的推移和生活环境的变化，这项被藏区少数民族热爱的竞技活动随着传承人的逐渐减少，慢慢开始失传。今天的马术队也面临着一个新老交替的问题，尕嘎在培养后来人方面也下了很大的力气，一批批新的马术队员茁壮成长起来。他早就认识到了发扬马术运动的任务是一个长期的过程，也认识到了坚决不能让这项民间艺术枯萎下去，他把马术运动的传承当作了自己毕生的任务。如今马背文化艺术传承发展良好，芒卓甲扎队员在脱贫路上也得到了些许经济上的帮助。马术运动作为一项体育竞技活动，能够保护和传承下去，就是对非物质文化遗产作出的巨大贡献。我问起老人的得意门生有哪些时，老人如数家珍说出一串名字。其中彭措、达巴和王平安是尕嘎教练培养出来的优秀的马术队教练，尤其是彭措，跟尕嘎一样已经成为省级非遗传承人，这让民间马术运动的技艺得以更好地传承，也算是保住了草原上这项体育项目。尕嘎教练的一生，从青年到老年，他从未离开过他的马术队。

"过去的辉煌成绩大家是有目共睹的，你把辛勤的汗水洒在了美丽广阔的红原大草原，你把青春奉献给了红原的芒卓甲扎马术事业。如今早已退居二线，目前你最大的心愿是什么呢？"

"希望政府划给一块训练场地，一块 300 亩左右的草场空地就好了。现在我们马术队是在阿木乡租了一块草场在搞训练。"

刚好红原县委组织部分管老年协会的领导也在场，他表示要尽最大努力帮助马术队解决问题，我们都希望老人的心愿能顺利实现。

时光过往，弹指一挥间，那些在马背上奔腾的岁月让尕嘎老人永生难忘。有鲜花也有掌声，有得到也有失去，有欢声也有无声的泪水。

"人有悲欢离合，月有阴晴圆缺。"2013 年那个夏天对尕嘎教练来说是人生至暗的日子，也是他一辈子都躲不过的劫。那年尕嘎教练带领红原马术队赴温江参加马术比赛，受天气气候影响，路况变得复杂多变，队伍在途中意外发生了车祸，尕嘎作为马术队优秀队员的三儿子不幸在车祸中遇难。三儿子可是尕嘎教练费心培养的马术队接班人，事实上三儿子已经是一名名副其实的年轻教练了。尕嘎教练遭遇了黑发人送白发人的人间悲痛后，身心受到了很大的打击，以致于在很长一段时间内都走不出失去亲人的阴影。回想起三儿子12岁就跟着自己在马术队艰苦训练的点点滴滴，回想起三儿子跟随自己在马术队南征北战的往事，尕嘎心中的痛像一块石头压在心底。我不忍心与老人过多谈那些伤心的往事，赶紧转移话题。

过去的就让它过去吧，眼光看向辽阔的大草原。尕嘎教练倾尽毕生的精力，为红原马术队的发展做出了最大的努力。

时间过得太快，在红原与尕嘎教练相处的时间太短了。我们的倾心交谈只是让我知道了鲜为人知的红原马术运动知识与发展过程，还没有真正地走进马术运动员们的生活，甚至还没有与一匹赛马零距离接触。我想机会肯定是有的，也许就在今年夏天，在那个草原上开满鲜花的时候。

与老人挥手作别，残阳如血的草原异常美丽，尕嘎老人蹒跚的背影消失在我模糊的视线里。

故乡文化的传承者和守护者

——记嘉绒文化研究会会长格尔玛

杨素筠 / 文

　　他在故乡工作生活了一辈子，从参加工作直到退休，一直没有离开过马尔康。2010年退休后，他孜孜不倦地做阿坝嘉绒文化研究工作至今。他是一位备受人们尊重的老人，所有认识他的人，印象中他是一位兼具学者风范的文化人，一位好领导。与他共事和打过交道的人说，他是一个可以托付重任也值得交往的人。他就是阿坝嘉绒文化研究会创办者格尔玛，马尔康松岗人，藏族。

　　格尔玛退休后十几年如一日，用心用情参与到故乡阿坝嘉绒文化研究会的工作中。他与嘉绒文化研究会的同仁们用了十几年时间收集整理有关嘉绒文化研究文章和民俗文化的文章近两百篇，超过一百多万字。在他主持下出版了《嘉绒文化研究》内部刊十六期、公开出版《嘉绒文化研究》书三集。这些成绩取得的背后，都离不开格尔玛带领下的嘉绒研究会成员们对嘉绒文化持之以恒执着的热爱之心。

在格尔玛的带领下，阿坝嘉绒文化研究会对马尔康"嘉绒锅庄的故乡""嘉绒唐卡之乡""马尔康中国嘉绒文化腹心地"，打造马尔康"国际生态旅游文化名城"等文化旅游品牌作出了卓越的宣传贡献。

做文化是一种责任

格尔玛曾担任过马尔康县卫生局局长、县委宣传部部长、县纪委书记、县人民政府常务副县长、县政协主席等等职务。2010 年由他牵头成立了阿坝嘉绒文化研究会，他任阿坝嘉绒研究会会长、《嘉绒文化研究》编辑部主任等。格尔玛对工作精益求精、治学严谨。

2010 年，他从马尔康县政协主席岗位退休时，他完全可以每天去喝茶聊天，与朋友们一起喝点小酒，与老同志们一起旅游或者陪家人过过老年生活。但是他考虑到国家培养自己那么多年，总感觉就这么闲下来没有意思，自己还有做事的精力。于是，他萌发了想为故乡再贡献一己之力的想法。同时也想让退休后的生活更加充实，为社会再做一些力所能及的事情，做到老有所乐。恰巧当时有人找到他，想让他牵头在马尔康地区成立一个会计师事务所，为这件事他认真地做了考察和准备工作，包括聘请一些有资质的会计师，他都联系对接好了。他比较熟悉经济工作也很喜欢这类工作，当时马尔康地区很缺乏会计师事务所，希望能通过做这些工作提高一些收入。

就在会计师事务所即将要成立之时，他将自己将要准备成立会计师事务所这件事告诉了他的两位老朋友，四川省民政厅原副厅长三郎木滚和阿坝州人大原副主任扁秋老先生。没有想到的是，当两位老领导听了他说的事情后，却提出希望他来牵头成立一个阿坝嘉绒文化研究会。在两位老领导的重托下，格尔玛考虑再三后，决定放弃成立会计师事务所，牵头做嘉绒文化研究的工作。

　　作为一个土生土长的马尔康嘉绒人，他深知故乡马尔康嘉绒文化非常厚重但是缺乏系统挖掘整理，更缺乏系统文字的描述和记录。他认为自己有这个义务和责任做好马尔康嘉绒文化的挖掘整理保护工作。通过他再三考虑，他毅然决定放弃成立当时有无限发展前景的会计师事务所，承担起这项注定与辛苦和奉献打交道的文化研究重任。

　　当格尔玛决定牵头做嘉绒文化研究工作后，他立即就联系了原马尔康县政协副主席余斌女士和原马尔康县人大主任杨西川先生。他们一起寻找了一群志同道合的热爱嘉绒文化的文化人，开始了嘉绒文化研究会的筹备。通过精心筹备，2007年阿坝嘉绒文化研究会正式成立，格尔玛任会长，杨西川、余斌任副会长。

　　在这次采访中，格尔玛告诉我："作为一个马尔康嘉绒人，有责任做好

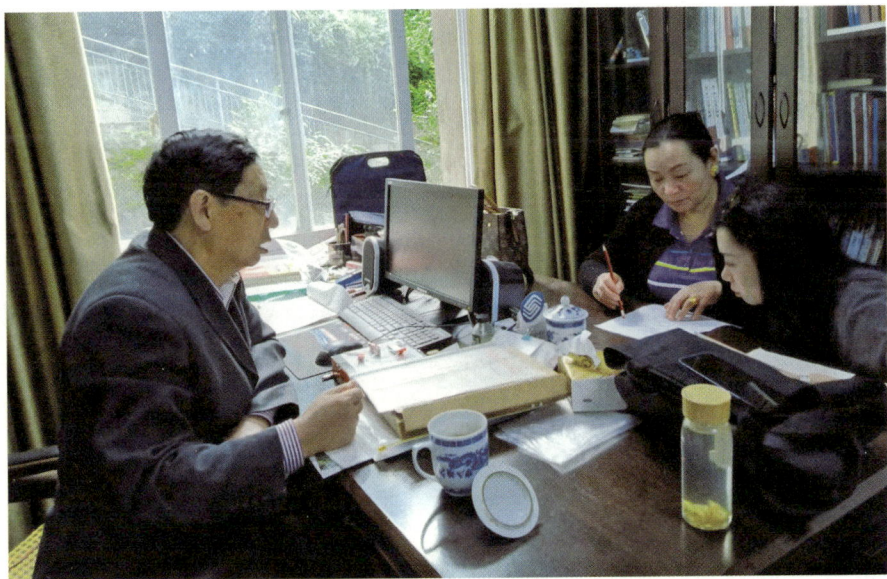

∧ 格尔玛（左一）与嘉绒文化研究员校对稿件

嘉绒文化的传承和保护。"他说做故乡文化也是一种责任担当，这是老领导、老朋友对他的厚望，也是一种高度的信任。文化改变着生活，也被生活改变着。如果说有一种力量，最广泛最深刻地改变了世界面貌的话，那就是文化的力量。

马尔康，意为火苗旺盛的地方，是原嘉绒十八土司中卓克基、梭磨、松岗和党坝四个土司的部分属地，被称为"四土地区"。今天的马尔康也是阿坝州的州府，是全州政治、经济、金融、文化中心。

嘉绒地区，其山高谷深的自然环境，让该地区历史上往往处于较为封闭的状态，外界很难获得这里历史和文化等方面的信息，留下的史学资料也比较匮乏。

嘉绒地区的藏族人不仅在语言文字、宗教历史、文学建筑、音乐舞蹈、民俗风情、生活习惯等方面继承并保留着藏民族深厚的传统文化，同时，由于独特的地理位置，又形成了具有浓郁地方特色的嘉绒文化。

据《川康屯政》记载，明清以来马尔康一直就是嘉绒文化的腹心地，是嘉绒藏族原生态民间文化沉淀最厚重的地区之一。做好嘉绒文化研究保护和记录，必将是一项文化重任。

"我们嘉绒文化研究会所做的工作是大家的功劳，不是我一个人的成绩。"这是我在采访格尔玛时他说得最多的话。

在挖掘整理嘉绒文化中，作为会长，格尔玛严格把好尺度关，杜绝狭隘的文化自大，在凸显自我之时不忘追求百花齐放的盛景，并且努力践行百姓文化之实，让望尘莫及的高调与恬静可人的平淡相得益彰。格尔玛带领研究会，肩负起了对嘉绒文化的发现、探索和研究。在他们的执着信念和辛勤耕耘下，更多的嘉绒传统文化被公之于众，纵然尚未形成学派体系，但是也成果丰硕。

《嘉绒文化研究》在探索包罗万象的文化之谜中，梳理出精品文化力作。嘉绒文化研究重点在历史溯源、文明探源、文化遗产、文艺研究、历史名人、民间艺术、屯土制度、护国伟杰、红色记忆、嘉绒民俗、行游嘉绒和锅庄研讨等众多课题。多年来嘉绒文化研究成果为马尔康文化旅游融合做出了大量有益的探索。

做真诚的传承者

为了马尔康非遗的申请，格尔玛带领研究会老同志们深入到马尔康的各个村寨，对非遗文化传承情况进行采访调研，并且用了大量的时间去录制整理资，并协助相关部门申报入省州非遗名录。其中有很多项都是濒临失传的非物质文化技艺。

采访中格尔玛说道："过去马尔康县文化局非遗工作人员少，他们忙于中心工作的时间多，年轻人也没有更多的工作经验，一些申报工作基本上由我们自己来协助文化部门完成的。"

这些年格尔玛所在的阿坝嘉绒文化研究会，积极参与到马尔康的省州级非遗文化项目的申报工作中，主动协助马尔康县级文化部门申请省州级非遗项目。截至目前，马尔康市已经申报成功的 6 项省级非遗项目中，有 4 项就是阿坝嘉绒文化研究会申报成功的，包括：嘉绒农耕劳动歌、嘉绒馍馍印技艺、阿让蒸馏酒酿酒技艺、嘉绒驺日节四项进入了四川省非物质文化遗产名录。研究会还帮助成功申报了"嘉绒木锁技艺"进入阿坝州非物质遗产名录。

嘉绒研究会协助申报的几项非遗项目，也几乎是濒临失传的非遗文化技艺，收集整理申报工作尤为重要。如今，很多传承人已不在人世。

十几年来，申报省州非遗项目时候，格尔玛总是不怕困难不嫌麻烦，他还亲自跑去省文化厅汇报非遗申报工作。

格尔玛说第一次去省非遗处的场景依然历历在目，他说："本来我去的当天，非遗处的处长下午有个重要会议要开，说给我十分钟的汇报时间，但是当听取我的非遗情况汇报后，当时那位处长就很感动，专门安排了其他人去开会，处长用一整天时间接待我，认真听取了我的有关嘉绒文化的汇报，还帮助我们分析非遗项目申报的侧重点和注意事项，以及如何加大申报抢救一些濒临失传的民间非遗技艺，为接下来我们嘉绒文化研究会参与省级非遗申报工作鼓舞了士气，给予正确的指导。"

每次申报一个项目，要做大量的基础工作。格尔玛说，在申报嘉绒农耕歌曲时候，就前后录制，撰写相关申报材料，他们几个老同志就花了整整 3 年多的时间。

格尔玛说，在申报非遗之前，他的一篇《浅谈嘉绒农耕劳动歌》文章申报成功了省社科联的专项经费资助项目，得到省社科联 8000 元的一笔奖金，本来是对他个人社科文章专项奖励，而他却没有个人使用，而是全部用于由他牵头申报的马尔康非遗文化项目中。格尔玛说，那也是他得到的第一笔研究经费。

格尔玛和研究会几位老同志花了 10 多年的精力，前后系统整理出 29 首非常经典的马尔康嘉绒农耕歌曲。因为经费有限，他自己与研究会的余斌老师和彭措老师免费记谱，整理出藏文歌词，后来他和杨西川（原阿坝

∧ 格尔玛与研究会成员一起讨论

068

嘉绒研究会副会长兼秘书长）、张学凤等人共同参与到对歌词的汉语大意的整理中，其工作任务的烦琐可想而知，是非常消耗精力的。这些工作，是在没有任何经费补助的情况下，格尔玛带领着大家，克服重重困难用锲而不舍的精神去挖掘整理收集。

嘉绒农耕歌是季节性非常强的劳动歌曲，采集任务烦琐，采访对象多，要想采集到一首理想的春耕歌、秋收歌、打麦歌、夯土歌必将花费大量的人力物力。格尔玛所带领的研究会老同志们为了节约经费，提前寻找采访点位和预约好采访对象，利用农忙节点去到村寨，在老百姓劳动中进行采录，使采集的歌曲效果达到理想状态，还可以不必为另外组织人员演唱而花费大量经费。

这些年，格尔玛带领一帮嘉绒文化研究会老同志新同志，跋山涉水，不怕劳苦，用心地奉献于故乡嘉绒文化保护挖掘整理。在现场采访也是为了节约经费，他们自己带上一些饮料和一点酒水给大家就算报酬。

录制春播歌他们选择的脚木足蒲志村、沙尔宗丛恩村；录制除草歌就去梭磨木尔溪村和松岗直波村；录制收割歌到白湾乡英各洛村；录制酿酒歌就去卓克基西索村；录制代汝节就去白湾大石凼村；录制木锁制作流程就去马尔康镇俄尔雅村；录制中工匠制作材料不够的时候他们就自己找亲戚从自己家里拿，车子不足就找单位派，找朋友借。每次上高山，几个老同志还自己扛起设备爬山，参与到农民的劳作中录制采访。每次后期制作，配音都是格尔玛亲自托人情，请一些专业的人员利用业余时间免费帮助制作。

"采访的人很配合录制，没有索要任何报酬，我们自己也没有报过任何下乡补助。对于文化保护，一帮人都是甘于奉献的，没有人斤斤计较。"采访中他有点开心地对我说道。

用心做事　真情做人

格尔玛说，他特别欣慰的是，这么多年在做嘉绒文化研究和《嘉绒文化研究》刊物的出版中，得到了四川省文化和旅游厅、阿坝州委宣传部、马尔康市委宣传部在经费上的支持，保证了内部期刊《嘉绒文化研究》16期的出版、公开出版物《嘉绒文化研究》三集的出版。每集《嘉绒文化研究》都超过三十多万字，共计收集研究文章180余篇，100多万字。

之前，格尔玛在担任马尔康县政协主席期间，还牵头主持出版了在州内外非常有影响力的《嘉绒藏族历史明镜》《走向阳光》《雪山土司王朝》几本书。其中格尔玛本人参与了《雪山土司王朝》一书十三章的撰写如："'献金抗日'于右任褒扬土司留墨宝""黑水崛起 新兴领主篡位梭磨土司""'三进卓土'神秘人物送来《共同纲领》""拥护'民改' 自觉顺应历史潮流"等等。

格尔玛主持嘉绒文化研究会工作以来，除做好对内对外的沟通协调工作外，他还积极参与每一期《嘉绒文化研究》文章的征集编辑，与杨西川先生、彭措先生和张学凤女士等认真参与到每一期的稿件修改中。格尔玛还独立撰写整理了多篇研究类文章如："民国前期理番守备、土司父子遇害事件考略""卓克基土司的组织机构和管理制度""挖掘阿米格东文化打造嘉绒藏区文化旅游特色"等等。

他真诚地说："所有研究工作离不开政府的关心和帮助。这么多年，嘉绒文化研究会也发展了一批热爱嘉绒文化的地方学者作为研究员，大概有20多位，其中著名学者有赞拉·阿旺措成、李茂、李仲康、耿少将、红音等等，很多学者也是长期供稿《嘉绒文化研究》。研究会也得到了国内各大高校的关注，高校的一些专家学者帮助撰写理论文章，其中有中央民族大学的才让太教授、四川大学人类学教授研究家李锦、兰州大学博士生导师洲塔教授、西南民族大学博士生导师李玉琴教授和王田教授等。阿坝嘉绒文化研究会拥有一批高水平的撰稿人和研究员，保证了《嘉绒文化研究》文章的较高的水平和可持续供稿。"

这些年《嘉绒文化研究》内部期刊和公开出版书刊，也成为很多大专院校和喜爱研究嘉绒文化的研究者们不可或缺的收藏类书刊。

他说："虽然说一直以来《嘉绒文化研究》稿费很少，但是专家学者们提供的理论类、民俗类、历史故事类的文章质量是非常高的。"

文章的质量既是所邀请的研究员的水平，更离不开格尔玛和研究会的同仁们对稿件主题的确定，对文章内容的精选、编辑和用心修改等，这些都是格尔玛他们做嘉绒文化研究的初心。

2016年第五届马尔康市嘉绒锅庄文化旅游节期间，在格尔玛的倡导下，成功举办了马尔康市首届嘉绒唐卡研讨会，举办了马尔康市第一届嘉绒唐卡展。研讨会邀请到中国唐卡协会的降边嘉措老师、国家级和省级唐卡研究会的主要领导共三十多位专家。通过这次研讨会，与会的专家学者们对嘉绒唐卡有了全面的认识了解，嘉绒唐卡绘画艺术也得到了与会专家们高度一致的评价，马尔康获得了"嘉绒唐卡之乡"的殊荣。

格尔玛给我的印象一直就是做人低调、谦虚朴素和做事严谨的人，也是一位有统筹力协调能力的领导，同时他对故乡嘉绒文化充满了浓厚的兴趣。

格尔玛是一个好学的人。记得他曾给我讲过这样的一些故事。他刚参加工作时被分配到马尔康国营牧场当医生，那时候没有电视电影业，余生

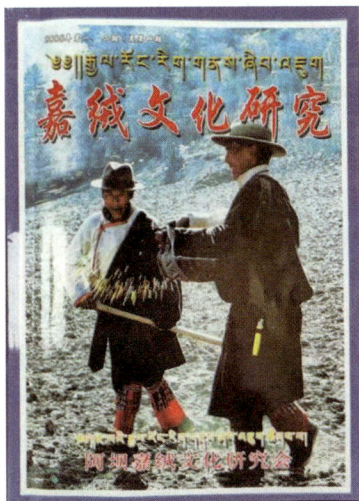

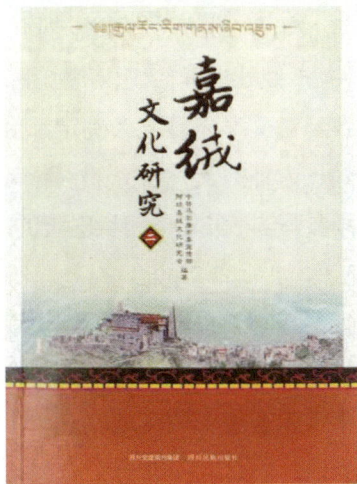

∧ 嘉绒文化研究

活很单调，没有病人的时候他就看书，他在牧场读完了《毛泽东选集》、马克思的《资本论》等许多哲学书籍，还有文学类书籍比如《战争与和平》《钢铁是怎样炼成的》《三国演义》《红楼梦》《西游记》《水浒传》等等。他从年轻时候就非常喜欢看书。后来他工作调动回到县城，担任了马尔康县多岗位的领导，没有到处喝酒打牌的嗜好，最大的爱好就是读书。利用业余时间阅读文学文化书籍，在喧嚣的日子中用文化滋润心灵。

格尔玛是一个家庭责任强的人。多年前，他在担任马尔康副县级领导的时候，因为个人工作能力，上级组织要提拔他到外县担任正县级主要领导。但是当时他考虑到年迈的母亲在老家，他妻子在乡镇农村教书陪伴在老家的母亲，他在县上工作得照顾两个子女读书，他一走家里所有重担将落在妻子一个人身上，他放心不下。于是他决定放弃去外县当县级主要领导的机会，继续留在马尔康工作，这样就又在副县级岗位干了几年。他陪伴着故乡的母亲和妻儿一如既往工作生活，直到母亲老去，孩子们长大工作，妻子退休回县城。

他是一个深爱故乡的人。退休十几年来一直把大部分的时间花在阿坝嘉绒文化研究工作中，目前他从阿坝嘉绒文化研究会会长的岗位上退下来已经多年，如今70多岁的他，对几个年轻的阿坝嘉绒文化研究会的接班人非常关心，处处指导他们，帮助他们，对他们的文化成长总是能精心指导，甚至细致到对文章标题怎么确定都会给年轻人进行耐心指导。他把自己过去积攒的省内外的文化研究的人脉都全部推荐介绍给研究会的新人们，自己还积极参与到2023年即将出版的《嘉绒文化研究》第三集文章的征稿、定稿等工作中。他希望故乡嘉绒文化研究能持续发展。采访中，他还告诉我，他最近正在写一篇有关末代松岗土司历史的采访记，他还说计划再过两年出一本书。他对文化一如既往地执着。

文化承载着故乡的灵魂，一个人爱故乡有多深，他就爱故乡文化有多深。格尔玛是当之无愧嘉绒文化的传承者和守护者，他用文化来深情回望故乡，值得我们每一个人尊重。

血脉是延续的，历史是延续的，文化是延续的。格尔玛和阿坝嘉绒文化研究会的同仁们，通过一本又一本的《嘉绒文化研究》，以嘉绒地区人文和自然为背景，通过对嘉绒地区历史文化和历史故事的整理，对嘉绒文化兼具恢宏气象和绵密文化的研究书写，展示出嘉绒厚重的文化画卷，传递中华民族优秀民间文化的魅力和生生不息的中华文化的精神力量。

藏羌走廊上的一对"活宝"
——记藏羌剪纸传承者韩龙康与侯崇贵

阿穆楚 / 文

　　我终于静下心来，开始动手整理近三小时的录音……两人默契幽默的交流方式——韩龙康滔滔不绝"学术味"十足，侯崇贵突突的甚至有些挑衅式的惜字如金地追问，让我忍俊不禁："这真是一对'活宝'啊。"

　　这一对藏羌文化走廊上"活着的宝贝"，九年前，因剪纸而结缘，并成为理县剪纸文化传承路上不得不提的两个关键人物。

　　韩龙康，羌族，四川省非物质文化遗产《四川羌族剪纸》项目州级代表性传承人，1974 年出生于理县蒲溪，毕业于阿坝高等师范专科学校艺术系美术教育专业，先后在理县通化乡、米亚罗镇、甘堡乡等中小学任美术教师。

侯崇贵，藏族，国家级非物质文化遗产《博巴森根》项目县级代表性传承人，1964年出生于理县甘堡，毕业于四川省广播电视大学（现四川开放大学），一直在理县甘堡乡小学校任教。

一个月以来，翻阅他们整理出版的书籍，回看他们录制讲解的口述历史——《镂空中的岁月》，一夜的漫谈、细碎的交流、结伴寻访民间的传承人……不仅加深了对理县剪纸的认识，更看到了他俩传承民族文化的执着。

∧ 侯崇贵（右）、韩龙康（左）与董永俊（中）博士在《中国民间剪纸集成·四川阿坝藏羌卷》启动及人员培训会上合影

关于剪纸——彼此关联相互区别

千百年来，藏羌汉各族人民在理县生息繁衍，交流交往，地理空间上的相互碰撞，思想观念上的相互交流，文化习俗上的兼收并蓄，孕育出交融荟萃的地域文化，充满了令人赏心悦目的多样性。理县藏羌剪纸就是最具代表的文化现象之一。

因其特殊的地理位置和历史沿革，理县藏羌剪纸艺术，独树一帜，传承多年，蕴含着深厚的民族文化，承载着悠远的民族记忆。早在纸张出现之前，这里的先民就用桦树皮、生马皮、獐子皮制作各种生活用具，用种种富有民族特色的纹饰，装点生活。

"嘉绒藏族剪纸我把它称之为'藏传佛教的影子'，羌族剪纸我把它形容成'云朵上的语言'，嘉绒藏族剪纸传承有序，说得出来道理，而我们羌族剪纸随意性比较大，刨根问底，问不出来道理。而这些所谓看不懂的东西，恰巧是一个民族沉淀出的艺术精品……"正如韩龙康描述的那样，藏族剪纸在发展中形成了相对完整的体系，祈福剪纸、服饰纹样中七珍宝、吉祥八宝、自然万物的半抽象化的符号表达，神龛剪纸图案丰富的内涵、严谨的纹饰组合、严格的位置排布便可见一斑。背后各种神奇的传说故事、民俗活动中相对应的歌谣唱词，更体现出藏族剪纸背后深刻的文化内涵。而羌族剪纸的内容和表现形式则体现出相对的自由与浪漫。神龛剪纸内容少有宗教色彩，排布上也没有太多的规定，纹饰丰富多样，灵感更多来源于自然万物、花草虫鱼。最多的是变幻多样的云纹，上至帽子下至鞋子，在服饰上得到淋漓尽致的展现。

从空间分布上看，最具特色的神龛剪纸和繁杂的服饰纹饰剪纸，相对集中在理县县城周边及以东的杂谷脑河、孟屯河、蒲溪河三河交汇的流域范围，主要包括今天的杂谷脑、甘堡、上孟、下孟、朴头的甲司口、日足沟、薛城小沟和蒲溪的大蒲溪、休溪、色尔、奎寨、河坝后五寨和薛城的马山、南沟、大小歧、箭山前五寨以及薛城的九子，水塘、通化的卡子这一带。

理县藏羌两大民族的剪纸艺术，一直存在于民间，不为大多数民众所知。直到 2015 年 9 月，时任中央美术学院人文学院文化遗产学系副主任、非物质文化遗产研究中心主任、教授、硕士生导师乔晓光一行慕名来到理县，走访调查后，被理县藏羌剪纸艺术在宗教祈福活动和日常生活的广泛运用所震撼，称填补了他课题中没有藏族剪纸的空白。在乔晓光教授看来，理县的藏羌剪纸艺术虽然和中原剪纸艺术有异曲同工之处，但在实际的运用中，被赋予了更多的内涵和外延，既被人们给予浓浓的神秘气氛，又同时灵活地运用在日常的生活中，既高端，又接地气，是一个不可多得的，具有重大传承保护意义，同时又是一种濒临失传的非物遗产。

从目前收集整理的藏羌剪纸看，理县剪纸艺术的广泛运用，以及其起源说的神秘、分门别类的清晰和在生活中的实际价值等，在州内和省内不多见。但随着现代文明的进程加快，特别是灾后重建后，广大农村房屋结构和功能的趋于简单实用化，传统婚丧嫁娶等民俗活动趋于现代化，很多传统文化，失去其载体。理县的剪纸艺术面临着失传，仅有很少数的地区和少数人掌握这门艺术。

正是在这样的背景下，理县剪纸得到了关注，并迎来了历史的转折。

结缘剪纸——一次次的机缘巧合

"爸爸剪纸在寨子里是有名的，妈妈也是出名的剪鞋子花花的高手，村子里的人都会请他们剪 。小时候并不知道他们究竟在剪啥，只知道一开始剪纸，就要过年了……"在浓厚传统文化氛围下长大的侯崇贵，说真正地结缘剪纸，还得从韩龙康那场展览说起。

"当时看到五屯藏族地区剪纸都基本上收齐了，觉得这个人了不起……"

2014 年 7 月，韩龙康的个人藏羌剪纸展览在理县举行，作为观展人之一的侯崇贵和他在展会上相识，并答应了给他提供一个介绍藏族剪纸的

∧ 介绍剪纸出版物

书面材料。

就在举办那次展览不久，韩龙康就调到侯崇贵所在的理县甘堡乡小学校。从此，两个同样热爱自己文化的教师，开启了他们"藏羌结合、珠联璧合"的剪纸传承之路。

9年来，他俩共同协作，先后参与和完成阿坝州职业技能培训教材《藏族剪纸》和《羌族剪纸》的编写，《余青姑娘和小罗让学剪纸》的故事纳入校本教材《杂谷脑河流过的地方》、州社科课题《藏族羌族民间剪纸田野考察研究》——以理县为例课题结项，参与了县史志中心主任岳云刚牵头录制的口述历史纪录片《镂空中的岁月》，并参与调查编写国家课题《中国剪纸集成——阿坝卷》（目前已完成各自负责的藏族羌族剪纸的第三次修改）。两人共同参与编写的四川省文联对口理县项目《理县剪纸》已于2021年出版。

"第一次参与教材编写，就是单纯的收集整理资料，啥子都不懂，每章后面要出三四道思考题，都是后面才加上去……"提起2016年出版《藏族剪纸》和《羌族剪纸》，侯崇贵这样说。因为当时编的是职业技能培训教材，所以全书的重点落在了藏羌剪纸的制作工具和材料、制作方法上，对藏羌剪纸的起源、图案元素、艺术特色、传承与发展等只是进行了简要的介绍。

两书虽小，却是藏羌剪纸历史上的开篇之作，也为后来《理县剪纸》编撰出版奠定了坚实的基础。

"由于理县特殊的地理位置，加上乔晓光教授、董永俊博士等先期来此调研摸底播下的剪纸普查搜集整理的种子生根发芽，使这里成了藏羌剪纸田野调查的核心区域。甘堡小学的侯崇贵、韩龙康两位老师，既是藏羌剪纸的传承人，又是调查搜集整理研究的热心人，他们先是陪同乔晓光、董永俊两位老师调研考察，感同身受、耳濡目染，渐觉肩头传承民族文化之重任，在藏羌剪纸集成以及这次《理县剪纸》的编撰过程中，侯崇贵、韩龙康两位老师都是主力。"《理县剪纸》的后记中客观地描述了两人编撰该书中发挥的特殊的作用。

问到第一次是怎样想到的剪纸，韩龙康回忆起那次难得的培训。"当时我去参加西部地震灾区美术教师骨干培训，才知道甘孜、阿坝、凉山的很多传统文化已经转化成了乡土教材，我心里就在想，我们还有啥子没弄呢，因为当时刺绣这些都已经很热门了。突然之间，就想到了剪纸……"

∧　　韩龙康（左一）和侯崇贵（右一）在2016《少数民族非物质文化遗产职业技能培训教材丛书》首发仪式上

从小在"古羌原乡"蒲溪长大，初三左右韩龙康就开始接触剪纸了。"小时候家里面没人剪，每次都是请别人。后来我长大了，又是独子，父母亲就喊我剪，我就琢磨着开始自己剪了。"

参加完培训，2011 年，当时还在米亚罗小学任教的韩龙康第一次把剪纸作为自己的观察对象，先后发表了《羌族剪纸在中、小学美术教学中的应用》，完成了《挖掘美术资源，让民族文化回归初中美术课堂》《羌族剪纸在中小学教学法研究探索》课题研究。三年，一年一个台阶，教学实践上的探索与研究，认识也得到提升。

与此同时，侯崇贵也加入了编写校本教材《博巴森根》行列，随后又完成了《非物质文化遗产"博巴森根"文化与校本教材开发》、阿坝州社科课题《国家级非物质文化遗产"博巴森根"文化与国家意识研究》州级教研课题。当前，《非物质文化遗产"博巴森根"项目专著〈博巴森根〉》正待结项。

相识之前，他俩对各自的传统文化都有所关注。不同的是，剪纸一直是韩龙康研究的绝对主角，而作为屯兵的后代，侯崇贵的研究对象一直是应屯兵制度而生的"博巴森根"和五屯民俗文化，剪纸也在其中。

"对剪纸，懵懵懂懂爱好阶段过了，初步探究阶段也过了，社会上的影响慢慢有了……而在整个过程中，跟乔晓光教授学习田野考察是最重要的转折。"韩龙康认为，田野考察的应用，开启了他们对剪纸文化科学的认知和探究。"乔晓光教授来了过后，才觉得剪纸传承有盼头，有希望，弄得起走……"侯崇贵也有同样的看法。

也就在那次展览上，时任湖南省妇女儿童活动中心儿童美术研究室主任，油画艺术家谢丽芳向他们推荐了乔晓光教授。

2015 年 9 月，乔教授看到韩龙康发给他的那张照片——剪纸传承人唐术德和爱人正在贴神龛剪纸，他说："传承人出现了，文化空间也出现了，所以看到这个图片以后，我们就决定马上到理县。"一周后，乔晓光教授便带着学生从北京来到理县，全程陪同的两个人第一次接触到了科学的田野考察方法，至此，他们的剪纸研究开始慢慢步入"正轨"。

"录制《镂空中的岁月》，也是很重要的转折，就是那一次寻访，进一步加深对理县剪纸的认识。"侯崇贵坦言，在此之前，他的视野更多停留在"五屯"范围之内。

"原来这些花用酥油做，现在为了方便，就用纸来剪了"。大概20天左右，他俩和摄制组走遍了理县，去了之前一直认为没有剪纸的米亚罗地区。在夹壁看到了剪刀剪的花时，退休干部余东全这样介绍到。后来到丘地又看了村民若尔玛现场剪服饰纹样"巴尔比"（缝在藏族女装下摆左右开叉处的装饰），让他们感到十分高兴。

∧ 《采撷》

∧ 《党风清廉羌山红》

∧ 给大学生讲授羌族图案元素的应用

　　也是在那次深入的寻访中，他们发现整个五屯地区的神龛剪纸同中有异，大致可以分为三种主要的类型：一种是流传于甘堡一带的，以剪刀为主要工具，内容仅限于八宝的对称剪纸；一种主要流传上下孟地区，除了剪纸，还用锉刻、印板印制后张贴的剪纸；一种就是流传于杂古脑地区的，形式相对自由、内容相对广泛，美观灵动的剪纸。他说，其中最有趣的是杂谷脑地区，他们坚决反对用锉子或刻刀对纸进行雕刻，认为那是钱纸的做法，对活着的人是一种不敬。

　　"正是这样的一次又一次看似偶然的事情，才促成了我们今天共同推进剪纸传承这件事……"韩龙康说。随着研究的深入，他们对理县剪纸这种特殊文化现象的思考也进一步加深。

认识剪纸——承载特殊文化内涵

"教剪纸，是教成匠人还是文人？比如说，对于教成年人，一天研究这个剪纸怎么剪，这个刀怎么用，我已经开始反感了。现在，针对小娃娃重点是培养兴趣，针对大人，就必须先讲文化，而不急于教技术。"

"乔教授为啥一个劲地在研究寓意，在他那里，就没有哪幅剪纸剪得'好不好'这一说。"韩龙康说，现在他也养成习惯了，特别是对自己师傅饶青姑娘的剪纸，每一张他都要进行分析。在他看来，这些民间的手艺人虽然说不出理来，但每一幅剪纸都包含着他们对生活对自然的理解。"所以，受现代文明的冲击，特别是越来越远离原生文化空间的当下，传承就更需要通过文化来带动……"韩龙康对"以文促剪"的教学方法有自己的理由。

"一朵花寓意在哪？实际上是乔教授在深究这个剪纸背后的文化。比如一群娃娃在一起，脑壳上长些柳树枝枝，衣服还剪得豁起，就这样一张剪纸却成了他书的封面。因为通过他的研究，认为这个柳树枝枝就代表的是多子多福，是一种北方部分族群的生存崇拜，这里头就蕴含很深厚的文化。"多年的调查与分析研究，韩龙康认为正是这些剪纸背后深层次的文化渊源和历史背景，才让传承剪纸的意义更为重大。

对理县剪纸做了细致的调查了解，掌握了大量实物依据，发现种类众多的藏族民间剪纸，更让乔教授一行格外兴奋。他说："作为一个羌族、藏族、汉族文化交融地带的独特的剪纸类型就被发现了。"这一发现，填补了乔晓光多年调研中藏族没有民间剪纸的空白，"这就是我们发现一个新的类型，在这样一个藏羌汉混居的地域，在它们之间的相互影响下，剪纸就出现了。"

同样有剪纸风俗的马尔康、金川、小金、汶川、茂县、松潘、九寨沟等地，现在已经很难看到传统的剪纸了。理县的剪纸却相对完整地传承下来，在当地人看来与该地特殊的屯兵历史有密切关系。

"因为要被朝廷派遣去征战，五屯地区的人民更渴望平安吉祥，所以，当纸张被传入之后，我们就把祈福的愿望从喇嘛祈福仪式的专利慢慢变成了普通老百姓通过神龛上贴剪纸来表达……"说起被乔教授称为"挂签"剪纸现象的产生，侯崇贵和他的父亲侯明远、理县剪纸传承人唐术德他们都有相同的看法。

"在五屯地区，一年一换的'撒嘿唰唰'（神龛剪纸）就像给神穿衣服一样无比庄重和神圣，无论富贵贫穷都是必须执行的规矩。"侯明远老人说，"原来纸贵哦，再贵都要买，人穷买窄一点，大户人家就宽一点……给菩萨换个衣服一样，意思就是求菩萨保平安，每换一次就是我又长了一岁，娃娃又长了一岁。""哪怕是讨口子，吃不起饭的，过年了，要都要要三张纸，人们都说：过啥子年哦，就是三张纸嘛。"唐术德说。在他们看来，神龛剪纸在五屯地区的盛行与屯兵制度实行以后当地人迫切地希望平安吉祥的心愿相关。

认识到剪纸背后的深刻文化内涵，传承的责任就显得更加重大起来。

传承剪纸——研究创新要同步推进

非遗是一种无形的活态的东西，人们经常认为它是已经展示出来的技术上的事情。其实，它是一个过程，是从精神到技术形成当中的这个过程。在整个讨论中，韩龙康一直强调他的"过程论"，而正是这个"过程论"指引着他传承方向。

"剪纸的样样是刻在心里的，随着心剪出来的。我的爸爸就是这样，再复杂的剪纸边想边就剪出来了。妈妈更是神奇，只见纸转不见剪刀动……所以学剪纸一般要学三年，徒弟头一年拿不到剪刀的，就给师傅打杂，看师傅剪，了解每一种纹样名称、背后的意义，到了第二年才开始学到剪。从这个意义上讲，这和韩龙康一直所倡导的教学法是一致的。"

"那么，我们究竟是在教技术，还是在教文化？现在我教学生，小学生，不要求他们很具象地剪出来，不要求他们剪纸的技术很高。但是剪纸背后的文化一定要讲。教大学生，那就是十节课起码九节课都在讲理论，讲文化……"韩龙康一直把教学作为传承剪纸文化的一个主要渠道，多次提及自己的教学理念。

从常态化在校园开展剪纸教学到在桃坪、薛城、西南民大等地对外给大学生讲剪纸再到委托指导研究生写羌族法器剪纸文化内涵相关的毕业论文，韩龙康说最大的感触，就是传承非遗不是仅仅传技术，更重要的是传播文化、撒播文化的种子。他不但提倡自己的东西就要自己搞，还坚持一边创作实践，一边搞理论研究。

谈到传承，韩龙康认为还要在推广上深化拓展，从方式上不能仅仅满足于教学，从范围上不能仅仅满足于川内，"藏族民间剪纸填补的藏族剪纸的一个空白，可以走向全国，羌族剪纸也可以走向全国。"他说，走向全国的前提，最重要的就是走向高校，特别需要乔晓光教授这样"大家"的影响力，以学术研究为背景和基础。有了高端的东西，它才往高端的地

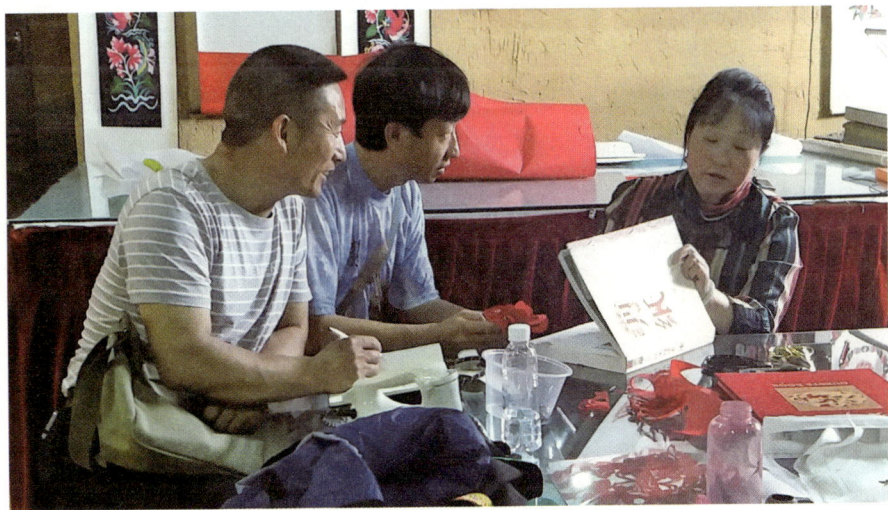

∧ 2018 年韩龙康、侯崇贵走访羌绣传承人李兴秀

方发展，也才有更为广阔的影响力和持久的生命力。

而在走访中，大家对剪纸的传承又各有各的想法。

"我有再好的手艺，写不出来，就传不下去。侯老师，你们写得好哦，写下来，几千年、几万年都可以传承下去，我再过几年就死了，就没了……所以我说我们国家的发展全靠有文化……"去甘堡板子沟时拜访唐术德时，他拿出已经沾满手印的《理县藏族剪纸》，在他看来，记录与出书是最大的事。

"我自己对剪纸这门技艺并没有过多地接触，不像韩龙康那样，一边研究还一边通过教学在进行推广。这么些年，逐步把关于剪纸的东西整理成书，对于我来说，也算是一种传承吧。"回县城的路上，侯崇贵说，"我的心愿一直是让更多的人了解我们的文化，我会继续去整理、收集和记录我们的文化。我想，这是当前我所能做到的，也是最紧迫和最有价值的事情。"

"如果能举行个比赛，再把我们这些地方的剪纸都收集起来，再做成一本书就好了……"去杂谷脑胆扎木沟寻访民间传承人时，陈明忠和蒋平带我们去了几户人家，一边寻访当地人，一边与我们聊天。

"能不能请你们，带理县剪纸到牧区三县来培训一下，推广一下……"前来参加全州"净土阿坝·工匠杯"职业技能大赛的查理寺唐卡绘画大师、州级唐卡传承人谢拉措尼的一番话让侯崇贵受到了鼓舞也得到了启发，"我认为谢拉老师的想法是推广我们剪纸的一个好方法，他们有专门的传习基地，也有专门的传承人，只要有更多的人知道并愿意学这个东西，就一定是好事情……"

"从小隔壁的哥哥帮我们来剪，我就喜欢捡一些边边角角乱剪。2015年左右，谢丽华老师来理县考察农村美术教育，我还上了一堂关于藏族八宝的剪纸课，也是从那个时候，我就慢慢在课堂上教孩子们剪纸了。"随着剪纸文化研究的成果的形成和剪纸在社会面影响的扩大，薛城小学高继兰、杂谷脑小学李玉霞等一批美术教师在开设剪纸课之外，还把剪纸元素融入到校园文化建设、社会主义核心价值观公益广告和藏羌文创产品设计之中。说到理县剪纸的传承，同为藏族剪纸县级传承人高继兰感触特别深。

"理县剪纸，传统的东西还有。我们村里有个会剪三层的，可惜过世了。现在我们沟里会的年轻人也多。如果宣传到位了，还是有希望的，特别是现在大家开始修民宿，越来越重视传统文化了。但是在传承上，创新还很欠缺，也很重要。不能仅停留在习俗的恢复和平面欣赏上，还应该设计推出一些集实用性和观赏性一体文创产品，与市场接轨，才能更好地传下去。"

如今的理县，因为剪纸被唤起的文化自信，正在转化为一种文化自觉，从小受传统文化浸润的民间艺人，被官方认定的传承人，利用各种平台推动剪纸传播的社会各界人士，以及被理县剪纸所吸引的各方文化能人、专家学者，他们都用各自的方式在推进着理县剪纸文化的传播，也在积极思考理县剪纸文化未来的传承方向。

研究、传承理县剪纸意义又何在呢？在那一夜的漫谈中，他俩有了自己的答案。

漫谈剪纸——百花齐放春满园

"我们一直正在努力去找一些印证。印证的结果就是你中有我，我中有你了。你离不开我，我也离不开你，正如理县的剪纸一样，你能断定它就是藏族的、羌族的，还是汉族的呢？"

"所以这种文化现象，与其说民族文化，还不如说地域文化。"

"地域文化，这个词语，好啊。我们就生活在这个环境当中，处于这个特殊的地理位置上，又经历了特殊的历史变革，说明这个就是环境造就的嘛。"

"我们的任务就是要如何让我们自己的东西能立得起来，留得下来，存活得下去。"

大家就这样你一言我一语，话题远离了剪纸本身，认识却越发深刻起来。

"你俩是不是经常这样讨论啊？"一夜的漫谈，从头到尾，我一边录音一边记录，还时不时打岔、提问，时不时来一个"起承转合"。

"要谈哦……天天谈，谈了又忘了，忘了第二天又继续谈，但是从来没得重复的。我们两个就那么怪……"说到两人的关系，韩龙康笑起来，一反常态的严肃。

"要谈，我只是不像他那种滔滔不绝的。只是在他滔滔不绝的时候，我有疑问了，就问他一下"，侯老师还是那样惜字如金。

"如果回答过了，那就过了，如果没有回答起来，就个人回去想。我们两个经常要争辩，也会有分歧，但最终更多的看法是相同的。"韩龙康说。

就是在这样一次次的争论中，这一对天造地设的"活宝"，视野更开阔了，心中的疑惑也一个个被解开了。

"羌族剪纸是一点，藏族剪纸是一点。每一种非遗是一点，每一个传承人也是一点，这样千万点汇集起来，就是汇中华民族文化，凝聚成了中华文明。如果缺这缺那，那何谈中华文化，如果少了任何一个环节，又谈何传承……"

"一花独放不是春，百花齐放春满园。我们所做的民族文化的传承，就是在做让春满园的事情。"

三个小时的漫谈，韩龙康以一句长句"开题"，侯崇贵以一句短句结尾，为他们未了的传承事业添上了美丽的注脚。

这一次特殊的"文化之旅"，让我深刻地感受到，每一种优秀传统文化都是活态的"宝贝"，每一个传承文化的人都是"活着的宝贝"。

一路向前
——记国家级非遗项目博巴森根传承人何炳义

侯崇贵 / 文

在阿坝州理县甘堡村，有一首流传了一百八十余年的叙事性锅庄舞蹈——"博巴森根"，被学术界奉为屯兵文化的活化石。博巴森根所蕴含的"屯兵精神"在"十四五"规划期间被列入理县四大精神（红军长征精神、五屯屯兵精神、老理县人精神、抗震救灾精神）之一。

清乾隆十七年（1752 年），清朝政府废除杂谷土司，实行改土归流，在其管辖的东部地区实行屯兵制度。规定屯兵"平时为农、战时为兵，只能习武，不能修文和经商"。屯兵们先后出征十八次，特别在抗击廓尔喀入侵西藏，到东南沿海抵御英军入侵等的战斗中，浴血奋战，英勇顽强，为保卫祖国领土完整书写了可歌可泣的壮丽诗篇。

战场上牺牲战友的发辫和信物被幸存者带回家乡，交给亲人安埋进祖坟，进祠堂供亲人祭祀和世人敬仰，称作"辫子坟"。把对亲人的思念、战场的惨烈和不怕牺牲、团结奋进的精神编成锅庄，取名"博巴森根"。至今，其保家卫国的英雄故事还在民间传颂，"不战胜、宁战死"口号下的英雄豪气仍在阿坝大地上传扬。

2008年6月，这个集藏族锅庄特色、民族团结意识和爱国主义精神于一身的"博巴森根"被列入国家级非物质文化遗产名录，何炳义和张正海（已故）一男一女被评国家级非物质文化遗产"博巴森根"省级代表性传承人。

∧ 何炳义

"博巴森根"这个名字，是一个藏语音译词，"博巴"是藏族人对自己的称呼，"森根"是"狮子"，"博巴森根"就是"像狮子一样勇猛的藏羌屯土士兵"。

据史料记载，"博巴森根"锅庄舞蹈所描述的是清朝时期理县五屯屯兵奉命参加鸦片战争，抗击英军入侵我国东南沿海的那场战争史实。

"五屯"是对清朝时期的理番厅所辖杂谷屯、甘堡屯、上孟董屯、下孟董屯和九子屯等五个屯的总称，大约在今天理县的朴头镇、杂谷脑镇、甘堡乡、上孟乡、下孟乡、薛城镇部分等乡镇地域。

清政府按照一户一兵分给兵地和饷银的屯兵兵户政策，依照当时各地居住户数实际统计设置兵额，在藏族聚居区的四个屯共设置2500户，分别有杂谷屯750户，甘堡屯650户，上孟董屯550户，下孟董屯550户，一个羌族地区的九子屯500户，总共设置3000兵户。甘堡屯因为人口较多，故设置屯首领即"守备"两名。

在实行屯兵制度的近200年时间里，五屯屯兵接受清政府调遣，对内参与平息叛乱保安定，对外参加反击外来侵略保国土，足迹遍及祖国大江南北。涌现出诸如扎克塔尔、桑吉斯塔尔、阿忠保、木塔尔、袁国瑛等杰出人物，这些人有的被评定为功臣绘像紫光阁，有的成为"带刀侍卫"留在皇帝身边，有的继续在五屯坚守。面对藏羌屯土兵的功绩，道光皇帝有过这样的批示："军中得力之人""雄狮般的屯土士兵"。

战争的硝烟早已散尽，在这祖国和平安宁、人民生活富足的今天，我们追忆历史，不忘初心。

五月的一天，我再一次走进我的邻居、妈妈的同龄人——何炳义嬢嬢的家，和她一起回望"博巴森根"这一特殊的藏族锅庄背后的故事。

何炳义，又名"格哉"，女，藏族，1936年8月26日生（86岁），阿坝州理县甘堡乡甘堡村农民，国家级非物质文化遗产"博巴森根"省级代表性传承人。从小爱唱歌跳舞的她，受到当地"端午尕"（1951 年以前甘堡地区每年端午节前后的长达 10 天的跳锅庄活动）的熏陶，熟练掌握"博巴森根"唱跳方法，懂得"博巴森根"锅庄舞蹈的历史背景，认为"博巴森根"的演唱是宣扬历史、告慰祖先、立足当下、启示后人的神圣仪式。

何炳义说，甘堡是个人杰地灵的宝地，居住人口众多，屯兵数量仅次于杂谷屯，管理屯兵的官员有两位，一位是苟氏达如（苟氏守备），另一位是吉斯达如（桑氏守备）。据老人们摆，甘堡屯兵每次去"玛米豆列"（出征）都精诚团结、英勇顽强，立过很多战功。那个时候在战场上打仗，达如（官员）要带头，带得好，牺牲的人就少，家乡人民把自己的儿子交给他，他就有责任把自己的兵士安全带回来交给亲人。所以守备、千总、把总等官员自己身先士卒，立功的多。听说吉斯家（桑家）有一个守备有本事，在北京带兵了的，苟氏的一个叫阿忠保的，也在北京有照片（画像），去年政府又在寨子后头坟山上给他立了个碑。下孟乡沙家寨那个扎克塔尔，死了过后从北京运回来，坟的周围立有石人石马，还有专门的一家人给他几代守灵。可以想象他们的功劳很大，战斗精神很旺。

关于屯兵的日常生活，何炳义讲：

听老人们说，屯兵家里都有一架铁三脚，有属于自己的一些土地，还领取饷银，这些是屯兵兵户的象征。屯兵兵户在耕种土地的同时要随时准备出征，家里要备有枪支、火药，还有就是每天要准备三天的口粮。口粮一般都是玉米或麦子馍馍，平时生活都是先吃前两天的馍馍，把新鲜的留着，玉米、麦子和匀后经过火灰的消毒、炕干后的馍馍经久耐腐蚀、不易霉烂。

屯兵兵户每家人都会制造火药，他们要做出最好的火药，好火药在战场上能够救人命的。火药原材料基本没有市场供应，只能依靠自己就地取材。一"硝"、二"黄"、三"木炭"，这是人人知道的配兑材料、制成火药的比例。火药原材料"硝"来自岩石缝、房屋底层潮湿墙角的泥土里，含"硝"的泥土需要放进锅里熬制，过程繁杂，每次熬制得到的"硝"不多。

∧ 2013 年博巴森根舞蹈队在理县演出

木炭原材料虽然可以在烧火做饭剩下的木炭中寻找，但要找到最好的、容易引燃的原材料，还必须专门备足玉米麸麸（玉米棒除玉米粒剩下的部分），只有玉米麸麸烧成的碳灰最容易引火、易于燃烧。在制作火药时，他们特别认真、特别讲究选材。因为在战场上，只有武器随心使用，才能最大限度地保证生命安全，毕竟只有平安归来才是大家最大的愿望。

配置火药的器具是在石头上挖好窝用来配兑火药的，称为擦咂（石盉），制作这种石盉的石头需要特殊的石种，这种石头质地软，和其他石头碰撞不易擦出火星。火药是极其易燃易爆物品，在制作过程中严禁接近火源，要是因为石头碰撞擦出火星，轻者前功尽弃，重者有生命危险。

制作火药有特殊的、约定俗成的规矩。备料选材前算卦挑选吉祥的日子，选派父母双全，生育能力强的成熟男子，脾气暴躁者最佳。配置开始要净手、煨桑，要敬天敬地，祈求成功，祈求平安吉祥。

屯兵除随时准备足够的火药和擦亮枪支外。每年要轮流训练三个月。

刀、枪、石锁这些都是用来训练的器材。每次训练完了要考试，打靶、举重成绩好的会得到烤酒等奖赏。

问起屯兵出征的歌谣。"有、多"，何炳义答道，随口就唱：

茸呗良……呀
肩膀扛起枪
怀中揣干粮
双手握拳头
迅速出门奔战场

茸呗良……呀
我急促向前跑
战场刀枪明晃晃
杀声阵阵赶豺狼

茸呗良……呀
阿妈的乳汁变成血
同胞的不舍化成刀
乡亲的祝福化成枪

茸呗良……呀
躺过血流的河
迈过尸骨的山
视死如归
只为早日回到家

从歌词里便可以看到，在需要时随时出征，完成任务，是屯兵兵户的使命，也是宿命。只有面对战场，才能维持生存。在如此命运驱使下，唯有团结拼搏才是他们的出路。所以就是这种拼搏，造就了他们的英勇顽强，奋不顾身的精神，激励后人不屈不挠，一路向前。

有没有听说过，战场上牺牲的人的尸体是怎样带回来的？我问。

"辫子嘛，就是带他身上的辫子、袜子、刀这些回来，战场又不在甘堡附近，听说最远的有广东、还有巴勒布（廓尔喀）这些地方，光走路都要走几个月，尸体是不可能拿得回来的。做个假坟，把那些带回来的东西埋在里面，就像是回来了埋在那里一样的，现在人给他取了个名字叫"辫子坟"。听说死得最多的是去打洋人（英军）那次。我们的人走了三个月，嘉矣（汉区）那些地方，不说是打仗，水土不服得病或死去的人都好多哦。巴勒布玛米（出征廓尔喀）那次是取得了很大的胜利的，屯兵（屯土士兵）们在回家的路上把所有枪支留在离拉萨不远的一个山头，搭成一个小房子作为纪念，这个小房子听说现在还在，不晓得是不是真的。"何嬢嬢说。

坐在一起的笔者的岳母，已故传承人张正海的妻子彭术华（藏名：玛满，1939 年生，小时寄养在甘堡寨子后面的纳格达寨子奶奶家）说：我们家祖先有个一人占了两个兵户份额的人，该男子为第一家户出征安全回来了，为第二家户出征那次，在战场上他额头上贴了三张纸钱，勇敢地冲锋在前，为后面的战友赢得了时间，取得了胜利。相传战友们把他的尸体带回家，埋在坟山上至今可以看到屯兵们为他修的坟墓和围的坟圈。但按照现在人说的分析，又可能是带了衣物或者头发回来，具体埋的是尸体还是衣物就不太清楚了。

据史料记载，五屯屯兵第一次奉命开赴东南沿海，参与收复被英军占领的定海、镇海、宁波等地的战斗。第二次又和一批屯土士兵充当清军的先遣部队，在敌人的坚船利炮面前，用几乎全部牺牲的代价英勇冲锋，浴血奋战，重创敌军。一位英国军人在自己的回忆录中写道"自入中国以来，此创最深"。浙东人民也深知藏羌屯兵的惨烈牺牲感天动地，特意在"朱贵祠"里朱贵将军塑像的两侧塑了屯土士兵首领阿木穰和哈克里的像，表示浙东人民永志不忘为保卫浙东而付出生命的先烈们，现在还有专门人员在那里守护亡灵。而今天，与故事发生地浙东相隔上千公里的甘堡藏寨，也用演唱"博巴森根"锅庄舞的形式把屯兵的英雄事迹和爱国主义精神代代传颂。

关于博巴森根锅庄，你是在什么时候，什么样的环境下开始接触了解的呢？

自古以来，我们嘉绒藏族都是以耕种土地为生的，每年春天庄稼播种和秋天收获季节，都要举行隆重的祈福和感恩仪式。而在五屯地区，因为要出征打仗，另外又有平安归来的祈福仪式。甘堡地区在每年的麦子收获前夕，也就是端午节前后的农闲时间里要在两个守备的院坝里头各跳5天的锅庄，举行专门祈求平安归来的祈福仪式，称为"端午尕"（端阳锅庄），"博巴森根"是锅庄节最后一天的压轴戏。在总共十天的活动时间里，我们听到大人们摆的是某家某人扛枪上战场的故事，体会到的是一种伤痛后的团结拼搏精神。在1951年以前，我还是十五六岁的娃娃，和大家一样穿上盛装，参加"端午尕"，是最高兴的事。祈福仪式很庄重，老人们要献"颂词"，经过隆重的仪式后才开始跳吉祥的锅庄舞。因为参与人员多、时间又长，大家有更多的机会学习唱歌跳舞，学到内容丰富的祝福用语。

我不失时机发表感想：在屯兵制度开始后的每一次出征，当有屯兵没有能够回来时，人们心里便有了悲伤愤懑的情绪，但因为数量少，没有震撼群体的分量，极少兵户失去亲人的悲痛只有深埋在自己心底，没有发泄的机会或发泄的力量达不到震撼群体的程度。当端午尕这种群体活动和死在战场上的屯兵数量多得震撼人心时，失去亲人的悲痛的呐喊便一触即发，集舞蹈、叙事于一体的博巴森根锅庄便开始形成了。

请简单说一下博巴森根的基本跳法。

何炳义边唱边解释：博巴森根的整个表演过程一般就几十分钟，多的一两小时都有可能，这个要看参加的人的多少。

舞蹈由两部分组成。

第一部分，"钻""扭"和"解"，就是领舞的人手拿串铃，带大家手牵手边唱边舞边向前迈进、围圈，男士先唱，女士跟唱。又带大家手牵手从相邻两人手相握高举过头形成的"拱门"中"钻"过去，一个一个钻。钻过以后，自然形成后者右手搭靠在前者的右肩上，与前者搭在自己右肩的左手相握，形成搭肩的"扭"在一起的样子，一个一个地扭，这样，有多少人就钻多少次、扭多少次。最后再开始反方向挨着钻，把刚才的扭的状态还原成手牵手的状态，就表示"解"开了，"解"也是有多少人解多少次。

第二部分，队伍手牵手盘旋成紧缩的小圈后停止，把领舞的人或一位德高望重的人围在最中间，站着唱，其他人蹲下或跟唱或反问，然后抛洒龙达，再由领舞的人反方向带队伍从盘的队形中引出来，手牵手还原成一个大圆圈后出场。

舞蹈中队形的钻、扭和解都含有紧密团结，共同获得胜利的寓意。节奏平和缓慢、唱腔低沉有悲壮情绪、叙事性强，据查，有民族调式中的"商"调风格。圈中央独唱，众舞者蹲坐跟唱或问答，此部分为民族调式中的"宫"调式，和第一部分形成很强的对比，曲调震撼人心，节奏铿锵有力，充满了刚毅，自信的感情，让人强烈地感受到坚韧与团结。

彭术华说：我奶奶告诉过我，博巴森根一定要学，一定要传。我们的人被敌人打死了，你们不要因为人都死了就不管了，心里一定要记住，博巴森根锅庄讲的完全是屯兵的事，里面一定也有自己亲人的印迹，一定要诚心记住并继续传唱下去，就相当于为自己死去的同胞祈祷。你要听我的话，不要丢掉它，不要忘记祖先，那在我死后我的坟头长草、尸骨腐烂的那些时候，你自然会得到好处。现在回想起来，我们正沐浴在博巴森根精神的鼓舞之下，屯兵历史的自豪之中，得到党和政府的关心爱护，这是得到的好处嘛，奶奶说得对呢！

她又继续说：我还在奶奶家的时候，和我父亲同龄的张明聪（小名春龙，1914 年生）和长辈墨龙泉（藏名：且毕，1911 年生）在高山村寨"纳格达"包种土地，在收割期间的闲暇时间，看见奶奶教他们唱博巴森根，在收割

∧　2019年何炳义召集李志平、杨石英在家中交流

完成后，奶奶还开了一坛酒，又留了他们3天，硬是把博巴森根锅庄教会才放他们回家。我也是跟着学会的。

　　坐在旁边的李志平（藏名：丘旺，58岁，何炳义的儿子，博巴森根县级传承人）说：一直以来，甘堡人有精诚团结的传统。一寨之中，两家人原有的矛盾或仇恨一出寨子迈过甘堡大桥，就会烟消云散。他们认为，矛盾是自己内部的事，在外遇到事情就是大家的事、屯兵们的事，全寨人的事要每一个寨中人共同来做。这种传统可能来自屯兵时期的传统习惯。

　　何炳义还补充说这个舞蹈领舞的人会很累的，中途可能需要换人。博巴森根只有我们甘堡在跳，是甘堡人独创的。

　　关于何炳义的"独创"一说，笔者四处打听和翻阅资料发现，博巴森根这种叙述屯土士兵出征我国东南沿海抗击英国侵略的战斗经过，描绘屯土士兵英勇杀敌的壮烈场面，讴歌屯土士兵为保卫国家领土完整而浴血奋战的壮烈诗篇的舞蹈在阿坝州土司兵、屯兵聚居的地方都有过，只不过形式可能不同，而且保留至今并一直流传的确是不多了，难怪甘堡人引以为豪。

二

1995 年，何炳义已经是 59 岁的老人了。这一年甘堡村成立老龄协会，提起在会上又跳起"博巴森根"的事，何炳义还是像个小孩，高兴的话儿说不完。

甘堡村成立老龄协会庆祝活动进行了 3 天，参加活动的有县领导、乡领导、其他地区老龄协会代表和各村代表，活动规模大，参会人数较多，甘堡地区传统的舞狮表演、服装展示、锅庄舞蹈等把一个协会的成立渲染得比"代汝"（过年）还热闹。人们在那热闹的场面里畅谈生活的美好、国家对老年人的关心关爱，便勾起以何炳忠（藏名：央滔）、张正海（藏名：高让）、何炳义、彭术华、张学海（藏名：班德本）、李绍华（藏名：阿宝）等一批老人对"端午尔"和"博巴森根"的怀念，唤起他们对祖先所传"巴勒布玛米"（出征廓尔喀）等故事传说的集体记忆。博巴森根时隔多年，又出现在人们的生活之中。

那次是博巴森根锅庄在新中国成立以来第一次在公众场合集体表演。就是从那个时候开始，博巴森根及其背后的故事开始在甘堡人民记忆中复苏，在理县五屯地区民众间唤醒，也得到理县党委政府和文化部门的关注。

李志平补充说：甘堡村成立老年协会后不久，全州人大工作会要在理县召开，理县文体局要求甘堡乡把"博巴森根"跳给阿坝州人大和各县人大的领导们看。那次甘堡村组织了所有村里爱唱爱跳的人参加，18 岁以上不分年龄、不分男女踊跃参加，80 多人的队伍登上了那次"理县会议"的迎宾舞台。表演阵容庞大，气势群情激昂，加上旁白解说，受到所有观众

∧ 2014 年博巴森根舞蹈队在四川省乡村文化旅游
节开幕式上演出

的热烈掌声。在大家共同的团结合作下，他们以满腔的热情，抖擞的精神向大会表明了，自己是爱国爱家，团结拼搏，勇往直前的屯兵后代。

杨石英（60岁，藏名：拾音，博巴森根舞蹈队队长，五屯锅庄州级传承人）还清楚地记得，当时观看节目的领导苍定安是新中国成立前理县上孟董屯的守备后代，他很高兴，说这段历史应该铭记，这首锅庄应该传承下去，建议去申报非遗。

于是，在以后的挖掘甘堡屯兵文化的日子里，何炳义和同一代的老人在四川电视台《生死古屯》《博巴森根》等纪录片中进行讲解和演唱，其影像资料至今珍藏在理县文化的档案里，留在人们的记忆当中。

当"博巴森根"被列入国家级非物质文化遗产名录，何炳义从一位热爱者变成了传承人。在她看来这是党和政府给予的荣誉，更是压在肩上的沉甸甸的责任。

何炳义告诉我，到了这个该系统传承的时候，她已经是72岁的老人了，以上的老一辈传承人有的离世、有的老了动不了了、有的记忆衰退，新一代传承人理论知识与传承意识缺乏，或者审美与爱好转变，"博巴森根"舞蹈其实已经走在失传的边沿，及时开展进一步的收集、补充、丰富"博巴森根"文化史料的工作，是不让这一国家级非遗项目残缺与失传的迫在眉睫的事情。

于是，她找到另一个省级传承人，当时68岁的张正海，商量着寻找能够代替他俩唱跳"博巴森根"的年轻人和舞蹈队的组织者。他俩根据"博巴森根"锅庄舞蹈中领舞者的重要性，决定先找领舞的人。迫于人们"要外出挣钱""没有空余时间"的现实问题，何炳义、张正海商量各自去想办法培养传承人，于是以"必须支持传承"为命令手段，何炳义叫上了当时43岁的儿子李志平，张正海也喊来当时37岁的侄儿张卫强（小名"桥梁"），47岁的侄儿张德全（藏名：恩波，博巴森根县级传承人）。两家人晚上在家里唱跳，交流"博巴森根"的唱腔唱词和基本动作，交流传承人的责任，博巴森根锅庄的重要性等，这几个人很快上路还对此产生了兴趣，并坚持了下来。后来张德全、李志平和张卫强还自己主动向寨中其他老人请教，翻阅历史文献，拓宽认识，深入了解"博巴森根"背后的传说故事，很快成为该锅庄舞蹈骨干。又在当时的村妇联主任杨石英的组织下成立了"博巴森根"舞蹈队。他们把博巴森根舞蹈从灾后重建成果展示《湘川情》文艺晚会（"5·12"汶川特大地震湖南援建竣工晚会）舞台开始，跳到了全国乡村文化旅游启动仪式上，甚至走到四川电视台、康巴卫视、遂宁等阿坝州外宣传平台。

博巴森根背后的屯兵文化得到传扬。灾后重建中在甘堡专门建立了"博巴森根"传习所；电子科技大学也前来挂牌建立爱国主义教育基地；博巴森根舞蹈队还经常到县内中小学校教学，何炳义也不断接受各类高校学生完成课题调研访谈。

甘堡小学也去聘请何炳义和成长为传承骨干的杨石英前去教学，由周烈敏、杨文华、李友琴老师根据"博巴森根"音乐改编的民族特色锅庄设为了课间操。学校"博巴森根"舞蹈队也一路走到理县各大小舞台展演，

∧ 甘堡小学练习博巴森根

其至到"阿坝州中小学生文化艺术节"展演。侯崇贵老师（59岁，藏名：索朗多吉，高级教师，博巴森根县级传承人）搜集整理的《博巴森根》资料成为校本教材，和周德瑞申报的州级课题《国家级非物质文化遗产"博巴森根"的传承和校本教材开发》结题，与彭侯亮的州级社科课题《国家级非物质文化遗产"博巴森根"文化与国家意识研究》结题，和岳云刚、张利共同撰写的州级社科课题非遗专著《博巴森根》也于近期完成，"博巴森根"在学校和社会形成多方位、多渠道传承态势。

三

如今，博巴森根成为阿坝州集中展示屯兵文化的一张名片，无论大小节庆还是旅游旺季还是民间的婚礼庆典，都是必不可少的压轴戏。

以屯兵文化为题材，由阿坝州民族歌舞团演绎的大型爱国民族史诗剧《辫子魂》更是把屯兵故事推向四川省少数民族艺术舞台，把曾经的屯土士兵的保家卫国精神讲给了全国人民听。

甘堡村书记薛军告诉我，《辫子魂》在甘堡免费上演达3天之久，引来众多游客前来观看，促进了文化和旅游结合的大气候的形成。何炳义说：成绩有了，但博巴森根传承人现状，除去我是八十六岁外，杨石英、李志平和侯崇贵等年龄也都是在六十岁左右了，再往下年龄的年轻传承人没有得到培养或重视，屯兵文化本身的历史底蕴的挖掘还不够深入，博巴森根传承仍然处在"青黄不接"的时段，如何发展更多新人、怎样创新传承仍然是急需考虑的问题。

非物质文化遗产的民间传承人，是优秀民族传统文化在现代文明冲击下承上启下的"重要一环"。在国家政策的扶持下，老一辈人用浸润在骨子里的对自己文化的热爱，一代一代传承优秀，创造美好，给现代人输送不可多得的精神食粮。推动着时代向前发展，激励我们一路向前……

中国传统音乐的活化石

——记国家级非遗项目南坪曲子传承人黄德成

白林 / 文

一

　　接到这次采访任务，我多少有些忐忑，又期盼着能有所发现。

　　我知道自己对于音乐，尤其是在民间流传久远的传统音乐——南坪曲子，有着隔行如隔山的陌生。这不仅因为南坪曲子已被列入第二批国家级的非物质文化遗产名录，其内涵底蕴深厚，历史文化悠久，涉及"五音，十二律"、琵琶制作与工艺等许多专业的领域，而且还要涉及民间艺人，一位国家级非遗项目传统音乐类南坪曲子代表性传承人黄德成。

∧ 黄德成

　　尽管我在南坪，今天的九寨沟工作和生活了多年，很早就认识黄德成老师。然而，却因各自为生计忙碌，鲜有什么交往。只知道黄德成老师在二十一世纪初，就从县人大退了休。原以为他与所有退了休的老干部们一样，过着含饴弄孙，安享退休后的生活。没过几年，就听说黄德成老师与蒲有成、黄勇等人，在当地组织起有 20 余人参加，成立了九寨沟县南坪曲子琵琶弹唱培训中心，并由黄德成担任演出队的队长。我心想，黄老师真是老当益壮，老有所为。然而，在私下我原以为那不过是一群退了休的职工，出自共同的兴趣爱好而聚拢到了一起，类似广场大妈们跳舞锻炼身体，搞些活动自娱自乐一样。

直到 2006 年，因工作调动，我去了当时的九寨沟县文体局工作。跟黄德成老师以及"弹唱中心"的演员们就有了工作上的交集，经过接触与了解，这才恍然大悟，原来黄德成老师等人不是闲了无事可做，而是在做一件大事，一件功在当代，惠及子孙的文化传承大事。

在去采访黄德成老师的途中，天空下着小雨，我的思绪随着道路两旁一闪而过的树木与建筑渐渐飘飞，脑海中却浮现出四十年前一个动人的画面：我初到南坪中学任教，在秋天的夜晚，凉风习习，走在下了晚自习回家的路上，会途经县城拱桥附近某处人家。那户人家有一道临街道的土矮墙，墙头长着几簇杂草，半遮掩着一群围坐在院坝内的南坪人。攒动的头顶上方，坠着一串串饱满而剔透的葡萄果实。他们三五成群，坐或站在葡萄架下，或怀抱着把三弦琵琶，或手持碗碟、金属铃铛等辅助乐器，在兴致勃勃地演唱着南坪曲子，"月儿落西下呀，秋虫叫喳喳……"，抑或《三打花》："上桥上一个字里一条枪呵，韩信点兵追霸王呀哎嗨哟……"

那悠扬而动听的旋律，投入而忘我的歌声，时常吸引着我停下脚步，总要倾听一阵，最后踏着满地的月光愉快地离去。回忆总是充斥着时光里的美好，这充满生命张力的民间音乐，透着南坪人对生活的寄寓与达观。

南坪曲子，又叫南坪小调。迄今大约有三百年的历史，其演奏的乐器，主要是南坪琵琶、碟盘、四叶瓦等。在古老的三弦琵琶乐器前冠以地名，足见其值得探究一番。

1915 年由南坪人马秉忠、徐步蟾编写的《新纂南坪乡土志》中是这么记载的："南坪古名羊峒。"这个"古"可追溯至秦汉时期，而想要厘清南坪曲子的源流，还得从历史地理以及现存的史料里去寻找线索。即或一时没有答案，但重要的是探寻的过程，是尽可能地去接近。

翻开历史的版图，南坪的地理位置大致在北纬 33 至 34 度、东经 103 至 104 度之间，东黄土梁南弓杠口，西白马岭北柴门关，横断山脉之岷山延绵，源自郎架岭和斗鸡台的白水江纵贯呈南北走向，穿境而过。在历史的长河中，因其特殊的地理环境，就使得南坪成为一个四周被群山环抱的相对封闭之隅。在古代，商贸往来与通道，主要是沿着白水江两岸的羊肠小道进出，同时，亦是一条民族迁徙的文化走廊。南坪在历史上虽说不是什么名城重镇，却是南北文化交汇一个重要的节点。

考问南坪曲子的由来与渊源，自然回避不了对其形成的历史条件与地理环境、人文等因素的考量，回避不了"曲子"与"琵琶"等词语的由来。

首先，曲子是一种韵文形式，多用口语、遣字用词较为灵活，用韵更接近口语。甚至，有一种说法，北方为曲子，南方为小调。我曾参与过南坪曲子的申遗事宜，起初，就是因冠以南坪小调而未能通过，后改为南坪曲子，并于2008年申报通过由国家授牌命名，南坪曲子的叫法才逐步流行，成为现在正式的名称。

其次，"琵琶"这个词语，最早见于汉代刘熙《释名·释乐器》："批把本出于胡中，马上所鼓也。推手前曰批，引手却曰把，象其鼓时，因以为名也。"魏晋时期正式称为琵琶。

著名音乐学家王光祈先生在其所著《中国音乐史》一书中指出："今清乐秦琵琶，俗谓之秦汉子，圆体修颈而小，疑是弦鼗之遗制。"

日本音乐学者田边尚雄也在其所著《中国音乐史》中指出："日本之琵琶，乃由中国输入者，中国之琵琶，大体当秦时……秦从西域所得之新乐器，尚有兴后之琵琶有关系而最有名者，即为弦鼗。杜氏通典云：'秦苦长城之役，百姓弦鼗而鼓之。'"

南坪琵琶为三弦琵琶，直项圆体，称秦琵琶，是中国人创造的乐器。南北朝时期，曲项琵琶由波斯与西域经今新疆传入我国。到了唐代因曲项琵琶在乐部居于首位，演奏技法也逐渐丰富起来，从此时起"琵琶"一词逐渐成为"曲项琵琶"的专属名字。三弦琵琶在秦时叫"弦鼗"。从敦煌壁画以及唐三彩中，都能看见，最初琵琶是游牧的乐器，骑马弹奏。因此，也就不难理解唐代诗人王翰在《凉州词二首》中所写诗句"葡萄美酒夜光杯，欲饮琵琶马上催"的意思了。

说南坪曲子大约有三百年的历史，主要与移民有关，相对封闭的地理环境，鲜与外界交流，反而在民间得以保存了下来。不过，今天南坪曲子，所使用的三弦琵琶，作为乐器实物则是有着长达二千多年的历史。因此，南坪琵琶与曲子也就被誉为中国传统音乐的活化石。

关于"甘陕流民"与南坪居民来历的关系，在《新纂南坪乡土志》中也有记载："南坪毗连文县，路达陕甘。居民浑朴，衣食节约。陕西籍居其二三，文县籍居其六七。风俗与文县略同。"自然，这其中还应包括一部分来自四川与其他地方"赶烟场"的人。甘肃文县，与南坪毗邻，在白水江中下游，古名阴平，或阴平郡。在蜀魏时期，与武都郡皆是反复争夺之地。

据有关史料记载，南坪在历史上大规模的移民，主要发生在乾隆、嘉庆时期。原因并不复杂，就是因松潘高原等地战事不断，人口锐减，造成土地荒芜，包括南坪在内的从柴门关涌进来的"流民"，就开始了"插占为业"与"屯垦戍边"，几世几代之后，融入当地则成为后来的南坪城内的居民。在这些人当中，也不乏有着书香门第与官宦之家，或因故避祸，或因家道中落，而随着"流民"辗转来到了南坪。与此同时，也就把源自西北大地的曲子与琵琶乐器以及生活习俗等带进了南坪。故有"南坪不象甘，碧口不象川"之说，至少在 1935 年 9 月，时为《大公报》特派通讯员的范长江，在前往大西北途经南坪时，就有了这个说法。

大体梳理弄清楚南坪曲子相关的历史背景以及来龙去脉，我以为这对了解南坪曲子的发展以及今天传承的情况，是有所裨益的。正如习近平总书记在文化传承发展座谈会上指出，"如果不从源远流长的历史连续性来认识中国，就不可能理解古代中国，也不可能理解现代中国，更不可能理解未来中国。"

二

去见黄德成老师时，我还有一个担心，就是听说他有恙初愈。但，当我打通了他的电话，说明采访的目的后，他到底是"老南坪"，非常爽快地答应接受采访。并且，令我感动的是，他不顾身体恢复不久，就带着一把琵琶和准备好的个人资料，早早地站在小区大门口，一直在等待着我的到来。

我与黄德成老师已有十一年未曾谋面，第一印象觉得他清瘦不少，但精神反倒更加地矍铄。他穿着黑色的衬衣，深蓝色的西服套装，是个讲究的人。许是因受病症的影响，走路时他仍有点步履蹒跚，然而只要谈起南坪和南坪曲子，他就显得兴致勃勃，仿佛变了一个人。

他交给我的资料包括个人简历和他所创作的歌曲目录和曲谱，装订得整整齐齐。由此可以看出，黄德成老师是一位做事严谨而认真的人。尽管是个人简历，但资料丰富详尽，文笔不错，为我节省了不少时间。

在他的个人简历中是这样自我介绍的："黄德成，男，汉族，现年76岁，中共党员。九寨沟县永乐镇梨花村人，县人大退休干部。"

"1954年7月至1963年7月，在南坪县读小学、初中。受父辈及当地民间弹唱艺术耳濡目染，从小就对南坪曲子产生了浓厚兴趣，尤其是对南坪琵琶情有独钟。读初中期间便能弹奏《采花》《出门》《庄稼曲》《织手巾》等南坪曲子，以及广为传唱的《毛主席来到咱农庄》《娘子军连连歌》《敖包相会》等歌曲。1963年10月毕业分配到茂县土门区，先后在小学、中学任教。1980年4月调回南坪县，先后在南坪中学、永乐、永丰小学任教。1982年调县文教局任副局长（分管文化）。1982年9月，与县文化馆马寿宇、冷蓉二位老师一起组织当地中、青年民歌手黄金文（三叔）、王玉元、马富祥、杨小兰姐妹、张桂荣、杨四莲、胡蓉、冯刚等，由黄德成带队参加阿坝州民歌会演。同年10月，与民歌手张桂荣入选阿坝州代表队赴成都参加'四川省首届民歌调演'。1986年组织民歌手陈朝选、王川陵、王冬秀、祁全英、杨桂莲等参加阿坝州首届高原艺术节演出。1987年，全国人大常委会委员、著名音乐家吕骥来南坪视察，受县人大委托，组织民歌手李凤刚、金雪英、张桂荣弹唱南坪曲子，受到吕老的好评，四川音乐学院还专门致函表示感谢。1990年从县文教局调到县人大教科文卫委员会任主任，2001 年在县人大退休。"

经过与黄德成老师的交流，我将他从事南坪曲子的保护与传承事业，大致划分为三个时期。即受家庭与家族的影响熏陶，学习南坪曲子时期；结合本职工作，组织和弘扬南坪曲子的时期；退休后组织"琵琶弹唱中心"，传承和创作以及老有所为时期。

从黄德成老师提供的这份个人简历资料中，我知道黄老师是出生在南坪县城一个琵琶弹唱世家，尤其是他的三叔黄金文是当地有名的民间艺术家。在他的青少年时期，就像今天在农闲工余，一大家人围坐在庭院弹唱一样，总有几个少年，站或坐在一旁，专注地倾听和观赏着长辈们演奏，眼神中流露出好奇与憧憬，这种情形行话叫"熏"，也可以叫熏陶或者耳濡目染。据黄德成老师介绍说，他先是受父亲的影响，对弹奏南坪琵琶产生了浓厚的兴趣，后是由他三叔的口传心授，手把手地来传授。

三叔觉得少年时的黄德成有灵气，这一点非常重要。

南坪曲子尽管是流行于民间的音乐，然而，任何艺术想要学好学精，多少是需要一点悟性与灵气的。恰好黄德成老师是一个品学兼优又有灵气的好学生，而正因为南坪曲子是来自生活、生产和民间的一门技艺，家庭和家族的影响力不容小觑。打小对南坪曲子所产生的兴趣与爱好，甚至，可以影响一个人一生的追求。

这大抵就是黄德成老师艺术生涯中的第一个时期，学会了这门技艺。在参加工作后，主要是在二十世纪八十年代，黄德成老师回到了家乡，一方面是继续教书育人，后被组织提拔，工作职责的分工，而另外一个方面就是九寨沟旅游的渐起，他始终没放弃打小就养成的兴趣爱好。随着九寨沟旅游的声名鹊起，他就有机会接触到像吕骥这样的国内著名音乐家，向名师学习。加之，省州不断在举办的会演与调演活动，黄德成老师既是当地的组织者，又是其中一名普通的演员，不是光说不练的假把式。也可以这么讲，在九寨沟旅游未开发之前，南坪曲子就早已声名远扬，时间在进入八十年代以后，南坪曲子更是锦上添花，成为九寨沟旅游的一张文化

∧ 黄德成（右三）和他的队员们

名片。

在南坪曲子现存的曲目中，最经典的代表作品当数《采花》。

"正月里采花无哟花采，二月间采花花哟正开——"

《采花》是人教版八年级上册的一首演唱歌曲，在课本中介绍"它是流传于四川南坪的传统小调。"据著名歌唱家朱明英在一次接受电视台采访时，谈到《采花》这首民歌时介绍说，她的国外朋友们，把《采花》叫唱 flower（花儿）的歌。朱明英在二十世纪八十年代初期，重新将《采花》呈现于电视银屏上，成为广为传唱的一首流行民歌。《采花》在这之后，也是许多电影明星、歌手在演出时的保留曲目。

关于《采花》这首民歌的来历，黄德成老师是这么跟我介绍的：在二十世纪初，当地的文人与民间艺人，结合南坪民间音乐与方言的特色，将一年四季里绽放在南坪大地之上的花儿，以十二个月来结构，编词谱曲，一经传唱，便经久不衰。在五十年代初期，部队文化工作者到南坪来深入生活时，收集到了这首民歌，经重新填词，创作改编成《盼红军》。其优美动人的旋律，与高原边地少数民族百姓，盼红军的真情实感与表达，成为中国传统音乐中的经典性作品。在《中国音乐百年典藏》中，就收录了《采花》。《采花》也因此而成中国音乐史上一首不朽的民歌代表作。

组织歌手演出和普及传唱南坪曲子，是黄德成老师艺术与传承人生涯的第二个时期。

三

黄德成老师艺术与传承人生涯的第三个时期，是在他退休之后，也是他最为辉煌的时期。

自2001年退休后，在民间的南坪老艺人也随着年龄渐大而相继离世，而他自己也不再是处于激情飞扬状态的青年，南坪曲子正面临青黄不接，后继乏人的状态。面对一无经费，二无排练场地，三无服装道具，队员年龄偏大，文化程度低，家务缠身等具体困难，是选择安享退休后的生活，还是勇敢地站出来，将南坪曲子发扬传承下去？

经过一番慎重地思考，黄德成老师没有选择退缩，而是勇于担当，主动地站了出来。在蒲有成牵头，和黄勇的帮助下，从农村有一定南坪琵琶弹奏基础的老、中、青年当中，挑选了二十来人，其中就有现在已成长为九寨沟县民间艺术家协会主席的马桂荣等三姐妹，成立了有老、中、青农民朋友参加的"九寨沟县南坪曲子琵琶弹唱培训中心"。

黄德成老师既是具体负责人和召集人，又是一名队员。他的基本功扎实，又有文化，会填词谱曲，他又当起了老师，手把手地教基础条件较差的队员，采取口传心授的方法，指导队员们的成长与演奏水平的提高。

对这一阶段的历史，黄老师在个人简历中是这样写道："2003年，先后参加了五十周年县庆和州庆活动。随着社会的发展和人们生活方式的改变，以及国内外流行音乐的冲击，'南坪曲子'这朵根植于民间沃土的奇葩，也面临逐渐消失的危机，不少能弹会唱的民间老艺人相继去世，许多优秀传统曲子濒临失传。当时，我们组建这支队伍的目的只有一个：就是为了更好地保护、传承家乡本土优秀传统文化，使濒临失传的南坪曲子琵琶弹唱这一祖辈流传下来的民间艺术后继有人，世代相传，造福子孙后代。"

弹唱中心成立后，在县委、县政府和文化主管部门、社会各界的大力支持帮助下，黄德成老师和队员们一道，克服困难，不辞辛苦，上山下乡拜民间老艺人为师，走村串户向能者求教。通过两年多的刻苦训练和不懈努力，收集整理并学会弹唱濒临失传的南坪曲子三十多首，协助县文化、教育部门举办各类南坪曲子弹唱培训班多期，培训人数达数百人。

∧ 都九晚情

一分耕耘一分收获。2005 年，黄德成和黄勇老师带队参加阿坝州"推新人才艺大赛"，参赛的南坪曲子弹唱《大绣荷包》荣获成人组第一名，黄德成老师也获得优秀指导教师的荣誉证书。同年参加四川省推新人才艺大赛获十佳称号。也就在这年，黄德成老师率队员参加了中央电视台《民歌中国》栏目节目录制。2006 年，再次参加了"中央电视台 2006 民族民间歌舞盛典"。

接着，在 2007 年和 2008 年，黄德成老师先后组织、指导了全州中学生运动会开幕式演出，参加了四川省人口与计划生育文艺会演，创作了歌曲琵琶弹唱《计划生育是国策》并荣获三等奖，协助成都军区战旗文工团青年演员陈玉梅参加中央电视台第十三届青年歌手电视大奖赛，完成助演的任务。2010 年，创作了琵琶弹唱《农家书屋农民爱》，荣获国家新闻出版总署农家书屋办公室颁发的最高奖——特别奖。

《因为有你》是黄德成老师的代表作和取得的最高艺术成就，也是他专门有感于5·12汶川特大地震发生后，在县委宣传部提供的材料基础上，以充沛的创作激情，仅用两天的时间，饱含热泪创作的感恩歌曲。该歌曲一经发布，就在四川电视台公益栏目反复播放，2011年《因为有你》经歌手祖海等人演唱，登上了央视春晚舞台。2012年《因为有你》荣获了四川省"五个一"工程优秀奖，因此而成为南坪曲子的新标志性作品。

除此之外，黄德成老师还承担了大量地公益性歌曲的创作，不论是在"创建平安"活动，还是在党风廉政题材，不论是应邀赴澳门演出，还是在社会主义荣辱观教育活动、科学发展观、新农村建设、普法教育、歌颂家乡等方面，他都倾注激情，创作了大量脍炙人口的琵琶弹唱歌曲，为传承南坪曲子尽到了一个党员、一个优秀的传承人应有的责任与义务。

这也是黄德成老师传承之路的第三个时期。莫道桑榆晚，为霞尚满天。

四

2012年12月，黄德成老师因孙女在外地读书需要照管，就和老伴一起离开了九寨沟到都江堰居住。

到了都江堰生活后，黄德成老师并未因此而放弃琵琶弹唱，而是参加了九寨沟县驻都江堰退休老同志组成的以宣传、研习、传承九寨沟优秀传统文化——国家级非物质文化遗产"南坪曲子"，兼演出的"九都晚情演唱队"的活动。

这些退休的老同志包括黄德成老师，又把南坪曲子带到了四川内地。在成都、北京、上海、德阳等大都市的舞台上，又唱响了南坪曲子，以黄德成老师等为代表的传承人，不仅让曾经藏在深山人未识的中国传统音乐活化石的南坪曲子走出了大山，走出了九寨沟，而且，也走出了国门，飞向了世界。

2009 年，黄德成老师因对南坪曲子保护与传承所作出的杰出贡献，被四川省文化厅授予"四川省非物质文化遗产项目南坪小调代表性传承人。"

2018 年，黄德成老师被文化部公布为第五批国家级非遗项目传统音乐类南坪曲子代表性传承人。

黑格尔曾说："我们之所以是我们，乃是由于我们有历史。"又有人指出，通过一切变化的因而过去了的东西，结成一条神圣的链子，把前代的创获给我们保存下来，并传给我们；而我们必须感谢过去的传统，把传统接受过来并传承下去。还要对接受过去的遗产进行加工和改造，使它们能更为丰富地保存和传承。

传承从“心”开始

——记国家级非遗项目觉囊梵音传承人、壤巴拉非遗传习所创办者嘉阳乐住

尕壤卓玛 / 文

一、起始

　　我没有去采访过嘉阳乐住（壤塘县政协副主席，四川省第十三届人大代表、四川省第十三届政协委员、四川省佛教协会副会长、国家级非遗代表性传承人），我也没有因为这篇文章去搅扰他。2009年我参加工作，机缘巧合，几个工作岗位的调整，我的工作基本都是围绕着他和他的传习所。从第一次见他，从他请我喝的第一杯清茶，从我第一次生疏地解说唐卡传习所，从他第一次教我评鉴觉囊唐卡的洁净精微，从他第一次告诉我，在唐卡传习所，传授绘画技艺不是核心，对生命的启发、探索与求证才是最

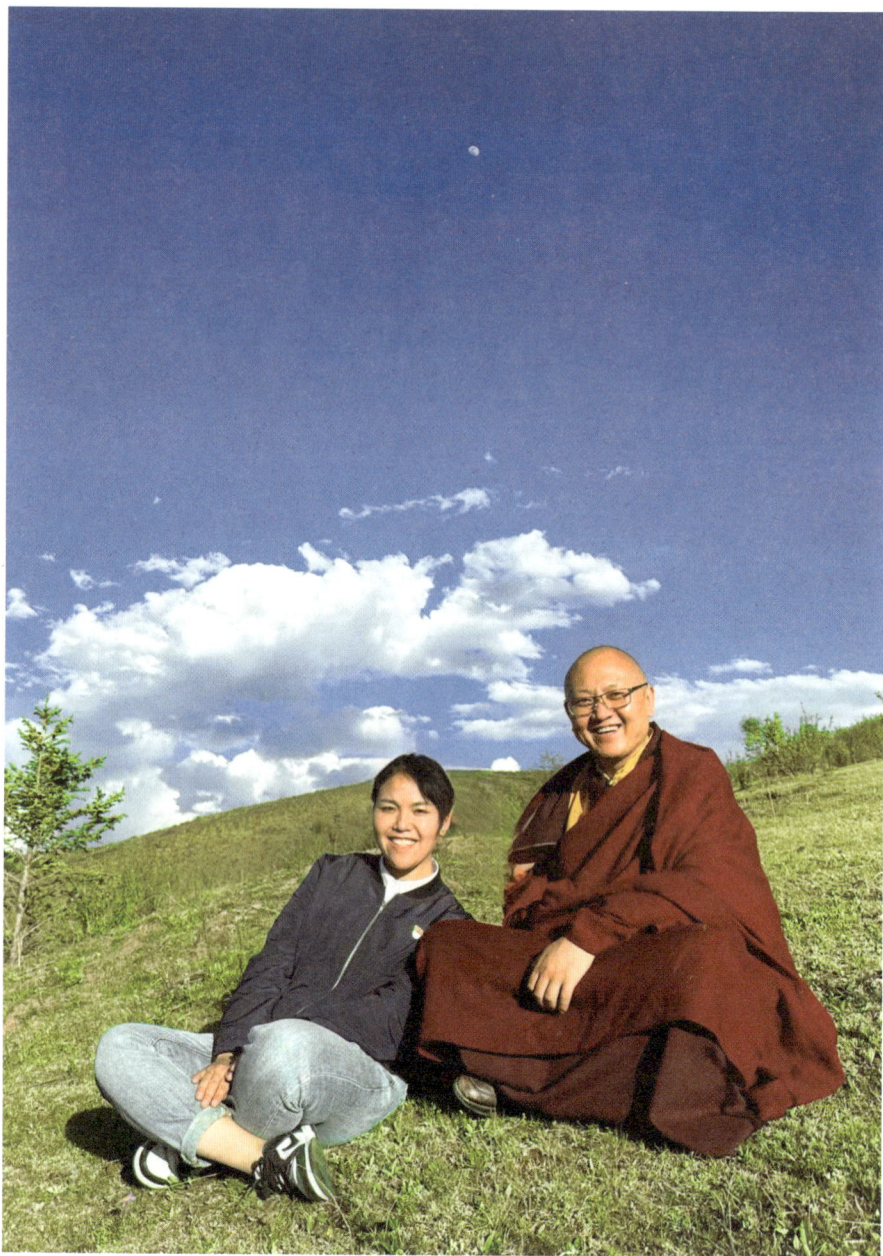

∧ 作者与嘉阳乐住

主要的功课，至此我开始渐渐认识并了解他。

　　第一次见嘉阳乐住，是在他创办的第一个传习所里（觉囊唐卡传习所）。那个四合院式的藏式二层小楼里，他正在专心画唐卡，学习唐卡的几个学员围坐在他旁边，这是我第一次见他和他的孩子们。记忆中传习所每天早上蒸出来的馒头又大又黄，蓬松宣软，拌着酥油味道好极了，主打硬菜总是牛肉炒白菜，菜品很少，但孩子们很满足。

　　谁承想这个小小的四合院—唐卡传习所，能在壤塘从一盏孤灯的零星起始到雨后春笋般的壮大发展，成为承载壤塘非遗的工坊和宝库，而这些娃娃会成为在故宫修复文物的非遗画师，工艺美术大师，而我又何其有幸可以见证这样的奇迹！

二、传承

　　嘉阳乐住最早传承的非遗项目是觉囊梵音古乐，而觉囊梵音古乐是中国佛教现存最古老的乐种之一，其在涉藏地区已有1000余年的传承历史，至今仍在四川阿坝州壤塘县的藏洼寺活态传承着。觉囊梵乐源远流长，世代相传，历代觉囊梵音的传承人，除了采用口传心授的方式，还开创了独特的"央移"记谱方法，这些如画的乐谱中，记录的不仅仅是音律，更是将成就者的成果娓娓道来的道歌。其中，金刚唢呐的演奏要求技巧精湛，尤其是乐僧们一口气12分钟的"鼓腮换气吹奏法"，通过气控制和指法变化增加装饰性颤音，可谓"追魂摄魄"。也正是有着稳定的文化传承体系，觉囊梵音就有300多首孤本的曲谱传承下来，成为研究古代佛教音乐作品和音乐信息的文化宝库。其中保存最古老的央移乐谱已有近600年历史，其悠久的历史、完整的传承和僧团精湛技艺被音乐界评为"中国音乐历史的活化石"，被国务院列入国家级非物质文化遗产名录以及 "国家十一五支撑计划数字音乐推广与应用"项目，由中央音乐学院等高校学者负责，对这一宝贵文化遗产进行全方位的记录和研究。嘉阳乐住多次带领僧团在北京大学、中国音乐学院、西安音乐学院等多所高校进行学术交流和展演，获得了多方赞誉。2009 年，嘉阳乐住主席被认定为四川省非物质文化遗产项目（觉囊梵音古乐）代表性传承人。2010 年，被认定为国家级非物质文化遗产项目（觉囊梵音古乐）代表性传承人，同年，"唐卡传习所"也在他的精心谋划下创办并免费教授唐卡技艺，而这个唐卡传习所是极具开创意义的，它是壤塘第一所非遗传习所，也就是我初次见他的那个四合院式的藏式二层小楼。

此后十余年，他一直致力于非遗的挖掘、抢救和整理，并用建立传习所的方式对非遗进行生产性传承。在这紧要关头，壤塘县委县人民政府及时提出"政府扶持、传承人自主创办"和"传习所（基地）＋公司＋农户"的发展模式，鼓励扶持传承人积极创办非遗传习所，招收非义务教育阶段的学员，使得一大批民间技艺传承人重振信心，重拾技艺，吸引更多人参

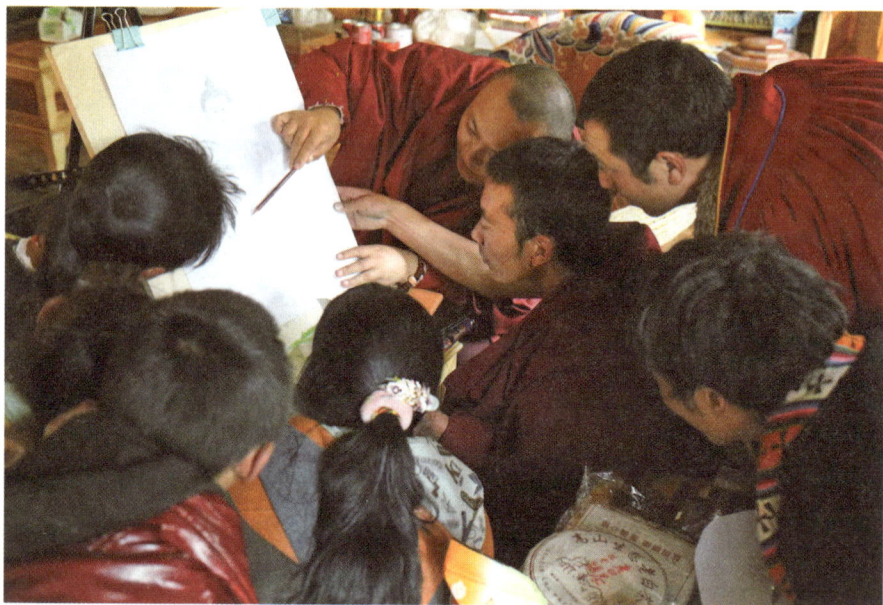

∧ 嘉阳乐住教授唐卡绘画技艺

与和投入，全县共创建46个非遗传习所，其中就有嘉阳乐住建成的16所非遗传习所，内容涵盖唐卡、音乐、藏医药、藏香、雕刻、传统服饰、刺绣、陶艺等十多个门类，教授学员达700余人。其中，唐卡传习所已培养60名唐卡画师，目前有240余名学员在创业园的唐卡传习所学习。

传习所的开办带动了更多农牧民群众就业创业，通过非遗保护和传承，实现了文化技艺助脱贫和文化自信促脱贫的良好效果，让物质比较贫乏的壤塘百姓，增添了自信、看到了希望，让学员一技在手、一生就业、一家脱贫、一辈子安居乐业，为壤塘脱贫奔康找到了最有效的出路，探索出一条适合壤塘脱贫致富的独特道路。因嘉阳乐住在其中所作的贡献，他被评为"2014中华文化人物"，这是全国首个专门针对全球华人文化领域的人物评选活动。对他的获奖评语是："他的慈悲、安详和力量之所以让人感动，是因为对于这位年轻有为的僧人而言，文化已不仅是观念与创造，更是修行与信仰。"

三、荣誉

2012年，嘉阳乐住被四川省文化厅授予"四川省非物质文化遗产保护工作先进个人"称号；2016年，被四川省精神文明建设办公室评定授予"四川好人"称号；2017年，被授予"感动阿坝年度人物"称号；2019年，嘉阳乐住荣获四川省工艺美术行业协会颁发的"四川省工艺美术大师"称号。2019年，嘉阳乐住被推荐加入中国民间艺术家协会，成为会员。2021年入选文旅部、光明日报社主办的2020年度"中国非遗年度人物"候选人；2021年入选四川省文化和旅游厅的"四川省突出贡献乡村文化和旅游能人"；2022年底获评为"2022四川非遗年度人物"。2014年5月，葡萄牙总统对我国进行国事访问，习近平总书记将嘉阳乐住的作品觉囊唐卡《三世佛》作为国礼赠送于瓦科·席尔瓦，其艺术精湛程度得到瓦科·席尔瓦总统的高度评价与赞赏；2018年，嘉阳乐住设计创作的觉囊唐卡作品《文殊菩萨》《四大天王》和《千手千眼观音菩萨》，第六届四川省工艺美术精品展，分获一项金奖和两项银奖。同年，嘉阳乐住绘制的觉囊唐卡作品《文殊菩萨》，在太阳神鸟杯天府宝岛工业设计大赛，获得金奖。2019 年，嘉阳乐住所创办的唐卡传习所十年创新探索，以非遗引领壤塘产业转型发展，为当地脱贫奔康作出突出贡献，作为展现新中国成立 70 周年的伟大成果，入选中央宣传部的大型文献专题片《我们走在大路上》。2019 年，习总书记出席并讲话的亚洲文明对话大会上，讲述关于嘉阳乐住的唐卡传习所的故事。2021 年嘉阳乐住组织参与拍摄的纪录片《指尖上的藏族》被中央宣传部对外推广局和国家广播电视总局评选为"优秀对外传播纪录片"，向世界讲好中国故事，传播好中华文化，展示真实、立体、全面的中国。荣誉的背后是他日复一日的精进和奉献。

∧ 感动阿坝人物

四、故事

浙江大学谢继胜老师曾经对唐卡传习学员大加赞赏，他说：简直不能相信如此年轻的艺术家在传习所经过几年的学习竟取得如此成就，这是美术学院科班 4 年训练不能达到的成果。他说，唐卡传习学员的手艺如同年仅 18 岁的中国美术画家王希孟令人惊叹与钦佩。为此，谢继胜老师特意为唐卡画师们撰文《千里江山目，画坛英才出》。

在这些让专家学者赞叹的画师里面，有一个特殊的群体——女画师。在壤塘，在传习所，以前的涉藏地区女画师、女医师甚少。说道牧区的女性，想起谢尔旦的一首《牧女》，反映了偏远牧区的藏族女性辛苦的生活、繁杂的劳作、空洞的生命。梅朵（化名，藏语意思是花儿）是传习所的女画师之一，平时画画她总背着儿子小扎西。梅朵的丈夫因意外去世，她没有了任何经济来源，生活的重担突然压在了她瘦弱的肩上，而这个孩子已然成为梅朵需要扛起的大石。连串的打击烤灼了她的心，想要熔断她的幸福，面对家里年迈的老人和嗷嗷待哺的小扎西，她迷茫无助，她以为她被拒之于幸福的大门之外了，而传习所却为她开启了人生的另一扇窗。"请给我一次机会！"她找到嘉阳乐住主席，近乎哀求。嘉阳乐住主席给予了她这个宝贵的机会，她像抓住了最后的一根稻草，紧紧地握住至今未放手，日复一日来在唐卡传习所学习精进。

刚来这里，梅朵的手是僵硬的，她要学的不是画画，不是背医典，她要学的是怎么握笔，怎么微笑，怎么找回自信，怎么生活，怎么养活自己和她的小扎西。我想一个被命运戏弄过的人只想认真地生活，顽强地绽放。这些年她通过自身努力和老师们的细心栽培，成了一名非常优秀的非遗唐卡传承人！现在梅朵的收入已经让自己和家人过上富足的生活，每年收入可达十几万。她成了乡间邻里称赞的好女儿、好母亲、好画师。梅朵自立自强，用自己的双手获得的尊重，通过奋进改变了自己的命运。

在壤塘，梅朵不是一个人而是一个现象，我想，在一个社会里，对女

∧ 传承人作品

性的教育是多么重要，教好一个女性对于一个家庭是举足轻重的。唐卡非遗的传承是梅朵命运的炎炎烈日里淅淅沥沥的小雨，这样的小雨催化着无数个梅朵的人生。

从"闲人"到"工匠"的华丽转身，唐卡传习所有一个正在申报省级非遗大师的传承人，他叫耿滚，今年30岁，壤塘县尕多乡尕多村人。说到他的从前，他是经常到派出所"报到"的问题青年，他无所事事，时常混迹茶楼、夜场。现在他已是唐卡传习所鼎鼎有名的画师。他天赋异禀，临摹的宋画《送子天王图》《维摩诘演教图》等作品传神细腻，栩栩如生。作品多次在上海当代艺术博物馆、北京等地展出。今年他的两幅唐卡分别卖到12万、20万，靠画唐卡耿滚实现了人生的逆袭。耿滚他变了，变的不仅是成为致富带头人，他更是变自信了，变稳重了，他的眼睛里有了光，他的脸上有了笑容……

耿滚说："我只是壤塘几百个非遗传承人中的一个缩影，感恩这个伟大的时代，最近我们创作了一幅《民族大团结》，展现了在以习近平同志为核心的党中央带领下，56个民族团结一心、砥砺奋进的美好画面！也表达了我们壤塘儿女对于习近平总书记和党中央的无限感恩之情和在谱写民族大团结华美乐章中贡献传习力量的坚定决心！"

四川青年五四奖章获得者——壤巴拉非遗传习创业园负责人桑州，于1994年出生在壤塘县上壤塘乡长河村的一个普通牧民家庭。小伙子从小踏实能干，在外求学，一心只想反哺家乡，早早回到壤塘，20岁出头就担任了传习所的管理工作，后

∧ 桑州获五四青年奖章

来壤塘依托脱贫攻坚大力发展非遗＋的产业优势，整合资金，精心谋划、科学布局建设了壤巴拉非遗传习产业园，不仅为优秀非遗传承群体提供了一个学习成长、就业创业、繁衍生息的家园型发展平台，同时构建了以文化为核心、可持续发展的区域产业体系，形成具有独特特色的新型文化孵化园。唐卡、藏医药、藏绣等 15 个传习所入驻创业园，桑州被推选成为创业园的负责人。

二十出头的桑州有别于同龄人，他老练稳重，努力踏实。2019 年他正式加入了中国共产党，成为一名共产党员，从此他更是以身作则，脱去稚气，扛起了管理壤巴拉非遗传习创业园的重担，在他的管理下，创业园运行有序，生机勃勃。现在的他作为创业园支部书记，也迅速成长为了能面面俱到的管理者。桑州与传习所的小伙伴们在传承非遗中用"一生只做一件事"的坚定信念，一步一个脚印走出了自己的传习之路。如今的桑州更是四川青年五四奖章获得者、共青团第十九次全国代表大会代表。

这些非遗传承人在嘉阳乐住的教导与培养下，如今吃上了"手艺饭"，让他们做到不离乡、不离村、不离土、不离牧实现就业。

五、意义

嘉阳乐住常常说："通过非遗带动，年轻的传承人的确实现了收入的增长，但我一直跟孩子们强调，对生命的启发、探索与求证才是最主要的功课。通过鉴赏、观察、操作，实现学员审美的提升，我觉得才是传习所带给当地最深远的价值。"时下，壤塘县委县政府正抢抓机遇，坚持"保护为主，抢救第一，合理利用，传承发展"的指导思想，把发展文化产业作为当前和今后一个时期壮大县城经济的重要举措，善用以嘉阳乐住为代表的有志之士、非遗传承人，以建设唐卡、藏戏、藏医药、石刻、藏香、藏茶等传习所为重要载体，凸显文化传承功能。强化技能培训作用，拓宽群众增收渠道，将继承弘扬民族文化遗产与开发利用有机结合，在实现传承与创新、保护与开发、惠民与发展之间，向世人展示壤塘文化的独特魅力，力促文化产业成为推动壤塘跨越发展的强大引擎。

∧ 壤巴拉非遗传习创业园

又见西路边茶
——记西路边茶传承人蒋维明

周正 / 文

一

　　汶川历来产茶，是为西路边茶。《茶经》中说："剑南以彭州上。"彭州周围产茶为上品。汶川即处在这个区域。汶川的茶，主要生长在现在银杏一碗水、映秀、漩口、水磨一带。这个区域，处于龙门山和邛崃山系之间，毗邻青城山，紧邻成都平原，处在成都平原周边山区，海拔780—3000米，雨量充沛、云雾多，空气湿度大、漫射光强。银杏、映秀、漩口、水磨年平均气温13—14.4 ℃，大于14 ℃的积温4008.5—4581.3℃；年降雨1300mm，无霜期230—250天。冬无严寒、夏无酷暑，日照较长，雨

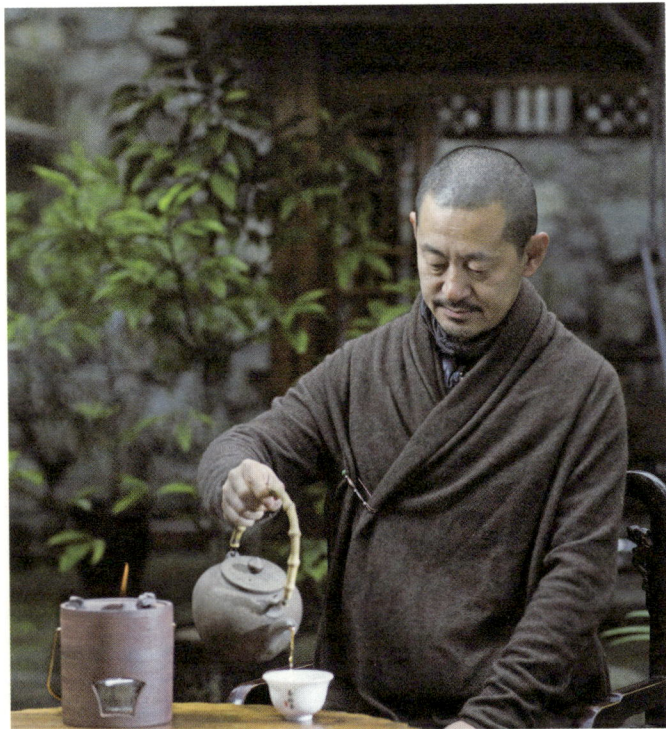

∧ 制茶师蒋维明

水充沛，有利于氨基酸、维生素的形成。土壤多为黄壤和棕壤，pH 值 4.0—
6.5，有机质含量高，通气蓄水性能好，土壤较肥沃。

　　而在这样的海拔突然降至 780 米的龙门山和邛崃山的皱褶里，就生长
了佳木，生长了茶树。水磨、漩口、映秀、银杏等产茶区，尚存的古茶树
在 1139 株以上。茶树受到了得天独厚的眷顾，不管春夏秋冬，都有高原
的冷气流和平原的暖气流的夹峙，冷暖交锋中自然山雾氤氲。这样的环境，
就像舞台上用干冰制作的布景，烟雾缭绕，似梦似幻，仙女婀娜着身姿翩
翩起舞。茶树沐浴在甘露中，自然就娉娉婷婷，娇艳灼人了。历史上，龙
池的茅亭茶，银杏的一碗水，成为贡茶，被皇室垂青，就不足为奇了。这

些茶，经过了恰切的阳光、刚好的雨露加持，颗颗都是珍珠，粒粒都是宝贝。

　　大致在唐朝以后，茶叶成为西北少数民族生活中不可或缺的必需品，也成为历朝统治者稳固边疆，团结少数民族的"政治之茶"。与蜀地相连的青藏高原和西北地区尚茶成风，而中原需要大量战马，于是各取所需，"茶马互市"兴起。随着茶马互市、茶马贸易的发展，汶川成为茶马古道西路（灌松茶马古道）的组成部分，汶川的茶叶开始流通西北。

　　汶川产的茶，是谓西路边茶。主要是黑茶。

　　黑茶在一千多年前是一种不需发酵的绿茶。当时，运到川西北高原少数民族地区的茶叶，主要靠人背马驮，加上路途遥远，往返一趟少则十天半月，多则两月三月。彼时，没有塑料袋，陶罐具有密封性能，是装置茶叶的标配。可是，陶罐笨重，不便于人力马力运输。篾包成为装置茶叶的首选，一是篾包较轻，二是篾包具有通风性能。茶叶装在篾包里，驮在马背上，背在人肩上，下雨时茶叶被淋湿，晴天时茶叶又晒干了，茶叶干了又湿、湿了又干，如此反复，茶叶当中的微生物发酵，成了黑茶。而这种颜色和味道的黑茶深受牧民们欢迎，汶川漩映地区的制茶人根据人们的这种喜好，用发酵的方式生产出了新的品种——黑茶。黑茶成品外观呈黑色，为了便于长途背运，一般压制成紧压茶。其汤色成红褐色，较之其他茶类，耐冲泡，味道浓郁，越陈越香。变了色，改了味的西路边茶，因为"在马背上诞生"，也被称为马茶，风靡西北部少数民族地区。如果说在之前的茶史中，汶川茶都是掩映在"川茶""边茶"的光辉里，虽有光却不够夺目的话，那么经过这一次脱胎换骨，马茶无疑让汶川茶闪耀了起来。漩映片区的气候环境适宜于茶树的生长，汶川茶因其得天独厚的自然环境和茶马古道的因素赋予了汶川漩口茶更多属性。它之所以能够在庞大的川茶和边茶的系统当中挣得如此响亮的口碑，靠的就是汶川茶的制作工艺。选用更为粗老的原料，经过精细的加工程序，经过多次发酵，32道工序，每一个细节都决定了黑茶的品质。

　　漩口、水磨，在1957年前属于灌县（现都江堰）管辖。《灌县志》记载：

"灌产西边茶,岁约二三万包",川边"边茶"茶号总销细茶 1400——1500 担,其中汶川县 1000 担(即 50000 公斤);粗茶 2.5 万包(大方包茶每包 50 公斤)。映秀、银杏属汶川管辖,《汶川县志》记载:"1940 年总销 4 万包,1949 年产细茶 34800 余公斤,粗茶 7500 余公斤、红白茶 500 公斤,苦丁茶 250 公斤。"

1962 年,阿坝州外贸局在汶川漩口镇开办茶厂,对茶叶实行统购统销,产品远销青海、甘肃及西藏等地。后来,漩口、水磨、银杏、映秀扩大了茶树的种植规模。据汶川县政协文史资料,1957 年汶川产茶 11276 市斤,其中细茶 5176 市斤;1970 年达 62415.5 市斤,其中细茶 13553 市斤;1983 年调进 18900 市斤种子,种植面积 384 亩,与玉米混种 860 亩。1985 年增加到 1486 亩,年产茶 25821 市斤,其中细茶 6899 市斤……

5·12 汶川特大地震,震毁了汶川人的家园。汶川的茶园也震毁了。茶树疏于管理,没于树林荒草之中,没了生气。传承了上千年的西路边茶,没了传承人。制茶是手艺,师父一般很少带徒弟。就是带徒弟,也会"留一手",他们害怕"教会了徒弟,饿死了师父"。汶川特大地震,造成近 10 万人遇难。映秀、银杏、水磨、漩口的制茶师,没能逃过劫难。西路边茶,也就香消玉殒了。

二

2015 年,一款叫作"大土司"的黑茶,亮相中华文化促进会举办的"万里千年文明交融——2015 重走丝绸之路"大型国际文化交流体验活动。作为唯一代表中国黑茶的品牌受到世人瞩目。消失了多年的四川黑茶、西路边茶、汶川茶,像扬子鳄,在众目睽睽的期待中,终于重现身影。

2017 年,"大土司"黑茶,登上了中国人民对外友好协会主办的沿海上丝绸之路"盛世公主"号邮轮,巡展 10 多个国家。茶叶像使者,一路飘香,向世界宣告,西路边茶、映秀茶、汶川茶满血复活,像映秀、汶

∧ 黑茶大土司

川的代言人。凝聚了党中央的坚强领导，历经灾后恢复重建，映秀人、汶川人怀揣一颗感恩的心，向关注、关心、关爱、关怀汶川的每一个眼神、每一滴眼泪、每一颗爱心、每一顶帐篷、每一抹橄榄绿、每一件白大褂，表示敬意和谢意。每一粒茶叶，都凝结了汶川人民的坚强不屈，都凝聚了汶川人民感恩的心。制茶人蒋维明把满腔热忱，揉进了一粒粒茶叶。一粒粒茶叶，带着汶川人的使命，宣示了汶川人的铭恩奋进。

蒋维明原来并不种茶，也不炒茶。

5·12 汶川特大地震时，蒋维明的父亲蒋友文身居青城山，母亲司慧茹在成都。蒋维明知道，青城山就在汶川映秀的南边，与映秀一衣带水。马上打电话联系父亲，电话不通。父亲参加过抗美援朝。后到茫茫戈壁滩支持国防建设。母亲 1958 年入伍，也是一名老兵。他们舍家为国，为中华人民共和国的建设作出了属于他们一代人的贡献。现在，父亲生死未卜，蒋维明心急如焚。只身从北京出发，马上奔赴青城山。青城山满目疮痍，面目全非。蒋维明沿青城山、都江堰寻找，哪里都不见父亲的身影。蒋维明一边给父亲打电话，还好，不知道过了两天还是三天，终于打通了父亲的电话。父亲在成都一家医院。马不停蹄，蒋维明来到成都，找到了父亲。父亲说："我还好，受了一些轻伤。一个出租车司机，看见我受伤了，不由分说把我拉到成都，安顿进医院，转身就离开了，我甚至不知道他姓甚名谁，住在哪儿。我这儿不需要照顾，你的任务，就是去找到这名恩人。"父亲平时话不多，今天却说了那么多话。直到今天，在曾经当过兵的蒋维明看来，父亲的话如雷贯耳，是战场上的命令。自己作为一名战士，深深地知道，士兵的天职，就是服从命令。

怎么找呢？人海茫茫，没有线索，要找到这个救命恩人，犹如大海捞针。转眼望去，四处是橄榄绿、白大褂，他们在挖掘倒塌的房子，在疏通道路，在救治伤员。他们都是在大地震中，不计个人安危救助像父亲一样的人的恩人啦。找不到具体的那位救助父亲的人，那应该感谢的，就是他人，就是社会，就是祖国！自己行囊空空，用什么回报他们？

蒋维明这才想起，自己曾"云游"四海，学习"茶经"。回想自己2000年开始学习做茶，不过是为"讨生活"，糊口而已。做的茶与他茶大同小异，当然也就泯然众人。这哪里是做茶？蒋维明想，如果把这个阶段理解为读书的话，就像还在读学前班；理解成画画的话，就是鬼画桃符；理解成书法的话，那就是还处在写字阶段，只能说一横一竖写直了，而没有法度。品茶是境界，做茶同样也是境界。此是后话。要做好茶，那就得读书，那就得行路。

他背着行囊，像一个流浪诗人。遍访名山大川，或野岭荒山。所到之处，只为学习茶事。他先后到过西湖品龙井，到洞庭尝碧螺春，到庐山看云雾，到黄山饮毛峰，到安溪喝铁观音，到云南会普洱。各种各样的茶，浮现在蒋维明的脑海中。灵感陡然来了，有道是，滴水之恩，涌泉相报。自己不

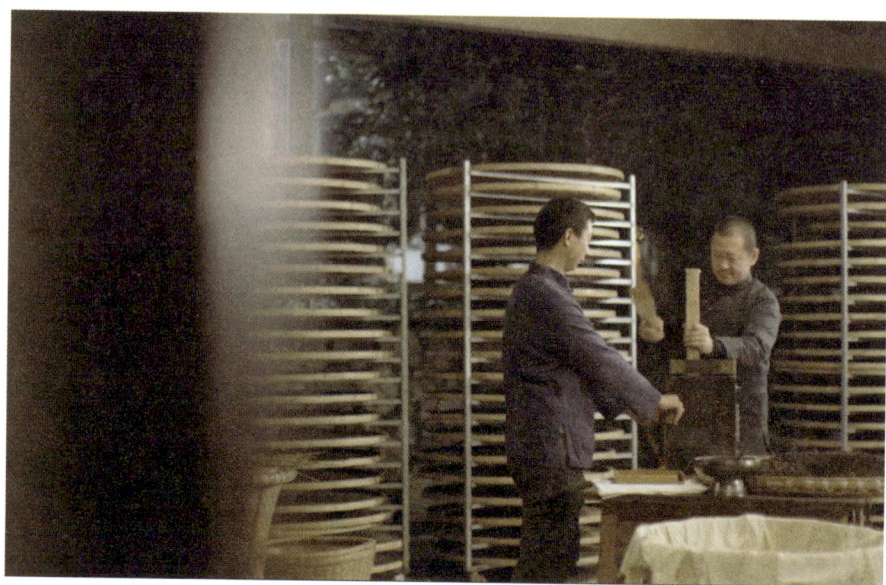

∧ 蒋维明制茶

134

就是一粒茶叶，自己何不用学到的"茶经"，回报社会？

蒋维明回到雅安，这里是茶叶的故乡。赫赫有名的蒙顶山茶就出生在这里。蒋维明知道，南路边茶就从这里，一路向南，向西，直走到云南、西藏，一路继续走下去。他要用自己宽宽的双手，炒一锅锅好茶，让茶走进千家万户。让更多的民众，尝到苦尽甘来的味道。

蒋维明炒着茶，心里面常常想起父亲的话语。不炒茶时，他继续寻访，茶聚有缘人，说不定遇而不遇，就能找到那位救助父亲的人呢？

映秀，映秀。蒋维明想到了映秀。或许，到映秀一边炒茶，一边可以等到恩人来到曾经的震中呢？

映秀是个好地方。2012 年，蒋维明一到映秀就产生了这个感觉。因为自己是炒茶人，就对茶生长的环境特别敏感。映秀这个地方，确实是产茶的地方。高山峡川，云雾缭绕，茶树适合生长在这样的仙境中。经过灾后重建，映秀的阴霾已经渐渐散去。一排排楼房整整齐齐，一条条街道干干净净。映秀渐渐显露了生机。通往娘子岭的红沙沟，路边生长着茶树，吐出了新芽。路边有茶，这里一定有茶园。不出所料，"天生一岭界华夷，上山十五里，下山十五里"的娘子岭，周围的山野中，生长了一丛丛古茶树。茶树们，在岩石的缝隙里，在沟壑边，那么倔强、坚强。似乎它们也在等待，等待一场春雨，让它们重泛生机。等待有缘人，等待识茶人，犒劳那些关注、关心映秀的目光。

蒋维明感慨良多，如释重负。就是找不到那位恩人，也可以学习恩人们的精神，采集娘子岭的茶，炒一锅好茶，温一壶细茶，犒劳那些来映秀的客人，慰藉映秀民众曾经受伤的心灵。蒋维明犹如吃了定心丸。在映秀扎下根来，开始了炒茶。

待的时间久了，他知道映秀，曾经叫中滩堡，这里曾经是茶马古道西路重要的驿站。蒋维明站在中滩堡望娘子岭，仿佛看见，一袋袋茶包子从茶关一路走来，经过东界垴、寿星垴、西瓜垴、彻底关、豆牙坪、银杏坪，一路缓缓而来，逶迤而去。背夫和挑夫打杵歇脚，揩着涔涔的汗。路边总是有鸡毛店，店里的阿妈或者孩童，都会脸上盈着笑容，奉上一碗边茶。马帮、背夫、挑夫就有劲继续赶路了。茶包子经过桃关、大邑坪、飞沙关、雁门关，一路北行，只达松潘，过黄胜关，就是"生番"地界了。再西行，茶包子到了草地。草地上才没马蹄的青草，开着小花。蓝天上白云朵朵，映衬着白塔和经幡。牦牛星星点点。帐篷里飘出缕缕青烟，人们在炉上煮着茶，往茶里放点酥油、花生、核桃、盐巴。饮了茶，就可以走出帐篷，骑着牦牛，唱着情歌了。有客人来，藏族同胞捧一碗酥油茶。有了茶，就可以坐一起，身体感到了温度，家庭感受了温馨，整个场景也就感知了温暖。小小的茶叶，是润滑剂，是调和剂，是加油剂。有了茶，自然就有了交流，有了沟通，也就有了和谐。

只是，古法制作的边茶，几近失传。何不恢复制作边茶？映秀丛林中生长的古茶树、老茶树，出产的茶叶，经久耐泡，茶味浓郁，似乎更适合做边茶。

蒋维明继续琢磨，查找资料。一般制茶，经过采青、筛选、杀青、揉捻、烘干、炒制、装袋等工序，只是不同的制茶师，在把握炒制的火候，揉捻的劲道上有所区别，也就有了不同口感。这是传统的制茶法。蒋维明想，映秀出产的茶，优势明显：味道酽实。但是，老树出产的茶也有缺陷：甜香略次。他想起一个贵人来，在蒙顶山千佛寺炒茶时，因茶与毛克宁教授结缘。毛老师曾在汶川当过知青，回城后专注"茶经"，毛老师讲：酒靠勾兑，茶靠拼配。那时只知道人们饮的酒，多是勾兑酒。自己还对勾兑有一些成见，以为勾兑略带贬义。也就对"拼配"不太在意了。难怪那时自己制作的茶成了大路货。阿坝州有8.4万平方千米土地，处在横断山区东缘，海拔直接从780米，跃升至3千米。与成都、绵阳、德阳、广元、甘孜、雅安相连。从平原过渡到丘陵，丘陵过渡到山地，山地里有峡谷，海拔一路攀升，峡谷就连接了高原。这里"一山有四季，十里不同天"。再往西往北，就是西藏、青海、甘肃、陕西。灌松茶马古道，就成了纽带，把藏羌回汉各族儿女连接起来。民族文化在这里生长、交融。这里，曾经孕育了大禹治水、鳖灵治水，李冰治水，孕育了阿尔遗址、姜维城遗址和石棺葬文化，垂直交叉的气候特征，立体多元的地形地貌，交融互补的民族文化，造就了人们对茶的需求丰富多元。自己通过摸索、传承，已经深谙绿、红、白、黄茶的制作工艺。现在，何不按照毛老师讲的"拼配"，将汶川茶和蒙顶山茶拼配一起？蒙顶山茶，回甘醇香。春茶甘甜，夏茶浓酽，秋茶温和。不同季节、不同地域产的茶，都有不同的味道。如果经过科学拼配，合理拼配，这样生产的茶是不是更适合不同人群的口感？凡事都是"告（试）"出来的。

就这样，就有了黑茶大土司的诞生。将蒙顶山茶和汶川茶进行拼配，按照古法制作的黑茶大土司，有了汶川茶的浓酽耐泡，又具蒙顶山茶的清香甘甜。"大土司"一问世，就受到了阿坝各族儿女的喜爱，声名不胫而走，开始走出映秀，走出汶川，走出四川，走出国门。人们品着"大土司"，渐渐地，大土司的制作人蒋维明也被更多的人熟知。人们亲切地叫他"茶祥子"。他也觉得，叫祥子挺好的。祥子老老实实拉车，自己要像祥子一样规规矩矩做茶。用茶的品质回馈、回报社会。

三

传统的边茶是黑茶，是马茶，是人们在长期的实践中形成的。那就是用篾包装置在马背上驮运，经过自然发酵形成的。后来，人们总结经验，将炒制的茶叶经过反复发酵满足了边地人们的需求。蒋维明通过实践，发现随着时代的变迁，人们的需求也在发生变化。就对茶的需求而言，人们的需求也是多种多样的。上午饮茶，宜提神；晚上饮茶，宜暖胃；春天宜饮绿茶，冬天宜饮红茶。河谷地带的人们多饮绿茶，草地的人们，则饮黑茶。

经过长期的摸索，蒋维明熟练掌握了绿茶、红茶、白茶的制作技艺。黑茶呢？黑茶的制作呢？草地的人们喜欢黑茶。几近失传的黑茶怎么制作？如何用拼配的方法制作黑茶？

蒋维明发现，在黑茶的制作中，选料是重要环节。他将春茶、夏茶、秋茶合理搭配，又让蒙顶山茶和汶川茶科学拼配。这样，蒋维明制作的大土司黑茶，就有了春茶的回甘，夏天的浓郁，秋天的醇和，又具有蒙顶山茶的甘甜，汶川茶的耐泡。在收购茶叶时，蒋维明不厌其烦，建立茶叶的电子档案，为选料提供基础数据。

蒋维明将不同季节、不同地域产的茶叶，进行拼配以后，置于70厘米高的蒸笼里，徒弟在茶灶里放上青冈木柴。他吩咐徒弟，青冈柴火硬气、劲道，要用青冈柴火蒸制茶叶，要快速将茶叶蒸透蒸熟。

蒋维明将蒸好了的茶叶放进木制模具里，反复用木槌敲打，让茶叶形成砖茶。蒋维明说，制茶的每一道工序不能马虎，制好了茶砖以后，制茶的下一环节是烘焙。在长期的不断试错的探索中，蒋维明将传统的鼓形背篓烘焙笼改成细腰形。他说，这样烘焙，受热均匀，保证了每一块茶砖每一片茶叶都能得到照顾，烘焙效力也就提高了。

蒋维明知道，黑茶宜存于干燥通风处。他在制茶空间，修建一幢七层的碉楼，每层用木板隔开。碉楼开有窗户，形成通透、通风的空间，这里是黑茶储存、发酵的地方。阳光从窗户照射进来，为黑茶慢氧化提供恰切的自然光。自然风从窗户中进来，为茶叶的发酵提供合适的氧气。木板具有隔湿隔潮作用。在这样的较为密闭，较为通透，较为自然的环境中，微生物和茶叶一起，慢慢地朝着蒋维明期冀的方向蝶变为黑茶。

蒋维明不断优化制茶流程。他利用超高温蒸汽设备，将蒸茶时间不断缩短，减少蒸制过程中茶叶营养和味道的损失。在茶叶紧压环节，他用食品级和医用级的更环保、更清洁的不锈钢材料替换了传统的木器、石器。

"茶祥子"还在制茶坊开辟公共空间，又修建茶室、展览室，每天煮好茶，开了门。慕名而来的人们络绎不绝。人们驻足下来，或品茶，或饮茶，或向他学习"茶经"。无论远客还是近客来，无论老客还是新客来，"茶祥子"总是奉上一碗茶，而一概分文不取。

映秀镇上的小孩，没有课时，总爱到祥子爷爷的空间中来玩，来写作业，来临习炒茶。祥子爷爷待他们若亲人。小孩们是未来，是希望，是花朵，是太阳。祥子爷爷看见他们，脸上荡漾着慈祥的笑容。

现在，汶川茶园逐渐恢复，政府帮助茶园扩大规模。汶川全县现有茶园面积5150亩。清明节到了，茶园长出一坡坡的绿。村民们来到茶园，采摘新茶。

茶祥子看见一篓一篓的茶叶，陆陆续续从茶山上下来，走在索桥上，晃晃悠悠。在大土司制茶坊门前，人们三三两两，把茶叶送来。人们在农闲时间，采茶，贴补家用。茶祥子准备了现钞，过了磅，人们领到一张张钞票，或者继续在"公共空间"饮一碗茶，聊聊天，或者慢慢离去。他的制茶空间，不断给当地人们带来持续收益。仅黄家院村，去年种茶收入达到几十万元。

那天，茶祥子只看见一对母女，母亲背着背篓，女儿提着篮子。背篓里和篮子里，都盛着新茶。母亲的茶过了磅，领了几百块钱。女儿的茶单独过了磅，领了几十元钱。女儿把票子折了一下，揣在妈妈的裤子口袋里。小孩蹦蹦跳跳，走在母亲的身边。茶祥子仿佛忘记了"茶经"，目送着她们俩的身影慢慢远去。

茶祥子，用一己力量，用一杯茶，报答社会。蒋维明怀揣感恩的心，用一粒粒茶叶感恩他人。政府也授予他：州级非物质文化遗产传承人。

清明节过后，茶祥子开始了"耕种"茶，开始了有条不紊的忙碌。做茶，已不需要自己太过操心。黄家坪、枫香树、中滩堡村的好些村民，跟着茶祥子学制茶，他们已经掌握了拼配和制作。马德建是映秀镇渔子溪村的村民，22岁进入蒋维明的制茶坊，已经干了8年，熟练掌握了拼配、发酵、蒸制、烘焙等西路边茶制作工艺，又在蒋维明的指导下学会了以高科技、数字化设备完成制茶流程。刘渠波是四川达州渠县人，在蒙顶山认识了蒋维明，跟随他学习炒茶制茶已有15年，如今已成为阿坝州西路边茶（藏茶）传统手工制作技艺代表性传承人。在茶祥子看来，炒茶并不难，工序并不复杂，但炒茶也是艺术。所有的艺术，有一个共同基础，它们都来自技术。

仅仅有技术并不能成就艺术。远的不说，在映秀，有一位书法家王程。王程几十年如一日，练习书法，他的师父是碑帖。多数人，临摹了一月两月、一年两年，眼看有所成就，却为俗世所误。半途而废，功亏一篑，得不偿失。书法讲境界，制茶也讲境界。这个境界，境无象，界无态。境和界合起来是境界，境界却无形无相。茶，就是人在草木间。制茶的真谛，就是踏踏实实、抛弃杂念、平心静气、专心专注。茶和人合二为一，才是制茶师，才是师父。

传统的制茶师，是师傅。师父和师傅，二者读音一样，常常被人们混淆。过去的炒茶师，更多的是师傅。他们能炒好茶，也能带徒弟。但是，他们传授的是手艺。茶祥子获得非物质文化传承人称号以后，并不保守他的炒茶艺术。他说，非物质文化遗产不属于任何一个人。他常常给徒弟们讲授制茶的诀窍，毫无保留。他正带动更多人，来传承茶文化。

2022年新春佳节，习近平总书记来到映秀视察。在茶祥子的茶作坊，习近平总书记亲自体验了打酥油茶，夸赞"大土司"黑茶做得很有文化。

得到了总书记的鼓励，茶祥子心头乐开了花。他想，我只是做了一名映秀人该做的，在做的。总书记的鼓励，是对一名工匠的鼓励。自己只有继续研磨"茶经"，经营"茶道"，老老实实做茶，老老实实做人，才对得起那么厚重的期许。

映秀附近的山野里，大量产金银花。金银花具有清热解毒的药用功效。以前人们将金银花卖给药店。现在药店不怎么收购金银花了，何不生产金银花茶，为映秀的人们增加收入？他又开始琢磨研制一款新茶金银花茶。一步一步，现在茶祥子的制茶坊，规模不断扩大。

他已经在九寨沟，在成都开辟了空间，传承制茶技艺。正在映秀建设地球茶仓，2023年5月即可投入使用。他还计划将空间开到国外，传播中国茶文化。在他的心里，以茶为媒，不仅可以为累了的人们奉送一份清凉，也可以为休闲的人们提供一份惬意。过去的茶馆，像老舍的《茶馆》，三教九流汇聚，可以插科打诨。像沙汀的《在其香居茶馆里》，订婚、生意、交流，都可以在这里进行。茶祥子的制茶坊，逐渐扩展了茶空间、金银花非遗体验馆、地球茶仓体验园。与映秀的乡亲，相互安慰，相互成长，彼此成就。从映秀出发，已经奔赴、行销成都、九寨沟，一带一路沿线国家。逐渐成为中国茶文化的宣讲者，现代茶空间的推广者，网络茶平台的推动者。

　　休闲的时候，茶祥子也饮着自己做的茶，煮的茶。这茶的味道，酽酽的味道，甜甜的味道，值得回味的味道。回首来时路，苦尽甘来，如茶，先是微苦，后有回甘。向远处望去，茶山一片葱茏，一片青绿，无限延伸开去。他的心绪，也就更加开阔了。

有你兴绣，家乡更美

——记国家级非遗项目羌族刺绣传承人李兴秀

潘梦笔 / 文

有你兴绣，家乡更美

在茂县禹羌大桥桥东与三晋路交会的十字路口，阿坝职院与茂县中学、545中波台之间，有两幢新建的电梯公寓巍然耸立，李兴秀的"四川兴绣藏羌文化发展有限公司"就坐落在公寓商铺一楼，与两校一台相得益彰，给人"四位一体"感觉。

关于李兴秀的介绍，在百度百科里比较简洁：李兴秀，女，羌族，四川省茂县文学艺术界联合会工艺美术协会副主席，2007年四川省人大代表。她出生在茂县松坪沟，六岁时跟随母亲学刺绣，十几岁时已技艺熟练。她除了能绣花鸟、山水内容外，还能独立创新，绣出羌族建筑物等。对于羌绣事业的传承和发展作出了杰出的贡献。2017年12月28日，入选第五批国家级非物质文化遗产代表性项目传承人推荐名单。

　　而我初次结识李兴秀是2007年，那时，我在县人大常委会办公室分管文秘工作，对于省人大代表而言，我们也算是他们的工作人员，每年一度的州县人代会，一年不少于六次的县人大常委会例会等，凡通知她参加的会议，李兴秀几乎从不缺席，且每次都会站在带动妇女发展羌绣产业的角度积极发言、建议。那时，李兴秀在羌绣弘扬与传承方面已经做了许多工作，积累了很多宝贵经验，也取得了一定的成绩，可以说，至少在茂县，她是做羌绣最好的，她的绣庄规模也算较大的。

∧　传统扎花工艺

我多次记录过她在州县人代会上的发言，她的每次发言都对家乡的羌绣满注深情厚谊，对羌绣的弘扬和发展充满了迫切的希望，对带动妇女脱贫致富身体力行、主动担责，虽然言语上因心急有点啰嗦，普通话也不标准，但那份一心为家乡建设，为带动妇女发展羌绣产业的赤诚之心，还是一次又一次让人感动，收获一阵又一阵掌声，让人不得不佩服。

有时，我就在想，李兴秀这人，光听名字，就是发展羌绣产业的天选之人，兴秀兴绣，兴旺羌绣，连名字都这么巧合，这么谐音，这么寓意，似乎命中注定了她与羌绣的先天渊源。

传统扎花，共识羌绣

羌绣从来没有像现在这样被关注、重视，被上升为国家级非物质文化遗产，并且开启了产业化发展的路子，这是谁也没有料到的。

因为传统羌绣，一直是民间羌族妇女的传统女工，日常手工艺。且各个地方称呼不同，有叫扎花的，有叫女工的，有叫绣花的，更多是直接称呼所绣物品的名字，如绣鞋垫、绣围腰、绣头帕、绣帕子、绣云云鞋、绣门襟、绣袖口、绣领口……羌语的称呼更是难以准确翻译。一句话，绣衣裤鞋帽的装饰、图案。而且在羌区，所绣的服饰、云云鞋、围腰、鞋垫等等，又是女孩传统嫁妆的重要组成部分。在女孩子的传统嫁妆里，云云鞋越多，鞋垫越多，越能证明女孩的贤惠持家，所以在羌区，经常能看见妇女们背着一背篼一背篼的云云鞋，到县城鞋匠那里上橡胶鞋底。女孩子从几岁开始学绣花，学女工，千百年来，不知不觉间就成了传承——真正的工艺和文化的传承。

"一学剪、二学裁、三学挑绣布鞋。"当李兴秀介绍自己六岁开始学羌绣时，我一点也不奇怪，我甚至在农村还见过年龄更小的女孩，刚会用针的那种，也拿着针线在布帕子上有模有样地比画绣花。我想，这才是真正的文化传承，这才叫正宗的民族传统，一种已经融入生活习惯，一种几乎沉淀为民族基因的习俗，这才是非物质文化的本质和精髓。

当李兴秀走出家乡松坪沟，开始以羌绣为业时。那是二十世纪九十年代初，当时她的家乡——美丽的松坪沟还没有正式开发旅游，已有 8 年民办教师教龄的李兴秀毅然辞职下海时，还是需要很大勇气的。如果她一直坚持下去，也许家乡就会多一位民办教师，而少一位羌绣传承人。是什么让她舍弃民办教师的稳定工作，走上劳碌奔波的羌绣"摆摊"呢？李兴秀的答案是：家乡穷，要走出大山才有发展前途。当过民办教师的李兴秀也算是家乡的文化人。随着改革春风的吹拂，松坪沟满山的苍翠已经关不住她的眼光，满沟美丽的海子已经留不住她的足迹。作为八姊妹中排行老七的她，那时就懂得"树挪死，人挪活"的道理，她不满足民办教师微薄的薪资，她通过尝试给游客卖绣品，感受到更能实现人生价值，她一心要走出大山，出去闯一闯，去改变自己的命运。

∧ 羌绣作品摆件

她走出去了，去到茂县县城，去到汶川、理县、北川等地。最初以画绣品图案和绣花挣点工钱，渐渐结识了一大批和她一样的手工艺人后，通过相互学习和交流，见识和学会了更多的图案、针法和工艺，同时也学会了裁剪和缝纫。1992年，她在茂县坡头巷租了一间固定的铺子，取名羌寨绣庄，在这间仅有20多平方米的作坊里，她与6位徒弟吃住和生产在一起，也算是初具规模了。这期间，在与众多同行的学习交流中，对图案、花样和针法的研讨中，大家对传统扎花的称呼都觉得应该有一个更加贴切的名称，于是"羌绣"的称呼就在她和同行们的共同努力下，渐渐成为一种规范的称呼。

这里要补充一下，关于羌绣，应该是他称，在曲谷羌语里，传统绣花一词为"纳巴啥"，跟羌人自称"日麦""尔玛"却同为他称"羌"是一个道理。单从民族语言传承上来说，"纳巴啥"更为准确，但译为羌绣也不失准确和贴切，且更利于推广和弘扬。

地震之殇，多方扶持

当然，如果要从李兴秀街边摆摊白手起家写起，其中的酸甜苦辣，艰辛磨难，劳累奔波，家事风波，即便写成一部长篇报告文学，也不足以再现她创业艰辛的全过程。这里，重点说一说她起步最关键的那几年。也就是从2007年当选省人大代表后，她的羌绣事业开始爬坡上坎的关键时期。自古好事多磨，2008年突发的5·12汶川特大地震一下就让李兴秀的绣庄跌入谷底。汶川与茂县在二十世纪五十年代末六十年代初曾经是一个县，可以想象这次地震给茂县造成的损失有多大了。可以说，城乡大部分房屋严重受损，整个县城的第一、二、三产业一度停摆，而作为服装行业的羌绣业，最大的损失就是突然失去客源，没了市场。

那是李兴秀最困难的一段时间，她的技工都回家救灾去了，整个绣庄只得关门歇业，生产停摆，地震导致店铺毁坏、设备砸损、货架倒塌、布料污损等等，她的绣庄损失也不是小数目，虽然不能用准确的数据来表示，但用那句"十年心血毁于一旦"来形容，一点也不夸张。

这期间，面对没了市场、没了客源、技工回家，绣庄一片狼藉的惨景，李兴秀也一度消极迷惘，不知怎么办才好。用她自己的话就是"那个时候，人啥子都不想了，整天都昏沉沉的，走在街上，汽车在身后打喇叭好像都听不见"。

随着国家灾后重建政策和措施不断出台，李兴秀的信心慢慢得到恢复。特别是三个残疾人的励志事迹，深深地影响了她，当她将第一笔羌绣工资送到其中一位叫龙德华的失去双腿的残疾人手里时，龙德华发自肺腑的"我不再是废人"的感慨深深打动了她，让她对羌绣有了更深的认识。李兴秀立即振作起来，调整好心态，将那些闲在家中的绣娘和部分残疾人组织起来，开展技能培训，在恢复绣庄运营的同时，也解决了妇女们没有稳定收入问题。同时，在县委政府相关部门和人大、政协、妇联、工会等的大力支持下，羌绣被纳入灾后恢复重建支持项目，得到国家贷款扶持，李兴秀决定做大羌绣产业。

否泰因素就是一种辩证关系。羌寨绣庄恢复营业后，李兴秀因其绣庄更具民族特色，在坚持传统与敢于创新上结合更紧，很快得到市场认可。仿佛是突然之间，羌绣市场迎来了一个小高潮，源源不断的订单雪片般向她飞来，有本县的、汶川的、北川的、理县的、平武的；有陕西宁强的、凤县的；有搞旅游的、文化产业的、舞美演艺的、民族服饰和羌绣收藏的……随着国家对灾区非物质文化遗产的重视和投入力度的加大，羌绣饰品、用品、工艺品的需求增势迅猛，一些羌绣精品甚至还走出国门，受到中外宾客的青睐。

助农增收，渐成产业

国家扶持的根本不是输血，而是要恢复造血功能，这句话用于羌绣产业的抢救和保护再恰当不过。国家的扶持让我们看到了羌绣产业前景的光明，李兴秀此刻也认识到了这一点，为此，她才敢于贷款，一心要做大做强羌寨绣庄。

李兴秀的绣品不同于传统羌绣花花草草的题材。民族传统、时代变迁、家乡新貌等等都被她融入创作中，绣进作品里。"曾经有一位荷兰游客一口气向我订购了 40 幅羌绣作品。"被外国友人认可让她对羌绣走向世界更有信心。她开始放开手脚，做大规模。2014 年，李兴秀创办了自己的培训学校——阿坝州羌族刺绣职业技能鉴定站，成立了四川兴绣藏羌文化工艺发展有限公司，在企业增效的同时，帮助当地妇女增加收入来源，让她们实现自强、自立，让贫困户、残疾人通过羌绣实现自己的人生价值。

在李兴秀等一大批羌绣传承人的努力下，羌绣被列入了第二批国家非物质文化遗产名录，也成为阿坝州的新品牌、新名片。这也更加鼓舞了李兴秀，她的绣庄不再是一个简单的作坊，从此拓展成"公司＋协会＋学校＋基地"的模式，向热爱羌绣的妇女提供培训学习、发放订单、上岗就业一体化服务，为具备羌绣技艺的妇女搭建起一个展示自我价值和灵活就业的平台。

"天干天旱饿不死手艺人"，掌握一门生存技能是妇女脱贫致富的重要途径。羌绣市场的前景让李兴秀看到自己创办培训学校这条路子走对了，作为人大代表的她，充分担负起代表职责，毫无保留地传授她的羌绣技艺，帮助妇女们掌握一技之长。三十多年来，前前后后经她培训的绣娘达到 20000 余人次，在他们一传二、二传四的几何效应般的传承中，羌绣产业渐成气候。

羌绣也要讲科研，讲标准。李兴秀也认识到，传统的东西也需要在继承中弘扬，在创新中发展。为此，她除了与本地的民间刺绣艺人加大探讨、交流，收集和整理羌族刺绣技法、图案之外，还上升到做标准层面，将不成体系的羌绣针法，系统地分为了扎绣、勾绣、挑绣三大类，又将这三大类分成 20 多种小类，再细分出 100 多种羌绣针法，编写了职业技能培训

∧ 羌绣走上产业化发展路子

教材《羌绣》《手绣制作工（初级）》《手绣制作工（中级高级）》等，使羌绣的标准渐成体系。

　　几十年来，李兴秀带动了一大批妇女脱贫增收，自强自立。例子数不胜数：22岁的胡春莲由于双肾功能衰竭，需要定期透析治疗，巨额的医疗费给她家庭带来了沉重负担，李兴秀的公司不仅给她成品计件费用，还每月单独给她2000元固定工资。为了鼓励她，李兴秀还特别设计了《中国梦羌绣情》《不忘初心、牢记使命》《锦鸡羊角花》等三幅绣品让她来绣，胡春莲通过羌绣找到了自己战胜病魔的信心；再比如茂县的罗发美和春林、汶川的王晓芳和袁三妹、理县的杨德凤、北川的李水清、九寨沟的王艳菊、陕西的王小琴等等，都通过羌绣走上了独立经营，规模化生产，带动一方致富奔小康。李兴秀先后培养出高级绣工50余人，在7个生产基地带动灵活就业200余人，100多名贫困户通过羌绣实现了脱贫。

乡村振兴，羌绣添彩

如今的羌绣，已发展成为真正的独立产业。手工羌绣依然在坚持传统；工艺羌绣与绘画、旅游和生活用品紧密结合；电脑机绣的引入为羌绣的产业化、规模化和降低劳动力成本提供更先进的硬件设施。特别是在结合"净土阿坝"品牌打造和旅游纪念品开发方面，羌绣还有广阔的发展空间。羌绣的各种元素已经越来越多地与旅游、日常生活用品有机结合起来，各类装饰品、鞋、帽、包、腰带、装饰画、玩具等等都越来越多地融入了羌绣元素。

结合乡村振兴，做大做强羌绣产业，是摆在李兴秀面前新发展思路。不管怎么发展，坚持和弘扬传统是羌绣的基石，这点是万变不离其宗的。李兴秀的认识越来越具战略眼光，她现在已经不是当初那个初出茅庐的手工艺人，而是具有现代管理和经营理念的新一代羌绣传承人。从李兴秀身

∧ 羌绣与日常用品的结合

上，我们对羌绣的传承充满了信心，因为传承和发展的固有矛盾在她的公司里，已经得到了范本式的调合。以前我们总觉得，增加了现代工艺，机器、电脑，就不是在坚持传统了，其实这是一种误解，面对羌绣的保护传承，一定要用发展的眼光来看问题。李兴秀说，现代电脑、机器的加入，与羌绣非遗传承并不矛盾，甚至是相互促进，可以实现共赢的。

今天的兴绣公司，已实现凤凰涅槃、提档升级。走进李兴秀的公司，一排排现代的电脑绣花机按传统羌绣图案开足马力生产，几十台缝纫机在生产车间忙碌地运转着，李兴秀的公司目前已经拥有 36 名技术工人。公司除生产车间外，还在羌城传习中心有传统的非遗工坊，不久后，部分机器将搬到大河坝产业园区，在继承传统，传承非遗的前提下，羌绣用品逐渐实现规模化生产。保护与传承，弘扬与发展将是今后羌绣发展的主题。没有发展的保护只是输血，没有造血功能；没有弘扬的非遗，只是保守，没有发展前途。从这点来说，李兴秀将非遗传承与羌绣的弘扬和发展结合得自然天成，真正实现了保护传承与弘扬发展的良性共赢。

付出终有回报，荣誉彰显价值。近年来，李兴秀创作了一大批优秀的羌绣作品，如《魅力阿坝欢迎您》《羌族服饰》《羌族蓝·大吉祥》《云朵上的街市，古羌王的遗都》《喜迎二十大，奋进新征程》《净土阿坝，熊猫家园》《中华国宝图》《不忘初心，牢记使命》《礼赞新中国，巾帼心向党》等等，分获"2009 中国旅游商品大赛金奖"，第六届四川省工艺美术精品展金奖、银奖，2016"太阳神鸟杯"天府宝岛工业设计大赛刺绣金奖等多项国家级、省州级奖项。公司也获"十三五"全国民族特需商品定点生产企业、大熊猫金奖先进集体、四川省质量信誉服务 AAA 单位、四川省省级非遗扶贫就业工坊、阿坝州羌绣生产性保护示范基地、阿坝州创新人才孵化基地、阿坝州州级特色劳务品牌《净土阿坝·羌绣》、阿坝州金融助推脱贫攻坚民族文化产业示范基地、茂县县级非遗工坊等、李兴秀个人也获得了无数荣誉，实现了她的人生价值，如庆祝中华人民共和国成立 62 周年共和国百名最佳建设者、全国城乡妇女岗位建功先进个人、

∧ 作品《净土阿坝 熊猫家园》

国家级非物质文化遗产代表性项目羌族刺绣的代表性传承人、四川省优秀羌族民营企业家、四川省"万企帮万村"精准扶贫行动先进个人、四川省"6·24"茂县特大山体滑坡灾害抢险救灾先进个人、四川省工艺美术大师、成都市 2007—2008 年女性创业明星……

　　羌绣非遗谱华章，大山飞出金凤凰；乡村振兴再接力，各族儿女齐奔康。让我们共同祝愿，净土阿坝，天更蓝，水更碧；非遗羌绣，途更坦，景更明！

身处其中　陶醉其间

——记藏羌民间文化研究者马成富

顺定强 / 文

　　当71岁的马成富在病榻上扯开嗓子，慷慨如爆竹骤响，昂扬于大地与苍穹，回环往复吟唱藏语民歌的时候，我仿佛看到了川西北高原上的冰川雪锥。我全身的汗毛像雏鸟的毛刺一般竖了起来，几乎将呼吸撑离了皮肉……此刻，马成富就在我的对面，这次已没有灵魂出窍的感觉，有一种岷江奔流，势不可挡，吼出来的欢畅。我惊诧于一名回族同胞熟稔于心的安多藏语交流水平，就连羌族释比流传的民俗典故也是信手拈来，好奇心驱使着我进一步地了解，敬佩心也在接下来的采访中油然而生，并直到今天，当他的故事付诸笔墨时，这种状态达到了一种高潮。

∧ 马成富

在他的回忆里，
我窥到了阿坝高原的非遗世界

"拜水都江堰，问道青城山。"在这岷江湍湍、远离高原的都江堰，面对阿坝州老家来的几名访客，马成富嘴里呼出的热气都激动起来。术后尚未痊愈的他，这会儿手上没有话筒，没有纸笔，甚至连一根吉祥棍也没有，这是涉藏地区僧俗说唱者常用的指图讲唱的道具。他只有情感激越的藏戏吟唱，伴着灵动的手势，耐心地翻阅他过去几十年关于藏羌非遗的宝贵记忆。后来我总在想，万一当时没能速记下来，接下来那些关于净土阿坝与 112 个非遗项目命运交织的动人故事，一定会少太多灵魂了。

我紧张地吐出半口气，才侧头去看马成富。马成富正用另一种深情的神情观察着窗外的大雪山。虽然马成富离开阿坝高原已经很多年了，可他眷恋高原的草原、牧民和牦牛群，以及绵延千年、差点迷失在现代化丛林的藏羌文化遗珠……

术后的少许不适让马成富稍稍提高了声调："现在的（各种）条件好得不是一点半点！"见我忙着打开录音笔，他便接着说道："那时的录音磁带一盘只能录半个小时，需要不停换磁带、换电池。现在方便多了，一根轻便的录音笔就能录七八个小时。农村的道路也都硬化了，基本没有开车到不了的地方。"一台笨重的三洋卡式录音机，和每次骑马下乡满满一包的磁带，成了马成富最长情的陪伴。

我点了一下头，用手攥了一下录音笔，掌心被撑得暖呼呼的，再一次感觉到那种时空交错带来的真实。

从《格萨尔》开始的藏戏世界

绵延至巴颜额拉山南段支脉的莲宝叶则，在阿坝县当地被称为石头山，有着海拔 5000 多米的挺拔身段，各峰均直插云霄，绝壁险浑，威风凛凛。

《莲宝叶则神山志》说，莲宝叶则地区是格萨尔王征战的古战场，至今还传扬着许多格萨尔王故事。奇峰异石的世界雄奇峻伟，充满阳刚之气，与天府之国的蜀山之秀形成巨大的形象与气质反差，我想这或许才能滋养《格萨尔》史诗的壮阔。

日历翻回到1952年，马成富在阿坝县一户祖籍金川的回族家庭出生，懵懂快乐的童年，在阿坝县城关小学的启蒙中度过。直到1973年就读四川省威州民族师范学校，再到1975年毕业后被分配到了阿坝县贾洛乡黄河第一湾学校，他如愿当上了一名光荣的人民教师。1977年，也就是两年后的一天，县上筹办了草地山歌培训班，县文化馆长许伦祺抽调25岁的马成富参加这场为期十天的培训。

马成富刚进培训班，立即触到了当地民间艺术的底蕴，心里头有了一种不一样的冲动。看着同班同学落落大方地高唱藏语山歌，甚至还能熟练

∧ 马成富培训班上讲座

地讲唱《格萨尔》史诗时，他一下子就把青少年的羞涩抛之脑后，热情地参与了进去。且歌且吟，从容相和……伴着他的回忆，我能够想象得到，任何一个人，无论什么年代，如果近距离感受过如此史诗级的演出，那么他的回忆也会这样热烈。更何况那个没有 4K 屏幕的光影陆离，更没有 5G 网络的感官冲击的质朴年代。对于访客的我来说，这个"史诗级"并不是一言概之的形容词，鲜活灵动、意蕴无穷的名词，是与柯尔克孜族史诗《玛纳斯》、蒙古族英雄史诗《江格尔》齐名并列的三大少数民族著名史诗，构成了大家深入灵与肉的精神世界。

"这些现象我都记录了下来。"当思绪拉回到现实世界，马成富第一次走近《格萨尔》史诗的震撼依旧震颤着我的神经，他一如赤子般坦诚，"当时也没有非遗这个说法，只是不舍得这么优秀的民族传统文化不能看完就完了，总要做点什么才感觉心里踏实……"同年，上阿坝国营农场排演的安多藏戏《智美更登》吸引了附近许多乡镇的牧民骑马跨牛前往观看，马成富也骑上他的二八大杠自行车往那边赶，这是他在草原上第二次看藏戏。此刻，第一次与藏戏邂逅的惊喜又颤遍他的全身。他相信任何一个人经历过那种场景，他的内心也不可能无动于衷。

"高原上的天气像小娃娃的脸，说变就变！"马成富意犹未尽地回味着藏戏的精妙，又向我解释起了他关于非遗与传承的一些思考。那天，乌云包围天际线的一端已越来越靠近帐篷，之前还是艳阳天的草原上，寒气似乎从冻土层下面浸了出来，马成富紧了紧身上的皮大衣一动也不敢动，他感到自己几乎冻成了一具冰雕……当时，上阿坝国营农场侧面的山坡上，大群的观众们仍在认真地观看，似乎还没有发现天气的变化。

将近五天时间里，骄阳似火与寒气透骨轮回交替，大家将身上的藏袍脱了又穿、穿了又脱。马成富看完了《智美更登》所有剧目，似乎经历了整整一年二十四个节气，身边听戏的牧民也换了一茬又一茬……因为路途遥远、表演时间跨度太长等原因，很少有牧民能完整看完整场戏，马成富总觉得是个遗憾，"无论对于表演者还是观众来说！"

马成富前瞻地看到了随着信息技术的飞速发展，带来的快节奏生活和传统剧目绵长的时间起了冲突。在马成富的述说中，藏戏里有很多脍炙人口的民俗典故、经典谚语，把涉藏地区的历史、文化连缀起来，唤醒了我关于非遗的记忆。记忆里，我觉得"藏戏"古老又陌生，就像隔着博物馆里的一层玻璃，除了惊叹其美妙精湛之外，似乎与当下的生活失去了联系。难道，进博物馆，是藏戏的唯一宿命吗？如果，用"非遗"与"传承""创新""弘扬"来重拾丢掉的记忆、讲述当代的故事，能否和更多人的生活产生联系？

传统与创新碰撞下的民间遗珠

从马成富的记忆里，能够看见一个人如此清明剔透的样子。让我明知会"一知半解"又忍不住想要细观他，作为一名回族身份的汉语言专业学者，他又该怎么厘清藏羌非遗传承与创新的关系呢？

但结果却有些出乎我的预料，马成富的思路和方法竟然并非模模糊糊，至少不是一眼看去就看不透，而是能通过他二十世纪的一些著述窥出其深厚的至诚之意，也能细观出其不平凡的半生。

1978 年马成富执笔，与时任阿坝县委宣传部副部长尕尔泽，以及格莫寺严波活佛合作，将藏族八大藏戏之一的《卓娃桑姆》翻译并编写成戏本。1980 年文化部下发了《在全国开展民族民间十部文艺集成·志书》的搜集整理编撰工作，全国有近百万文化工作者投身其中。阿坝州成立了工作小组，马成富被抽调进入阿坝州集成工作组。

我抽空一点点读着马成富的一些著述和手记，品味着他当年所书的初衷，读的时候会穿插一些自己的感觉。并非这书是我访问的对象才能领会更多意义，实际上读书都是这样，仿佛能摸到当初著书者的一些思维脉络，能通过品读感觉到马成富写书时的心境。其实很多人都有类似的感觉，以之区分书籍内涵，有的书只是叙事没多少情感，有的书则是表达思想，往往慷慨激昂。

　　但马成富的"慷慨如爆竹骤响"的状态，和我单纯的看透书中想表达什么意义不同。那是一种类似做学术的论文，田野调查、逐条分析、观点明朗，翻阅后仿佛能同马成富感同身受，能很明显地感受到书中想要伸张的理念，更能清晰感受到成书者那股子卷起裤腿，深入田间地头、边远牧区，欲大海捞针、不使明珠蒙尘的气势，这种知行合一的感觉就最让人舒坦。从而感觉出他是一个性子热烈，却治学严谨的人。

　　也许只有这样性子的"外人"才能调和传统和创新的关系，再到藏戏非遗的传承和弘扬。

　　时间来到1981年9月，国家民委在甘孜巴塘举办了"全国藏戏会演"，

∧　藏羌戏曲进校园活动

来自涉藏地区的十几个藏戏团云集巴塘县。阿坝州若尔盖、红原、壤塘藏戏团节目《郎莎雯波》《和气四瑞》《智美更登》先后登场。马成富是三个藏戏团的联络人兼乐队演奏员，演出二十五天。这期间，马成富发现藏戏团的一个节目表演要花费三四天，与1977年当初看藏戏的记录两相印证之下，一个大胆的念头诞生了。

马成富立即找壤塘藏戏团团长俄旺且增商量改动演出程序，两人一拍即合，要将原来要演四天三夜的节目压缩为六个小时。"传统和创新的碰撞，绽放出非遗的花！"马成富现在的介绍，自然而然将那种自豪的感觉随着回忆的画面一起释放出来，有时候还用自己的话解释几句，力求我和他一样切中要点，"这个改革在当时引起了轰动，壤塘藏戏团在此次会演上勇夺特等奖——为州争光。"

这令我不知不觉就听得入了迷，从开始就觉得这位老先生一定学问不浅，再看到对方可能推动的成果演化，就一副果然如此的样子。到后来，马成富果然一直将藏戏改革付诸行动，他一直与俄旺且增合作至今，如今俄旺且增带领的藏戏团一个大型剧目只要一个小时二十分钟，能够为当地群众和外地游客集中性地展示藏戏的精华部分，让《智美更登》等传统藏戏在后来的新时代里越发有了活力。

1982年，马成富被借调到原州文化局从事阿坝州"十大艺术集成·志"的搜集整理编撰工作，同时省"格萨尔办公室"吸纳马成富为工作人员。1984年国家民委在拉萨举办"首届全国格萨尔艺人演唱会"，省民委及省格办找到马成富要求支持，马成富将阿坝县麦坤乡的夺尔基和四洼乡、龙藏乡的两位民间艺人选送至拉萨参加比赛。达尔基演唱的曲目是《帽赞》，这在当时《格萨尔》还不为大多数人了解的情况下，一位民间艺人单独演唱礼赞"格萨尔的帽子"的创新之举更是难能可贵，从此马成富又多了一个研究项目。

冬去春来，在广袤丰饶的阿坝高原，勤劳勇敢的先民世居于此，随着四季的更替，或逐水而居，或游牧迁徙，依托得天独厚的自然条件，不仅在这片土地上留下了生活的痕迹，也为后人留下了珍贵的文化遗产，而非物质文化遗产就像是散落在民间遗珠，弥足珍贵。

跨越两个世纪的非遗愫缘

藏羌文化浸润下的阿坝高原，这里四处飘扬着羌笛、牧歌。这里有传唱了千百年的藏族英雄史诗《格萨尔》、风趣幽默的《亚热阿索说唱》、悲惨凄凉的《百汪曲种》、令人耳目一新的《折嘎说唱》，这里还有着神秘、庄严肃穆的释比传承，欢快悠扬的歌庄莎朗，神秘幽深的远古神话故事，富有哲理的民间谚语，比喻生动贴切的民间歌谣……无一不是马成富跨越两个世纪所需的各种知识和养料。

待过了下午，都江堰街上的行人已经纷纷下班的下班，回家的回家。马成富看看天色不早，收起了关于藏戏的种种细节，概述式地对着我介绍了他接下来的工作轨迹。

1984 年，由于懂安多藏语、懂汉语言文学，懂音乐舞蹈、懂戏剧·曲艺、能演奏各种乐器，马成富被四川省文化厅借调至"十大艺术集成·志"办公室的各个编辑部。"戏剧里有安多藏戏，但曲艺对于我来说十分陌生。藏族有曲艺吗？"借调到省集成办公室后，马成富首先接触的是戏剧、曲艺两大种类。带着这个问题，马成富往返涉藏地区调查收集，终于收到了格萨尔仲、喇嘛嘛呢、折嘎、嘛呢龚柯、百汪、仲谐、亚热阿索七个曲种，最后在省卷编辑部反复讨论后认定了六个藏族曲种并上报国家艺术科学规划领导小组批准。

其间，马成富参加了文化部举办的"全国戏剧干部培训班"并结业。从此他受聘于省文化厅、省文联、省曲协、省民协、川剧研究院、省歌舞剧院、音乐舞蹈研究所参与编纂四川省各个艺术集成志卷及《格萨尔》唱腔的搜集工作。1986 年，四川省格办出版了一本《格萨尔曲调》一书，书中有马成富搜集的 40 多首曲调。

"要说印象比较深的故事吧，其实每一件都很深刻……"随着我的话音才起，马成富的回忆又飘向了草原。

九十年代初的时候，马成富到红原县采访民间故事，当时背着双卡四喇叭的录音机，在文化馆同志的引导下来到一户牧民人家的牛毛帐篷中。大家围着牛粪点燃的篝火席地而坐，马成富拿出一盒新的8个电池装进录音机，工作时磁带不动，经过好一阵折腾仍不见起色，只好用笔记录。"我用皮大衣裹着录音机放在火塘边，正当大家听老牧民讲故事时，只听到由弱到强的磁带声……"当天气温是零下三十二度，录音机的塑料机心被冻住了，后来温度升高后，录音机才恢复了正常工作。

一台录音机，一本笔记本，这些成了他最好的工作伙伴，伴随他度过了40多个春秋冬夏。当时光的长河闪耀着千禧年的烟花时，年近五十的马成富依然在这条路上继续走着。

2004年，在羌族文化调研工作会上，马成富"提出了羌族文化的核心是释比文化，羌族历史文化的传承全靠释比，释比世代相传的口述文学即羌族释比的史诗"。此次会上马成富提出的"羌族释比史诗说唱"，已于2005年由文化部在"全国民族文化保护工程"会议上予以确认，为羌族文化的研究开辟了新的途径。

同年，非物质文化遗产保护工作进行得如火如荼，马成富对阿坝州的非物质文化遗产的每一个项目都了如指掌，特别是阿坝州的国家级项目几乎都是由他亲自填写申报。2013年由阿坝州人民政府出版的《阿坝州非物质文化典藏》一书中共计122个非物质文化遗产项目的文字部分全部由马成富撰写。期间，马成富作为学术带头人在茂县历时整整8天，制作完成了羌笛演奏及制作技艺非遗申报文本，最终羌笛演奏及制作技艺于2006年经国务院批准列入第一批国家级非物质文化遗产名录。

紧接着，他马不停蹄地到金川县制作申报"马奈锅庄"文本申报成功，至于之后的"博巴森根""卡斯达温""㑊舞""川西北藏族山歌""南坪曲子""阿尔麦多声部歌曲""藏戏""红原马术"无一没有浸透马成

∧ 藏羌文化知识培训

富的心血，特别是地震后马成富制作申报的"藏族编织挑花刺绣"工艺，如今已在传承人杨华珍手中发展得红红火火，国际奢侈品品牌也与其有着合作关系。

40多年来，马成富共发表各级各类学术论文50多篇。2005年出专著《雪域塊》。40多年来，马成富获得的国家级奖励更是无数，无论是两次荣获文化部、国家民委、中国社科院、中国文联联合颁发的获奖证书，还是撰写的论文《羌族释比戏和羌族花灯的源流沿革和艺术特色》获得"中国九五科学研究成果选"，抑或被文化部人事授予全国文化系统先进工作者荣誉称号……

我发自内心地惊叹他四十多年来的工作成果，更敬佩于他退休后依然从事着藏羌文化的非遗情结。近年来，《西藏艺术研究》第三期发表了马成富的论文《阿坝州黄河第一湾格萨尔岭国所在地探微》，四川《民族》杂志发表了马成富写的《四川安多藏戏藏剧艺苑中的奇葩》……他还参加

∧ 马成富发表文章部分杂志

了州内各县的口术历史讲述，凡是有邀无不应允，没有一丝架子。

"传统文化往往存在于偏僻的村落里，下乡调查是真不容易。能有机会从田间地头走进学术殿堂，走进年轻娃娃的心头才是我们的目的。"马成富从未将自己的研究成果当作"阳春白雪"束之高阁，他十分笃定地认为，非遗既要有"阳春白雪"的格调，也要有"下里巴人"的雅俗共赏！

一个能把梦想变成现实的时代，是令人神往的时代。这一刻，我从他的眼睛里看到了闪耀的光。非遗在慢慢变"老"的同时，传承手艺的高难度，都为它树立起了高高的门槛，不仅隔绝了很多普通人的兴趣，也隔绝了与新兴事物碰撞的机会。和马成富一样，主动走出"抱残守缺"的高墙大院，才是重拾丢掉的记忆、讲述当代的故事，和更多人的生活产生联系，让那122项非遗一路翻越无数磅礴大山、巍峨高原，最终在时间长河留下"忘不掉的乡愁"，抵达每个阿坝人的"诗和远方"……

乡愁 乡土 阿妈啦

——记上海金泽工艺社社长梅冰巧

马宁 / 文

源流一江水

　　青藏高原的东缘，横断山脉的北方，在邛崃山与大雪山的重峦峻岭之间，隐逸着一个小小的山间平坝，白雪山岭、碧草花海、湖泊溪流、茂林崖壁环绕四周，天然、祥和、静谧，即有丰饶的自然生灵，又有古老的文化传承，却又鲜少为外界所知，宛若人间胜境、世外桃源。先民以财神的名号称这里为"壤巴拉塘"，一个集天地造化、人文传衍的宝藏之地。

　　壤巴拉塘的南日多日吉岭上，融雪与山泉汇聚成一条清亮甘洌的溪流——则曲，牧民又称其为青玉柯，自东而西，

∧ 梅冰巧在上海金泽工艺社

缓缓流过财神的坝子。东来水，在传统中被视为难得而殊胜的山水格局，更增添了先民对这里的珍视与珍重，或因此，而在中华历史长河中，民族文化走廊里，凝练出一颗堪称珍奇的宝珠。

则曲河在壤巴拉塘中流淌两百余里，于阿坝入麻尔柯河，于丹巴入大金川，于马尔康入大渡河，于乐山入岷江，于宜宾入长江，于上海入东海……水道蜿蜒八千里，领略过高原辽阔、川蜀险峻，润泽着湖广形胜、江南诗意……青山绿水间，时光荡漾数千载，映照了无数先民的无数精彩华章，传衍着天地连通中的血脉相融……也为今日的长江源头的壤巴拉塘与长江入海口的水乡金泽，留下一段特别的缘……

乡愁

二十一年前，香港回归五周年之际，梅冰巧和家人做了一个决定，将工作和生活重心从香港迁回故乡上海，并且开启一个全新的公益事业——上海金泽工艺社。这源于她和家人心中珍藏很久、很深的一份乡愁。

梅冰巧，生长于香港，自幼即受中国传统文化的熏陶涵养，求学后更专注于中国书画艺术领域四十余年，曾供职于世界上最古老也是最有影响力的艺术品拍卖行苏富比，身影流连于香港、北京、台北、纽约、巴黎、东京等艺术与收藏非常活跃的都市之间。她的好学、敬业与洋溢的热情，为她带来诸多前辈的赏识与支持，年纪轻轻就在专业领域打开局面，在国际艺术藏品领域建立了自己的事业。

得益于多年的职业经历，梅冰巧接触到大量珍贵的艺术收藏品，也结识了很多艺术家、匠人、收藏家和学者。在不断开阔眼界、提升专业能力的同时，她也深深地意识到，中国文化艺术的无穷魅力还远远没有被国际社会充分了解和认同，在国内也同样存在传统文化艺术被边缘化的情形。尤其是对年轻人的美学教育，不但在整个教学内容中显得薄弱，似乎更加偏重于西方美学体系。虽然传统文化在现代化发展历程中面临诸多挑战，是一个全球性的命题，不唯中国如此，但中国的年轻人习惯于西方的认知内容和方式，陌生于中国自己的文化艺术，是非常值得惋惜和关注的。

这成为梅冰巧和家人一份浓浓的乡愁，故土的美何以再焕生机？

乡土

游历于世界各地时，梅冰巧感受最深的，是很多发达地区仍然保留着古老的文化传统，不仅仅是外在的风貌上，而是融化于日常生活之中的文化内容和精神气质，不但与现代化毫无违和之处，更是这些地方、这些人能够生发巨大创造力和生活热情的根源，也是他们在世界文化多样性中拥有独特价值之处。

或许我们更应该说文化传统，而不是传统文化，前者是一种文化传衍不息的进行时，而后者似乎已经把文化传衍标定于过去时，与现在和未来相区别。

因此，梅冰巧意识到需要重新去认知中国文化传统建立和传衍的基础——乡土。正是数以万计的乡土村落涵养了中国人，孕育并承载了数千年的文明成就，这是中国文化传统所依存的生态，也是乡愁所寄寓容身的山水田园。

从那时开始，梅冰巧就开始收集乡土生活的点点滴滴——器物、工具、饰品、服装、家具、建筑等，时间有自汉唐宋，至元明清，再至近现代的，地域有从江南、中原，到西南、西北的。她并未将收藏定位于自己熟稔的书画领域，也没有追逐更具升值空间的古董和艺术品，而是情有独钟于日用器物。在她看来，正是这些融化于我们生活之中的物件，蕴含无数珍贵宝藏和造化精彩，承载着先民的智慧与审美，一如默默的山石土地，孕养着无量生机。

一个偶然的机会，梅冰巧来到她先生的故乡上海，在西郊走访时，一个静谧的小镇——金泽吸引了她，油菜花田点缀于江渚湖荡间，古桥石径漂逸于州岛街坊上，依然保留着江南水乡的底色。或许，这里可以安置她的收藏，建立一个融合生活、工作和生态于一体的小村落，连接中国文化的传统与现代。

2002年，梅冰巧和家人在上海西郊的金泽古镇，开启了公益性的非遗传习机构"上海金泽工艺社"的建设。

工，甲骨文中为持有工具之象形，引申含义为规矩、成效、精巧、擅长、工匠等，自古即有工正、工官、工部等官署分管百工。类比于当代，则近于科技、工业领域。艺，甲骨文中象形于种植，引申为技艺、才能，如《周礼》所述君子六"艺"：礼、乐、射、御、书、数，就是人才培养的六个领域。类比于当代，乃近于人文、教育领域。中国文化传统中，又以器载道，精神世界的丰饶呈现于物质世界的精彩，成为文明薪火相递不绝的道具。因而，工艺社取"工""艺"两字，是希望做一个桥梁，连通古与今、文与理、器与道。

在金泽古镇外缘，工艺社收购了荒废的船坞、纺织厂、制衣厂等，虽然都破败不堪，但胜在临水伴桥，毗邻宋代普济桥、元代的迎祥桥、明代的放生桥、清代的如意桥，里许地间就荡漾着千载时光，也正暗合工艺社作为一座桥梁的愿景。自此，工艺社围绕非遗研究、人才培养、文化交流等功能需求，将生产工厂逐步改造，设立刺绣、缂丝、服装、陶瓷、漆器、金工、工笔岩彩、中国传统香事等十余项传统工艺工坊，安置茶室、戏台、酒馆、摊档、客房等古典人文空间作为配套，邀集匠人、学者、艺术家、设计师和学生等共同参与传统工艺历史与当代价值。

二十年来，在梅冰巧的推动下，工艺社与中国美术学院、复旦大学、清华大学、浙江大学、华东师范大学、上海应用技术大学等十余所高校建立相关领域的研究和研发合作；与上海博物馆、北京故宫博物院、上海市公共艺术协同创新中心等展开文创和人才培养项目；组织传承工坊即学术研究项目十余类、匠人创作和研习营三十余场、传统工艺展览五十余项、公益培养年轻非遗传承人千余人次、汇集整理传统工艺藏品万余件……工艺社已经成为一个在专业领域颇有知名度的匠人村落。

黄财神的宝藏

2012 年初夏的一天，梅冰巧接到友人的电话，推荐她去刘海粟美术馆看一个唐卡绘画展览。其实多年来，她的足迹早已踏入青藏高原各个区域，书画本就是她专注的领域，也投入很多精力于唐卡的调研，但也同其他传统艺术领域一样，唐卡传承的现状也令她略感失望。这次的友人之邀，开始时她也并未抱有很高的期待，只是碍于友人的再三催促，才安排时间来到了刘海粟美术馆。本意是匆匆看过就走的她，却突然发现了期待已久的宝藏。

展馆中的一幅幅唐卡，虽然有些技法还不成熟，但却呈现出最为难得的艺术气韵，属于唐卡应有的独特精神，这正是梅冰巧一直在找寻的文化传统。性格爽直热切的她立刻向工作人员追问，这些作品是哪位艺术家的。在接连的介绍下，梅冰巧找到了展览作品的提供者，国家级非遗传承人嘉

∧ 梅冰巧在上海壤巴拉唐卡展

阳乐住仁波切，一位气度雍容、谦和有度的年轻僧人。

在交流中，梅冰巧讶然于仁波切出色的汉语表达，不但能够准确精到的讲解唐卡艺术的微妙之处，更是十分谙熟于汉地文化艺术典故，他的幽默爽朗更是令人心生欢喜，应该是这样的文化素养才能够令他的唐卡有这样出色的气韵吧。然而，更令梅冰巧震撼的是，嘉阳乐住仁波切告诉她，这些唐卡，并不是他自己的作品，而是跟他学习的六十个放牛娃的习作，还在学习成长的路上。惊异之余，梅冰巧内心仍旧留下了一个问号，真的是放牛娃吗？

展览结束一个月后，梅冰巧借女儿暑假时间，和家人一同奔赴中壤塘，这个位于四川阿坝州西北角，从未听说过的高原部落，准备用自己的双眼一探究竟，是否真的如嘉阳乐住仁波切所说，草原上的放牛娃经历数年的培养，技艺仍有待琢磨提升，却已涵养出最为难能可贵的精气神。

自上海飞至成都，再循 317 国道驱车北上，途径仍在恢复重建的汶川震区、桃坪羌寨、路过米亚罗红叶、卓克基土司官寨、金川观音桥……在川藏北线奇丽山川和民族风采的陪伴下，梅冰巧一家逐渐深入到川西北高原，到达了此行的目的地——"壤巴拉非遗传习所"。在传习所，梅冰巧见到了嘉阳乐住仁波切和他带领的数百个学员，他们在研习唐卡绘画、藏式木雕、金铜造像、时轮藏香、藏医药学……如同江南的金泽工艺社，这里是高原上的一个匠人村落。

梅冰巧了解到，这里有一个美丽的名字，壤巴拉塘——黄财神的坝子。一个雪山环绕、林草丰饶、河湖清冽的地方，有着上千年绵延不断的文化传承，让一个小小的村落拥有诸多国家级、省级非遗项目。她感慨着想到，虽然这里经济发展相对滞后，但或许这就是财神宝藏的真正含义，深藏于高山之中的文化传统，先民馈赠于后人最有价值的礼物。

放牛娃的"阿妈啦"

经过数天的深入交流和实地考察，梅冰巧深深被传习所的理念和实践触动。

2010 年，嘉阳乐住仁波切创办了第一个公益性的唐卡传习所，希望为当地贫困家庭的青少年提供一个学习机会，帮助他们从优秀传统文化中找到成长的路径，立志、立德、立业。每个学员都可以在传习所的支持下，完成六年以上的专业培养，并不是短期的技能培训，而是希望他们能够在文化艺术的涵养中，完成人格的锻炼，找到内心的快乐，再通过自己的技能来分享自己收获的那份快乐。

梅冰巧意识到，她找到了心中问号的答案，她在唐卡展上所感受到的那份独特的艺术气韵，是源于这样的文化传统，源于这样的育人理念。在这里，唐卡绘画等，是一个路径，是副产品，而孩子们的成长才是目的地，才是传习所真正的作品，人是核心，文化的传统需要这样的一批少年来注入时代的新鲜血液。

在壤塘的数天里，梅冰巧跟着学员们看了唐卡画室、草药房、藏香厂、木雕厂……去了夯土房子、夏季牧场、牦牛帐篷、高山神湖……走过转经长廊、石刻经板、五彩经幡、黄财神山……每个地方都洋溢着自在、喜悦和从容。看着孩子们的纯净的眼神和腼腆的笑容，她下了一个决心，并且和家人达成了共识，共同参与壤巴拉非遗传习所的公益事业，并将上海金泽工艺社的资源分享给传习所的孩子们。

和家人商议后，梅冰巧正式跟传习所的创办人嘉阳乐住仁波切提出，希望能给她们一家一个机会，参与到传习所的事业中来。在她一家心中，这不是一个捐助计划，不是一个扶贫项目，而是她们十分尊重、认同和珍

∧ 梅冰巧在上海壤巴拉唐卡展

惜的一个文化事业，她们希望贡献自己的力量，希望能从中有所学习和成长，希望能够共同满足内心深处的那份浓浓的乡愁。面对这样纯粹、友善的发心，嘉阳乐住仁波切也十分欣喜，汉藏文化共通相融的底蕴也是这份善缘的内在基础。

向来直爽利落的梅冰巧马上提出，要带一些孩子到上海，开阔眼界，培养综合能力，也为接下来参与传习所的工作积累必要的经验。当七八个男孩、女孩站到她面前时，作为母亲的她马上意识到，这是别人家的孩子，而且有语言和生活习惯方面的较大差异，突然将这些草原上长大的孩子带到大都市，带到他们从未到达过的江南，大家都还有很多需要磨合的地方，这个过程对孩子们来说是个相当大的挑战，如何引导好、管好这些孩子呢？她马上提出，要收着这几个孩子做干儿子、干女儿，只有这样，无论交流互动中出现什么情况，她都是"母亲"，有责任也有权力去管教"自己的孩子"。就这样，征得嘉阳乐住仁波切和孩子家长的同意后，梅冰巧带着这几个孩子们开始了他们生命中全新的一段历程。

自此，梅冰巧多了一个称呼——"阿妈啦"，藏语中对母亲的称呼。她自己也没有想到，在未来的日子里，壤塘的大人和孩子们都开始这样称呼她，从江南水乡来到高原牧场的她，多了数百个放牛娃做孩子，成为黄财神坝子里公认的"阿妈啦"。

共同的乡土、乡愁与"阿妈啦"

壤塘于金泽，连通于长江，从源头至大海，仿佛天地造化牵引了这份善缘，八千里风月，跨越川渝、两湖、江南，从平原到丘陵、从盆地到高原，但千载以来的交流、交往、交融，早已汇聚成共同的文化血脉，连通着古与今、源与流、东与西。

当壤巴拉非遗传习所的孩子们跟着"阿妈啦"，一批一批来到上海金泽工艺社时，他们即感到里里外外充满了新奇，也能在丝丝缕缕间找到那份熟悉，从高原的匠人村落，来到江南的匠人村落，相同的梦想追求，相似的工巧艺术，相异的饮食言语。这种别开生面的对话交流，也给江南本土的匠人、艺术家和学者们带来了全新的感触和视角，带来了属于高原的那份淳朴、热忱和专注。

在壤塘和金泽开展的文化大课堂，云集了国内外各界的大咖，大家叹服于传习所和工艺社的真诚发心和执着努力，敬佩于"阿妈啦"的无私爱心和亲力亲为，都愿意拿出看家本事和压箱底的绝活，传授给真正以非遗为事业的"放牛娃"们。很多来到传习所和工艺社的人也感慨，这样开放、真诚、无私的研学气氛，是最可宝贵的文化力量，也是因为有"阿妈啦"，非遗传承变得更有生机和温度。

"阿妈啦"带领"放牛娃"游学于景德镇、黄山、宜兴、敦煌、苏州、杭州、北京……跨领域于陶瓷、漆器、壁画、缂丝、刺绣、宋画……涉猎于设计、声乐、动漫、英语、管理……围绕他们所传承的工巧艺术，来拓展他们的眼界和思考，提升他们的技艺和能力。

而这样一批少年，也为"阿妈啦"的工艺社注入了鲜活的生命力。正如一个充满活力的村落，需要长者，需要壮年，更需要少年。鲜活生命的代代相传，汇聚为文化的生生不息，而文化的生生不息，见证了先民的智慧，此正是我们得以不断前行的生命力所在。

在这段经历中，"阿妈啦"也看到社会各界和各级政府的鼎力支持，点滴善缘汇入时代的潮流之中，给偏远的高山草原带来了新的滋养、期许和方向。作为一名香港同胞，"阿妈啦"一家也更深切紧密地融入到祖国的发展中来，共同从传统中探寻文化传衍的力量。

"阿妈啦"经常跟孩子们说，健康、快乐是生命最大的财富，我们要跟先人学习，去发现这些宝藏，并能够将它们分享出来，传递下去，文化传承的意义，关键还是人，是我们生命中最宝贵的那部分……

速度快，也是"阿妈啦"最为大家津津乐道的事情。有人说：找阿妈啦，不如原地等，你去找是追不上的，等一下，她很快转一圈又会路过你。

∧ "阿妈啦"与壤塘的"充电宝"们

对于"阿妈啦"来说，时间总是不够的，中国文化还有太多太多有价值又好玩的内容，我们还没有来得及去玩，所以要快一点……

工作之余，"阿妈啦"最大的乐趣是和小孩子玩，宝宝们的天真稚趣是令她最开怀喜悦的事情之一，以至于传习所的大人小孩都知道，想听到"阿妈啦"的笑声，最简单的方法是找宝宝来跟她玩，因此，宝宝们也都被称为"阿妈啦的充电宝"……

三千六百个日日夜夜，"阿妈啦"对生活的热情始终充沛饱满，孜孜不倦于文化的传承和对孩子们的悉心引导。在她爽朗笑声的陪伴下，"放牛娃"们也渐渐褪去少年的青涩，成长为一名名具格的非遗传承人，他们的作品走入上海朵云轩艺术中心、上海当代艺术中心、浙江西溪美术馆、北京大学首届宗教艺术展、亚洲博鳌论坛峰会、北京佳士得故宫联合展、上海中心宝库文化中心……

孩子们的故事，由国际知名导演拍摄为纪录片《唐卡画师之乡》，具体而鲜活地展现了新时期中国偏远乡村的年轻人如何成长并融入时代的主流，小小的案例呈现了文化的魅力、匠人的精神和社会的发展，在国际社会引起广泛关注和好评。这部纪录片也被中宣部、国家广电总局评为"2021年度优秀对外传播纪录片"。

看着孩子们健康快乐地成长，能够走上时代的前沿，向世界分享中国传统工巧艺术，梅冰巧内心深处的那份乡愁，化为甘甜柔美的暖流，流淌于胸臆间。她最开心和自豪的地方，就是人们来到江南的金泽，来到高原的壤塘，来到中国乡土的匠人村落，能够感受到中国文化的无尽魅力，感受到文化传承的勃勃生机，感受到孩子们从传统出发，走入新时代的潮流中。

连通的天地、山河，相融的历史、未来，共同的乡土、乡愁——我们同处于中国文化的江河长流中，同愿共行！

阿妈啦——母亲的爱，是生生不息、化育新生的源泉！

藏棋
——记国家级非遗项目藏棋传承人尼玛扎华

麦拉／文

　　尼玛扎华和几个老伙伴在草地上下藏棋，阳光下，一
张饱经风霜的脸上布满了深深的皱纹。谈笑间有一丝光彩
闪过，那光彩流转间，尼玛扎华似乎回到了纯真无邪的童年，
他娓娓道来过去的故事，话语中也期待着未来藏棋的发展。
"小时候喜欢跟随父亲一起下棋，如今我们这代传承人也
老了，藏棋一直都伴随着我们，有祖辈的影子，也有我们
的期望，新的传承人将肩负起非遗传承的责任"，酷爱藏
棋的尼玛扎华盘起双腿坐在厚软的草坝上，画地为盘，拾
石为子，那样的画面与天地自然融合在一起。为了弘扬和
传承藏棋文化，尼玛扎华从零开始，漫步了 50 多年的岁月，
让濒临断代的藏棋再次焕发生机，让那些感人至深的平凡

∧ 传承人尼玛扎华民居边上下藏棋

故事，在追寻、记录和传承中，融入了非遗宝库。

藏棋·古老的非遗

藏棋的历史渊远流长，自古以来广泛流行于藏区社会各阶层，早在唐代已有明确记载。《旧唐书·吐蕃转》曰："围棋击博，吹蠡鸣鼓为戏。"由此可见当时藏棋发展基本成熟并成为日常游戏之一。《藏学概论》一书里根据敦煌古藏文文献记载，在吐蕃王朝前藏棋便流行于卫藏（西藏）地区，并认为善棋者是象征有智谋的人，其中，吐蕃赞普松赞干布便是以善于下棋而知名。当时最为流行的是国王棋，国王棋的棋艺和孜久棋的棋艺兼容、创新、发展形成了成方棋，使之成为最具体育和游艺性的藏族棋艺。

藏棋是在藏民族的历史文化发展过程中诞生的民间棋艺，与藏民族传统的生产生活习俗和文化传承有着密切的联系，藏棋的诞生与多民族文化交流有着很深的渊源，承载着深厚的民族感情。

这一类古老藏棋，对弈千变万化，趣味性强，不占地盘，随处可为，在长期的发展过程中，承载着中华民族的民族心理，伦理道德、精神气质，价值取向和审美情趣，也是中国传统体育文化的重要组成部分，成为群众生活中最喜闻乐见的竞技游戏，激活了非物质文化遗产在社会中的原生态活力。

藏棋之乡 · 阿坝县

在群峰叠嶂的青藏高原，有一种古老棋类竞技游戏—藏棋。这一类古老棋艺在四川阿坝县广为流传，阿坝县位于青藏高原东南端，自古以来就是川、甘、青三省交界处的商贸物资集散地，素有"甘青之咽喉、蜀郡之门户"的美誉。阿坝县特殊的地理交通环境，为藏棋的发展和培养提供了广泛的群众基础，群众在生产生活中互相交流切磋并融合，互通娱乐，和谐共处。在保护与发扬地区传统文化特色中，充分挖掘农耕及游牧文明，形成了借鉴藏棋传统技艺，融合安多民间智慧，为促进藏棋的发展提供了积极的作用。阿坝县是一个以藏族为主的半农半牧少数民族聚居县，也是自古以来藏棋传承保护最为突出，群体传承覆盖范围广的地方，藏棋延续至今，已深入到阿坝县各乡镇，其中以阿坝镇、贾洛镇、麦尔玛乡、各莫乡、四洼乡等乡镇最为活跃，已成为当地人农闲时生活中不可缺少的一部分。青海省达日县、久治县、班玛县，甘德县，甘肃的玛曲县、夏河县等区域民间藏棋活动也盛起，此外近十多年来西藏拉萨、内蒙古等地的藏棋推广活动也日趋活跃。

藏棋是从古流传至今的藏族民间娱乐竞技游戏，由二人分执黑白棋子布阵对阵，民间流传的藏棋最常见的有：国王棋、孜久棋、狼和羊棋等十余种，安多地区在群众中普遍流行的成方棋是现当代藏区流传较为深远的藏棋种类，兼具国王棋、孜久棋的棋术之长并自成一体，竞智激烈，艺技兼用，趣味性强，加之棋具简单，不占地盘，随处可为，成为阿坝县乃至安多藏区农牧民的主要娱乐方式之一。

在阿坝县藏棋至今仍采用群体传承、师徒传承、家族传承等方式，行棋时，如在一个棋格的3个角上有一方的3个子，当另一个子落在棋格的四个角上时成了一个棋（成方），行棋时每形成一个双棋门时，可以取掉对方任意两个棋子。其行棋规则形成了独特体系，沉淀着厚重的文化遗产。

然而，如今藏棋的兴盛和传承发展，离不开传承者的坚守和付出，也离不开当地政府的支持和推动。

现如今，不仅阿坝县是四川省民间文化藏棋之乡，2021年藏棋也被公布为第五批国家级非物质文化遗产代表性项目。

藏棋的传承保护

多年前，藏棋面临传承断代，只有年岁较高的老者才会在民房前下藏棋，人们并未重视和传播，把藏棋定义为老年人的饭后娱乐活动，忽略了传承和保护的意义。年轻的有传播能力的传承者成为藏棋传承保护者的关键，藏棋传承人尼玛扎华便在这样的时代和氛围中成了藏棋的领军人物。

尼玛扎华的父母都是农民，他们虽没有接受过教育，但深知教育的重要性，期望尼玛扎华通过读书能有更多的认识，所以在他年满8岁时就送他到就近的四洼乡小学读书。期间他还要帮助父母上山放牛，8岁时就懂得照顾父母并上山劳作，有着小大人的担当和超越年龄的懂事。劳作结束后的业余时间他最喜欢的还是看父辈下棋，那时的小孩娱乐活动很多，上山，下水，赛马样样都不落下。尼玛扎华虽好玩，但只要看到有人下藏棋便安静地参与到父辈下棋中，他虽不会下棋，却因为父亲和寨里的老者时常下棋对弈产生了由衷的热爱，培养出浓厚的兴趣。

他记得小时候家里会常来一位老者，父亲告诉他这是远近闻名的藏棋高手。老者 70 岁左右，善于聊天，闲暇时总会走上几公里的路程来到尼玛扎华家里，久而久之成了家里的常客，家人也习惯老者的到来。老者见尼玛扎华喜爱下棋，开始有意无意地教授他，他无所不知，知晓天文地理，也知晓千里之外的传说，聊起藏棋的由来和传说可以说上一整天。对于当时封闭的信息环境，老者无疑是当时寨里最受欢迎的讲故事能手，也让尼玛扎华对藏棋有了无尽的想象空间和保护意识。

十五岁那年，父亲生病，家中劳动力不足，尼玛扎华暂停了学业，回到家中务农，此后的很久，劳务占据了他大半的时间，他也一下成长了许多。而对于藏棋，他也从默默关注到慢慢接触，学会了跟人对弈。

渐渐地，藏棋成了大家公认难度高的游戏，因家中老人会下棋，常有人登门切磋，一较高下。而父亲因身体不适，和老者商量，为了守护藏棋技艺不流失，对藏棋有了保护和传承的想法，年轻一代的尼玛扎华等人成了家族传承和师徒传承者。每每父亲与人对弈时，父亲都会让尼玛扎华在身边观摩，开始深度接触藏棋。那时他便系统地掌握了藏棋的行棋规则和基本的原理，培养了浓厚的兴趣并学习藏棋中较难的成方棋技艺，耳濡目染中，藏棋成了尼玛扎华坚守一生的爱好，并付诸了行动。

多年后，尼玛扎华发现藏棋的生存环境已与父辈一代的繁盛无法相比，他深知藏棋是开启智慧之门的钥匙，于子孙后代有利。为弘扬、传承并推广藏棋文化和技艺，他开始组织藏棋爱好者和新人，传承和弘扬藏棋，而这样的保护和传承工作也占据了他所有的兴趣爱好和业余时间，这一干便是 50 年之久。

尼玛扎华一直倡导藏棋的持续发展和群体传承，并在民间通过个人的力量出资完成了系列小型的比赛和培训，也有专门的藏棋茶馆作为下棋场所，既能娱乐休闲又能传承，这样一来，民间爱好藏棋的人越来越多，藏棋高手也是一届比一届强，藏棋从面临濒危到逐渐盛行于民间，成了群众特别是农牧民群众茶余饭后的竞技娱乐活动。多年后，藏棋竞技活动在阿坝县传承也较为成熟，已广泛深入农牧地区时，尼玛扎华提议创办藏棋协会。

传承人一路的坚守

2005 年，尼玛扎华和几个志同道合的老友一起向当地有关部门提出了组建藏棋协会的申请，经批准正式成立了全国首个藏棋协会，尼玛扎华也担任了第一届阿坝县藏棋协会会长。也正是那一年开始，在当地县委县政府的支持下，阿坝县举办了首届全国藏棋邀请赛，为了让农牧民群众中爱好藏棋的棋艺者有更多的参与机会，他们也在特定的农闲季节举办民间的小型藏棋比赛，这样的举措，推动了藏棋棋艺的广泛传承，培养出一批不同年龄段的藏棋高手，使这种几近消失的优秀民族文化大放异彩。受阿坝县藏棋发展的影响，全国各地的专家学者及高校学者多次深入阿坝县调研，央视、四川电视台、康巴卫视等多家媒体进行多次专题报道。

2005 年至今，通过当地县委县政府的支持和藏棋协会的共同努力，完成了面向全国的藏棋邀请赛 11 次，县内部的民间藏棋比赛 20 余次。阿坝县藏棋的兴起和热度受到西藏、青海、云南等地的关注，各地的藏棋学者到阿坝县实地考察调研，2016 年中央民族大学计算机博弈指导团队到阿坝考察，并邀请尼玛扎华及团队到北京指导，充实并促进了藏棋的研究和发展。2015 年受邀由西藏的藏棋论坛，并现场指导宣传，与各地区的藏棋爱好者搭建了良好的沟通基础，建立了深厚的友谊，为藏棋的体育竞技开通了更为宽广的渠道。

藏棋的历史历经千年，经久不衰，在面临断代和传承力度较弱的情况下，却在阿坝县得到广泛的衍生、生长，有了深厚的群众基础。尼玛扎华作为藏棋协会创办人，通过多种传习方式，寻访各地藏棋高手，切磋技艺。通过多年的培养和选拔，阿坝县藏棋高手越来越多，藏棋选手也多次在全国类的藏棋比赛中屡获第一名的好成绩。

∧ 2012年阿坝县藏棋协会藏棋比赛选手及工作人员合影

　　尼玛扎华说："作为传承人需要坚守一份信念，这些年来，我们的努力有了成效，各地藏棋爱好者越来越多，选手也越来越专业，希望更多的人了解藏棋，关注藏棋，未来藏棋高手也不仅仅局限在某一个区域，只要坚持不懈传承和发展，这一厚重的文化遗产将再创辉煌。"

承载非遗传承的希望

　　藏棋的传承和发展离不开传承人的坚守，更离不开当地政府的保护支持力度。

　　在藏棋文化保护及传承中，尼玛扎华和好友泽郎作为藏棋的非遗传承人，他们总会在纵横交错的棋盘中辨别对弈者的技艺同时又增进感情，善于用逻辑思维在对阵布局时就计算好对手的棋子，找到制胜空间，在群众中具有较大的影响力。传承人除了较好的下棋技艺以外，在藏棋文化的保护传承中也起到重要促进作用，他们师从三代，肩负藏棋文化的传承使命，

∧ 2015年传承人尼玛扎华到西藏参加藏棋研讨会

通过他们扎实而持之以恒的行动，藏棋传统棋艺在藏区流传广泛，越来越多的人加入到保护藏棋文化的队伍中，为民族传统文化保护的可持续发展作出了贡献。

藏棋作为一种竞技游戏，它与其他棋类一样具有游戏的娱乐性和追求胜负的竞技性，从宫廷走向民间后，深受藏族群众普遍喜爱，特别是近十年除了家庭传承和师徒传承，大众群体传承、大众实践特征尤为突出。

说起藏棋，尼玛扎华跟我仔细讲解了当前流传较为广泛的"成方棋"，棋子不论黑白，均是平等的，棋子在下棋者主观的安排下走动，拼子力运用战术计策来赢得胜利，讲究的是智斗，每个棋子在不同的位置摆放就会有不同的优势。行棋时，如果两个棋门之间有一个空格并可以有一颗棋子来回可以成棋（成方）叫褡裢。胜者则有权摆各种阵形，比如摆抢，鞋子，拉萨，白塔等阵形。行到最后，若一方只剩下棋盘棋路相当的棋子时，该方可以随意行棋，不受步伐的约束。随地取材，随处开赛，用具简单，不占据地盘，老少皆喜，在简单易行的形式中，饱含丰富的知识传授和智力提升。藏棋即是日常生活中的竞技游戏，在藏棋活动传播过程中也包含着丰富的藏族文化，例如：藏棋阵形中的"吉祥八结棋""母牛项圈棋""牦牛砺角棋""诅咒禅房棋"等藏族精神文化信息，蕴含着博大精深的智慧。

通过布阵对阵，攻势守势，藏棋的对弈对智力的拓展和提升起到很重要的作用，且在藏棋发展的整个过程中，深刻体现了人与人和谐相处的价值，增加了集体融入感，藏棋艺人的素质得到全面提升。

尼玛扎华等一众藏棋传承者和藏棋会员对藏棋文化保护的目标、思路、方法进行了系统的梳理和研究，在县城内设立了几处固定的下棋活动场所，供藏棋爱好者对弈观摩和学习，每年举行的藏棋比赛也激发了藏棋爱好者和热爱藏棋事业的人参与到其中，促进了藏棋活动的复兴和发展。

作为藏棋的传承者，如今尼玛扎华已68岁，依然游走于下藏棋的现场，始终倾心致力于藏棋的发展和传承，民间藏棋者亲切地称他为"藏棋之父"。2023年5月，尼玛扎华受邀参加中国少数民族体育协会举办的藏棋比赛，鉴于杰出的贡献，被授予"中国少数民族体育智力运动终身成就奖"。

通过各方努力，2013年藏棋项目先后被列入州级非物质文化遗产和省级非物质文化遗产名录，2021年阿坝县的藏棋成功列入国家级非遗项目。2021年阿坝县获评四川省民间文化艺术之乡"藏棋之乡"的称号。

藏棋棋艺是藏民族在生产生活中集体创造的智慧结晶，是藏民族社会文化生活中不可或缺的部分，独特的行棋表现形式承载着藏民族的民族心理，精神气质，价值取向，激发了藏棋爱好者的想象力和创造力，有利于藏族传统棋艺文化的传承和发展，有利于和谐藏区、稳定藏区建设。藏棋通过娱乐竞技的形式传承至今，是藏区农耕文明和游牧文明的具体见证，饱含着藏民族历史文化信息，是藏民族传承体育文化最有代表性的重要内容，在建设文明乡风和推进文旅融合中都起到积极的作用。

藏棋的传承保护在继续，必将为当地的文旅发展添砖加瓦，而藏棋传承人的传承也在继续，尼玛扎华将传承的接力棒交至无数的传承者，为藏棋的发展注入新的力量和希望。

传承"匠心"映照文化"初心"

——记国家级非遗项目卡斯达温传承人曲让

董俊蓉　阿勇 / 文

你的坚持、创新和奉献之所以让人感动，是因为对一直扎根基层的文化人而言，民族文化传承的意义不仅是执着与责任，更是生命的一部分。（2017 年阿坝州喜迎十九大·感动阿坝年度人物颁奖典礼上为曲让老师的颁奖词）

——题记

每每谈起卡斯达温，我脑海中便浮现出豪放粗犷的舞姿、余音缭绕的歌声。这一幅幅极具生命张力的画面，源自一位名叫曲让老师的民间舞蹈家。

如果说黑水人赋予卡斯达温以不息的生命，那么，作为传承人的他，却始终发扬着以守正创新为核心的工匠精神，用他一生的坚守与传承留住了卡斯达温。

一、多年心愿

我对卡斯达温最初印象，也仅仅停留在曾经翻看过的某份不知年月的报纸，抑或刊物。

一次机缘巧合，有幸目睹老师为节庆排练卡斯达温的节目，我被深深震撼了。

夕阳下，几位藏族老者穿上了铠甲，他们跳起了卡斯达温。当浑厚且沙哑的歌喉伴着他们依然孔武有力的舞步，我仿佛穿越了时空：男儿告别亲人，即将奔赴沙场。远古的战场，男儿奋勇杀敌，义无反顾……

∧ 曲让老先生

而旁边却站着一个目瞪口呆、懵懂好奇的少年。

动与静的两幅场景相互对视、叠加、碰撞……如此穿越时空的错觉，至今仍在我记忆的海洋里翻滚。

所以，心里一直有一种想一探究竟的愿望……

二、十分痛心

2023年4月中旬，文联开展非遗传承大调研，要前往都江堰市对曲让老师进行专访。有幸成为专访组成员，说实话，我心里有一种窃喜。

一路上，我绞尽脑汁，思考着如何才能挖掘到更多关于卡斯达温的非遗"密码"。

"曲让老师他……"

可就在一行人即将抵达目的地时，同伴的一句话让我没了先前的激动，随之而来却是一阵钻心的绞痛。

是的，再见到老师时，已不同往日。

2021年的一天，呕心沥血的老师在挖掘、整理、创作《黑水本土锅庄》（Ⅱ）的过程中，令人痛心的事发生了：由于劳累过度，老师突发脑溢血……

在紧急送往成都做手术后，在他坚强毅力支撑和善良贤惠的妻子精心照顾下，曲让老师渐渐脱离生命危险，却不可逆地留下严重后遗症。

因此，老师在回忆往事时，很多时候思维会忽然停顿，语言表达也不再那么清晰……

在后来对话中，我尽可能仔细去聆听，从模糊的只言片语中，在艰难的肢体语言下，去琢磨老师内心深处蕴藏的那份特殊的"卡斯达温"情缘。

三、释疑解惑

在与老师断断续续的交谈中，我脑海里的卡斯达温轮廓渐渐清晰。

　　"穿着铠甲跳舞"，是黑水独特的一种民族歌舞，它古老神奇，粗犷豪放，气势恢宏，表现了黑水人民不屈的性格和质朴的审美观念，传递出黑水这方土地悠久的历史，淳朴的民风，丰富的文化，是国家非物质文化遗产保护中的一朵瑰宝。

　　卡斯达温经历了不同时期。

　　最早的形态可能是古羌部落在游牧、狩猎过程中产生的祭祀礼仪，而至唐或唐以前，由于黑水战事连连，卡斯达温逐渐演变为将士出征前所举行的一种征战祭祀活动，其形态和内容已经逐渐成熟和完善为"战争舞"形式。

　　而后发展到现在，战争已经不再是社会常态，卡斯达温逐渐成为社会生活中的年节、庆典、喜丧等祭祀仪式。

　　卡斯达温由这一原始狩猎——古代征战——节日庆典（婚丧嫁娶）的祭祖祀神、驱邪避秽的多声部歌舞仪式所经历的演变过程与数千年来的社会历史发展一脉相承，卡斯达温就是传统民族历史文化留存的重要活态载体，对黑水民族史、语言学、民俗学等的研究，对远古高原峡谷地带的部族文化艺术特点研究都有重要参考价值。

　　豪放旷达的激情，行云流水的韵味，冰雪峰峦的雄迈，山野草原的壮阔，都在卡斯达温的歌舞里得到生动地展现，它以其独有方式记载着这个民族一段演进发展的历史。

四、艺人匠心

　　在长达三小时的访谈中，我发现曲让老师不仅仅只是具备一个传承人应有的艺术涵养，更多的是他作为传承人与卡斯达温合二为一的完美结合。

　　这种融合着老师二十多年走乡串村，从老一代卡斯达温人那里，从他们的一招一式、一举一动中，哪怕一句歌词的每一个字中抠出来的特殊意蕴，都费尽了他的敏锐评判功力。

　　而能够将每一个村每一个藏寨的个性特征抽丝剥茧，巧妙地融合在一起，严丝合缝地契合在卡斯达温原生态的历史地域和现实生活的创举，则是一个舞者用肢体动作讲述故事、传达思想、给观众带来视觉享受，一个歌者用歌声传递着一切历史的真善美和黑水本地藏民族厚重的发展进程。

　　对于曲让老师这种集舞、歌、曲一体的艺人，在演绎卡斯达温时，比一般人更容易发现它的独特魅力。而作为收集、整理并发展它的一名技术者来说，无论在一些细微处，还是在一些充满张力的地方，无不显示出老师精益求精的心理标准。一旦达到极致，反而归于朴实，丝毫不会成为炫耀的资本。

　　"我不觉得这是结缘，它更像我与生俱来拥有的福气。"

∧　表演卡斯达温

当我向他问起是什么原因与卡斯达温结缘时，先前难以表达的困境瞬间消失，他近乎是用一种异常坚定的语气，用家乡话向我说道。

老师原本就对黑水地区民族民间舞蹈传统有着一种执着，又愿意耐心诚恳和深入持久地去开展走村串户般的"田野调查"。2002年，他克服重重困难，酝酿成立1支卡斯达温舞蹈团队，2003年，在各方的大力支持下，在原来的粮食局地盘上，成立"达古戏院"，开始在全县范围内招收第一批青年爱好者。将自己收集、整理和谱曲的黑水河流域的卡斯达温素材、资料、传闻，以"原汁原味""原生态""土风土著"等为名义编写出《卡斯达温》（Ⅰ），共计10首歌。从而在川、甘、青、藏、云等藏区舞台，出现了一个原生态的卡斯达温演出团队，为黑水地区民族民间传统舞蹈传承、保护作出了他梦寐以求的贡献。

作为一种黑水民间祭祀性质的歌舞，卡斯达温发展至今，已逐渐脱离远古时原有的单调属性，成为黑水人独有的精神画卷。在这份历经岁月洗礼，却从未褪色的精神中，是黑水人亘古不变的气魄。

作为后来人，我逐渐明白这份坚守的背后意味着什么，因为传承人的存在，文化得以复兴，因为曲让老师的几十年来的默默耕耘，卡斯达温才能在生命与灵魂的交汇中得以呈现在世人眼前。

五、一路走来

之所以能够成为非遗传承人，曲让老师不单只是具备超乎常人的歌舞技艺，热爱与守护才是构成他与卡斯达温不可或缺的因素。回想曲让老师的求学往事，独自穿梭于村村寨寨，以风雨无阻的精神，只为求全卡斯达温的精髓。

老师一生无儿无女，却视卡斯达温为己出。

在早年挖掘编排卡斯达温时，为了呈现黑水厚重历史又不失山沟之间不同的地域文化，他时常走过风雨交加的夜晚，穿过曲折泥泞的山路，时常食不果腹，露宿荒野山林、无人磨坊……

记得 2003 年 5 月的一天，一早起来，丽日蓝天，一朵朵白云好像三维的雪峰一样。老师和达古戏院的学生——罗格扎西，步行向红岩乡的一个藏寨出发。

原来是藏寨一户人家，今天正在为一对新人举行婚礼，全寨子的人都聚在一起，将有一场属于本寨子的锅庄表演。

一路行来，山风徐徐，鸣鸟欢唱，呼吸着山间清爽的原生态氧气，山下西尔大坝传来的挖掘机、搅拌机、抽水机与时俱进的奏鸣曲，繁忙的工地上，一派生机。

转过一个山头，一阵呼啸的疾风迎面而来，暴躁的天老爷霎时变了尊容，骤雨倏然来到。老师和他最爱的学生罗格扎西，瞬间就被雨淋湿全身。

原本中午 12 点便能赶到，因这场意想不到的雨而耽搁下来。头顶的雨一个劲地往地上浇灌，路上泥泞难行。师徒俩边冒着雨边吃力地踽踽而行，等到那个寨子的那户人家，时间已经下午 2 点。本来想亲身体验一下该村独特的锅庄，也改成了听寨中老者的诉说。

这次因下雨而落下的遗憾，一直令老师耿耿于怀。

老师父亲去世那年，按照黑水流域藏家习俗，老人遗体需要火化，为此，他专门上山砍柴。

就在上山的途中，经过他们寨子跳卡斯达温舞的那块风水宝地，往昔跳舞时的一幕幕历历在目。父亲那炽烈的眼光，浑厚而高亢的歌声，还有那踏脚而舞的虎虎气势，令曲让老师忘记了身负沉沉柴火的重压，于遐想中不能自拔。平时绞尽脑汁也不能诠释的舞蹈动作，顿时幻化出行云流水的耦合，似乎天生灵感，给予他大梦方觉醒的快感。好像有一种神力相佐，他便不自觉地放下重负，在山道上一遍又一遍地演练起来，已然忘却了为去世父亲砍柴的事情……

老师对事业所达到的忘我程度令人感佩，细思落泪……

在漫长岁月中，卡斯达温并非一成不变，经过老师在保持原有基调上的突破和创新，才逐渐演变成今天的样子。

在保留传统底蕴的同时，曲让老师还大胆探索创新，将现代艺术元素融入到作品中。历时两年，经重重艰难，终于在 2004 年，他为全县人民奉献了划时代的锅庄艺术。

"四十多年了"短短五个字，犹如风，道不尽往事，藏不尽岁月。

这一唱就是人生半载，这一跳就是星辰大海。

在近四十年的创作生涯中，曲让老师用毕生之所学，赋予卡斯达温崭新生命，在黑水大地演绎着一场接一场远古狩猎前的出征仪式，讲述着两岸万户难舍难分的离别场景。

将坚守比作使命的老师看来，演唱卡斯达温不仅仅只是一门技艺，也并非一场华丽演出如此简单，在他的眼中，传承就是流淌在血脉里，铭刻在骨子里的信仰；就是留住祖先孕育的根脉，留给后辈回家的足迹。

六、后继有人

然而，已走过千年历史的卡斯达温，也曾一度面临失传困境。是时候有人接过手中继承的接力棒。

2003 年达古戏院应考迟到的那位罗格扎西学徒，那个用一个星期勤学苦练就赶上众师兄进度的罗格扎西，那个有着跳舞天赋且不懈用功的罗格扎西，那年只有 17 岁，却成了老师口中赞誉不绝的卡斯达温舞者。

时间可以洗刷掉人们的记忆，时间也可以铭记一个人的选择。罗格扎西以其自己对卡斯达温的独特理解，以及对舞曲的敏锐感悟，成为老师最得意的门徒。

编排《黑水锅庄》（Ⅱ）时，老师以开放吸纳的胸怀，果敢地听取了罗格扎西门徒的建议，在原生态卡斯达温中，创新吸收了现代健身操、广场舞元素，使之受到更多黑水人的喜爱。

眼见着门徒罗格扎西逐渐成长起来了，成熟起来了，老师便有了放雄鹰自由翱翔草原的打算。

恰逢 2004 年，老师被邀请参加川（四川）、甘（甘肃）、青（青海）藏区原生态民族舞蹈比赛的评委，他放心地将卡斯达温舞蹈团队交给罗格扎西。那年罗格扎西才 28 岁，有着黑水青年的干练和闯劲，加持了从老师那里传承的卡斯达温的民族文化血脉，又凭借着自己天纵英才的聪慧。在比赛中，带领团队，不负众望，以比第一名低 0.1 分的成绩，夺得赛事第二名。

后来，罗格扎西又带领卡斯达温团队参加了多场比赛和展演，都收获满满。尤其在黑水县，在县委县府的领导下，在各单位的友情支持下，卡斯达温成了每个节日的保留节目。

然而，天有不测风云。罗格扎西本来还应该从老师那里传承更多的卡斯达温精髓，老师却因卡斯达温的传承和发扬，长期积劳成疾，病倒了。

据罗格扎西回忆：师父因常年走访村寨，时常顾不上吃饭休息，落下严重的疾病。

传承卡斯达温的重担，自然不待地落在罗格扎西身上。

老年锅庄演出团队的弊端，卡斯达温在商业演出中如何创新……这些矛盾与问题一直是罗格扎西的忧虑，应该说是黑水县所有非遗传承碰到的尴尬。

在后疫情时代，罗格扎西在传承路上艰难举步向前，看到许多黑水年轻人对待卡斯达温的态度，他揪心呀！

可喜的是，罗格扎西有一种从老师那里继承下来的执着。他还有一种完成《黑水锅庄》（Ⅲ）（Ⅳ）的雄心，也算是告慰重病中的老师，也是告慰千百年来演绎卡斯达温的祖先。

老师的表达已经出现频繁停顿，病痛已经令他饱受折磨，但从他期盼的眼神中，我分明看出他对讲述的无限渴望……

为了让老师多休息，后面的访谈由他爱人德江接续。

"一开始您有没有反对过他？"

"他跳舞，我也跟着他跳……"德江的回答既简单又不失温馨。

是的，只因目睹过卡斯达温的盛兴，也正经历着卡斯达温的发展，因此，我能看见那个曾用两只手挥舞出精彩绝伦的千万舞姿，一张嘴吟唱出变幻无常的喜怒哀乐……

这就是传承！凭一己之力在狂风中握住飘散的根脉。

当一个人将一生心血注入所爱，视如行走时；当一个人将小小曲调唱诵已久，视如文字时，这个世界便因此多了一种语言……

当我翻开历史课本，莽莽原野无边际，前无卡斯达，后无阿尔麦，湍急的猛河只在靠岸的石块上留下点滴水珠，却又急速消失……我们终究只是浩瀚星海中的沧海一粟，却何曾不是那个出征的勇士战死沙场，狩猎的丈夫客死他乡？可我们依旧愿意成为这个时代讲述故事的人，用歌声吟唱高山峡谷的辽阔，用脚步丈量代代延续的热土。

我在思考，人究竟有多少精神可以依赖可以支撑？我在曲让老师的传承故事里找到了答案，即生命的力量无所畏惧。

在访谈将要结束时，曲让老师突然沉默。

我在想，他一定是想起了什么，又或者是突然在那一瞬间忘记了哪个曾经引以为傲的最熟练的动作。

他的这一停顿也让我这个局外人陷入深思，没有人知道此刻的曲让在想什么，就连最亲近的罗格扎西也只能感到费解，即便是那个相伴一生，相依为命的爱人也无从知晓。

我们的对话也在这个停顿中结束……

歌声飞出了山坳坳

——记国家级非遗项目川西藏族山歌传承人日翁思曼

刘期荣 / 文

　　我认识日翁思曼之前，先认识她的姐姐娜哈思曼，因为她曾经是咱们县文化馆的一名职工。2010 年我从县委宣传部调到县文化体育广播影视新闻出版局工作，当年 10 月份被安排去北京参加全国文物局第十期全国县级文物行政部门负责人培训。我坦言自己是追星一族，期间便以个人的名义，与离开家乡工作单位在北京打拼的娜哈思曼取得联系，想见见在此传播非物质文化遗产，名噪一时的川西北藏族山歌演唱组合"雪莲三姐妹"真容。

　　他乡遇故知，何况我是她们姐妹北漂十多年，家乡第一个现场观赏其演出第一人，那激动的心情溢于言表。结束培训当日，正巧三姐妹在国家大剧院有个演出活动，娜

∧ 雪莲三姐妹（左起）：娜哈思曼、可儿思曼和日翁思曼（摄影：范合琪）

哈思曼早早给我和随行的几个朋友送来了门票。借助演出之前的短暂空闲时间，咱们有幸共进午餐——吃北京烤鸭。通过简短的交流，让我对其只身闯北京开启职业演唱生涯的艰难经历，有了一个肤浅了解。

如约而至，对号入座。仰仗三姐妹的光环，自己平生也是第一次成为国家大剧院的座上宾，正儿八经地欣赏同乡阿妹登台献艺，心里不免暗自欣喜，无不为她们感到骄傲与自豪。

记得当时的演播大厅座无虚席，她们仨是被安排在第 8 个节目出场，演唱的曲目是《青藏高原》。但看此前登台演出的节目，似乎未能调动观众的情绪，掌声稀稀拉拉，可当她们盛装登台与演唱完毕之际，演播厅里却顿时掌声雷动，呐喊声四起："欢迎、欢迎藏族三姐妹为我们演唱！再来一首！再——来——一首……"

　　秋风乍起，凉意几许。三姐妹被这火热的场景所感动，无法拒绝观众的热切期盼，于是与音响师沟通，临时加唱了《珠穆朗玛》之后，才在一片欢呼声中委婉谢幕退场。"不错！"随行的团城演武厅和曹雪芹研究所的朋友，侧身对我竖起大拇指，爽快地说："不错！不错！你们家乡的三姐妹人长得硬是漂亮，演唱藏族歌曲的藏味儿十足！"

　　而后来谈及此事，日翁思曼说，二十多年来，如此这般的场景司空见惯，特别是在美国、法国、日本和比利时等等国外演出的时候，其他节目总会传来嘈杂之声，而当她们三姐妹登场，演出场地顿时鸦雀无声，观众屏住呼吸的状态，一直要保持到曲终至少两三秒，那热情才犹如开闸放水般猛然爆发出来，刹那间掌声、欢呼声震耳欲聋，一浪高过一浪，犹如排山倒海。

　　藏族"山歌"依据生产方式又分为牧区山歌和农区山歌两大类。牧区

∧ 在国家大剧院演出的场景

主要有放牧歌、挤奶歌、割草歌、杆毡歌。农区则有酒歌、耕地歌、锄草歌、割麦歌等。

牧区山歌音域宽广，节奏自由，热情奔放，音高低起伏大，上下十三度，犹如江河奔涌，一泻千里，无不使人感受到草原的辽阔和牧民粗犷豪放的性格。农区山歌节奏规范，大多是四二四四节拍形态。

藏族山歌的歌词内容许多都与生产劳动、自然环境有着密切联系，马、牛、羊，雪山海子、草地牧场，无一不是歌唱内容，因而山歌就成了藏族农牧民最亲密的伴侣。从嘉绒藏区走出去的"雪莲三姐妹"组合，便把阿坝州2008年6月正式被批准为国家级的"川西北藏族山歌"演绎得淋漓尽致，让其内容不断丰富，不断发扬光大、蜚声海内外。

俗话说，藏民族会说话就会唱歌，会走路就能跳舞。位于小金县西南的汗牛地区，土著居民以嘉绒藏族为主，因海拔均在4600米以上的大哇梁子和蛇皮梁子首尾相连，筑起一道天然屏障，曾经毫无争议地变成小金的一块偏远之地。也许正是因为"偏远"，其优美的自然风光，浓郁的民族风情，厚重的民俗文化，尤其是藏族歌舞得以完好地保存。"雪莲三姐妹"：娜哈思曼、日翁思曼和可儿思曼，便是生长在汗牛乡中纳村的嘉绒藏区最优秀的歌手代表。

2000年底，年方十八的日翁思曼从成都一所高校毕业，偶然参加了一个歌唱大赛，毫无乐理基础的她凭着自己的演唱天赋，一路过关斩将，进入了在北京举办的决赛。

古人云："千里马常有，而伯乐不常有。"初次跨入高端音乐殿堂的时候，她有些胆怯，但那些音乐行家里手非常亲切，而且十分赏识日翁思曼磁性的嗓音，有人当即举荐她去参加中国电影乐团的演员招考……果然，决赛未能脱颖而出，演员招考却如愿以偿。

一步跨入顶级音乐殿堂，何况还是在祖国的首都，此情此景真是堪比"金榜题名时"。在接下来的日子里，活泼可爱的小姑娘日翁思曼，在团长王结实等老师的引领下，经常与声乐界的编导、歌手出入藏餐厅及演艺场所……每每于此，那一首首荡气回肠、悠扬婉转的山歌清唱，无不让大家如痴如醉，欣喜若狂。

闲暇之余，她也去同学上班的娱乐城消遣，甚至登台驻唱。她声情并茂地将家乡背柴、打麦子时唱的原汁原味的山歌，一一奉献给台下的听众，博得满堂喝彩。

"花儿总离不开阳光、雨露的滋润！"日翁思曼十分感慨地说，"在京城的日子里，是王结实团长等音乐大咖，将我这朵雪莲扎根顶尖音乐殿堂，而央视《同一首歌》栏目的导演孟欣等老师纷纷伸出橄榄枝——推波助澜，将美丽的雪莲花在京城悄然绽放、吐露芬芳……将嘉绒山歌登上央视、跨出国门！"

在电影乐团的专业训练，让日翁思曼受益匪浅。团里量身定制，组建了一个藏族歌曲演唱组合，可其他几个女孩子都是汉族人，唱出的歌藏族味儿不浓，尤其是藏族山歌要用藏语唱，语言就是一大障碍，团长对此很着急。聪明的日翁思曼瞅准机会，积极向团长举荐了自己的姐姐和妹妹。

机遇从天而降，还在县文化馆当文员的大姐欣然辞职，会同妹妹飞也似地赶到了人人向往的北京城……经过试唱，三姐妹如愿以偿开始了在京城崭新的生活，从此改变了人生的道路，开启了民族声乐专业歌手的演艺生涯。

很快，她们迎来了在北京的第一次同台演出。可是第一次演出紧张的心态、笨拙的演技、别扭的演唱，急坏了导演，急坏了她们自个儿。在以后的日子里，大家就虚心学习，虚心求教。经过一场又一场的演出磨炼，大山里面的小丫头，终于在京城大舞台上崭露头角，真切诠释出雪莲花洁白、高雅的深刻内涵，成为三只名副其实的百灵鸟。

天时地利人和，娇艳的雪莲花完美绽放，吐露芬芳……貌若天仙的三姐妹于2002年在北京正式组建起"雪莲三姐妹"组合，受聘于中国电影乐团。"投我以桃，报之以李。"她们先后应邀参加了国际国内一系列大型文艺演出或赛事，也没有辜负剧团、央视的精心培育及家乡父老的殷切期望。

从 2001 年开始，三姐妹在央视一套的《综艺大观》、三套的《交响世界》和央视《同一首歌——走进怀化》等节目中亮相之后，到 2020 年，她们不断在全国各地参见巡回演出，受邀回家乡义演，而且受邀参加在人民大会堂金色宴会大厅宴请美国总统奥巴马的文艺演出；随团赴美国、日本、老挝、柬埔寨、新加坡、马来西亚等国参加文化交流活动。她们的演出连续不断，而参加国家、省州各级各类赛事获得的荣誉也接踵而至。比如："首届中国策划年会""上海亚洲音乐节"和"蓝色经典·天之蓝"CCTV杯第十四届青年歌手电视大奖赛等等赛事中，她们甜美的嗓音和完美的配合皆是超凡脱俗、完美无缺，一一征服评委的眼光、博得听众如潮的掌声与喝彩。

长相俊俏的日翁思曼天资聪颖，不但具备优美的歌喉，还是头脑灵动、满腹诗文的才女，能作词、谱曲。在声乐老师的教导下，通过演唱他人的成熟作品，逐步体味到藏族山歌的内涵尤为丰富，而且旋律优美、悦耳动听，但基本上没有曲谱，也就是说只能口口相传，一旦演唱者不懂藏语，就很难准确发音、传唱，非常可惜。

于是，她在闲暇之余就亲自动手，大胆尝试着在不改变意境的基础上，将藏族原生态山歌的内容翻译出来，再予以丰富并谱曲，使其成为通过乐器演奏产生音响效果的音乐作品。比如：《阿依瓦》《扎西德勒》和《能卡》等多部音乐作品便是成功之作。

"太阳升起的时候，月亮落下，月亮升起来的时候，太阳落山了。相爱的一对人，永远见不到彼此……"歌曲《阿依瓦》如此忧郁的内心独白，怎不叫人心生怜悯？尤其是通过能驾驭高难度演唱风格的三姐妹、阿东等的完美演绎，让广大听众获得藏族山歌唯美最大的享受。

与此同时，她博采众长，结合本土藏族山歌的音调，大胆创作出许多与现代音乐元素融汇的作品，为川西北藏族山歌注入崭新的内涵，这种尝试无不令人拍手称赞，迅速在声乐界引起强烈共鸣。

其中,《扎西德勒》获全国藏族征集歌曲金奖;《花儿姑娘和天上的卓玛》获全国征集藏族歌曲银奖;《能卡》《阿衣瓦》《你是我上辈子苦苦修来的福》《圆圈圈》《阳光女孩》获全国征集藏族歌曲优秀奖。《雪山升起红太阳》《西嗦咪哆》《酒神》……《阿热》《达瓦部》和《温馨家园》等数十部音乐作品,一经传唱便广受欢迎,并迅速在藏区流传开来。

阿东,原名萨格甲,房名池门托,身高一米七八,生于汗牛乡中纳村。他是在《天籁之音·中国藏歌会》上横空出世、在红歌会上惊艳全场的实力唱将。他将古老的藏族民歌唱遍了大江南北,还将独特美妙的民族音乐和具有强烈冲击力的流行音乐结合,唱出了别具一格的新民乐,深受广大听众喜爱。2017年12月,被推选为阿坝州嘉绒藏族音乐会会长。如此优秀的嘉绒藏族汉子,不是别人,正是"雪莲三姐妹"的同胞弟弟。

俗话说:"妹妹做不好,姐姐有样样。"身为同宗血脉,自然都继承了父母优秀的基因。父亲一向对子女教育严格,而且犹喜爱音乐,将嘉绒锅庄舞演绎得声情并茂、精美传神,自己的几个女儿便成了家乡出名的百灵鸟。这些优越的条件,也是成就阿东音乐天赋的摇篮。阿东的唱歌天赋既有大山的恩赐,也有父母的遗传,还离不开家庭的影响,其嗓音通透有力,气息控制挥洒自如,不费吹灰之力就能把高音唱出来,而且音色淳厚还不让人觉得尖锐生硬。

在姐姐们的引领下,他未读完高中,便斗胆参加省城的艺术学校招生考试。名落孙山便索性只身闯荡江湖,加入一个并不知名的乐队,就此选择了用音乐陪伴自己成长的道路。

"最纯正的嘉绒之音,最真挚的大地之爱。"有人如此给予阿东的演唱感受:"可以说,'深情投入'就是阿东的法宝,即便是藏语演唱的歌,听众依然能够明白他曲中的深情。"的确,通过千百次的舞台操练,基本掌握了独唱技巧,也积累了丰富的舞台经验,凭借悠扬婉转、浑厚登台几年便名声大振。尤其是二姐日翁思曼为其量身打造的《阿依瓦》《能卡》和《天上的卓玛》等多首歌曲,让他在央视、省级大舞台频频亮相,顺利斩获大奖。

出生于 1999 年的斯丹曼簇，是"雪莲三姐妹"娜哈思曼的女儿，受母亲先天遗传基因的影响，她生来便拥有音乐天赋和清脆圆润的嗓音。正是受到音乐世家的耳濡目染、言传身教，让她顺利走进四川音乐学院的大门。在音乐殿堂里的熏陶下昂首阔步登上声乐大舞台便一举成名。2015 年，参加"JULY 音乐节"并获"十佳选手"称号；2017 年，凭借歌曲《藏歌飞扬》的演唱，斩获圣地音乐排行榜 2017 年度听众最喜爱藏歌；2019 年，发布单曲《Should I Stay》《Burn Burn》《冰雪女孩》《阿热》等系列藏、汉歌曲。还受邀参加央视三套《我要上春晚》节目；参加上海卫视元旦春节晚会。

毫无疑问，以雪莲三姐妹为代表的嘉绒藏族民歌（山歌），硕果累累，后继有人。"青出于蓝而胜于蓝！"斯丹曼簇也有强烈的民族使命感，一

∨ 在建州 60 年文艺晚会上，与马尔锅庄队联袂演出舞台剧《阿依瓦》

直注重家乡的音乐能和世界流行音乐接轨……

　　雪莲三姐妹漂泊异乡，传承嘉绒藏族山歌捷报频传，让家乡人们倍感自豪，再因汗牛家乡秀美的风光，多姿多彩的文化又孕育出阿旺卓玛、可尔卓尕、达瓦卓尕和白马卓尕四位亭亭玉立、楚楚动人的四位小姐妹。她们依然能歌善舞，唱腔浑然天成，毅然沿着雪莲三姐妹开辟的传承之路，走出大山，放歌天籁。

　　她们被嘉绒藏族知名音乐人老 k 先生慧眼相中，以斯古拉山神命名的"四姑娘"组合，于2003年又横空出世。青春靓丽的四姐妹的歌声依然甜美，一经登台便惊艳四座、力压群雄！她们与三位大姐、阿东、阿斯满，以及藏区知名歌手经常同台献艺，一度掀起藏族山歌传唱狂潮。真是珠联璧合、相得益彰，联袂演绎藏族原生态歌曲，完美地将闪动着雪域灵光的天籁之音带给广大听众。

　　除此之外，日翁思曼还免费为家乡的其他好姐妹阿斯满、郎卡措、阿思根、岗恰·央金措、赞拉龙儿等一大批藏族音乐爱好者撰写很多嘉绒藏族题材的歌曲，让他们在各自的舞台上释放激情、放飞梦想。受新冠肺炎疫情影响，同台献艺机会减少之际，另外两姐妹也不甘寂寞，或开通网络直播，或参与相关的文艺活动，将自己的声乐天赋继续传承。

　　是的，川西藏族山歌的演唱看似简单，其实颇有难度，乐句中间常出现许多密集音符组成多变音型的情况，一般人难以驾驭。要真正唱好藏族山歌，不仅需要有一副高亢甜美的好嗓子，还需要具备灵活娴熟的演唱技巧。藏族山歌是藏民族历史文化的形象反映，具有很高的民族学研究价值。

　　毋庸置疑，"雪莲三姐妹"、阿东、阿斯满、"四姑娘组合"和后起之秀斯丹曼簇，正是在此传承道路上的探索者，实践者——他们将一首首藏族山歌飞出了山坳坳，传遍大江南北、五洲四海。他们所在的汗牛乡也因此被四川省授予"民间文化艺术之乡"的殊荣。

　　"文化的传承任重道远！需要更多人参与，需要党委、政府的关心支持！"日翁思曼如是说，"假若让藏族山歌走进课堂，让藏区的孩子们从小就接触这些优秀的文化；假若在政府的引领下，积极组建成立专门的培训机构及研究机构，适时开展演唱、创作等培训，让其与现代文明相交融，再开通更多传播渠道、平台，就能让传承的队伍逐步壮大，让传承结出丰硕的成果。"

"我是你的格桑花，只为你绽放；我是你的格桑花，只为你芬芳。如果你没见花儿开，泥土中为你芳香，如果你闻到花儿香，我就在你身旁……"（《我是你的格桑花》唱词）有人说，不管你爱与不爱，我都在这里，不离不弃！何况她们已经吐露了自己的心声："我就是你的格桑花！"

时近中午，天空还下着蒙蒙细雨，我俩的交流轻松愉悦，与香兰茶府的温馨布置一样融洽。在我肤浅的笔墨里"雪莲三姐妹"的故事，仅仅是她们 20 多年不负芳华、争奇斗艳之回眸点滴，而不是全部，更不是终结！

是啊！和谐盛世，春色满园，文艺殿堂百花齐放。就如她们创作并演唱的歌曲《圆圈圈》中有句唱词一样："大圆圈圈，小圆圈圈……追逐梦想画满圆圈圈圈圆……"踏歌而行，三姐妹常常自比是灰姑娘，她们清醒地知道，给自己带来幸运的水晶鞋，正是那些植根于民族文化之精髓、滋生在家乡沃土里的藏族山歌。

真诚期待咱们纯净秀美的雪莲花在圣洁高原竞相绽放，以其唯美装扮藏寨羌乡，添彩祖国大好河山。

为民族文化的弘扬和传承搭建舞台

——记国家级非遗项目川西藏族山歌传承人、旅游文化使者容中尔甲

曾晓鸿 / 文

2000年第九届全国青年歌手电视大奖赛，容中尔甲凭借一首《神奇的九寨》获通俗唱法银奖和最受欢迎歌手奖。从他参赛演唱的那一刻起，全国歌迷就因他那含蓄、婉转、富有磁性，仿佛被雪山之水浸湿过的歌喉记住了他。

容中尔甲并不是从小就喜欢唱歌，他这块玉是因为一次偶然的机会，被人从泥土里挖掘了出来。他进阿师专后，参加了由学校举办的"十一"国庆演唱比赛，获第一名。接着参加"12·9"校园歌手大赛，又获第一名。

从此，他对演唱产生了浓厚的兴趣。歌唱完不过瘾，还试着自己写歌。

在观音桥教书那段时间，他借来初中音乐教材，从第一页开始认真学习乐理、学习识谱。1993 年，在建州四十周年庆典暨第二届高原艺术节的文艺比赛中，由他填词作曲并演唱的《圣洁的心》获创作二等奖。作为歌手又是创作者，这在 1993 年的阿坝州乃至整个西部地区都是唯一一个。这个奖项不仅激发出了他高昂的创作热情，也更加坚定了他从事文艺工作、以歌传播民族文化、以舞展示民族文化的信心和决心。

天高才能任鸟飞，水深方能任鱼游。为了有一个更好的发展空间，他毅然选择辞去稳定的工作，砸掉自己的"铁饭碗"。

辞职到成都后，他先在歌舞厅找了一份当歌手的职业，后到旅行社当导游。

∧ 容中尔甲《遇见斯古拉》上演唱

他当导游带的第一个团是一个射洪团，从成都出发到了汶川，就被堵了三天。三天时间里，他就教游客跳阿坝锅庄。三天下来，所有的客人都学会跳阿坝锅庄了。

到了九寨沟荷叶寨，客人们提议烧篝火跳锅庄。他就到当地村民那里购买柴火和土豆。当地人很纯朴，拿了一大堆的柴火，几撮箕洋芋、几壶马茶，没收他们一分钱。荷叶寨全寨人都出来观看，他们很稀奇，也很惊异，不知道外地游客这么会跳阿坝锅庄。

容中尔甲万万不会想到，他在无意之中开启了一种"歌舞加旅游"的旅游新模式，这种将文化与旅游的完美结合，为民族文化的传承开启了一条新路子。

1994年，他离开旅行社到九寨沟宾馆，从导游改行做歌手和舞蹈演员。成立九寨沟艺术团后，他任艺术团团长和首席歌手。

白天他要在酒店上班，晚上要接待游客给他们演出，从早忙到黑。艺术团刚成立不久，设施设备十分简陋，没有像样的剧场，演出是在顶上挂着一只大灯泡、下面烧着几大堆篝火的大帐篷里进行。

尽管如此，游客看节目的热情丝毫不减。有一天晚上，都十点过了，一位导游说有一批游客想来看他们的演出。容中尔甲问有多少人，导游说八个人。容中尔甲和其他演员赶紧起床化妆、烧篝火。虽然人数少，收入也只有区区几十元，但容中尔甲深知，这是一个向外界展示民族文化的最好机会，他们不愿放过任何一次这样的机会。

九寨沟地处高海拔地区，一到冬天旅游就要歇业。对他而言，歇业期是非常珍贵的学习机会。九寨沟三次冬歇期，都被他规划利用得十分合理，第一年他到红原学习藏文；第二年到甘南学习弹唱；第三年到四川音乐学院学习作曲。每一次学习，都是他自掏腰包，没花艺术团一分钱。

三年的系统学习，让他如虎添翼。容中尔甲能够取得今天的成就，学习在其中起了至关重要的作用。

2000年，容中尔甲参加全国青年歌手电视大奖赛，获通俗唱法二等奖和最受欢迎歌手奖。

他演唱的《神奇的九寨》，正是通过全国青年歌手电视大奖赛这个平台，迅速在全国走红，成了九寨沟乃至阿坝州旅游文化的一张名片。全国歌迷通过《神奇的九寨》知道了九寨沟，知道了阿坝州，了解了阿坝州藏羌回汉各个民族古老而又独特的文化。但凡听了这首歌的人，都渴望能够到阿坝州亲睹九寨的神奇风采。他的成功，也让一大批拥有演唱天赋的年轻人树立了信心，他们以容中尔甲为榜样，纷纷走上舞台，为民族文化的传承贡献自己的一份力量。

青歌赛结束后回到九寨沟，容中尔甲开始策划投资制作大型藏族原生态歌舞剧《藏谜》。

投资制作《藏谜》的最初原因，源于他的一个梦想，做一台集整个藏族地区文化之大成的商业演出，为民族文化，特别是为濒临失传的民族歌舞搭建弘扬和传承的舞台。

2006 年，他买下现在《藏谜》剧院那块地，按专业歌舞剧院的标准来设计、建造。找人找公司设计建造歌舞剧院的同时，在西藏、青海、四川、云南等地招聘演员，并从民间挑选了80余名爱好藏文化的青年，组建了《藏谜》的创作班底。

为了保证这部舞台作品的原汁原味，容中尔甲和主创人员，从青海、甘肃、西藏等地的民间收集了近3000件藏族服饰和服装，以及几乎覆盖了所有中国藏族地区最典型的民间歌曲、乐器和民间舞蹈。《藏谜》音乐百分之九十也取自民间。"传唱了几千年的歌曲是不可能超越的，与其全新创作不如直接使用这些积淀的经典，让它得到真实的传承。"容中尔甲说。

100 多名舞蹈演员招齐了，全是藏族农牧民子女。容中尔甲请来著名舞蹈家杨丽萍做总编导。

队伍集中在四川金堂县培训，半年后，为了方便排练和节约成本，队伍又拉到了昆明。

《藏谜》于容中尔甲而言是一个全新的开始。为了让这部剧无论在思想还是在艺术上都能达到很高的水平,他把《藏谜》的所有音乐和舞蹈交由杨丽萍把关,希望能充分利用她丰富的创作经验来指导《藏谜》的创作实践。

排练十分艰辛,但演员都很能吃苦。其中有一个片段,一群来自乡间地头的藏族男子,他们手上弹着六弦琴,嘴里唱着歌,脚上还跳着踢踏舞,为了完美地表现这种堪称一绝的独特的表演方式,演员们艰辛地排练了近一年的时间才达到表演要求。

在昆明待了不到半年时间,容中尔甲就没钱给员工发工资,也没钱付歌舞剧院的工程款了。

那个期间正是容中尔甲最红火的时候,全国各地邀请他演出的非常多。一开始他还有选择地接,但随着兜里的钱越来越少,他也来者不拒,所有演出都接。无论演出地有多偏远,路程有多耽搁时间,即使需要坐了飞机还要坐一整天汽车才能到达的地方的演出,他也接。

平均一个月25场左右的演出,忙得他连坐下来喘一口气的时间都没有。衣服脏了脱下来放进行李箱里,只在偶尔途经成都时,才匆匆赶回家,把满满一箱的脏衣服换成一箱干净的衣服。病了也没时间治,只有硬扛。

尽管如此马不停蹄夜以继日地满世界演出,昆明那边还是没能顶住,一日三餐断炊了,厨师只能硬着头皮到市场去赊。

演员也有几个月没领到一分钱,个个囊中羞涩,连牙膏都买不起,只得在寝室和寝室之间相互借。那年的春节,几百号人是在昆明过的。这一年半的时间,仅演员的培训费就花了几千万,他实在拿不出钱给大家买回家的票了。

但他仍然咬牙坚持着。

一年半的艰辛耕种,到了该收获的季节。成都首演,云南日报如此报道当年容中尔甲投入巨大财力和物力制作的《藏谜》首演时的盛况:

"昨晚,《藏谜》的首演在锦城艺术宫正式拉开帷幕……掌声多达65次。演出结束后,所有演员在台上不肯离去,大家抱头大哭。"

在成都连续演了7场。演出期间，北京、深圳、广东、上海、长沙、武汉、石家庄、福建等地演出公司的人到成都看了节目后，找容中尔甲签订演出合同。

2007年7月，容中尔甲从观音桥老家租了7台大东风，从成都出发，浩浩荡荡地踏上了赴全国巡演的征途。

《藏谜》是一部鲜活的藏族文化辞海，一块精美绝伦的藏族艺术瑰宝，一次感受信仰力量的灵魂之旅，一场穿越藏族人家的多媒体演艺，它为世人解开了心中关于藏族和藏文化之谜。全国观众通过观看《藏谜》，认识并了解了古老的藏族文化，演员们也通过自己的艰苦付出，亲身实践着民族文化的弘扬和传承。

巡演归来，容中尔甲在九寨沟的《藏谜》大剧院的舞台已经建好，大伙忙着开业前的各项准备工作。但突如其来的5·12汶川特大地震，让一切陷入瘫痪之中。

《藏谜》已让他入不敷出，现在又遇到地震，他面临着巨大的经济压力。三年时间里，虽然他一共参加了100多场抗震救灾的演出，从四川省到全国甚至欧美，但场场都是感恩演出，没有一分钱的收入。

好在地震过去两年后，仍有不少城市在邀请容中尔甲带《藏谜》去演出。2009年，他联系上杨丽萍，希望再到全国各地巡演。为了不耽误杨丽萍的时间，他建议只演30场，够给演员发生活费就可以了。

杨丽萍说没问题，等她把时间安排好后就开始演出。

他们在成都演了三场，他将第三场的收入全部捐给阿坝州抗震救灾办公室。虽然那时候他的经济已经拮据到揭不开锅了。

3月初，容中尔甲收到来自日本的演出邀请，那是之前与日本签订的一份演出合同。

打点好行装做好去日本演出的准备，结果日本福岛县周边海域发生了9.0级大地震，地震引发的巨大海啸袭击福岛第一核电站，引发了核辐射。

容中尔甲和日本方面取得联系，告诉对方说演员们担心核辐射，都不

歌舞剧《遇见斯古拉》剧照

敢到日本。对方说没有一点问题，让他们放心前往。

容中尔甲给演员们做工作，他说，日本的演出无论如何都得去，作为一支民间文艺团体，能够以商演的形式出国演出，不仅开了在整个西部地区的先河，更是一次向全世界展示优秀民族文化的难得的机会。

《藏谜》全体演职人员抵达日本，让日本人感动不已，因为他们是地震以后，全世界第一支到达日本的文艺团体。

合同签订的是在东京演六场，但他们演了十场，场场都爆满。

新浪娱乐报道了那次《藏谜》在东京的演出盛况："由国内著名藏族流行歌王容中尔甲投资制作，著名舞蹈家杨丽萍担任总编导的中国第一部大型原生态藏族歌舞乐《藏谜》，于4月5日在日本东京大剧院正式上演，反响空前。这也是日本在受灾后首场大型的演出，整个剧院座无虚席，一票难求……"

当年的亚洲足球先生、著名球星中田英寿也来观看《藏谜》。精彩纷呈的藏族歌舞让他兴奋不已，演出一结束，他就迫不及待地找到容中尔甲要拜他为师，学习中国的藏族歌舞文化。容中尔甲欣然答应了中田英寿的拜师请求。

他在做了一台代表整个藏族文化的《藏谜》歌舞剧后，就迫不及待地想做一台嘉绒歌舞剧，以此了却他弘扬和传承嘉绒传统文化的心愿。

容中尔甲老家的斯滔村，曾经是整个观音桥地区跳锅庄最有名的。特别是他父辈那一代，男男女女没有不会跳的。邻村人举办婚礼，最喜欢邀请斯滔村的人参加，因为斯滔村人只需要一锅豌豆粥，几捧炒胡豆或者炒瓜子，就可以跳一个通宵的锅庄。

但现在完全不是这样了，年轻一代没有多少人会跳锅庄。为此，每年春节回老家，容中尔甲和兄弟都会拿钱让村子里组织人跳锅庄。结果不要说跳通宵，连两个小时都跳不下去。

强烈的担忧袭上心头，传统的文化正在渐渐远离人们，保护和传承传统文化依然任重道远、刻不容缓。

他将目光锁定在四姑娘山，四姑娘山是嘉绒地区，又是国家级风景名胜区，很适合做嘉绒题材的歌舞剧，于是他选择在四姑娘山实现自己宏大的理想。

2018 年，他买了一块地，打造斯古拉文旅城。斯古拉文旅城的策划以容中尔甲演艺中心为核心，附加一些高端的别墅、酒店、博物馆、商业街。

阳光穿过蔚蓝色天空里一团晶莹剔透的白云，倾洒在莲花居厚厚的玻璃后面，蛋黄色桌面上几杯琥珀色的茶水里，四姑娘山洁白的山峰在玻璃茶杯的四壁若隐若现。一阵满含河水凉意的风从门外吹来，茶杯里荡漾起层层涟漪。这个小小的宇宙里，也有阴晴圆缺，花开花落。

茶房里人声鼎沸、住店、退房的客人们的喧嚣塞满了这间小小的茶房，让疫情里难得的开放期显得拥挤和逼仄。

茶房外面是一条通往长坪沟的公路，也是四姑娘山镇唯一的一条主街道。公路边是日夜奔流的长坪河，河对岸，斯古拉文旅城内容中尔甲演艺中心静静伫立在一片清丽、嘹亮的春日阳光里。几个游客停下脚步，以演艺中心为背景拍照。

"斯古拉文旅城，由著名民族歌手容中尔甲投资打造，是四姑娘山景区创建国家 5A 级景区的重要组成部分，已被列为省级文化融合示范项目，是四姑娘山景区最大的旅游综合服务项目，占地近 80 亩，建筑面积约为 2.5 万平方米，投资 3.5 亿元。"相关资料这样介绍。

嘉绒文化是藏族文化里比较独特，它不像康巴、安多、卫藏文化广为人知，找懂嘉绒文化的人来作总编导较为合适，但找来找去始终没找到让他满意的人选。

他想到当年九寨沟刚成立民族艺术团开始搞歌舞演出时，容中尔甲就自己编舞写歌。至今九寨沟仍在表演的舞蹈《鼓舞》《我们欢聚一堂》就是他写的。他想不如他自己来当总导演，然后找两个懂嘉绒歌舞的编导就OK 了。

阿坝州民族歌舞团的齐特老师和阿坝师院的舞蹈老师巴斯基最终被请

来做《遇见斯古拉》的编导。

他把两位编导召集到一起，讨论剧本内容。他想通过这部歌舞剧，全方位展现嘉绒藏族的歌、舞、礼、乐、史、诗，以及古朴的民风民俗和浪漫的生活场景，还有藏族人民视死如归的爱国情怀，体现一种仪式美、朴素美和悲怆美。

在后来的编排中，《遇见斯古拉》融入了许多非遗元素。有马尔康、小金的嘉绒锅庄、马奈锅庄，也有黑水的卡斯达温和多声部民歌。锅庄是他从马尔康和小金请来嘉绒锅庄传承人，教会所有的演员后，让编导从中选取所需的锅庄动作、唱腔和歌词。而黑水多声部民歌的两位传承人，则被容中尔甲招为《遇见斯古拉》的演员，直接在舞台上展示多声部民歌的魅力。

"对传统文化的传承不能误解为将其原本原样的搬上舞台。比如对锅庄的传承，我把能保留的动作、歌词、唱腔保留下来，但动辄就跳几十圈这个我就舍弃。"谈及对民族文化的弘扬和传承，容中尔甲说，"消失的东西是那个时代的那些人创作出来的，随着社会的发展，好的东西被保留被传承，差的、不适应社会和时代的东西就去掉。适者生存，文化也要跟上社会发展的步伐，这样的传承才有意义。"

节目完成后公演了三天，容中尔甲邀请当地老百姓和县上各单位的职工，还有一些专家和领导观看，广泛征求他们的意见，然后针对他们提出的意见进行修改完善。

"总体来讲比较圆满，最起码展示了80％，20％还需要提升。"容中尔甲说。

《遇见斯古拉》准备开演，疫情从天而降。

几年来，他几乎没有一分钱的收入。他把成都的房子用作了银行的贷款抵押，老家的度假村也停止了建设，把资金转换到斯古拉文旅城的建设和养《遇见斯古拉》的演员上。

"九寨沟《藏谜》临近开业，遇到汶川地震；斯古拉文旅城要开业了，碰上疫情。地震一来就是三年，三年重建结束，眼看要过上好日子了，又遇上雅安地震，四川旅游大受影响，之后又是九寨沟地震，地震之后又是疫情。"容中尔甲说，"面对这样的情况，我又想到了我的老招数，我的老招数就是，外面的游客进来不了，我就主动走出去。"

凭着自己丰富的巡演经验，他重新改编了一个巡演版本。原计划春节前到成都、重庆、武汉、长沙四座城市演出，名气提升后再进北京。

"北京是一个高水平的地方，你不容易得到好的口碑。那位老板还建议我在重庆演完后直接到宁波，因为宁波是故事发生地，我觉得这个主意非常好。"容中尔甲说，"但过了几天，老板打电话来说，由于疫情，所有的剧场都不接演出，全部关闭了。"

2021年7月，四姑娘山旅游恢复，九月初到十月底他们演了两个月。从这两个月演出的市场反应来看，上座率不高。他再次对《遇见斯古拉》进行修改，只截取歌舞剧的第一部分，将里面的婚礼扩大，增加了游客献哈达、跳锅庄、新郎新娘入场、伴郎伴娘祝福表演等新的元素，增强了游客的参与力度。

修改后的版本取名叫《神山下的婚礼》。《神山下的婚礼》在后来近50天的开放时间里的演出，证明了他的成功，几十场的演出场场爆满。《神山下的婚礼》为游客提供了身临其境的融入感，同时也达到了沉浸式旅游体验的效果，他又开启了一种新的旅游模式和新的文化传播方式。这种新的旅游模式，将会成为今后旅游的方向。

从1993年到现在，特别是在九寨沟那几年，容中尔甲在弘扬阿坝州藏羌优秀传统文化做出了自己的贡献，特别是经容中尔甲之手培养出了一大批红及全国的歌手和演员，比如高原红组合、蒲巴甲。

"高原红组合"是容中尔甲参加完全国青年歌手电视大奖赛回到九寨沟后，针对将在第二年举行的全国青年歌手电视大奖赛量身打造的藏地第一支女子组合。他亲自给他们写歌，亲自教他们乐理知识。同时从四川音乐学院请来专业老师，教她们乐理、舞蹈、声乐、弹唱和文化方面的知识

∧ 《遇见斯古拉》排练现场

进一步提高她们的专业素质。2001 年，"高原红组合"参加全国青年歌手电视大奖赛，荣获优秀奖。那一年，容中尔甲创造了第一年老师参赛获奖，第二年弟子参赛也获奖的奇迹。

除了带弟子，容中尔甲还致力于民族音乐教育的发展。前不久，由他出资创办的"民族音乐容中尔甲公益培训班"在金川县观音桥小学落地。目前有 30 多位学生在参加培训班的学习，培训班由一位专门的老师为孩子们传授藏族弹唱技能和知识。容中尔甲希望孩子们通过培训，达到能识谱、会藏文、懂乐理、会弹唱的目的。

三年疫情让他的经济捉襟见肘。这两年他已拿不出什么钱来维持培训班的日常开支。好在前不久观音桥编了一首歌，邀请他唱，还有演出费。他想等到这演唱费支付给他后，就给培训班买曼陀琴等教学用的东西。

"等四姑娘山那边的事情完全弄妥当后，我就回到观音桥老家，将大部分的时间和精力用在打理培训班的事情上。"容中尔甲说，"今年恰好是我弃教从艺的第三十个年头。从 2006 年开始到现在，我做了《藏谜》，又做了《遇见斯古拉》，不仅实现了自己做歌舞剧的梦想，而且还创造了历史，这是一部可以在全世界任何一家卖门票的歌舞剧院里演出的歌舞剧。同时也实现了做第一部嘉绒电影的梦想。总之，当初想在弘扬和传承民族文化方面贡献自己一份力量的梦想基本上都实现了。现在还有一个梦想没有实现，那就是做一个世界性的嘉绒音乐。现在自己有了一定的阅历、积累和沉淀，相信能够在 60 岁以前实现这一梦想。"

中国浮雕唐卡第一人
——记四川省工艺美术大师斯达塔

唐远勤 / 文

　　唐卡作为藏族独具特色的绘画艺术形式，历史悠久，内容丰富，向来以绝妙、精美著称，是藏文化宝库里一颗熠熠生辉的明珠。对浮雕艺术有着深厚造诣的四川省工艺美术大师、国家二级舞美设计师斯达塔致力于雕塑与唐卡的创作。有一天，在他越走越远的艺术道路上，他大胆地将唐卡与浮雕结合在一起，让唐卡的审美效果不但诉诸视觉还涉及触觉，既保留了唐卡作为绘画艺术在构图、题材和空间处理上的优势，又体现了浮雕作为雕塑艺术能将部分元素与背景拉开距离，使整个画面有了立体感的特点。这种新的艺术形式将唐卡带进了更多层次与更多角度的表达空间，开辟了与唐卡密切相关又明显不同的新的艺术形

∧ 斯达塔工作照

式——浮雕唐卡，斯达塔也因此被誉为中国浮雕唐卡第一人。

不独喜爱，坚持会让所爱升华

　　1963 年 1 月，斯达塔出生在马尔康草登乡科拉基村。科拉基村位于脚木足河北岸，是草登乡一个半农半牧的村子，村民们祖祖辈辈在这里生活，除了耕作放牧外，木匠、石匠、编织、绘画等各种手工艺人也是层出不穷，传承着创造着属于藏民族独特的民间艺术。

　　1972 年斯达塔进入了科拉基村小读书，作为民办教师的戴寿权表哥是他的启蒙老师，在表哥严格的管教下，斯达塔的成绩始终排在全班第一。爱画画的表哥除了启蒙他的学习还启蒙了他的艺术人生。在表哥的带领下，他爱上了画画。课本上的所有的图案都是他描摹的对象，本子上，书缝中，只要能下笔的地方就会留下他的"杰作"。小学第三册时，学校分来一个公办教师赵勇。就像老天爷有意安排，赵老师也喜欢绘画，看到赵老师的写生作品，斯达塔热切地希望有一天自己也能像赵老师那样画出美丽的图画来。

　　每次家里做面食时，爷爷总会揪一小坨面团给斯达塔做一只小猪或者一头小牛，有头有尾，有鼻子有眼的，斯达塔缠着爷爷教他，聪明的他一学就会。渐渐的面团不能满足他的冲动，开始乐此不疲地捏泥巴。科拉基有的是泥巴，他能随心所欲，想捏多大一团就能捏多大一团。稚拙的小牛、小羊、小老虎、小老鼠，甚至小雕楼、小村子在他的手上产生了，他的一双手就像有了魔力，让同学们惊羡。

　　有一天斯达塔突然想在石板上、木板上雕刻，但他没有刻刀，他把家里的五寸钉头子烧红，学着铁匠的样子将铁钉头子锤平，再烧红，然后淬火，让他的刻刀更有力量。后来他发现铁钉太软，力度远远达不到他想要的，于是他偷出家里脱粒机上那个最坚硬的钢制小零件，用尽方法制成了他人生的第一把用着比较称手的刻刀，那一把刻刀让他能把心里的图画刻在了石板上，也能刻在木板上。

一晃三年过去了，1975年斯达塔离开了村小，去了乡中心校读中学。学校有一面黑板报，每月都会更新内容，斯达塔成了美术老师最得力的助手。读书画画成了他初中生活的全部。1979年斯达塔考入了脚木足学校读高中。

1979年也是恢复高考的第三年，国家打开了许多贫寒普通家庭弟子改变命运的大门，也打开了对外开放的大门，各种西方优秀作品、文艺复兴的思潮以各种意想不到的方式呈现在斯达塔的面前，断臂维纳斯、蒙沙丽娜、拾穗者、达芬奇、米开朗基罗、米勒等等，这些优秀作品与优秀人物像熊熊火焰燃烧着斯达塔那颗本来就热爱艺术的心，只是他不知道他的这颗与同学们不太一样的心安放在哪里才更好。

学习之余，他仍然热衷于他的创作，他的各种作品成为同学们喜爱的小物件，比如一把小温酒壶，一把小茶壶，一只小羊。1981年他要高中毕业了，参加高考成为每个高中生最重要的事。教务处李老师把他叫到办公室，给了他一张盖着学校鲜红印章的证明，郑重其事交给他，让他自己去马尔康打听怎么考美术学院。

拿到证明的斯达塔高兴极了，很快他坐着大客车到了马尔康，住进了在编译局工作的阿古丹增家。每天早上他拿着证明到街上去，看各种海报，渴望能在马尔康的某条街道或者某个角落能见到美院的老师，让他们接受他的专业考试，然后把自己招到美院去。一个月后毫无头绪的他才在别人的指点下去了文教局，也才从文教局老师那里得知美院的专业考试早就结束了。

更令人沮丧的是，因为消息闭塞斯达塔不但错过了美院的专业考试，还错过了当年高考。

抓住机遇，努力才是最美的样子

斯达塔决定复读考美院，于是铆足劲儿跟着寨子里的人上山挖贝母，然后揣着挖贝母的钱再进学校。但是命运不是那样安排的，挖完贝母的他回到村里时，他被选成大队会计。原因是他是村里唯一的高中生，他不当

∧ 精雕细刻

会计谁当。斯达塔不愿意，作为大队长的父亲给他做工作说，今年土地要承包，分土地分树子分牛分羊，事情多，你帮大家把这些分了再去补习。无奈之下，他跟着村民代表和大队的干部们一起把大队的资产分了，当所有的工作结束后，斯达塔想总算可以安心读书了。

可是命运给他安排了一条另外的路。

那年 11 月，宗教信仰自由了，关了近三十年的草登寺的大门又可以重新打开。对于全民信教的藏族人民来说无疑是一个天大的好消息，草登寺那些没有还俗的僧人一起商议着开一个祈愿国泰民安的大法会。但他们很快发现，寺庙中竟然已经没有一尊佛像可以供奉。作为发起者的那位老僧人找到科拉基专门做泥塑的老艺人春平，请他做三尊佛像：绿度母、释迦牟尼和不动佛的等身佛像。

春平师傅早年师从脚哈久，脚哈久是那诺且巴洛的第四代传人。正当他学习泥塑刚好入门时，破四旧开始了，春平师傅那双手只能悄悄地偶尔为村民们做一两尊小型的佛像。三十年过后的春平师傅也不再是当年那个年轻人，他深知以一己之力难以完成草登众多僧俗愿望，于是他找到斯达塔的父亲说斯达塔手巧，请他来帮忙。

斯达塔第一次有了师傅，以他完全没有想到的方式步入了探寻艺术的道路。

他们的泥塑工作在春平师傅家里进行，搭架、选泥、和泥、雕塑，脏活累活苦活一起做，每天干干净净地出门，黄泥满地的回家，从未塑过佛像的斯达塔跟师傅一起把雏形做出来，发饰、服饰、眉眼、神情这些需要精雕细琢的地方，又在春平师傅的指导下一点一点完成，每完成一个小任务，他们所塑造的佛像都会带给他一点惊喜，当第一尊释迦牟尼等身佛像塑造出来后，端坐在泥塑台上佛像线条流畅柔软，气质端严从容，表情平和静穆，低眉垂目的佛像虽然没有上彩更没有点睛，但他已经在佛像身上看到了慈悲的光芒，像月光一样轻柔而温和。

他们开始塑第二尊不动佛的佛像，当雏形出来后，同时作为村里唯一藏医的赤脚医生春平师傅需要去病人家里出诊。年轻的斯达塔送走了师傅，遵照师傅的要求仔细地把最后几道工序做完了，面对端坐在泥台上的雏形，单独给佛像塑上发饰、服饰成了斯达塔无限向往的事。泥塑有一个最好的特点就是错了可以重来，他心痒难耐地开始给不动佛做服饰做飘带。太阳偏西了，在黄昏的光芒中师傅回来了，师傅沉默着来来回回看了好几遍斯达塔塑上去的飘带、发饰。面对师傅的沉默，斯达特赶紧给师傅解释说他是做着玩的，马上拿下来。师傅却说，可以，可以。得到师傅的认可让斯达塔对泥塑有了更多的信心。

阿坝州二轻局正在筹建阿坝州工艺美研究室，局领导让华尔丹落实前期人才招募工作。作为草登人的华尔丹，知道春平师傅的功底，他找到春平师傅希望他去阿坝州工艺美术室，然后去成都学习石膏模具，回来以后带领阿坝州的民族特色工艺，发展阿坝州的工艺美术。春平师傅明白了华尔丹的来意后连连摆手说，要不得，我不去。我一句汉话都说不来，走到马尔康都像个聋哑人。

这时斯达塔刚好走进春平师傅的视线，春平师傅一下子想到了一个好办法，对华尔丹说，要不我带着斯达塔一起去，他聪明能干，有基础，又能给我当通司。

这个主意让华尔丹犯了难，他对春平师傅说，我去汇报了再说。

三天后华尔丹找到春平师傅，对春平师傅说领导同意了，省里的老师们也同意了，但费用要斯达塔自己出。

斯达塔从来没有离开过马尔康，他走得最远的地方就是马尔康县城，听说有机会去成都学习他想都不用想就无限向往了。华尔丹给斯达塔的父亲说明了事情的来龙去脉，斯达塔没想到的是父亲居然说可以，并且在斯达塔临行前给了他 410 元钱。

斯达塔以为去美研所是学习画画，没想到是雕塑，大卫、思想者、维纳斯成了他们要学习雕塑的样本。面对这些春平师傅是一样也学不来，美研所的领导便给春平师傅在办公楼腾了一间房子，让他专门塑佛像。

斯达塔的第一件学习作品是在老师的指导下塑造人民音乐家聂耳，整整一上午斯达塔跟着老师照着摆在讲台上的聂耳学习泥塑，当他的作品差不多快完成时，吃饭的时间到了。斯达塔跟着同学们去吃饭，下午再回到教室时，他的作品落在地上成了一摊泥。斯达塔并没有生气，马上重新开始，不一会儿工夫一尊聂耳像雏形展现在老师和同学们面前。

美研所高全芳老师对斯达塔这个唯一的少数民族学员倍加关注，有一次老师布置了自己作业，高全芳老师就问斯达塔想塑什么，斯达塔属虎，就说想塑一只虎。老师说见过活老虎没有？斯达塔说没见过。

老师说那我们今天就动物园看老虎。

斯达塔的作业做完了，高全芳专门到教室看斯达塔的作业，当高全芳看了斯达塔的老虎后对他说："石头（高全芳老师对斯达塔的爱称）我发现你学过雕塑，你很有潜力哦。"

后来斯达塔说："我从小的理想是当一名油画家，是去美术学院学习西洋绘画，没想到就是老师那一句话鼓励了我一辈子，让我真正完全彻底地爱上了雕塑。"

一个月的时间十分短暂，斯达塔觉得还没学到什么就结束了。斯达塔回到草登后一边复习，一边为大队当会计。作为会计的斯达塔第一次去县里开五干会，华尔丹找到斯达塔，要斯达塔到州二轻局去一趟。原来二轻局收到了省美研所一封推荐信，信上说斯达塔基础好，以后注重培养会成为一个工艺美术人才。因为这封信二轻局的领导们决定录用斯达塔去二轻局工作。

斯达塔不相信他就可以工作了，因为那个时代一个生在农村的年轻人要参加工作，唯一的出路就是高考。

1982年"工作"后的斯达塔由州二轻局指派去了马尔康县民特厂，还没有出师的他带了十几个工龄都有十几年的"徒弟"，他教他们石膏倒模，帮他们设计藏式茶盘、民族家具等等。一个个有着浓郁藏民族色彩的茶盘、茶筒被生产出来。

1982年7月四川省美研所组织了一次写生，时间一个月，美研所的高全芳老师没有忘记他们有一个藏族学生，于是斯达塔有幸参加了那次写生。他们的目的地是绵阳地区的平武县报恩寺。报恩寺是全省很有名气的一个寺庙，也是当时四川省内绘画、雕塑、石刻最齐的一个寺庙。

斯达塔跟美研所的老师和同学们每天孜孜不倦地画画、雕刻，一个月下来斯达塔的工艺水平提高了不少，回到马尔康时他把汉地的一些工艺融入到民特厂的产品中，工友与徒弟们佩服他的才华，他也乐此不疲地做他想做的所有事。

文化浸润　作品拥有灵魂的根本

在民特厂上了十个月的班，州二轻局的领导通知斯达塔再到省美研所再学习半年。学成归来斯达塔比之前又成熟了许多，但是他的雕刻技艺却得不到真正的承认，春平师傅更是直截了当地对他说："你塑的是人不是佛像。"他不知如何是好，怎样解决这个问题。加上一个偶然的机会他得知自己的工作并没有真正解决，而是作为一个合同工存在于州二轻局。舅舅说："四川要成立一所四川省藏文大学，就要开始招生了，要不你去参加高考。"从小跟着舅舅和爷爷学过一点藏文的他觉得处在藏区，更需要藏文化的浸润。于是开始备考，每天晚上跟着舅舅学习藏文。

在临近考试的前一天，睡梦中的斯达塔听到一阵急促的叫门声，还没睡醒的斯达塔打开房门看到一个气喘吁吁的人，待斯达塔清醒后才看清来人是华尔丹。进门以后的华尔丹气冲冲地对斯达塔说，局领导让我来找你谈话，我们让你学习，培养你不容易，你不讲信誉，竟然想跑。

他们不知从什么渠道知道斯达塔要参加高考，年轻的斯达塔自知理亏，但也说出了州二轻局并没有给自己解决工作的实事。华尔丹说："你的工作迟早要解决的，你不能走，你是我们美研室的人。"看到华尔丹这样说，斯达塔也不敢再多说半句，毕竟这几年二轻局每月按时给自己发了工资，还让他去学习，老实的他从枕头下面摸出了准考证，当着华尔丹的面撕了。他再一次与高考失之交臂。

在州二轻局工作期间，全国各地正大张旗鼓地恢复寺庙，也是维护文物古迹的最好时机。他有机会到全州很多地方出差、参观、学习，全州的寺庙修得越来越好，民间艺人们塑出来的佛像、设计制作的建筑装饰越来越精美。他每到一个地方就去看别人的唐卡，看别人的雕塑，拜民间艺人为师，看得多了，看出了别人的优点，反观自己缺乏的东西太多了，他知道自己从事的藏族工艺，没有藏文化底蕴就没有灵魂。

1984年斯达塔的工作仍然没有得到解决，舅舅说的省藏文大学批下来了，但批下来的是藏文学校，属于中专，学校要开设美术班，你想不想去学习。这无疑成了斯达塔最想去的地方。斯达塔找到州二轻局的领导和华尔丹主任，郑重其事地交了申请书。二轻局的领导不同意斯达塔去学习，除非不要工作。决心已定的斯达塔处理了所有的家什，背着简单的行囊去了省藏校。刚刚办学的省藏校条件很差，但他每天都在老师的指导下画画，从佛像度量经到藏戏面具的简单画，再到释迦牟尼的手，释迦牟尼的头……除了唐卡还学习了藏文因明学，藏文书法。

正当斯达塔有了一个良好的学习环境时，华尔丹又找到他说："美研室很需要你，领导希望你能回来。你为了读一个中专，在这么艰苦的地方要待四年，值得吗？你的工作也解决了，这边的学习机会很多。"

1985 年斯达塔被迫再次回到二轻局。马尔康县民特厂与州二轻局联办了阿坝州工艺美术联办厂，回来后的斯达塔任生产技术厂长，分管技术外还要管财会计。那一年他 23 岁。

厂里专门为他安排了一间办公室，一张大大的办公桌，作为对艺术有着超级喜爱的斯达塔，除了财务上签字用一下那一张在别人看来象征权力与威仪的办公桌外，他基本上跟工人们一起在车间里。

1985 年的阿坝州大多数人不再为吃穿犯愁，寺庙建筑中的各种建筑装饰需求量更是明显增加。

草登寺的雕刻在康藏一带十分出名，为了让联办厂的产品有更好的销量，也为了把草登寺那些精美的雕刻传播到更远的地方，斯达塔找到草登寺的管家协商，把寺里的雕刻交给他研究，等他制好模具再用新材料倒模出来后让他们无偿使用。拿到寺庙里所有没有被损坏或者损坏不严重雕刻饰品后，斯达塔知道他取到真经，他用石膏一刀一刀重新刻出了所有的模型，有的损坏较严重的就按自己对藏式建筑的理解修复。

斯达塔在省美研所学会的用环氧树脂制作新型的工艺作品这时候派上了用场，在他的指导下，用不同比例配制出来的环氧树脂新材料制作的第一批新型建筑雕刻产品生产出来了。美研所的老师教他们倒模前用滑石粉做脱胎的润滑剂，但在脱模时要好几个壮汉才能完成，这显然是一个致命的缺点。他想到了使用黄油，黄油很好地解决了脱模难的问题，但黄油在涂抹时会出现明显的不均匀，涂厚了倒出来的产品中一些线条细腻的地方又会被模糊掉，产品的精美度会下降，同时天然橡胶模具的形态也会改变，

∧ 斯达塔作品《十八罗汉游海图》

下一批产品的质量会下降。

为了解决这个工艺上的细节，斯达塔苦思冥想，有一天他在炒菜时撒了一些清油在桌面上，滑腻的清油给了他灵感，清油细滑而均匀，可能会解决脱模与精细的问题，他扔掉了手里的菜跑回车间，叫上几个工人开始用清油试验，成功了。

使用清油脱模后，为了节约成本，爱动脑筋的斯达塔将清油换成了机油，他又成功了，新型材料制作的建筑工艺品源源不断地从联办厂生产出来。

有了学习草登寺庙雕刻作品的成功经验，斯达塔又专程去了阿坝州很多寺庙，从建筑到绘画再到泥塑、木雕，从形象到神态，然后把它们重新刻了出来。为了尽早地让更多的寺庙用上厂里的产品，斯达塔夜以继日，体会到了什么叫勤奋与辛劳，也为他以后刻画出更多生动形象浮雕唐卡打下了坚实的基础。

∧ 斯达塔作品《糌粑盒》

三年后斯达塔重新回到州二轻局美研室，他的任务主要是到各县指导民特厂生产，从建筑装饰到地毯厂的设计。业余时间从来没有闲着，从一尊小小的佛像到一间大会议室的地毯，还有更多的藏式建筑装修，斯达塔的能力被越来越多的人承认，他的作品也走向了更广阔的市场，他也从中感悟到，上乘的工艺始终不能离开本民族的特色，只有牢牢地掌握了本民族内在的审美，你的创新才会被认可。

若尔盖县一个村的寺庙请他做一尊释迦牟尼佛等身像，单位不太同意，但他太想去单独完成一件与众不同的作品了，于是请了假去了，从搭骨架、制泥、塑造到最后的敷彩，斯达塔用了20多天时间。在一片叫好声中，斯达塔再一次对自己的作品产生了不满意情绪，他看到了别人看不到的细微缺点。他决定再一次走向民间，向更多的民间艺人学习，当看到民间艺人们画的唐卡、塑的佛像，那种柔软，那种修长，那种一看就能抓住人内心的慈悲都是从作品内部散发出来的光芒，能把人的内心震碎。渐渐地，斯达塔体会到民族文化是民族的根，是血脉，需要一代代传承。

专注专心 幸福人生的另一种表达

1991年斯达塔被调入了阿坝州歌舞团做舞台艺术。歌舞团重视人才，在轻松和谐的氛围中，更多的作品被他创作出来，同时由他主创的舞台背景也多次获奖。

经过多年艺术实践的斯达塔感受到他喜爱的雕塑更多地存在于寺庙，而能走入寻常百姓家的很少。那么怎么才能让自己喜爱雕塑也走进寻常百姓家呢？他试着从藏族最常用的日用品开始入手。

馍馍印是藏族饮食文化中一个独特的现象，每家的烧馍馍出炉前都会盖上代表自己家庭的馍馍印。斯达塔除了刻制传统的馍馍印外还增加了八宝吉祥等藏文化元素的馍馍印，深受老百姓的喜爱。这个艺术实践让他一发不可收拾，制作了长方形的水果盒，圆鼓形的糖果盒、糌粑盒子，盒子上雕刻出的各类藏式风格的八宝图、龙凤或花草。这些物件除了拥有实用价值还增加了观赏价值，他把浮雕艺术应用于人们的日常生活，让艺术走向更为广阔的生活舞台。

斯达塔在生活用品上的研究获得成功后，他又在老百姓的建筑装饰以及家具上下功夫，新建筑材料的沙发靠背有了雕花，有了龙凤，有了各种花卉，床和茶几也有了丰富的藏式装点，美感与装饰性不亚于传统技术生产出来的产品，价格却比传统工艺少许多，以前只能在皇宫或者寺庙里才能见到的建筑装饰与家具真正地走进了寻常百姓家。

有了家具，斯达塔又想到了墙上的挂件，于是他用楠木雕刻了以一尊佛像为中心，四周雕上卷叶卷草莲花与祥云的小挂件，这是斯达塔第一次用浮雕的手法表达唐卡，这个小挂件既有了唐卡艺术的丰富，又有了浮雕艺术的立体。于是他又用了一块更大的楠木按唐卡画的布局雕刻了有三尊佛像的浮雕挂件。唐卡立体化了，这是什么呢？不是唐卡，也不是雕刻，于是一个新名词诞生了——浮雕唐卡。这一件作品用了他整整一年的业余时间。当他第一次把这件作品呈现在世人面前时，他获得了巨大的成功。

专程找他做浮雕唐卡的人越来越多，四川楠木、缅甸楠木、巴西花梨木、印度黑檀木、印度的红花梨，甚至金丝楠木都成了他唐卡浮雕作品的底材，这些木板木质细密，雕刻出来的作品艺术表现力与感染力都很强，艺术价值也高。

在一个个安静的夜晚，斯达塔大师精心雕刻了"四臂观音""黄财神""莲花生大师""坛城""度母""九宫八卦十二生肖""四吉祥""龙凤呈祥""双龙戏珠""大鹏金翅鸟""斩断新冠"等等。内容各异、丰富多彩的作品一件又一件从斯达塔的刻刀下诞生。画面构图空灵，设色清丽，线条精细，人物形象庄严，既具有艺术美感，又充满了现代材质透射出的现代气息。

∧ 斯达塔（右二）获得四川省技能大师称号

随着斯达塔艺术造诣的不断深厚，他获得的奖项也越来越多，在不同的活动、展览中斩获众多金奖，32 件作品获国家专利及作品著作权证书。2004 年被评为四川省工艺美术大师，2012 年，他的工作室被评为四川省首届技能大师工作室。

慕名而来的学徒越来越多，斯达塔总是悉心传授，希望浮雕唐卡、藏式装修、藏式家具能走得更远。

鉴于斯达塔的成就，阿坝州成立非物质文化遗产中心时他被任命为中心主任，在非遗中心，除了他喜爱的艺术，他把关注的目光投向了更多的非物质文化遗产，为非遗传承付出了大量心血。现在已经六十岁的斯达塔大师从中心主任的工作岗位上退了下来，但他并没有中断对浮雕唐卡艺术的探索，对非遗文化传承的重视。现在他正忙于筹建一所条件更好、面积更大的民族文化传承工作基地，让更多非遗传承人进驻基地，共同把优秀的民族文化一代一代传承下去。

他说："回首几十年来，名利都是淡的，做自己最喜欢的事才是人生的幸福，未来我将更加注重民族文化的传承、传播与创新。"

传承让优秀的作品流芳百世，创新也能让古老的艺术散发新的光芒，我们期待斯达塔大师的艺术人生更加精彩，我们相信更多非物质文化遗产能得到更好的保护与传承。

介然独立　法尔双行

——记唐卡绘画艺术（古拉画派）古拉·班智达画派传承人特布戈

巴桑 / 文

　　特布戈正带领学生在绘制一幅长唐卡。打电话约他聊天，信号不好，他在日格扎村边的小山坡挖矿物质颜料的石材。他用吃力的汉语给我介绍，石材主要做黄色颜料，也可以做成红色甚至蓝色，色彩非常好，比买来的矿物质颜料都好用，是一种很柔软的石黄，中药里叫"密陀僧"，乡下的泥巴荡荡里就能挖到。

　　阿坝县麦昆乡日格扎村是特布戈的出生地，这里是一片开阔的农区，极目可望的远处群山环绕。二十来户人家的夯土房子错落有致，横亘于广袤田野中央，远山脚下奔流而过的大河是阿曲河，田野中间有一条无名的支流依偎村庄滋养大地，让日格扎的土壤肥美丰产，这片沃野的青稞、小麦、荞麦、胡豆、洋芋、油菜，在盛夏和初秋演绎一派明朗的生长和收获的大气象。

　　特布戈是一位出家人，如今已50出头，中等个子，从消瘦而偏黄的面容来看，他的身体状况并没有他的精神状态那么好。与他十几年的交往中，他每次到马尔康来都是为了看病，而我每次到阿坝县看他，他总是欢喜倍加。我去他那里经常看到的是学生的半成品画作，有那么两次，他欣喜地告诉我，你来得太好了，我们刚好完成这幅唐卡的绘制，然后他就在刚绘制的画作前仔细地给我讲解这幅画的细节妙处。他表达的这份圆满的美意，总让我从心底涌起一股复杂的情怀，怜惜又崇敬。

∧　特布戈

艰辛的成长轨迹

　　特布戈出生在一个极度贫困的家庭，父母带了七个子女，他在家中排行老三。特布戈懂事的时候，他父亲已病在家中无法劳动，家里老二先天残疾，四个弟妹年幼还需照顾，一家人靠母亲劳动和老大开拖拉机挣工分养家，母亲和大哥积累的工分根本不够养活一大家人，经常因为挣不够工分，分不到青稞，还要给公家倒贴，完全入不敷出，一家人的伙食总是短缺，生活始终陷入困境无法自拔。

　　就是出生在这样一个家庭的特布戈，五岁左右就喜欢上了画画，墙上、门上、泥巴地上都是他作画的地方。削尖的红柳棍和碎木炭是他的画笔，最喜欢的东方红拖拉机和自行车是他画画的素材，后来在电影里看到红军到来的场面，抗美援朝、解放石家庄的打仗场面，他的画作素材就变成了英勇的军人群像。1978 年戏剧版本的电影《三打白骨精》里面的人物，是他在水泥袋子上反复作画素材，给他水泥袋子的工人见他如此痴迷作画且画作栩栩如生，特别喜欢，把水泥袋子作为奖励不断提供给他。

　　特布戈九岁时终于上了村小学，那时的村小只有一间土坯房子，一师一校十几个大小不一的孩子一起学习，学的是汉文。特布戈学得好，一册二册考试保持班级第一名，到了上三册的时候，老师换了，他刚好跟这位老师的节拍不合，备受老师打骂教训，从此就不爱学习，只顾画画。十三岁干脆辍学。如今那座村小，已经改建为砖瓦房，幼儿园、村委会都在这里，院子里建了篮球场，运动健身设施也齐备。

　　十四岁的特布戈响应要求在村上学藏文，课本是阿坝州通用的藏文扫盲书，特布戈短时间内就通过了县教育局组织的藏文扫盲考试并获得毕业证。藏文基础的铺垫，给随心所欲画画的特布戈带来系统学习唐卡画的启示，特布戈正规学习唐卡画的机缘也就此开启。阿坝县著名的唐卡画师让巴塔是古拉班智达画派第六代传承人，他秉持传统教学方式，起线构图严格按照古拉派的度量经教授，画布画框颜料制作等系统训练都非常严格。

特布戈流畅的线条的精准的构图能力得到师傅的赏识，他一门心思学唐卡，从信笔游书的描绘到严苛的度量经的素描定型把控，心性也由向外扩张而向内收敛，他知道画唐卡的心更需要平静而稳固。

15岁的特布戈在乡村已被视为成年男子汉，为了给困难的家庭及时提供帮助，特布戈自然而然地加入到村上的合作社，正好县林业局要求每个村选一个人参加植树造林，主要任务就是种白杨树。

日格扎村选特布戈去种树。特布戈对他的这段时光特别满意，劳动能力是特布戈证明自己对家庭对社会有用的唯一路径。他记得他刚好种完一万株筷子般粗细的白杨树树苗，他的劳作就得到了县上的表扬。特布戈始终认为种树很好，种树就是给自己培植福报，因为种树，之后的岁月他才走上了自己的所愿之路。

实际上，特布戈的心思没有离开过画画，他知道画画也可以挣钱，可以给贫病交困的家境增补收益。凭借对绘画浓厚的兴趣、描摹天赋和唐卡的训练的底子，到了十六岁，特布戈就进了寺庙。日格扎寺庙当时正好要修大经堂，寺院的壁画、梁柱、雕刻等工作都需要寺院自己的人来完成，特布戈的绘画才能正好派上用场，还可以挣一点工费贴补家用。

在寺院建设期间，特布戈和他的师兄弟们边学边干，除了继续跟随阿坝县著名画师让巴塔学习之外，阿旺成立、南卓、龙多等画师也相继成为特布戈的老师，特布戈系统地奠定唐卡的笔法、轮廓、色彩搭配等基本技能，唐卡画艺得到了突飞猛进的提升，寺院的雕刻、唐卡、梁柱的彩绘耗时三年多完成之际，特布戈已经成为僧侣中小有名气的画师。

19岁的特布戈被邀请去若尔盖求吉寺绘制千佛殿、修行房、寺院闭关处的唐卡并制作雕刻，他前前后后绘制了两百多幅唐卡，完成这项工作断断续续用了九年多时间。求吉寺跟日格扎寺同属于萨迦派，特布戈在求吉寺期间，依止高僧吉嘎活佛，积淀并提升了佛学的修为。

21岁的时候，特布戈被邀请到红原麦洼大寺画唐卡，并给寺院带了四个徒弟。特布戈记得他画的文殊菩萨头冠上的五个小菩萨的精微细腻，让寺院大活佛赞不绝口，非常欢喜。

刚去红原的时候，特布戈体弱多病的父亲又患脑膜炎住院，长年在外的特布戈因为没法照顾父亲而哭得一塌糊涂，好在他画唐卡已经有了收入，他把挣到的 1800 元钱带给家人负担医疗费用。他父亲还是去世了。听到消息的特布戈头脑是懵的，除了失落还无法体味真实的伤心，恰恰是去世过后才越来越伤心，有特别好吃的食物，他就想起父亲，他就什么也不想吃，大家开心快乐的时候，也会突然想起父亲，就没有心思开怀。父亲是特布戈的启蒙者，也是他的人生导师之一，父亲原籍在甘孜石渠县，从小失去母亲，到处流浪学手艺，十四岁就去拉萨，三年后又去甘肃拉卜楞寺，再三年又去青海的拉加寺院待了几年。特布戈的父亲以前也是僧人，阿坝县的人到青海拉盐巴的时候，把他带到阿坝县，后来还俗娶妻生子，在日格扎安顿下来。他父亲什么手艺都会，教与几个孩子，就只有特布戈喜欢和热爱。特布戈感慨，失去了父亲，感念父亲的恩德，才明白娑婆世界的艰难和珍贵。

特布戈 29 岁时被选为自己出家寺庙的管家，任期为 1994 年到 1995 年，管理寺院的两年时间，他给寺院改修补充梁柱上的画幅，按照萨迦派的习俗，为寺院和僧舍的墙壁涂上红、白、黑三色条纹，这是萨迦派寺院在外观上最明显的特征。夯土加木结构的阿坝县的本土民居，习惯用红白相间的条纹装饰房屋的墙面或者院落围墙，这些彩色条纹接天连地，让大地上长出来的房子更加生动静美。

两年管家生涯结束后，特布戈就基本安稳在自己家里画唐卡。他传承的阿坝县本土的古拉班智达画派在业内有一定影响力，对唐卡有研究、有欣赏鉴别能力的专家们特别喜欢这种罕见画派的风格，大家越是赞美和认同古拉画派，特布戈就越是觉得他有义务传承好这个画派。

特布戈广泛地研学各种唐卡画派，天竺画派的尺度、尼泊尔画派的色彩、中国古画的山水笔风，并吸收和摄取四大唐卡画派（齐乌岗画派、勉唐画派、钦则画派、嘎玛嘎孜画派）之精华。特布戈对唐卡的认知上升到新的台阶，不会只想着画唐卡挣钱帮助家庭，而是不断琢磨对比自己画的唐卡跟古拉画派声誉远播的历代画师的差距，他开始收集历代画师的作品和手稿，哪怕只是一张残损的线描纸张，他都会小心装裱保存，研究和梳理古拉班智达画派的传承脉络成为他的一项重要任务。

古拉画派传承脉络

在唐卡艺术中独树一帜的古拉·班智达画派产生于十七世纪中叶，由出生在阿坝州阿坝县洛尔达多的古拉班智达曲央多吉（又名洛让谢拉）创立。公元 1768 年古拉班智达出生于阿坝县洛尔达多古氏家族。古拉班智达从小习文，十五岁出家为僧，师从诸多名师，在学习佛学的同时，兼修绘画和天文历算。他生平绘制的第一幅唐卡是《三圣寿佛》，赠与其叔父

∨ 《中国藏文化古拉·唐卡艺术大观》其一绘制中

多哇严迫仓，以示祝福和祈愿未来美好吉祥，其叔父回赠了他一副唐卡和一头牦牛，并祝愿班智达将来成为神画师博秀嘎玛那样的大画师。古拉班智达二十多岁赴西藏求学，路过昌都的热芒南捷寺，师从大译师泽翁更恰，学习《量学》《般罗》《俱舍论》《戒律》《医学》《历算》和三部《声明学》等，系统学习了共同和不共同文化显密二教的全部内容，并著有《天文释教庄严》，成为闻名遐迩的大班智达。

古拉班智达效仿嘎玛嘎孜画派，练习山水风景的画法。他到西藏后，在朝礼大昭寺和布达拉宫时，认真观赏新勉唐画派画师洛扎丹增罗布所绘制的壁画和图案，深受启发，开始研习新勉唐派画风，并为当时制作大昭寺壁画的画师们纠正画法，赢得赞赏和认可。他当时在大昭寺画的一幅《宗喀巴》唐卡，就有唐卡自会说话的佳传。而后，古拉班智达到江孜巴昆寺，研修《时轮》等密宗法门，潜心研究各密宗法门的仪轨、手印的彩沙坛城，并著有《彩沙绘制时轮坛城之方法》一书。与此同时，班智达认真研究齐乌活佛所绘制的江孜巴昆大白塔壁画，此后，他绘制唐卡时，轮廓骨架方面摄取齐乌画派之风，缀饰、肌理和怒相方面撷取钦泽画派之风，加之他在藏区各地认真观赏研习壁画、唐卡、塑像、微画、刺绣、铸造、木画等艺术形式，摄取西藏各地绘制流派之精华和先哲绘画风格之精道，创立了笔风严谨、笔法朴实、清净庄严的古派画法。

该画派在颜料取材方面独具特点，全部颜料取材于藏区本土矿物、名贵药材、珍稀珠宝以及常见植物和石料之中，其颜料色泽斐然、经久不退，历经岁月沉淀，画面不起裂纹反而越发鲜活灵动神妙。班智达绘制的第一套《佛历本》九幅唐卡，馈赠给前往西藏求学途中侍候他的那位被狗咬伤的老翁，其他绘制的作品珍藏于阿坝县为主包括壤塘、炉霍、新龙、白玉、色达、噶柯河等地。班智达绘制的一幅珍藏于卓格寺的《时轮坛城众佛》唐卡，精微细致，若没有放大镜，用肉眼直视根本无法看见其画幅里"画中百画"之奥妙，班智达铸造的《十六罗汉》塑像至今仍旧完好保留在古氏家族后裔手里。

班智达严密仿照大译师度古法脉,在卓格寺开创《时轮》仪轨次第、贡品摆放的流法,壤塘藏哇寺金刚师阿旺曲帕也在班智达处研修《时轮》仪轨流法。班智达师从十多位横贯显密之宗,精通大小五明的高僧大德,成为《时轮》生圆次第得道成就者,班智达创立的天文历算学门至今仍在流传。

古派唐卡艺术,至古拉·班智达画派创立以来,不仅在西藏绘画艺术史上留下了浓墨重彩的一笔,而且一直被高僧大德推崇并清净无染地传承弘扬至今,成为唐卡艺术宝库中的一朵瑰丽奇葩。

古拉画派的第一代传承人古特布丹系古派创始人古拉·班智达的胞弟,安曲查理寺创建时期大量的壁画和唐卡作品都是出自古特布丹之手,多数作品因局势变化毁损,但他绘制的《佛历本》九幅唐卡至今保存,他为信众绘制唐卡时,习惯住宿信众家中,白天绘画,早晚休息期间修行功课并为信众念经祈福,颇获信众信赖。在为格尔登寺做《怙主众宰》雕塑期间显现奇特瑞兆。古特布丹绘画造诣超乎寻常,且为一代得道成就者。

古拉画派第二代传承人是古姚洛,又名日格卓。古姚洛绘制的《佛历本》九幅唐卡等多幅唐卡至今保存,其作品在下阿坝徐藏一带保留较多。他为信众绘制的唐卡《大鹏怙主》,与古拉班智达所画极为相似,难以分辨。他为嘎庆寺绘制《六道轮回》唐卡时,刚起草完素描轮廓,突感身体不适,便出门休息片刻,进屋发现唐卡已经上色完工。如此奇特神力加备,只有大德身上才会出现。

古拉画派第三代传承人是莫甘华尔勒。他从小对绘画艺术情有独钟,师从古家画师,精心效仿古派风格,在绘制唐卡同时,依止"安多格西——康·德格哇"勤修显密二宗,研习大小五明,并担任麦桑土司秘书、常驻法师等职,以心怀慈悲、悲悯有情著称,其门生如云,其中嘉绒丹秋、格果.华尔让在唐卡艺术上的建树享誉藏地。

古拉画派第四代传承人有两位,第一位嘉绒丹秋,也称梭磨丹秋。嘉绒丹秋出生于嘉绒梭磨河谷,从小跟父亲学习唐卡绘制艺术,因颇具绘画天赋，其父欲把他培养成才，便送往阿坝县，师从古派大师莫甘华尔勒。学艺成才后，为阿坝县赛格寺等绘制诸多唐卡和壁画，后应安曲活佛邀请，前往查理寺为该寺绘制了数百余幅唐卡，后到红原县的康玛寺传授唐卡技艺，并在此期间招收求央、雍忠本等多位门徒。一位画师问及他："你的布轴为何上乘？你的轮廓素描为何如此精美？"他答道："那是恩师让我绘制了一箱布轴的训练之果。"第二位是格果·华尔让，出生于阿坝县日格扎，从小入日格扎寺为僧，师从安羌画师、都哇洛让仓等大德学习唐卡绘画艺术，并依止古派大画师莫甘华尔勒学习唐卡，为阿坝麦桑土司官宦拉莫嘉等社会名流绘制诸多唐卡，后为洞日寺绘制了《宗喀巴历本》，与沙然桑绘制了《普尔哇神众》，一生绘制数百幅唐卡，其作品艺术价值极高，古派韵味十足。

古拉画派第五代传承人是格果·阿成，出生于阿坝县日格扎格果桑，从小入日格扎寺为僧，擅长吹号敲锣等宗教器乐，多年担任寺院诵经师，金刚舞、唱经、诵咒无所不能，同时精通唐卡、堆绣、刺绣、书法。阿坝县麦桑土司闻其是不可多得的人才，便要求此人为他所用，因时局变更，其特殊的才能未得到充分发挥，只能在私下为其侄子让巴塔等人传授工巧明等学科。1978 年，宗教信仰政策恢复后，格果.阿成出任寺院方丈，为造福有情弘扬正法献出了毕生精力。

古拉画派第六代传承人就是特布戈的老师让巴塔，1954 年出生于阿坝县日格扎格果桑，师从叔父格果·阿成，学习世道之仪，研修出世之理，同时学习古拉画派唐卡，成为古派唐卡艺术传承人中绘制《佛历本》九幅唐卡最多的人，代表作为给自己寺院绘制的《四大天王》中的《多闻天王》，此幅唐卡人见人赞，其妙难言。

特布戈就是古派唐卡画第七代传承人。1980 年在藏传佛教萨迦派寺庙日格扎寺禅定倍增院剃度为僧，寺院就在村庄旁边有一座不高的毗卢山上。十九岁时依止萨迦派高僧吉嘎法王，修持世道教诲及其深广要法。特布戈在努力研习古派唐卡的同时，致力于传承和发扬古拉派画法，在严格

243

师承的基础上，仿效历代古拉画师之笔法画风，求央多吉、古特布丹、古日格卓之笔法，莫甘画师、嘉绒丹秋、岗哇活佛、格郭画师、华尔让、阿旺成立、让巴塔、严曲炯画师之绘画风格，数十年如一日，孜孜不倦地勤修苦练，以自己高超技艺和超然毅力，把古派唐卡推向卓越完美境界。

特布戈画唐卡特别用心用情，村子对面的瓦岗山有阿坝县最大的原始森林，特布戈把森林里的麝和鹿子画进了唐卡。村子河边的长尾巴锦鸡也画进唐卡。魔幻震撼的莲宝叶则山，铺满梅朵色钦的地毯一样的漫泽塘，点缀其间的各色花朵，蓝天白云河流湖泊……特布戈说，眼睛在自然界看到的物象和颜色，就是最美的当下。特布戈在遵从唐卡的传统的基础上，用画笔把阿坝县的景观和色彩融入到了他的唐卡画中。

特布戈绘制的唐卡《佛本生传》，2013 年博秀嘎尔玛唐卡艺术作品比赛中获二等奖，在 2015 年第五届国际非遗节文化博览会上荣获二等奖。

自己淋过雨，总想为别人撑伞

1996 年的时候，特布戈跟他母亲商量给贫困孩子教点手艺，母亲深知特布戈的用意，他自己就是靠画唐卡把这个家从贫困中稍微解脱出来的，母亲就格外地赞成这件事。于是特布戈在家里收了六个徒弟，母亲负责给徒弟们做饭，母子俩一起给六个孩子免费服务，助力他们成长。特布戈给孩子们教授唐卡也只能是断断续续地，他经常还得外出画唐卡，但是，苦难中成长的那颗柔软的心播下的种子，将成为他一生致力的传承善业。

1999 年，特布戈的大哥病了，特布戈白天照顾大哥、教授学生，晚上继续完成求吉寺的唐卡画，一画就要画到晚上两三点，一共画了 24 幅唐卡。画完求吉寺的唐卡，特布戈应邀给广东六祖慧能寺画唐卡，寺院的一位居士在画作未完成之际就给特布戈提供了经济帮助，这些钱对特布戈帮助很大，2001 年特布戈的大哥病逝，昂贵的医疗费和帮助往生者念经超度都是靠这笔收入支撑。特布戈照料病人、教授学生之余还要自己画唐

∧ 聋哑学生泽让昂修正在绘制安多地区最受欢迎的《佛历本》九幅唐卡其一

卡，生活虽然辛苦异常，但是画起画来，特布戈就觉得实诚。唐卡是他内心的朋友，哪怕自己身体不舒服、心情沮丧，只要画画，苦难就消失了，有时候顾不上画画，心里还格外难受。这一年寺院需要法舞面具，特布戈完成面具和头冠制作人物。值得一提的是，特布戈妈妈告诉他祖辈曾是制陶能手，阿坝县传统"扎崇节"就是陶器交易，特布戈觉得这个传统不能丢失，到处找黄泥烧制了一批陶器。

2002年，阿坝县查理寺的古乐周活佛把特布戈带到广东，广东的六祖寺以及大愿法师在河北、河南、香港等六个寺院都需要大量的唐卡画，特布戈见到了帮助他的那位居士，自愿免费给居士画多幅唐卡，表达在困难之际给予帮助的答谢和感恩。为了尽快完成大量的唐卡画作，2003年，特布戈带上家里坚持学习的四个徒弟到广东，给六祖寺画了71幅唐卡，特布戈把工钱平分下来，包括自己在内的五个人，一人得到三万八千元的工钱。他的第一批学生有了第一笔可观的学成收入。

　　2004 年到 2005 两年，特布戈担当寺院的轮值铁棒喇嘛。这个时候，寺院大经堂漏水，特布戈用自己的唐卡画收入捐助寺院盖瓦。第二年，寺院的厨房要垮塌了，寺院僧舍也不够，特布戈又整修厨房并修建了两个僧舍。在寺院轮值的两年里，特布戈要教自己的学生画唐卡，还要给寺院僧人教藏文书法、金刚舞、宗教器乐等。特布戈做任何事情都力求服务到位，以至于其他僧人说："你值班当铁棒喇嘛做得这么好，我们值班当铁棒喇嘛的时候，咋办啊？"按照寺管会要求，2006 年特布戈继续给寺院僧人集中教授唐卡、藏文书法、宗教器乐、金刚舞等。这一年辛苦下来，特布戈积劳成疾，他的肾脏、心脏、胃都出现问题。特布戈去青海看藏医、到马尔康看西医，想尽快调整和医治好病灶。这时候，特布戈在画唐卡已经声名远播，经常有人慕名到阿坝县找他讨教绘制唐卡的问题，恰恰在这个时候他的身体出问题，这让特布戈非常苦恼。各种医治也不见好转，2007 和 2008 年，特布戈决定闭关两年，他让侄儿给他护关，主修金刚萨陀。闭关出来以后，各种疾病不治而愈，特布戈说这两年非常清净，身体自然会好。

　　2009 年，寺院需要红唐卡《大白伞盖》以及彩色的《空行佛母》等共 6 幅唐卡，特布戈免费为寺院画了一年多完成寺院交办的任务。这一年，特布戈又带了四个徒弟。选择徒弟方面，特布戈特别注重徒弟的心思纯善、品德优良，家境贫寒或者个人有残疾的，他会特别关照，徒弟有马尔康的、也有阿坝县的。

　　2009 年 10 月，特布戈带上两个徒弟参加青海省组织的唐卡培训，那次培训汇集藏区最好的唐卡大师，特布戈的收获非常大。在开阔眼界的同时，他也发现了一些问题，涉藏地区唐卡教学的红火和教学层面的简单粗糙，包括见地不清晰、基础不扎实等问题让特布戈非常担忧。回到阿坝县后，他下决心借钱在阿坝县城买了一个房子，吸收更多的学员系统扎实地学习唐卡。阿坝县文体旅局非常支持本地唐卡画派的传承，作为州级非遗代表性传承人，特布戈得到州县文化部门的批准，正式挂牌办起了特布戈唐卡传习所。

特布戈之前给徒弟们编写的唐卡教材广受好评，在此基础上，他专门绘制出版了《美术样本——龙绘画》《古拉派绘画尺度蓝本》《古拉派绘画素描》等实用教材。编写出版教材，不仅仅是为了自己教学需要，更有特布戈的眼光和责任，他青年时期负笈求学、壮年时在作画中琢磨领悟提升，他对古拉画派精髓的提炼和把握，都想通过这样的教材传递给更多人。略感遗憾的是，特布戈的经济状况一直不宽裕，这些教材的印刷量比较少，但是，学画唐卡的人拿到这样的教材特别受用。

在带领传习所的学员参加成都国际非遗节和博秀唐卡比赛时，特布戈专门做了一个册子宣传古拉画派。古拉画派在传统古籍里就有记载，业内有历史文化常识的人首先肯定了古拉画派。但是，涉藏地区传统四大画派非常强势，更多的人对这个古拉画派闻所未闻，古拉画派被遗忘更未被研究过。当时，青海省唐卡协会的会长专门到特布戈的展示区了解古拉画派，他确认古拉画派独具特色，非常愿意跟特布戈合作。在展会上看过古拉画派唐卡的人也说，哪怕对唐卡派别不太了解，但几大画派的唐卡挂在一起，古拉画派的唐卡明显与众不同，古色古香古韵十足。古拉画的色泽沉淀，看起来像老唐卡。一天晚上，著名的唐卡大师拉蒙带着学生来看画，他们也认为颜色看起来像老唐卡，学生们风趣地说，你们是不是用檀香熏了唐卡？

2016年在甘肃夏河县的唐卡培训中，特布戈作为专家与西藏大学教授丹巴饶丹、青海做藏族彩绘艺术大观的宗珠拉吉一同给学生授课。宗珠拉吉在培训会讲道，唐卡几大画派的技艺已经足够丰富了，但是，古拉画派中还有许多需要我们借鉴的内容。

心如大地安传承

2021年夏夜的一场暴雨，把特布戈买的那套新中国成立前就修好的传习所老房子冲垮了。幸好是夏天，特布戈把家搬到草原上，搭上帐篷继续教学。一日四季的草原气候，帐篷学校时常经历风吹雨打，虽然生活和学习都不方便，学生们却无怨无悔，反而安慰特布戈老师，一切困难我们都可以克服，只要我们能继续学习唐卡。帐篷学习期间，特布戈一边教学一边巩固维修房子，好心人帮助特布戈联系政府支助解困，有关部门给予了资金支持，特布戈自己出资六万七千多，带着学生们一起动手，重建两层楼的学生用房。特布戈又开始九幅一组的《佛本生传》唐卡的绘制，经他之手的唐卡画作能及时变现，他可以用这些钱解决学生生活补贴和学校的生存问题。

历经磨难坎坷的特布戈传习所创办至今已十年有余，爱国守法、心地善良、笃定自强，对自己的未来、对家庭、对社会负责是特布戈传习所朴素的校训，特布戈对学生的期望看起来朴实简单，做起来也不容易。特布戈1996招收的第一批学员中，有一位叫洛日共的20来岁的出家人，一直

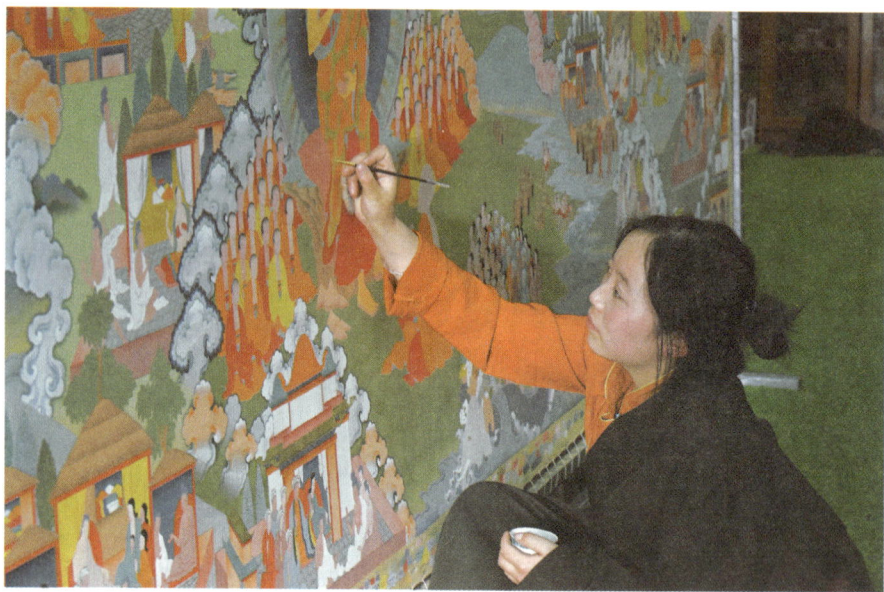

∧ 女学生文杰正在专心致志地绘制着古拉唐卡

住在特布戈家里，跟自家人一样，特布戈生病的时候，他也跟着到马尔康州医院守候并不间断学习唐卡。特布戈对勤奋又有艺术天分的洛日共格外关照也寄予厚望，哪知洛日辛苦学成后，就放弃了画唐卡。那个年代藏族流行音乐正处于火爆势头，各种歌舞厅朗玛厅以及年轻人对冲破传统桎梏的期待，对都市和现代文明混沌模糊的想象向往，各种观念潮水一样涌入边远地区年轻人的脑袋，洛日共的想法也被改变，他突然觉得传统唐卡根本没有影响力和市场，他放弃唐卡而且从寺院还俗，想凭借帅气的外表和好嗓音撞开流行音乐之门，他混迹于成都的演艺厅，在世俗歌舞娱乐中寻找自我，最后与一位汉地女子结婚，开小餐馆营生，唱歌没有唱出名堂，画唐卡的功底也废掉。洛日共还没有去成都的时候，特布戈曾经劝他回来继续画唐卡，洛日共没有回来，似乎再也回不来了。这个回不来的学生是特布戈的心病，一想起洛日共，特布戈的心就被针尖尖刺扎，为此，他经常告诫学生们，自己对社会没有全面的了解和认知的时候是没有判断力的，要保持定力长远打算，对自己的人生负责。好在500多名唐卡画师从传习所学成毕业后，一些学生创办自己的公司，一些学生励志弘扬古拉画派，追随特布戈老师的足迹创办自己的传习所，学生们还是让特布戈满意和骄傲。

特布戈告诉我，带领学生正在创作的唐卡长卷《古拉唐卡艺术大观》非常重要，内容主要是佛陀本生传，以阿坝州自然人文以及历史文化图景为背景，包含萨迦班智达的《萨迦格言》的藏文书法在内，是古拉画派在传统艺术上的一次创新转化之作。到2023年5月份，长卷已经画了一年，共十六幅80米长，计划1000多米，大概还需要五年的时间才能完成。特布戈下决心做这件事，一是想宣传古拉画派，在长卷中凸显古拉画派的特色。二是古拉画派现在还只是州级非遗项目，希望借此提升大家对古拉画派的认识，擦亮阿坝州的本土金字招牌。另外，古拉画派目前已经有人数众多的传承人，他们不仅要传承发扬画派本身，也需要通过古拉画派的声誉来保障生活。

古拉派唐卡虽然无法与唐卡主流画派的持续辉光相提并论，但古拉派持守的高古风范，在唐卡界实属难能可贵，世界文明纵然不断演绎流变，但人类从来都不会拒绝包含深意的"古朴和精道"，这条传承的细流，在特布戈的根脉相守下，极力保持润泽且未枯竭，实属罕见。

松潘古城里的“女皮匠”

——记松州汪氏皮具制作技艺传承人汪孝凌

杨友利 / 文

从刘恒定到汪全寿

“三垴九坪十八关，一锣一鼓上松潘。”这是古人对松茂古道沿途关隘风情的浓缩提炼。

松茂茶马古道在古代是成都平原连接松潘的一条政治、经济与文化的通道。历史上，松茂古道既是一条经济大动脉，又是文化交流的主要渠道。作为四川西北边陲重镇，松潘南接成都，北通青甘，是川西北地区的物资集散地。商贸的交流，催生了松潘的繁茂，使松潘逐渐发展为川西北各民族进行商贸的中心。

无数客商与马帮在这座古城的来往，催生了皮具贸易的强烈需求。皮革，作为人类最早的文明产物，一直伴随着人类文明的发展。皮革及其制品与人类生活息息相关，尤其是地处川、甘、青商贸交汇地的松潘，活动于此的马帮、牧民、客商等，他们所需的皮靴、皮袋、皮制马鞍、缰绳……无一不是皮革制品，他们对皮革制品的需求让松潘成为川西北地区最大的皮具生产贸易中心。到了清朝末年，松潘城内已经出现了70多家皮具工坊。

　　在清末的某一天，一位名叫刘恒定的皮匠随着来往的马帮走进了松潘城，在古城内住了下来，并开设了一家皮具作坊。他是来自康定的汉族，长期在康巴地区为当地的藏汉民族加工制作各类皮具，凭着自己的好手艺，逐渐在松潘古城内站稳脚跟，并招收了松潘人陈学贵为学徒，专门学习传统皮革皮具制作。在几年的时间里，陈学贵逐渐学会了鞣制烟熏革和油鞣革，并学会了藏靴和朝元鞋的制作手艺。

∧ 1954年阿坝第一制皮组合影（后排右二为汪全寿）（汪孝凌 提供）

陈学贵自立门户后，因制革手艺精湛，在松潘城内逐渐有了名气，皮革生意也越来越兴隆，应该找个学徒做帮手了。于是，他将目光放在了自己的子侄辈里，外甥汪全寿时年十六，虽然生性调皮，但聪明能干，吃苦耐劳，还会藏语，深得他心，便于 1932 年将其收为自己的学徒。

汪全寿祖籍四川安岳县，清朝末年其祖父汪明居带领全家来到松潘定居，以木工为生。当年，有众多的"安岳木匠"来到川西北地区讨生活，汪明居便是这众多木匠中的一员。汪全寿父亲早逝，他八岁发蒙入学，十一岁时便因太调皮，母亲管教不住而退学。其母将其送到在松潘毛儿盖居住的三叔汪自富那里放牛，学得一口流利的藏语。十六岁那年，拜了自己的舅舅陈学贵为师，开始安心学习皮革、皮具制作。

旧时的学徒，规矩森严，"徒"的本意就是白干活，徒劳。在漫长的学徒期，徒弟在师傅旁只能从最基本的工作做起，端茶倒水，洗衣扫地，通通得做，头几年基本学不到什么东西。然而汪全寿在学徒期间刻苦勤奋，仔细钻研，勤练手艺，仅仅三年便学成，之后又在师傅那里帮师一年，在 1935 年，十九岁时便自立门户，开设了皮革作坊。

1937 年，麦洼（位于今四川红原县）土官南木洛看上了汪全寿的手艺，邀请他去麦洼鞣制皮革、制作藏靴，汪氏皮革产品逐渐享誉整个松潘草地，草原上的牧民们，只要需用皮具，几乎第一个想到的都是找松潘的汪氏制作。

在此期间，汪全寿潜心研究皮革工艺和制作技艺，先后研究和改进了马靴和高腰皮鞋的制作技艺。当年制作的这些皮革产品，历经时代更迭，还能在许多川西北草原牧民的家中看到，并仍在使用着。

1950 年，解放军进军草地。汪全寿受茂县专区副专员张承武邀请，作为人民解放军通司（翻译）前往他的老相识、阿坝麦桑土官华尔功臣烈处宣传共产党的政策，为阿坝的和平解放立下不可磨灭的功劳。后来，他留在阿坝，担任了阿坝工商联主席。1953 年，汪全寿在阿坝开办了"阿坝第一制皮组"，制皮组生意兴隆，在 1955 年合并其他几家皮革厂后更名为"五星皮革厂"。

1959 年，因母亲病重，汪全寿回到松潘照顾母亲。因为各种缘故，他最终留在了松潘。然而"汪皮匠"的名声，却早已传遍整个川西北和甘南地区。

如果说"汪皮匠"的皮革制作手艺发端于来自康定的刘恒定，经陈学贵而传承的话，那么真正让"汪皮匠"亮出招牌，并形成汪氏家族独特品牌的，那就非汪全寿莫属了。这位大半辈子都在川西北草地上制作皮具的皮匠，其精湛的手艺与扎实的用料，让"汪皮匠"的名气在松潘地区众多的皮具工坊中脱颖而出，一生教授学徒几十人，把传统皮革皮具制作技术传播到更多的地方，开创了一个属于自己的时代。他创建了"松潘汪记皮革"名号，最终发展成独具特色的传统皮具技艺制作。

松潘县民族皮件厂

在汪皮匠的第四代传承人里，也涌现出了众多的技艺精湛之辈。尤以汪全寿的长子汪中伯、三子汪中开等人能力最为突出。

汪全寿共有四个儿子，分别是汪中伯、汪中杨、汪中开、汪中三，兄弟四人后来皆以皮具制作为生。老大汪中伯在青少年时代经历了读书、辍学、放牛、砍柴、开荒、改板、挖药、修公路等工作，却从未专门学习皮具制作。到了 1960 年左右，为了找副业，他拿起了父亲用过的工具，开始开楦头。楦头，指鞋楦，是用木头制作的鞋的成型模具。开楦头，便是指将木头加工成鞋楦的过程。在没有师傅的指导下，他仅凭以前看过别人开楦头的记忆，便成功砍出楦头，做出人生的第一双皮鞋，还被人以较高的价格买走。从此，他一发而不可收拾，先后被松潘各地和草地各县邀请去鞣制皮革，制作皮口袋、马靴等，留下了良好的口碑。

1978 年，黑水县沙板沟书记邀请汪中伯到黑水县帮助创办了皮革厂，并在厂里当师傅教授徒弟，专司鞣制皮革和做皮靴。随着时间的推移，汪中伯的皮革制作技艺愈加精湛，在 1979 年的川甘青三省轻工业大赛中，他制作的朝元礼拜鞋荣获金奖。

汪全寿的三子汪中开自小头脑便特别聪明，从小在家庭的耳闻目染中开始学习皮具制作。高中毕业后，本来以他的成绩可以过"独木桥"考大学，他却放弃高考在家加工制作皮革。后来和大哥汪中伯一起在政府的带领下到内地学习皮革加工技艺。他潜心学习了皮革铬鞣制茸的配方，对于皮革铬鞣的方法，仅仅通过观看别人的操作，一个星期后自己便鞣制成功，从此，原来流行于川西北地区的土法烟熏革升级为铬鞣，让当地的皮革鞣制技术前进了一大步。

汪中开头脑聪明，思想灵活，不拘于传统，总是喜欢钻研创新，他潜心研究短筒马靴、接尖马靴的制作。先后改进了各种皮鞋和皮包的制作工艺，他制作皮具根本不需要打板（在纸上画样稿），直接在皮子上进行裁剪，做出的成品分毫不差，其熟练程度令人生叹。

到了 1992 年，汪中开联合几兄弟在松潘建起了大型皮革加工厂——松潘县民族皮件厂，该厂制作的皮具质量过硬，深受各族民众的喜爱，产品远销青海、西藏，甚至尼泊尔、美国等国，鼎盛时期该厂拥有员工 200 余人，皮革制品大大小小有 100 多种。每年光皮鞋的销量就达到了上万双，汪氏皮具一时名声大噪。

古城里的女皮匠

在岷江之畔，走进小小的松州古城，穿过北门，进入古城北街，穿行在鳞次栉比的商铺中，一个特别的铺面映入眼帘。商铺的大门前，挂着一整块加工后的牛皮，上面赫然印着几个大字："古城女皮匠的皮货店"，这便是汪皮匠第五代传承人汪孝凌的工作室兼商铺了。

商铺内，一张巨大的桌子摆放在窗前，上面整整齐齐地排列着各式各样的冲钻工具和印花工具。坐在桌后的汪孝凌，右手握着一把小锤，左手

拿着一根小钻，在桌上一张已经裁剪好的牛皮上轻轻地敲打着花纹。偶尔蘸一点水涂抹在牛皮上，待其软化后便继续轻敲。随着一声声充满节奏的锤击声，牛皮上的纹饰已逐渐显现。

桌子的下边，码放着各种皮料，左边的架子上陈列着她收藏的各式皮革老物件，大到全套的马鞍、皮口袋、皮靴，小到牧民使用的"吾尔朵"（一种草原牧民使用的甩石工具）、油鞣钱袋等都在这里整齐陈列，吸引着不少顾客的目光。

右边的木架上摆放着部分已经完工的作品。有皮包、皮带、皮靴、钱包等，还有很多能够放在手掌中把玩的工艺品，都带着整整齐齐、密密麻麻的针脚挤在这不大的商铺里。空气里弥漫着一股淡淡的皮革味道，站在这小小的房间里，却已似走入一个丰富多彩的皮具博物馆了。

汪孝凌 1989 年出生于松潘，是汪皮匠第四代传承人汪中三之女。在汪氏家族的她们这一代，共有十三个子女，却只有汪孝凌在皮革加工制作的行当里大放异彩。不论是从家族传承里，还是人生成长中，似乎冥冥之中她便与这皮革结下了不解之缘。

汪孝凌出生后，便随父母来到麦洼生活。父母整日里忙着鞣制皮革，制作皮具，小小年纪的她常常给父母打下手，从小的耳闻目染，让她对皮具的加工产生了浓厚的兴趣。

后来，她回到松潘上学，参加2007年高考，考入川东的一所职校，学的是英语专业。然而学业的压力却让她焦虑无比，最终发展成了抑郁症。只得在大一第一学期结束后休学回家，去了黄龙景区打工，不想却遇上汶川地震，地震让旅游业受到重创，她便回到松潘家里，在松潘城北的金坑坝开了一家茶馆聊以度日。

茶馆的生意说不上好坏，她整日守在茶馆，有了更多的空余时间，便又回想起在麦洼和父母制作皮具的日子。她开始一个人在茶馆研究起怎么制作皮革。纸上画好设计图，用剪子在皮料上仔细地剪出来，一针一线地慢慢缝合，最后做出了三个包，拿到学校去，同学们都很喜欢。挂在妈妈的皮具店门前，居然在某一天被一个外国的老婆婆买走了，这是她卖出去的第一件皮制产品，心中充满了成就感，别提有多高兴了。从此，便更沉迷于研究皮具的制作。在这日复一日的钻研中，渐渐地，她发现，自己的抑郁症，居然已经不知不觉地消失了！

第二年，她在学校里转成了语文教育专业，放假来到父母所在的麦洼，开始通宵达旦地钻研起皮具制作。麦洼地处草原深处，常常停电，她便点起蜡烛，在跳动的烛光下制作着她自己设计的各种样式的包。

2011年，大学毕业了，她再次站在了人生的十字路口。想去当兵，哪知草原上消息闭塞，等到她赶回松潘，早已错过报名时间。想学习画唐卡，却投学无门。恰好当年红原县公招教师，正和她的专业对口，她报名参试，上岸成功，成了一名有着"铁饭碗"的人民教师，在红原县麦洼中心小学开始了教书生涯。

学校里，她担任两个班的汉语教学，因为能力突出，还担任了学校少先队辅导员、汉语教研组长和图书管理员的工作。白天教书，晚上还要在电脑前做学籍，忙得昏天黑地。

稍微空余的时候，她总是忍不住在想，这一眼望到头的日子，真的就是自己想要的生活吗？

未来到底在哪里？曾经的那些热爱和梦想难道就此永远放弃了吗？一切的一切在 2013 年的夏天有了答案。这年暑假，她和朋友相约一起去了西藏，蓝天、白云，雪山、圣湖，对于从小生活在高原上的她，西藏那美丽的风景并没有让她有太多意外。但在路上遇到的很多人，听到的很多故事，尤其是在西藏看见的那些坚守着传统手艺的人，让她内心深深触动。回想起曾经的岁月，也只有在自己做皮具手工的时候才感到内心的安静，似乎自己的灵魂也在制作中剥离了这个世界。这，才应该是自己想要的生活吧！

西藏之行彻底改变了她的思想，她想辞职，去专心做皮革。亲戚朋友们知道后都大吃一惊，轮番相劝，无数的人挤破头考公，就是为了端上"铁饭碗"，这丫头莫非是脑子有毛病要扔了铁饭碗去端一个泥碗？况且这泥碗的影子都还没一撇呢。

母亲气得在床上躺了整整一个星期，亲戚朋友们更是无法理解，只有父亲支持她的想法。既然人生的目标已定，就没有任何事情能够阻挡她了。那年冬天，她婉拒了校长的挽留，顶住了亲人的压力，坚决地辞了职，离开很多人向往已久的"铁饭碗"。

兜兜转转，一切又回到了原点。加工皮革、制作皮具，仅凭爱好，肯定不行，精神追求的基础是物质的保证，如果生存都不能解决，又谈何精神的满足？皮具制作不是自己在家做几个小玩意给朋友、同学们看看就可以了。做出来的皮具得有人买，得有市场，只有生活无忧了，才能有更多的时间作自己想做的东西。而要能够售卖出自己的作品，那首先得有精湛的手艺。

她在网上买了很多手工制作的书籍，在纸堆里钻研了起来。没有老师讲解，更没有人手把手的指导，那些艰难晦涩的文字像一座座高山阻挡在面前。她在文字组成的群山里艰难地跋涉着，好不容易爬上山梁，前方却赫然是一座更高的山。她费力地理解着文中的内容，然后动手制作，一次又一次，一夜又一夜。

太慢了！这样的学习效率让她无法忍受，这样的方法，何时才能学有所成？家人的唠叨还在耳边，亲戚朋友们异样的眼光总是落在她的身上。走出去吧！到更广阔的天地去学习更多的技艺吧！她利用互联网，搜索着，寻找着，终于，一所学校跃入她的眼帘：广东省皮革协会培训中心。那一刻，仿佛一叶小舟在翻滚着波涛的无际海洋中发现了一座灯塔，照亮了她的双眼，她竭尽全力，迫不及待地朝着灯塔划了过去。2014年，从未独自出过远门的她，背着行囊，一个人去了广州，来到广东省皮革协会培训中心。

∨ 汪孝凌收集陈列的传统皮具（杨友利 摄）

这是一所刚开业不久的学校，她算是这所学校招收的第一批学生。幸运的是，学校的老师们都有着一身本领，教学也很认真。她像一块干枯的海绵，遇到了从天而降的甘霖，便贪婪地吮吸了起来。

出纸革、设计、裁剪、缝制、做手工皮具、皮雕……亲人们还未从对她的误解与怨恨中走出来，家人也从未与她联系，她只能把这份愧疚转化为学习的动力，加倍地钻研了起来。每天缝纫机踩得腰酸背痛，她却从不停歇。到了晚上，当所有的同学都已经休息的时候，她还在进行练习。没有周末，没有节假日……就在这一复一日的钻研与练习中，她进步神速，也成了老师最爱的学生。

一晃小半年过去了，南国潮湿炎热的气候让来自高原的她感到越来越无法忍受。学业也完成得差不多了，他与老师和同学依依惜别，来到了成都，在父亲一位朋友那做了一段时间的弓箭套，算是把在学校里学习的知识与技能付诸实践。

回到松潘，她的心里已经对未来有了一条清晰的规划，她把教书那几年存的养老保险全部取了出来，再加上朋友们你一千我八百地凑钱，想尽办法，终于集齐了一笔小小的启动资金。制作了各种皮革小物件，在松潘古城内摆起了地摊。没想到生意居然出奇地好，最多的时候一天卖了两千多元，这让她信心大增，多年的艰苦钻研与学习终于结出了成果。她再接再厉，开始给客户定做钱包、手环等皮革产品。

地摊的生意还不错，她一直想拥有一间自己的商铺，便在松潘古城北郊的金坑坝租下一间门面，自己买来墙面漆进行粉刷，父亲买来一些木板，刨了一下，上了清漆，做了简易的货架，一间简单却不简陋的工作室渐渐成形。

她又一次去了广州，这次是以"老板"的身份进货去了。来到广州三元里皮具批发城，这里是中国乃至全球皮具产品的贸易中心，无数的皮具产品看得她眼花缭乱。她倾尽所有，进了一批货信心满满地运回松潘，却因为不懂得做市场调查，根本卖不出去，最后只得亏本处理。

就这样在汗水与泪水、成功与失败交织的不断反复中，经过几年的摸索，她终于逐步形成了属于自己的风格——传统与现代相结合的民族皮具工艺制作。

父亲教导他，家里的从业之道，是诚信经营，质量第一。从选料开始，她就要求材料扎实，绝不偷工减料，制作皮具产品的工序严谨踏实，不走浮夸路线，每一件成品都是凝结着她心血的作品。她更希望这些产品能够经久耐用，成为陪伴人一辈子的物件。质量过硬，再加之独具民族特色，让她渐渐有了名气。她制作出各种皮制的包包、腰带、皮带、鞋子、笔记本、手套、帽子，甚至皮制的凳子、花瓶、烟灰缸……她的皮具产品越来越丰富。商铺也从金坑坝搬到了松潘古城内，"汪氏皮具"的名声再次在川西北地区响亮起来。

商业上的繁忙，并没有让她忘记对传统皮具制作的钻研，这些年，她把赚到的很大一部分钱都投入到了收集传统皮具老物件和研究传统皮具制作工艺上了。抗金鞋、甲绗、麻绗、郭履、腰带、传统马鞍、马笼头、曲玛带……这些传统的皮具纷纷在她的手里放射出了时代的光彩。

股子皮

选皮、浸泡、去毛、去脂、臭皮子、烟熏、上色、曝晒、上药水、搓皮、上油……

烦琐的制作到了最后，一张表面黑色、有着特殊纵向沟壑纹理的皮革成品终于呈现在制作者面前。这种皮革坚韧耐磨，强光照射有红透感，条缕状非常明显。它是如此的其貌不扬，让许多不懂皮革的人根本看不上眼；它又是如此的珍贵，让无数资深皮革爱好者赞叹不已，甚至陷入癫狂。

这便是皮革界大名鼎鼎的股子皮。股子皮，是指骡马屁股上的那两块皮。这两块皮的内部组织结构和其他部分不一样，中间有一层大概 1 到 2 毫米厚的皮层，非常致密坚韧。其他动物的屁股皮没有这层结构，非骡马不可。人们在发现骡马屁股皮的这层结构后，加以重用。在刀鞘，靴子脸，珍贵文书等包裹物上，采用股子皮做保护，都是非常珍贵的物件，使得股子皮价格不菲。任何一个物件，上面但凡有股子皮的部分，物品的价值都会超出同类物品的好几倍。

股子皮的制作流程，统计下来，关键的工序就有六十多道，加上中间需要反复的地方，总共需要一百多道工序。这些工序全部需要人工操作，中间只要有一道工序出现差错，整张皮子便只能报废。

明清以后，民间的股子皮渐渐少了，到了近代，随着皮革工业化制作的冲击，传统股子皮制作工艺几乎绝迹。现存于世的股子皮，大多都是几十年甚至上百年的老物件。在汉区，主要保存在剃头匠的荡刀布、皮靴的靴尖上，在藏区，则主要保存在打火镰、马鞍、刀鞘等上面。

∧ 加工皮革（汪孝凌 提供）

松潘古城的汪皮匠家族，连续几代人都有着对恢复股子皮制作工艺的执着。早在二十世纪四十年代，汪全寿就尝试制作过股子皮。后来，汪全寿的三子汪中开也曾多次试制股子皮。但他们的实验都因成品率太低而放弃。

当松潘汪氏皮革传承到汪孝凌这一代时，恢复传统股子皮制作工艺的想法再次出现，而且在她的脑海里再也无法赶走。说干就干，她便和父亲汪中三开始了漫长的股子皮制作工艺探索。

藏区传统的股子皮原料主要来自野驴皮。现代野驴作为保护动物当然无法使用其皮革了，父女俩便开始尝试使用其他动物的皮革，先后尝试了驴皮、马皮、鹿皮等，结果都不尽人意，最终采用骡子皮试制成功。

在探索传统股子皮制作工艺的过程中，父女俩更是经历了无数次失败。股子皮的制作工序复杂，流程漫长。一百多道工序，每一步都需要人工操作。有一次，他们做了一百多张皮子，在制作中，有一道工序出了差错，结果一百多张皮子全部报废，损失惨重。

到了 2017 年，汪中三带着他和女儿汪孝凌制作的股子皮自费参加了第六届成都非遗博览会。他在博览会上找到一位卖茶的朋友，在他的帮助下，自己摆了一个地摊，展示着父女俩自己手工制作的各种皮具产品。

博览会期间，成都博物馆文物修复专家、民族服饰收藏家李永开偶然转到了汪中三的摊位前，一眼就被他摊位上用股子皮制作的皮包给吸引住了。

这时候的李永开，正在为修复文物而到处寻找股子皮，他的足迹踏遍了潘家园、内蒙古、西藏、青海等地，都是一无所获，没想却在这里找到了传说中的股子皮。

他当场便下了订单，回到家乡，父女俩立即投入到制作股子皮的工作中，经过多次失败，终于制作出几张股子皮交给了李永开，这成了他们的股子皮制作的第一单生意。

经过多年摸索，他们制作的股子皮质量越来越好，成品率也大为提高，达到了百分之二十左右。这个成品率，已经是以前无法企及的高度了。目前，汪孝凌和她的父亲还在继续研究改进股子皮的制作工艺。现存的股子皮，表面的纹理大多都是条纹状的，还有一种存世极其稀少的股子皮，其表面是颗粒状的花纹，他们的下一步，便是研究这种股子皮的制作工艺。

现在，他们制作的股子皮产品种类已经越来越多，影响力遍及全国。

2019年，因为在网络上看到了汪孝凌制作的股子皮视频，两位云南香格里拉的藏族开着一辆破旧的面包车，用了整整三天的时间赶到松潘，专门上门来购买股子皮。这让汪孝凌感动不已，她认识到了股子皮在牧民生活中的重要影响，也使她明白了现代媒体对传统皮具的传播效率。这一年，一条介绍她父亲汪中三制作皮具的短视频在抖音上大火，她自此开始接触自媒体，经常拍一些制作皮具的短视频发在网络上。2023年，又有两名藏族从西藏专程开车过来购买股子皮，再次给了她很大触动，更让她坚定了在这条道路上走下去的决心。

如今，年轻的她已经带了两位长期徒弟，其中一位女徒弟制作的包包等皮具已经非常精美了。她还准备了许多的工具和原料，让自己的孩子和附近的许多小孩在她的店铺里面自己学着制作皮具。

她现在忙着计划在铺子里弄一个皮具制作体验的工作台，准备了制作眼镜盒、驾驶证、卡包、钱包、腰带等小物件的材料包，顾客们到店里可以在她的指导下亲自制作这些小物件，体验皮具制作的乐趣。而她，则免费教学，成品顾客自己带走，只收材料费。

她还准备到学校里为学生讲授皮革在生活中的运用、皮革的发展史、传统皮具的制作等内容，还想在学校里开设皮具制作兴趣课等等。

"毕竟，这些传统的手艺需要我们把它继续传播下去呀！"汪孝凌微微一笑，满怀憧憬地说道。

大禹是大家的大禹
——记阿坝州大禹研究会会长王永安

羊子 / 文

大哉神禹，千秋仪型。身执耒耜，首戴笠钤。

云水襟怀，天地立心。峨冠伟岸，生民立命。

字曰高密，睿圣哲人。华夏初祖，九州同钦。

伟哉禹功，地平天成。洪水滔滔，焦思劳身。

遵尧述舜，筹策人居。顺天之道，应民之心。

东别为沱，推及九河。九州治策，始自岷汶。

江淮四渎，朝宗于海。山河一统，水生文明。

中华文明，满天星斗。禹启儒源，洪范五行。

仁者乐山，智者乐水。水学兴国，东坡倡行。

物阜民丰，福赐至今。生态赖水，兴废由人。

孔子箴言，尤应记取：微禹微禹，吾其鱼乎？

六月初六，四方宾客齐集汶川石纽山下大禹祭坛，倾听如此敬禹颂辞，总让人浮想联翩。带着这样的情怀，我在汶川采访了尊敬的阿坝州大禹研究会会长王永安先生，而采访时恰是一年之春。

奔流的江面上，倒映出两岸垂柳，一树树嫩条随风轻扬。柳叶浅浅，犹如婴儿睁开的眼睛，嫩嫩绿绿伸展在三月阳光中。鸣叫的鸟儿，从眼前轻轻飞掠。在澄澈的流水与静静的垂柳之间，一两只从山外顺着河谷飞进来的白鹳，绕着江面，展开白翅低低地飞过，或停，或走，或者停落在激流之中突兀的礁石上，或立，或走，一双黑眼随着锥形脑袋左右偏转，探寻岸上的人影和水中的鱼苗。此刻，也有三五只野鸭，飞落江湾的水面上，泡沫一样漂浮着，任凭春日的岷江带着它们漂上一程，瞧见激流，就呼啦啦飞起，再飞回刚才漂浮的水面，又顺水漂流一次，乐在其中。

∧ 王永安先生诵读献词

我和永安先生临江而坐，沐浴阳光，风光无限。

"这样安静不仅在春天，秋天也是。我很喜欢这种简单的生活。"永安先生对于自己隐居山城的选择，从不隐瞒。山城其实很小，夹岸而生。支流杂谷脑河从西而来，于此地与岷江主流相汇，江宽地窄，人烟稀少。新中国成立后，因为地理位置在三县交界，逐渐发变成为阿坝州的交通中心、经济中心、教育中心，直到在二十世纪末，入江筑堤后，城区面积和人口倍增，然而，终究因为山高谷深，县城依旧玲珑，即便地震后重生，城区也只能朝着上游下游两个方向有着冲积层的溪口地带扩延。永安先生就是在这样的背景下，入住小小山城。他的人品、学识和民族精神，像一颗永不生锈的钉子，牢牢地将钉在退休之后的平凡生活中。

山城威州，永安先生对它是深有感情的。他说，新中国成立前这里属理番所辖的，1958年汶川县、理番县、茂县三县合一，成立茂汶羌族自治县，县治在这里，后来自己才有机会考入威州师范学校学习，后来自考中文和法律，取得了双学士学位，主要从事县州两级司法部门的行政管理工作，退休前还担任过另一个州级部门负责人。现在，自由时间更多了，有精力去做自己喜欢的文化方面的工作，先后出版过文学作品《永安散文集》、文化考察笔记《羌在增头》，另外，还在一些文学期刊和学术期刊发表文章，颇受读者关注。

一边欣赏着怡人风景，一边听着永安先生自述，我也在回想和感叹。可以说，威州师范学校是阿坝州中师教育的最早的摇篮，为阿坝州民族教育事业打下了基础。阿坝州十三个县建立后很长一段时间，包括从茂县专区到阿坝藏族自治州（茂汶羌族自治县），再到阿坝藏族羌族自治州，州县一些部门负责同志大都受到过这个学校教育，以及本校学生当了教师之后教导出来的，当然，至于这些人的群体和个体，怎样去认识他们的作为，那是另一个话题。后来，从威师成长起来的阿坝师范专科学校，几乎成了阿坝州中学教育的中流砥柱。再后来，高考招生和公职人员招考变化，阿坝州教育出现了教师源头多元化。这一切，永安先生都很清楚，难忘的威师生活，让他感慨，而对工作以后自考的艰辛，却只字未提。

"还是国家政策好。"永安先生虽然也谈及了家庭的付出，但是，他深知时代对于家庭和个人的影响尤其重大，所以感恩。类似现象，在所有民族地区，应该是个普遍。重用民族干部，培养民族人才，是国家的大政方针。然而，在很多时候，很有一些人却忘记了这样的关爱，而只记得个人单方面的努力。而对父母，永安先生自始至终不离不弃，一同生活在小城里，昼夜陪伴，耐心倾听和交谈，还以朴实无华的文章抒写父母恩德，记忆乡村炊烟飘动的那些生活。

"听说您现在都还会运用羌语交流？"

"对啊。羌语是母语，父母在一起，都用羌语说事。从小到参加工作，从来没有中断过说羌语。我一直认为，羌语是对家乡美好的记忆，也是对父母生活的一种尊重，虽说他们也懂汉语，但是，羌语说起来更自然一些。而且，我还能从中想起一些往事。"说到这里，永安先生双眼熠熠生辉。

"这么说来，您的新作《羌在增头》是对羌文化的传承吗？"

"那是一方面，因为羌文化是一个很大的概念，老家增头寨的羌文化只是其中一部分，但是，这部分让我很是留念，因此，也是我对自己家乡的一个记忆吧。传承这个概念也很大，但在这本书中，至少能传达出增头寨的民俗和家族、社会的一些特点，供读者们去了解，去认识。当然，话说回来，田野考察本身就是一种原汁原味的传承。"

"那么，羌文化研究，同大禹文化研究有联系吗？"阳光很好，永安先生坦诚的交谈，让我很受教益，惭愧于自己对故乡的疏离，对羌语的遗忘。

"怎么说呢？这个话题，需要一步一步地去认识，不能简单地说有，或者武断地说没有。今天的阿坝州，在古代属于西羌的范畴，西汉大文豪扬雄记载说，大禹出生在汶川，当然还有其他书籍的记载佐证，所以，现在说阿坝州是大禹诞生地，是没有问题的。这么说来，阿坝州也是大禹文化弘扬之地。我是一个大禹文化的热爱者，也是一个传播者。对羌的认识，著名历史学家费孝通先生有过断言。他说，羌族是一个向外输血的民族，很多民族都流淌着羌族的血液。从这样的角度去看，这两种文化之间，显然是有联系的。"

春光明媚，空气中不时有飞鸟欢叫着闪过。看着两岸山谷静如处子，永安先生也是娓娓谈来。如今，大禹的传说列入国家非物质文化保护名单，影响是深远的。在新的条件下，遵照历史和现实的情况，成立了阿坝州大禹研究会，是为了更好地理解大禹文化，传承大禹精神。四川省推出首批十大历史名人中，大禹名列第一，出生地公布为阿坝州，这无疑对于阿坝州文化地位的确立和提升，起到了积极作用。不过，对于出生地，汶川、北川等地是有争论的，但是，争论集中在明清改土归流时期。对此，永安先生有个态度，他说，无论汶川，还是北川，都在西羌范围，没有必要争得那么具体，毕竟古今地理有变化，行政区划也有改变，更没有必要去诋毁，把学术上的争论与现实来往要分开。

∧ 少牢

担任会长后，接触这方面的人多了以后，才发现大禹文化在岷江上游广为流传，更加清楚了，大禹文化与古羌文化的紧密关系。永安先生认真地说，过去，我在认识上比较模糊，跟很多人一样，感觉大禹很神秘，认为大禹本身就是神，传说都具有神性。但是，认真调查和研读历史后，才知道，大禹是整个中华民族的人文共祖。在上古时代，大禹为中华民族做出过巨大贡献。大禹治水，三过家门而不入，等等，这些故事都在讲述大禹精神，而尤其值得注意的是，大禹精神中的互帮、互助在今天依然传承，譬如，村寨中大事小事的"请工夫"。

在今天，羌族文化中的释比唱经，还有释比法器使用，与大禹文化研究，可以说是相得益彰的。从羌语和汉语上结合起来讲，大禹的"姒"与释比的"释"含义是一致的。很多专家研究表明，上古时代的酋长，是巫师，也是裁权者，掌握着对于世界的认知和权力把控，唯其如此，才能调动多方力量协同治水，包括治国。

而有的学者则认为，"禹兴西羌"，有攀附和追圣的表现。对此，永安先生说，《史记》等古史文献的记载是不假的。在上古，如果没有释比巫术、法术的威力，无法动用更多地方去发扬，那么也就不会产生广泛影响。"随山刊木"是一种信仰，羌族地区有石纽投胎、涂山联姻、花猪拱山、背岭导江等，也是大禹文化信仰。信仰就是一种非物质文化。

"能不能顺便介绍一下研究会情况呢？"

"阿坝州大禹研究会是在 2018 年 11 月 6 日成立的，经州委组织部审核批准，州文体旅局主管，经费是'民办官助'、以协会养协会。机构由会长 1 名、副会长 3 名、秘书长 1 名、副秘书长 4 名组成，州局 1 名副局长分管。"永安先生接过话题说，"会员有汶川、理县、茂县、松潘、九寨沟等县相关人员组成，顾问是省社科院谭继和教授，2019 年开始依托地方财政开展一年一度禹祭系列活动。浙江绍兴会稽山的大禹陵是大禹归葬地，清明祭祀；汶川是出生地，'六月初六'是诞生日，是庆生，有纪念，也有祭祀。但是，北川听说之后，也赶紧操办庆祝活动，这样一来，使得

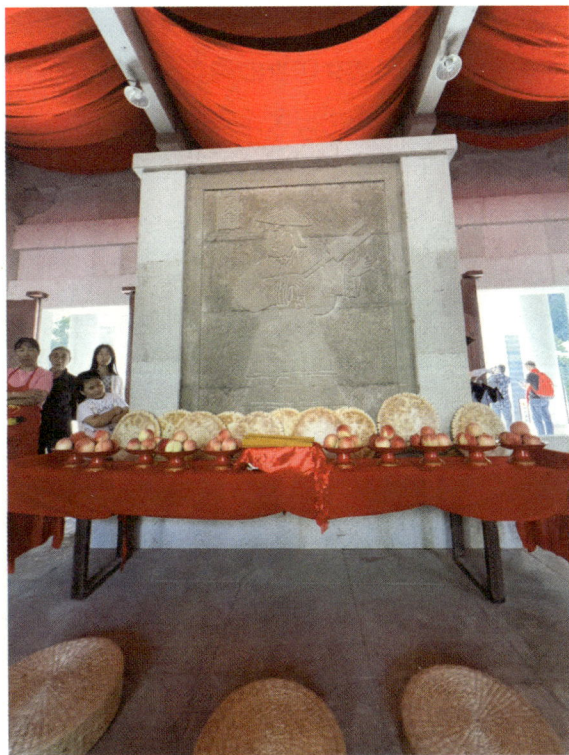

> 贡品

两地都很累，专家疲于奔波。通过这个事情，研究会积极主张，从省级层面上举办一次大活动，既省时，又省力，还节约资源，更主要是影响力大，因为大禹是大家的大禹，大禹精神是中华民族的优秀精神。省级层面的庆生，虽说比起浙江绍兴副国级的祭祀规模小点，但毕竟反映了四川的一个姿态，更加彰显四川文化实力和文化传承的行动决心，并且，形成一个优良传统。"

说到这里，永安先生略有尴尬地笑了，停顿一下，又说，"非物质文化保护，首先需要认识上去保护，没有理解非物质文化的形态和价值，也就不明白保护的方法，更不明白保护的途径，其次，需要在现实生活中去参与，感受非物质文化的特有内涵和特征。举办大禹文化活动，社会反响都非常好。从前，大家对大禹文化更多局限于书本，现在，通过举办活动，从干部到群众，都有切身的感受，并且口耳相传，耳熟能详，尤其在威州和绵虒地区，群众中出现大年初一自愿上香，外来游客也有自愿上香，表达一种敬仰和膜拜。六月初六，更多人去大禹祭坛缅怀大禹，感恩大禹，也求吉祥，求吉顺。"

看着峡谷中岷江缓缓地流淌，水面的清风鸟影让人轻盈愉悦，但是，听着会长这样的一席话，感到任重道远的可敬可佩。很多时候，人们注重的是表象，往往忽略了事物的本质，经过这一番了解，我和会长永安先生一样，对这个研究会充满理解，充满希望，因为脚步已经迈开，只是快与慢、大步与小步的区别。俗话说，外行人看热闹，内行人看门道。对于非物质文化，正如永安先生所谈，要有认识，才有真正的保护，认识不到，保护也仅仅是说法而已。

在阿坝州这片历史久远的大地上，非物质文化的传承和保护，除了大禹文化，我相信，还有更多的民族文化、地方文化，既有国家级非物质文化，也有省级非物质文化，还有州级、县级非物质文化。这之中，非物质文化传人是鲜活生动的载体，涉及男性，也涉及女性，涉及一个民族，也涉及多个民族。

如今，正处于中华民族伟大复兴的新征程上，文化复兴是其中最具特色，最有魅力，物质文化是将精神文化物质化，而非物质文化是将精神化生命化。换一句话说，所有文化，都是精神文化，包括智慧，品德，修养，民风，民俗，信仰，礼仪，等等，但是，其存在方式却有很大的区别，譬如汉唐礼仪，很多都已经丢失，再譬如伟大的教育家孔子提倡的周礼，更多的也只是学术上的一种观点，但是，难能可贵的，也恰好是非物质文化魅力之所在，就是孔子的存在，孔子弟子及其再传弟子的存在，所以，儒家文化中的非物质文化发扬光大，烛照中华民族。

对于大禹文化，也正如永安先生所言，"大禹是大家的大禹"。对此，他进一步阐述说，大禹是中华民族的人文始祖之一，不是哪一个地方，哪一个民族所独有的，大禹精神是中华民族伟大的精神。大禹文化是中华民族优秀文化的源头，传承大禹文化，就是光大弘扬中华民族的优秀传统。大禹的精神品质，如公而忘私、民为邦本、民族至上，等等，无不体现一个大胸怀、大格局、大境界，至今都有深远的历史意义和重大的现实意义。这与今天习主席提出的"筑牢中华民族共同体意识"，以及"人类命运共同体意识"有着古今一致的文化内涵。所以，从这个意义上讲，大禹的文化价值是具有普世价值的。说大禹是大家的大禹，也可以说是世界的大禹——世界先进文化的大禹。

在谈论到大禹文化研究工作时，永安先生说，除了阿坝州，经过浙江绍兴大禹研究会的调查研究，几乎全国所有省市，都有大禹遗迹，他们还做出了《绍兴禹迹图》《浙江禹迹图》，目前正在做《中国禹迹图》。听他们说，这项工作发端于日本，关于大禹足迹、遗迹和传播痕迹，日本最早做出了《日本禹迹图》，虽然在中国最早是宋朝出现过"禹迹图"，但是，后来，中国这方面工作就停滞了，落后了。不过，落后了也不要紧，停滞了也不要紧，只要能够觉察到，认识到，并且，用实际行动也开启，去推进，去扩大，所有的努力都将有收获，有回报。在州委、州政府关心支持下，在汶川县委、县政府以及县文体旅局的主推下，2020年级2021年《汶川县禹迹图》《阿坝州禹迹图》相继发布。在此基础上，我州与浙江绍兴建立了大禹文化的战略合作伙伴。本州汶、理、茂、松、九、小等县也建立了大禹文化研究的战略合作同盟。近五年来，每年都开展了大禹文化以及旅游文化的系列活动，包括多次学术交流，因此，年年都有比较丰富的学术成果。大禹文化列为全州旅游的"九大"品牌之一，为我州文旅结合、文旅互动打下了坚实的基础。大禹文化的传承和发展不再是少数学者、少数传承人的事情，而是有着广泛社会基础，群众积极参与的社会文化活动，真正体现了"大禹是大家的大禹"这句话的社会情态。

无论大禹文化，和羌族文化、藏族文化以及其他民族文化一样，都是在新时代文化自信的背景下、多元一体的表征下，交往、交流、交融起来，

∧ 2022年大禹文化研讨会专家留影（浏览萝卜寨）

形成人类文明中独有的东方文明、东方文化、中国精神、中国气派。

　　永安先生是一个文人，既有浓郁的理想主义情怀，也有鲜明的现实主义风格。他从一个民族村寨中走出来，长期以来都在为"宪法赋予的权利"从事法制工作，为阿坝州法制建设作出积极贡献，表现出了一个共产党员的责任和担当。即便退休，依然心系文化事业，勇担使命，即便遇见一些困难和曲折，依然站得高，看得远，满怀信念，满怀希望。

　　从身边奔流的岷江这里，我看见了他那一颗蓬勃的心，燃烧的心，奔腾的心。我想，那些无论在家庭，在工作，还是在社会中的人，都能挺身而上，而不是怨天尤人，也不是听天由命，他们绝大都是家庭脊梁，社会砥柱，国家和民族的基石。而所谓非物质文化，就是由着这样一些热血的，有着信仰和决心的人，去义无反顾地，饶有兴致地理解，去坚守，去传播和记忆。

　　对此，除了敬仰，我更乐于赞美他们。

高原砺丹心　艺苑绽奇葩

——记藏族祥巴创作群体

周家琴 / 文

　　"祥巴"，藏语音译，意为"木刻版画"。"藏族祥巴"既不同于藏族传统的佛经版画，也不同于近现代新兴版画，而是四川省阿坝州一批当代画家在藏族传统文化基础上创新发展起来，并于近年活跃在国内外美术界的新型藏族版画，一种迥异于藏族雕版单色复制版画的彩色创作版画。

高光时刻——艺术圣殿扬美名

　　呜……呜……

　　汽笛一声长鸣，一列由成都开往北京的列车"赫兹、赫兹"奔驰在广袤的大地上。2006年岁末，初冬刮起的北风依旧是寒冷的。那一刻，车上第十二节车厢内坐着八位年轻小伙子，他们挤挤挨挨地坐在一起，座位空隙处、甚至落脚的狭小空间都挤满了随身携带的大大小小的行李。从他们的穿着打扮和身材气质来看，似乎与车厢其他人有些不一样。这伙人有的身材高大魁梧，五官挺直皮肤黑红，身着厚厚的藏族长袍；有的留着飘逸的长发，俊朗洒脱而略带不羁的样子很是引人注目；还有的小伙子生得眉清目秀，浑身上下透着儒雅文静的气质。

火车一路向北，大家心中充满无限感慨：首都北京，您好！中国美术馆，我们来了！

这一群来自川西北高原的祥巴画家们，大多数人是第一次来到首都北京，他们没有时间去逛天安门，攀登万里长城，更没有时间去品尝一下北京的名小吃。他们一踏上北京的土地，就忙着在中国美术馆开展"藏族祥巴版画艺术作品展"的前期准备工作。因为这次展出，在他们心中是渴望已久的愿景。

2006年12月9日至16日，"藏族祥巴版画艺术作品展"在中国美术馆隆重举行。中国版画家协会主席王琦，原《版画》杂志社主编、著名版画家李平凡，中国美术家协会主席、中央美术学院副院长吴长江，中国美术家协会版画艺术委员会主任、中央美术学院教授广军，中国美术家协会版画艺术委员会副秘书长、中国美术馆专家委员会委员郑作良等众多专家出席了开幕式；中央电视台、光明日报、中国美术报、中外文化交流杂志社，以及中华美术网、新浪网、中国网等上百家媒体聚焦展览，相继发布了逾13万条的展览消息。其中，《美术》《人民画报》韩文版以及《四川美术》还专题介绍了展览情况和展览的作品。展览期间来馆参观的人络绎不绝，人们纷纷在祥巴版画面前驻足观赏，对这种来自雪域高原的画风充满了好奇，久久沉醉于作品的浓郁民族特色和新奇的表现形式之中。

中国著名版画家、中国美术家协会顾问李焕民先生所言：观赏面前的藏族祥巴（版画）有一种别开生面的感觉，它是当代画家在藏族传统文化基础上生发出来的新版画。这些作品以线刻为基础，以浓郁的色彩为主调，充分吸收藏族艺术中的符号和审美资源，注入当代画家的主观感受，从而创作出具有强烈的民族性、鲜明的时代性和个人的创造性的藏族祥巴。

隆重的开幕式之后，四川阿坝藏族祥巴研讨会盛大召开。诸位中国当代著名版画家与评论家满怀激动与惊喜，对藏族祥巴赞不绝口。与会专家一致认为：藏族祥巴（版画）艺术作品充分吸收藏族艺术中的符号和审美资源，表现出强烈的民族性、地域性、现代性以及艺术家们的创造性，不仅民族意识与时代精神融会贯通，本土文化和与异质文化相辅相成，传统记忆与现代元素兼收并蓄，而且在乡土表现、风情描绘和思想诠释上，以独立、独特、独创的艺术语言实现了对藏族传统版画的超越式深化，具有重大的现实意义和广阔的发展前景。

作品展览与研讨会的召开，媒体的宣传报道与画家专访，使藏族祥巴陡然成为当时版画界的热点话题。这次展览，祥巴版画获得一次性被国家美术馆收藏18件作品的殊荣，改变了藏族美术形式中没有创作版画的局面，也填补了中国绘画历史上藏族创作版画专题展览的一项空白，更实现了中国藏族版画在最高美术殿堂——中国美术馆展览的零的突破。

从此，藏族祥巴犹如一朵圣洁雪莲，灿然盛开在中国美术的百花园。

横空出世——十年走过峥嵘史

2004年12月一个阳光明媚的下午，汶川县阿坝师范高等专科学校李才彬教授的画室里，来自阿坝州不同地方不同单位的10名本土画家齐聚一堂，围绕一个古老民族的一种古老艺术——藏族版画的创新发展畅所欲言、热烈讨论。这十位画家是：李才彬、扎西彭措、易生、王庆九、付勇、梁廷茂、陶波、黄勇、刘忠伟和尚基卓玛。虽然他们有的在学校担任美术教师，有的在各县文化馆从事专门的绘画创作，但是都在各自的工作领域坚守着绘画艺术的执着追求。从这种新型版画的文化源流、创作理念到发展方向与研创目标，一个共同的艺术梦想悄然而生，一段崭新的艺术征程从此开启。

自 2005 年元月到 2006 年底。奔流不息的岷江见证了江畔阿坝师范学校校园一隅夜以继日的灯火，见证了这一群艺术的"朝圣者"意气风发、笔耕刀刻的激情岁月。

他们结合各自的美术创作经验，运用长期对藏族传统艺术特别是藏族佛经版画研究的结果，对复制版画进行真正意义上的"革命"，将广泛流传于雪域高原的如"经幡"和"隆达"这些具有版画因素予以艺术处理，从绘画形象到主题呈现，从制作方法到材料运用，从观念重构到方式转换，从感性把握到智性表现，反复推敲、试验、矢志扬弃、创新。时间被他们的画笔涂抹，被他们的刻刀雕琢，一月，两月，时光转瞬即逝，却被他们在夙兴夜寐的汗水和心智浸润得饱满充实。秋去冬来，近百幅缤纷绚烂的已经挂满了偌大工作室的四面墙壁。

融汇着千古岷江的波声涛韵，糅合着高原藏地的日光云影，幻化着藏民族的精神符号，承载着藏民族的生存图景，一种新型藏族版画——"祥巴"（"版画"的藏语音译）如破茧之蝶，就此灿然初生。藏族传统复制雕版上的线条，卷轴唐卡里绚烂的色彩，粉印版画间突兀的肌理，现代构成中营构的张力，无不在这些恍若蝶变的画作中一一呈现出来。从此，藏族祥巴犹如一匹矫健黑马，纵情驰骋于中国当代版画广阔的天地之间。

2005 年 9 月，有 8 件作品被四川省美术家协会选送到贵阳参加第十七届全国版画展终评，创下了阿坝州一次性向全国最高展事选送作品数量居全省第一、超过该州历届展览由省选送作品总数两项记录，最终有 2 件作品强势入选第 17 届全国版画展览。

2006 年 12 月 9 日至 12 月 16 日，"'藏族祥巴'（版画）艺术作品展"在中国美术馆 4 号厅隆重举行。展出 76 幅作品，有 18 幅被中国美术馆收藏。展览填补了中国绘画历史上藏族创作版画专题展览的一项空白，更实现了中国藏族版画在中国最高美术殿堂展览的零的突破。

2009 年 10 月，继中国美术馆专题展览之后，伴随着祥巴作品分别入

278

选 11 届全国美展、18 届全国版画作品展的喜讯，藏族祥巴艺术展在四川美术馆盛大开幕，同日举行了研讨会，众多艺术家和藏学、藏族艺术研究专家济济一堂，分别对其艺术的创作和发展进行了讨论。

之后，藏族祥巴作品又先后于台湾、上海、深圳观澜版画基地、北京市 798 艺术区、"第七届上海艺术品博览会"、深圳观澜版画艺术节、第三届观澜国际版画双年展和第五届中国（观澜）原创版画交易会、上海世博四川馆以及上海 2010 中新艺术展览会、四川省第六届少数民族艺术节等活动与展览中频频亮相，引起了业内的广泛注，成为当代版画天地间一道亮丽的风景。

当藏族祥巴绚丽的色彩、张扬的质感和新异的题材还在人们的视觉记忆中盘恒如初，当藏族祥巴引发的艺术话题还在多种媒体上不绝如缕，2011 年夏，首届中国藏族祥巴学术研讨会暨作品展在四川省美术家协会创作培训中心隆重开幕。来自西藏、北京、青海、甘孜、阿坝等全国各地的藏学专家、艺术家，从学术的角度分别对藏族祥巴这种创新绘画形式进行研讨，标志着藏族祥巴艺术的理论体系建构迈开了新的步伐，标志着藏族祥巴作为一种新型版画在藏族绘画史上已经写上了浓墨重彩的一笔。

踏着如梭的时光，藏族祥巴不断发展创新，日渐丰满成熟。近两年来，继续先后在上海钲艺画廊、深圳第六届观澜版画节、北京 798 艺术区等地举行展览、交流分享会，并随着祥巴艺术衍生品生产与销售发展，相继在九寨沟、北京召开藏族祥巴文化艺术产业研讨会、藏族祥巴艺术展暨文化产业发展研讨会，来自全国政协民宗委、中宣部、文化部、阿坝州、九寨沟等各地的领导和专家相聚一起，共同探索藏族的这种新兴版画形式如何在当下的文化产业大发展的背景之下继承与弘扬、发展与创新之路……

梅花香自苦寒来。正是怀着以继承和弘扬民族传统文化、拓展民族艺术多元化发展空间为己任的想法，这群来自雪域高原的艺术家们经过十年的拼搏与历练，从刚起步时的探索，到如今艺术上的突破、创新，他们坚定地走过了太多的艰辛，也欣慰地收获了来之不易的欣喜。"藏族祥巴"，这朵根植于高原沃土，饱浴十年阳光风雨的古艺新花，枝叶日益劲健，风格逐渐显露，以其灵动清丽的姿容和超迈出尘的品性，在当下纷繁迷离的艺术天地，凝香带露，溢彩流芳。

卓然独立——艺苑奇葩香四溢

川西北高原得天独厚的大美风光、绚烂丰富的民族风情和悠久深厚的文化历史，带给画家们无穷的创作灵感和独特的审美视觉。

艺术家们以藏族传统绘画为基础，进行从题材内容到画面形式、制作、材料等方面的再创造，把佛经复制版画改变为能够表达作者思想、情感的独立的创作版画，自成一格，别有意味，实现了藏族版画从传统复制到艺术创造，走出了一条中国当代版画创新发展的新路，彰显出其卓越的创新秉性和鲜明的艺术特征。就题材内容而言，广泛触及藏民族物质、精神和文化生活的方方面面，从现实生活到宗教佛事，从复式建筑到民俗风情，全方位、多角度低展现了藏民族的生活面貌和精神气象，呈现出明显的丰富性和全面性。就艺术造型而言，具有不同的生活经历和艺术感悟的画家们，完全摆脱了《造像度量经》的羁束，吸取传统成分，结合现代元素，借用唐卡绘画中一些惯常的、极具民族特色和精神内涵的形式符号，予以提炼、突出和强化，以迥然不同的版画语言和艺术风格体现出鲜明的主体性和创造性。就制作目的而言，版画家们以版画创作为艺术指向，以继承和弘扬民族传统文化、拓展民族艺术多元化发展空间为社会责任，潜心创作，致力创新，表现出明确的自觉性和审美性。就形式技法而言，从创作构思到作品完成，其间的起稿、绘制、拓稿、刻板、印制等每一道工序、每一个环节，都全由艺术家独自完成，具有显著统一性和独创性；同时，吸收唐卡绘画线条优美、构图饱满、色彩绚丽、形式感强等精华，积极借鉴现代版画的技巧，囊括写实、表现、抽象、行为、象征、符号等众多方法，并结合当今装饰规律和构成原理，不断丰富和完善艺术表现手法，凸显形象塑造、构图布局、整体色彩、印制肌理等形式美感，通过看似稚拙、实则精巧的印制技巧，强化版画特有的"印痕"韵味；创造性地使用高原特有的狼毒草制作的藏纸和矿物颜料，极大地丰富了作品的表现力，呈现出传统而现代、民族而时尚的新面貌。

藏族祥巴作为阿坝师范高等专科学校藏族羌族民族文化研究所的一项重大课题，李才彬先生担负了发起人和组织者的核心作用。他长年在藏区从事藏族版画的教学、研究和创作，以其对藏族艺术的了然于心和对版画语言的时尚把握，突显出藏族祥巴卓然出尘的品格和绮丽新奇的风貌。从《转经》《祈祷》等的具象描摹，到《我歌月徘徊》等的意象展示，通过概括夸张的造型，生动而准确地展现出人物形象的精神状貌，同时涤荡着画家强烈的命运关注和艺术感触。《六字真言》和《手印》系列等作品，看似简洁，实则蕴藏着浩繁深邃的意象和思索，甚至以藏文入画，将主角提炼成了抽象的符号，色彩鲜明而强烈，意蕴深沉而神秘，展现了一个全民信教的民族集体精神世界的外化形式，不仅传达出浓厚的关乎大爱与至善的宗教情怀，还凭借现代构成的形式，给人以强烈的视觉冲击和庄严的精神震撼。

扎西彭措，身居佛门，是若尔盖大草原上一座著名寺院声望颇高的堪布，对藏传佛教和本民族文化具有深刻的研究和切身体悟。他以圆熟的唐卡绘画基础为底蕴，创作了《金刚》《护法》《神鹰》和尺方大小的系列面具，以其烂熟于心的宗教题材，昭示出另一个神秘而神圣的精神世界。《一尘不染》等代表作，纯净的色彩、精妙的立意背后，涌动着作者作为画家和僧侣的博大的悲悯情怀。其沉稳中透露着机巧、淳厚里氤氲着大气的画风，着实耐人寻味。

易生和陶波，分别是土生土长的藏族、羌族画家。易生的《慧根》《本性》《欲念》和《曲康》等作品，借助传统的宗教精神，使画作充盈着人性本质的诘问和对生灵的终极冥思，技巧的圆熟和思想的深刻互为表里；入选全国美展的《雪域新村》更显示出题材挖掘与画意营造的深厚功底。

1. 刘忠伟 《吉祥三宝僧》 藏族祥巴
2. 扎西彭搓 《一尘不染》 藏族祥巴
3. 尚基卓玛 《银饰》 藏族祥巴
4. 付勇 《家园》 藏族祥巴
5. 黄勇 《菩提心 NO.3》 藏族祥巴

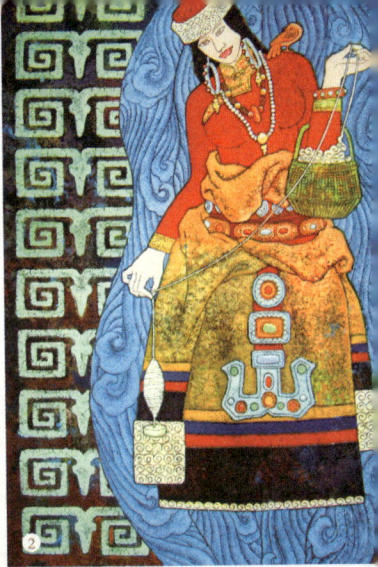

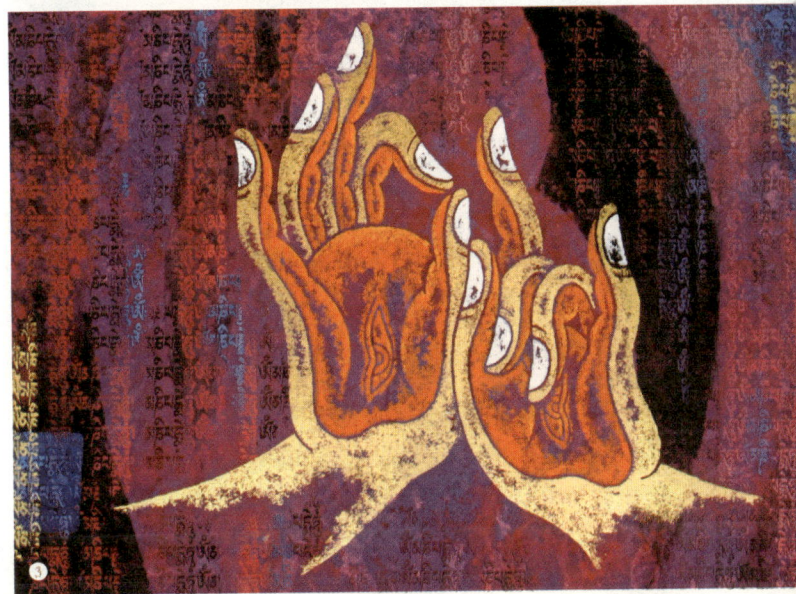

1. 梁廷茂 《那边有一
片蓝色的天空（2）》
藏族祥巴
2. 王庆九《九寨风情·纺
羊毛》120cm×80cm
3. 李才彬《手印（2）》
藏族祥巴
4. 易生 《雪城新村》
185cm×120cm
5. 陶波 《吉祥八宝金
轮》 藏族祥巴

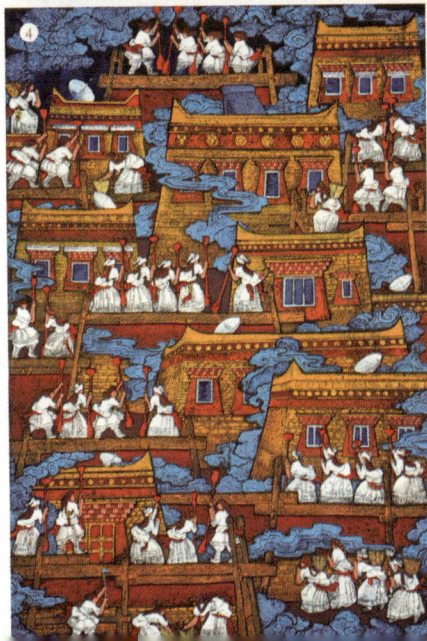

陶波的《羌姆》《吉祥八宝》系列以及《高原迪斯科》等作品，造型严谨，色彩凝重，画风似乎更多一些冷峻和清寂，却依然映现出高原人那种精神的平宁与心灵的单纯，更多地体现了画家对人的处境和追求、命运和灵魂的深切关注。他们将专业院校所学与多年的生活经验有机融汇，兼具强烈的现代艺术意识和传统文化基因；他们的作品都超越了简单的宗教图示和生活画面，在精妙的构思立意中跌宕着创作主体浓郁的人文精神。

黄勇和王庆九，都是本土"藏化"了的汉族画家，但创作意趣却迥然相异。黄勇始终关注于作品本身的意蕴和情趣，其《高原红》《菩提心》系列和《印象莲花生》等作品，都倾注了作者浓烈而亲切的情感，加之繁复精妙的线条，以及近乎玄幻的色彩，都在平实中营构着深意，于真实中寄寓了美的理想。王庆九的《时光物语》《梵门》系列以及《泊》《九寨风情·纺羊毛》等作品，明显地呈现出人物、情境和场景的统一，神韵、意境和文化的融合，历史、时代和个人的沟通。画家以诗化的绘画语言组建出一方新的审美时空和情味意境，刻画出藏人当下的生命情态和岁月印迹……同时，作为一名作家，他还坚持对藏族祥巴的文化源流、创作理念、实践创新、美学追求、艺术价值与产业发展进行了深入研究、全面梳理和学术阐释，为藏族祥巴理论系统的建立与传播作出了重要贡献。

付勇、梁廷茂、刘忠伟都是个性鲜明的"汉化"藏族，新锐而富有个性。付勇的《卓克基》《家园》《诵经之后》，形象化的民俗内容，生动而简约地再现了藏民族可触可感的生活场景，浓浓的民间气息和本真的情感认同，让读画者仿佛进一步趋近了这个民族劲健的气脉与超迈的灵魂。梁廷茂的《天界》《那边有一片蓝色的天空》系列，以及《古格遗梦》《向着太阳》等作品，形象更为虚渺，但色彩华滋翻腾、意趣婉曲深蕴，言有尽而意无穷。刘忠伟的《吉祥三宝》系列等作品，分别以"法""佛""僧"作为艺术对象，展开主题的思想寻根，叩问生命肉体之上的意蕴。他们的作品率性自然，在新、奇、变中演绎历史的沧桑，却也洋溢着藏族汉子特有的浪漫气息。

尚基卓玛，以藏族女性特有的慧敏和韧性，创作出《心中的酥油灯》《火尊》和《嫁妆》系列等作品，不仅氤氲着雪域高原的粗朴之风、民间温情和浪漫情怀，还通过极具装饰性的构成意味和绚丽色彩，为观赏者擦亮了俗尘里平常物，给世人呈现了一种极具现代美感的诗性存在。

……

藏族祥巴充分吸收藏族艺术中的文化符号和审美资源，以崭新的创作理念和视觉形态，突破传统版画的审美模式，以"变"出新意、以"新"求发展，将民族意识与时代精神融会贯通，将本土文化与异质文化相辅相成，将传统记忆和现代元素兼收并蓄，从而在乡土表现、风情描绘和思想诠释中复归到艺术的本性，最终以艺术语言的独立性、独特性和独创性，凸显了艺术风格的民族性、现代性和世界性，实现了对藏族传统版画的超越式深化。因此可以说，藏族祥巴是一份关乎一个古老民族的艺术记忆，一卷关乎一个年轻画种的流变备忘录，而它本身的生长和繁荣更关乎着艺术当代化的大格局。

正如四川大学艺术学院教授康·格桑益希所言：藏族祥巴是在当代时期在古传统、老工艺、旧格局基础上以新思维、新理念、新创意绽放出的一朵喷发着雪域泥土芬芳的古艺新花。

华丽转身——云帆高悬风正起

当然，藏族祥巴这个执着而自觉的版画创作群体在川西高原的崛起，在助益于对藏族版画的艺术性提升，使其从过去注重宗教宣传的单纯复制，发展到现在注重文化传播和彰显艺术审美的创新状态，不仅具有重大的文化意义，还助益于藏民族悠久历史文化的艺术传承，助益于新时代川西高原文化名片、艺术品牌的形成与打造。

当"保护"与"传承"成为当今对民族文化的主流态度时，一个年轻、创新的绘画形式——藏族祥巴，不再满足于有一个展示平台，更需要政策、资金等方面持续而可靠地支持，需要建立与市场接轨、商业合作的发展模式和艺术家自身利益的保护机制。如何在市场经济的大潮中铸造艺术品牌？如何在全球金融危机下应对艺术市场挑战？如何在信仰失落的物欲世界高擎文化旗帜？艺术公司与艺术家强强联合、优势互补，不失为一种务实有效的选择。

2009年，四川博奕文化艺术有限公司高瞻远瞩，与藏族祥巴画家们正式签约，携手合作，力展宏图，共同跋涉极具市场挑战、实施艺术探险、肩负社会责任、践行文化良知的漫漫征程。

建构了藏族祥巴专业网站，同时不断在网络、杂志、电视等多种媒体上进行大量宣传、推介，有针对性地组织举办主题展览、研讨会和交流会，主动参加各种艺术展会活动，不断扩大其社会影响，不断提升其知名度和美誉度。积极举办藏族祥巴文化艺术产业研讨会、藏族祥巴艺术展暨文化产业发展研讨会，积极探索市场化发展之路。以藏族祥巴创作群核心人员为骨干，结合创作实践与发展需求，在充分开展市场调研的基础上，历时一年，完成了《"藏族祥巴"产业发展研究》课题，全面分析了产业化发展在弘扬民族文化和促进社会稳定、打造艺术品牌和提升文化实力、文化产业发展和产业结构调整等方面的重大意义，详细阐述了产业发展的总体思路奋斗目标、项目支撑、市场策略、主要对策、保障措施，为藏族祥巴的产业化、市场化发展奠定了理论基础。

商家与艺术家携手，先后在映秀、成都（四川省成都市高新区世纪城路198号2301号）九寨沟等地建立藏族祥巴创作基地、藏族祥巴艺术中心，将制造业与艺术产业结合，将民族艺术品与生活用品的结合，使艺术品常规化和规模化，开始藏族祥巴艺术衍生品的专业化生产与销售。一方面，既强化祥巴作品的创造性和艺术价值，又注意面对市场顺应商品潮流，把握好二者之间的平衡。另一方面，在进行祥巴衍生品生产与销售的同时，努力建立与祥巴艺术家通过售出版权获得知识产权费的利益分配机制，确保商家和艺术家双方的利益，确保创作、生产、销售链条的稳固性和长期性。

与此同时，通过在阿坝师范学院（原阿坝师范高等专科学校）、阿坝中等职业技术学校开办藏族祥巴培训班，在九寨沟县建立农民创作基地等方式，不断加强藏族祥巴艺术的传承发展，让更多人了解并加入藏族祥巴这个群体，不断壮大作品创作规模，为艺术走进生活探索出了一条崭新的发展之路。更可喜的是，多届藏族祥巴创作培训班的陆续召开，卢昱玺、泽仁久、郎俊措、额敦、谭刚、罗让达基、向香陶等一大批后起之秀的成长与崛起，为藏族祥巴事业的提供了不竭的发展动力和可靠的人才支撑。

如今，从纯粹的艺术作品到多样的市场商品，藏族祥巴艺术衍生品已经有百余种之多，大至挂毯、桌旗、背包、T恤、水壶、茶罐，小到笔记本、名片夹、移动电源和钥匙扣，可谓琳琅满目、应有尽有。从纯粹的艺术作品到多样的市场商品，藏族祥巴及其艺术衍生品业已成为阿坝州对外文化宣传的崭新名片，成为阿坝州促进旅游文化产品的创新，助推藏族祥巴文化与阿坝州旅游产业、文化产业互动发展的强大动力，基本形成了创作、设计、生产、销售的产业链；祥巴文化，在藏纸和祥巴颜料的开发、制作及传播，以民间手工业的发展带动群众就业增收，促进地方产业结构调整和社会长治久安等方面，日渐凸显出巨大的社会作用和广阔的发展前景。

我们相信，在寂寞艰辛的创作之路上，藏族祥巴创作群体的每一位艺术家都能不忘初心、勤奋创作，以更多更好的作品回馈滋养自己的高原热土。我们相信，不久的将来，盛开在阿坝高原的藏族祥巴这朵版画艺术的奇葩，这块民族文化的瑰宝，定将更加鲜艳芬芳，更加璀璨夺目！

时光流逝，我们期待祥巴画家的艺术生命长青。

未来岁月，我们期待藏族祥巴事业更加繁荣昌盛。

闪亮的织绣

——记国家级非遗项目藏族编织、挑花刺绣技艺传承人杨华珍

王学贵 / 文

一

　　金辉，那是冬日暖阳，那是青春与生命前行的力量。

　　杨华珍，一位藏族女性，20 世纪 60 年代出生于四川小金，家中姐弟 8 人。

　　她口齿伶俐，心灵手巧，脸上常挂着一抹舒心的微笑，让人倍感亲切和慈祥。她是国家级非物质文化遗产项目藏族编织、挑花刺绣工艺代表性传承人，阿坝州藏族传统编织挑花刺绣协会会长，第十三届、第十四届成都市政协委员、第十五届成都市政协常委，四川省非物质文化遗产保护协会副会长，联合国教科文民间艺术国际组织（IOV 中国）

会员。

　　她的双手掬捧藏地的色彩，匠心聆听天籁，脚下走过的路有巍峨的大山、温暖的草甸，有纯净的冰川、青春的涩甜。一分耕耘一分收获，杨华珍曾获得"中华非物质文化遗产传承人薪传奖"、四川省人民政府"金熊猫奖"、全国妇联"全国农村科技致富女能手"、第六届成都市道德模范（诚实守信类）、四川省文旅厅"四川省非物质文化遗产保护先进个人"、中华艺文基金会"中国当代杰出非物质文化遗产传承人"、四川省发展和改革委员会、四川省精神文明建设办公室、四川省委政法委等16家单位联合颁发的"四川省十佳诚信之星"、2021年诚实守信类"成都好人"、中国纺织工业联合会"中国纺织非遗推广大使"、联合国教科文民间艺术国际组织"世界青年大会特别荣誉奖、最佳文化传承大奖、世界青年眼中的'最美中国手工艺'"等荣誉。她的作品，多次荣获各类大赛金、银、铜奖，成立的协会、博物馆、公司等机构，被评为文旅部"国家级非物质文化遗产项目保护单位"、文旅部"国家级非物质文化遗产生产性保护示范基地"、四川省教育厅"四川省高等职业教育创新发展行动计划技能大师工作室"、四川省人社厅"四川省杨华珍技能大师工作室"，实现产业转型升级，引起社会广泛关注。

　　她，犹如林间的啄木，忙着追程、筑梦。她的作品，被新加坡、尼泊尔、坦桑尼亚等多国元首及博物馆收藏。她和她的团队通过版权授权方式，与国际品牌、名人合作，以现代方式演绎传统之美。2020年1月，受香港贸易发展局邀请，杨华珍作为中国唯一的代表，

∧ 杨华珍

担任第九届"亚洲授权业会议"演讲嘉宾，分享传统艺术如何通过与授权商合作达成双赢的成功个案；2021年3月，外交部发言人华春莹向全世界介绍："杨华珍致力于传承羌绣并发扬光大，还得到了很多大牌的青睐，让这朵民族艺术之花绽放在世界舞台。"

二

　　壮美的雪域孕育着传说与神秘，也深深烙印着传统与古老的"印记"。藏羌织绣，是"藏族编织挑花刺绣"和"羌绣"的合称，二者均为国家级非物质文化遗产名录项目。藏羌织绣有着悠久的历史，早在新石器时代即已发端，它是千百年来藏羌儿女为了适应特殊地理环境和气候条件，充分利用当地资源，不断吸纳创新汉族挑花、刺绣工艺基础上形成的，具有浓郁民族特色和鲜明地域特色的民族工艺美术。

　　嘉绒藏族和羌族，大部生活在青藏高原东南缘之高山峡谷地带，那里山高路远、火种犁耕、鸡犬相闻，在长期交流、交往、交融过程中，藏羌民族在藏族编织、挑花刺绣和羌绣工艺方面相互借鉴、互相吸纳，形成了你中有我、我中有你的格局，且相互间又保留了各自特色和技法。自小生活在这样的环境里，耳濡目染，潜移默化，杨华珍的手中掌握了相对完整的织绣技艺。

　　"一学剪，二学裁，三学挑花绣布鞋……"儿时的杨华珍常听妈妈说起这样的话，她被藏羌织绣的古老技法深深吸引。那时，她看到邻居家的娃娃，家里有一个玩具布娃娃，她在她家玩了半天，也抢着那个布娃娃耍，走的时候要还给人家，回家以后，她就一直想那个布娃娃，晚上做梦，还梦见那个布娃娃朝着她笑。

　　"小时候我想要一个布娃娃，就摸索着学会了用针……"

　　她的第一个作品，是在韶龀之年，自己动手缝了筷子那么长一个布娃娃，她给它缝了一个小裙子，周边的邻居就表扬她，说："这个娃娃手巧！"

十二岁那年，她就试着给自己做了一双鞋，鞋帮和鞋底都没有拉紧，走线也歪歪扭扭，但邻居看到后却大加赞赏，鼓励她好好学。她经常帮到家人缝补衣服，十六岁左右就给出嫁的姐姐纳鞋垫、做新鞋、绣花衣。

由于家里贫困，交不起学费，高中还没有毕业，杨华珍就辍学回家了。没事做的时候，她就去乡村当民办教师，或在县城开个"真容相馆"……但不管干哪行哪业，她始终没有丢掉手上的刺绣。

1993年，杨华珍入职阿坝日报社当了一名摄影记者，时常奔走于大江南北。因为职业的便利性，她去了许多地方，看了大好风景，采访发表珍贵影像资料，搜寻了五百多种民间藏族服饰织绣图样，学习了二十余种民族织绣技法，这让她的视野得以拓展。

一切美好的东西，杨华珍都充满了敬畏与感恩。她内心之所以能意识到藏羌织绣传承的重要性，却是因为5·12汶川特大地震。

2008年5月12日，四川汶川，特大地震突如其来！那一刻，日月失辉，山川哀鸣，天地同悲……

处变临危，杨华珍看到了地震的残忍。

"汶川地震是我人生的分水岭。地震发生那天，报社安排我到成都采访，我搭乘客车刚经过映秀时遭遇了强震。我走了三天三夜才到成都，随后又返回一线采访。我的家乡经历灾难以后变了模样，我就用相机定格光影，为新华社四川分社提供第一手灾情资料。那时我就在想，要尽自己所能，为家乡做点事情……"

事业的急与难，如霓岚扑面，使这个坚强的女子，不得不为民族的织绣、为将来的命运暗自伤怜。

地震让杨华珍决意走出大山。

她要把绣艺带到外面的世界。

杨华珍做出这种选择并不容易。孤身一人去城里打拼，遇见的困难可想而知，但为了自己的梦想，为了让藏羌织绣焕发新的荣光，杨华珍无畏无惧、攻坚克难，开启了在都市的传奇之旅。

三

　　心灵手巧的藏羌儿女，创造了独具特色的编织挑花刺绣工艺，且代代相传。

　　藏族编织，精美别致，美不胜收。嘉绒藏族的挑花刺绣，大体可以分为挑花类和刺绣类。挑花别针绣和盘金绣是嘉绒藏族织绣中独有的工艺，技艺要求高，难度大。在刺绣类中，又分扎绣、扭绣、勾绣、骑针绣、十字绣、扣绣和插针绣等多种技法。一件成品往往集多种刺绣技法为一体。挑花刺绣制品主要有女性头帕、女性服装领边、裙边、袖口、岔口装饰、帐帘、围腰带、女性绣花鞋、小孩花帽、唐卡、寺庙神舞服饰刺绣、寺庙殿堂的绸缎吊挂等。

　　刺绣的制作并不复杂，最重要的是针法的选择、材料的选择以及色彩的搭配。刺绣作品的时长由图案难易、作品大小、线材粗细、技师熟练程度等因素决定，总的来说，慢工出细活，"那是一种急不来的技术。"

　　羌绣，作为被列入国家级非物质文化遗产名录中的民间艺术，早在3000多年前就已出现。由"绣"及人，羌是"羊""人"的组合，"从人从羊""西方牧羊人"。羌族，是我国最古老的民族之一，其主要聚居地，山连着山，云缠着云。羌人从成长到去世都与羊有着密切的联系，成人礼时羌族巫师释比要用羊毛线系于成人者颈上，以示神灵的保护；老人去世要杀羊为死者引路，祝福死者"骑羊归西"。释比念经，必须敲羊皮制的鼓才能通神灵。羊被神化成民族的图腾，是羌人生活财富的重要来源和精神支柱。

　　一想到灾后的雪原，想起云间偶然闪现的布谷，杨华珍就在心里默默询问自己：怎样才能使灾后的家乡尽快恢复重建？可不能一直靠着援助过日子啊？也是在这时，她的内心更加坚定了传承绣艺，让织绣成为群众增收致富门路的想法。

　　然，一花独放不是春。杨华珍热切地希望：百花齐放春满园！

她，放弃了从事记者这个行业。

"初到成都并不容易，我找了十来个姐妹与自己共同奋斗，有汗牛的王二花，她在猛固桥的供销社待过，我们熟识，我就把她带出来了。还有结斯沟的冯四妹，和她的几个侄女……那时，大家对商业还不太了解，创业很辛苦，后来恰好成都的一个项目与传统文化有关，我就抓住这个机会，用绣品打动项目负责人。"

杨华珍终于迎来人生的转折点。一天，有个大学生翻译带着一笔来自法国的订单找到她，希望能够为五星级酒店设计一批床上用品和室内装饰品。经过商量，杨华珍以家乡的花鸟草木等自然元素作为纹样设计，以藏羌织绣工艺为艺术表达，最终获得成功。收到货款当晚，从不饮酒的姐妹们一起小酌，跳起锅庄以示庆贺。

霓岚消散，宇空清爽，杨华珍的事业，又焕发出新的光彩。

随着时间的推移，她的绣品越做越好，且广为人知，特别是藏羌织绣被列为国家级非物质文化遗产，这是对藏羌织绣的肯定，更是对杨华珍及其团队的莫大认可。

在城市打拼的杨华珍，一边创业，一边传承。"刺绣是不折不扣的细致技术活，讲究心静。"由于绣品精美，使得越来越多的人开始关注藏羌织绣，这更增添了杨华珍的传承信心，她四处奔波，收集素材，回家后经过设计，用作品展现祖国秀美山川。她说："要弘扬藏羌织绣，除了要将自身闪光点继续保持以外，也要融入彼此的优点，取长补短，不断创新，才能永续发展。"

藏绣、羌绣最完美的结合品——《莲花化生图》应运而生。作品耗费了杨华珍5年时间。《莲花化生图》的灵感来源于敦煌莫高窟的壁画，她用高超的绣艺将壁画所载的古老传说完美体现在绣品上，使其呈现出神秘、深邃色彩。也是这个作品，让国际知名品牌注意到了中国的织绣，注意到了杨华珍。

"地震一刹那，厄运相随，很多东西一下子就消失了，这让我的内心

ᐱ 《莲花化生图》上卷

ᐱ 《莲花化生图》下卷

受到震撼，"她的语气不紧不慢，带着淡淡的忧伤与无奈，"授人以鱼不如授人以渔，震后我毅然决然辞去稳定工作，全身心投入到织绣传承中，刚开始时由于缺乏经验和推销能力，加上团队力量有限，我们的作品知名度不高，一度血本无归，但我没有放弃，我想我到都市不单单是为了个人的利益，更重要的，是要推行我们的绣艺。"

皇天不负有心人，在她不懈坚持下，藏羌织绣像一条冷冽清澈的河流，渐渐为人们所接受。

越来越多的年轻人加入到了她的团队，与她一起踔厉奋发，勇毅前行。随着团队的发展壮大，藏羌织绣声名远扬，海内外的许多大牌，纷纷向她抛出橄榄枝。

2014年，日本化妆品植村秀看中了杨华珍的手艺，希望推出两款限量版洁颜油，杨华珍欣然应允。在详细询问了洁颜油的原料成分之后，杨华珍有了奇思妙想：给含有绿茶的洁颜油绘制了羌族茶花娇艳绽放的图案，

取名"生生不息";又用一根藤蔓上挂着 8 种植物的形象,给另一款产品做"嫁衣",寓意"三生万物"。植村秀全球创意艺术总监看到蕴含绚丽色彩和精细质地融合而成的绣稿时,深受触动,说:"我感到一种永恒之美,并坚信这种中国传统艺术会触动公众的心灵。"

由于洁颜油大卖,杨华珍一次就拿到了 20 万元设计费和 100 多万元的产品提成。

这单生意让她一举成名,邀约不断。

2015 年,星巴克邀请杨华珍设计羌绣星享卡。这款暗黑色磨砂底纹加上白色山茶花的设计,风格简洁大气,一上市即吸引了大批网友。推出第一天,销售超额完成 21%。

2017 年,香港美发品牌 HairConer 购买了杨华珍的绣品《五十六朵花》,同时邀请她任包装图案主创设计师,为该品牌旗下的系列洗发水设计产品外观。

∧ 《五十六朵花》

2019年，荷兰梵高博物馆在香港授权展上慕名而来，他们同样相中了《五十六朵花》。在香港梵高艺术体验中心，这幅绣品上的花朵印上了香水瓶、唇膏、纸巾等文创品。香港的珠宝商也火速"签约"杨华珍，由她设计的珠宝频频亮相。

2022年，美国环球影业与杨华珍合作，创作《侏罗纪世界》羌绣特色logo，同年10月在四川文旅大会上正式发布，成功与多家服装、礼品、玩具品牌合作。

短短几年间，跟包括环球影业、华为荣耀、必胜客、星巴克等在内的二十多家品牌合作，给杨华珍带来了巨额的收益。

谁能想到，一根小小的绣花针，竟然让这位"四川大妈"吸金八百万，实现人生大逆转！

2017年，创维布局壁纸电视赛道推出全新品类——"创维壁纸电视"，短片中，杨华珍的民族服饰以及传统刺绣细节考究、色彩丰盈，跃然于画面之上。采用"独立主机＋无缝贴墙"壁纸形态的创维壁纸电视在与杨华珍的织绣作品一同挂在工作室时，整面民俗艺术砖瓦墙瞬间化身为大型艺术装置。

山川异域，风月同天。或许，当初，杨华珍开创自己的事业，只想着让藏绣得到传承，并没想到自己竟然靠着一根小小的银针，就能获得巨额回报。

这一切，得益于她的坚持，与韧劲。

最难能可贵的，是杨华珍并没有被巨额财富冲昏头脑，她想得更多的是带领村民共同致富。面对自己日益壮大的团队，杨华珍更加勤恳，她希望用更好的作品反馈社会，回馈乡邻。

跟其他传统工艺一样，阿坝州虽然有不少较年长的妇女掌握绣艺，但年轻艺人的稀少一度令织绣面临失传。

更大的危机源于汶川地震，数十位织绣大师不幸罹难！

为扭转失传危机，2008年8月，杨华珍筹资30000元人民币，成立了阿坝州藏族传统编织挑花刺绣协会；随后又带领"奶奶团出山"，到成都创业，不仅免费培训同胞姐妹，也以此为基地，出售产品。"传承人＋协会＋公司＋农村合作社"的传承模式，成功培训了数名高学历人才和数千名织绣艺人，她们当中有不少是打工返乡年轻人。

十余年间，杨华珍先后在汶川映秀、小金向花、成都邛崃等地建立了藏羌织绣传习所，在甘孜、色达等地的寺庙建立培训基地，她本人也获邀走进四川大学、西南民族大学等高校讲学，还在四川艺术职业学院建立了"华珍藏羌文化博物馆"。

"文化企业要大胆走出去谈合作，不要怕吃亏，要深挖自己的本土文化、民族特色，静下心来做自己的品牌，这才是最核心的东西，也才能让非遗更快融入现代生活。"杨华珍说。

四

作为一名文艺、民宗和妇联界别的少数民族政协委员，杨华珍时刻关注少数民族妇女的权益保障和发展问题。担任成都市政协委员、常务委员后，杨华珍将本职工作同政协工作紧密结合。针对成都市邛崃南宝山镇"羌族移民村"的非遗传承问题和经济收入问题，她不仅及时反映社情民意，还经年累月深入基层开展技能培训和订单发放等工作。

震后，由汶川县龙溪乡整体搬迁到成都市邛崃市南宝山镇直台村、木梯村的羌族妇女群体，有诸多不适应。杨华珍通过入户调查，从一位震前嫁到龙溪乡的妇女张莎丽口中了解到，她们生活习惯改变了，生活环境变化了，便不适应。

这可咋办？！

一天，她跟家人聊起这个话题，说："她们点醒了我，我作为一个传承人，咋不去教她们绣花呢。我的技艺如果能传给她们，让她们有钱赚，也能更好地保护这些非遗项目，这不是两全其美吗……"

瞬时如沐春光，杨华珍内心的激荡，恍若奔流的长江，渐渐高涨。

苍穹之下，一颗璀璨的星宿，闪耀着赤色的光芒。

在成都市政协、邛崃市政协和有关部门的大力支持下，杨华珍将藏羌织绣传习所建在了邛崃市南宝山镇，2009年以来，共举办了近三十期织绣技能培训班，累计向三百七十余人次羌族妇女免费传授技艺。

以艺创业路上，杨华珍的脑海里，时时浮现出追梦的记忆。记得，培训班里有一个残疾人学生，腿脚不便，但在学习中展现出来的勤恳、认真的态度让她大为赞赏，通过与这个学生聊天，她了解到了残疾群体的需求。

"那时并不顺利，培训采取自愿报名方式，将有意愿的妇女集中在一起学习，前期，有很多妇女来询问和报名，可学习正式开始后却慢慢出现了问题。"

陆续有学员退出！

是自己教得太难了吗？还是教得不仔细？还是其他什么原因？杨华珍的内心，充满迷茫。为了摸清情况，她去了几个学员家里，通过交流得知，主要是两方面的问题：一是她们以往做的只是纳鞋垫、缝补衣服等简单活儿，没接触过图案刺绣，要做到能够交易的作品水准，还需要长时间的学习锻炼，怕没有这么长的耐性。二是对学习新技能有顾虑，最直接的感觉就是一个作品的耗时过长，均摊下来工时费也低，觉得不划算。

针对这些问题，杨华珍改变了自己的教学内容，她向学员传播新的思想，加入市场分析、就业创业和国家政策等课程，同时编辑培训教材，在各地培训班里广泛使用。

功夫不负人勤。

订单沓至纷呈。

在开办培训班的同时，杨华珍也以派单的形式给绣娘谋取福利。绣娘在家就能接单赚钱，还能兼顾家务。每当看着她们在休息时拿出绣布，蹲坐在门口，聚精会神地绣着，杨华珍就感到自己的付出是值得的。"我出生于农村，知道姐妹们的艰辛，希望通过自己的努力，切切实实帮助她们，让她们能居家就业，改善生活。"

∧ 教与学

五

根据藏羌地区的传统故事和织绣传统纹样，杨华珍及其团队创作出了大量精美的绣艺作品。原创作品《十二月花》《花儿纳吉》《莲花化生图》《吉勒格瓦》《释迦牟尼》《吉祥八宝》等百余件作品，获得版权登记；

组织创作的两幅高 21 米、宽 15 米的巨幅唐卡《释迦牟尼讲经说法》《千手千眼观世音菩萨》，和一幅高 9 米、宽 7 米的《五部文殊菩萨》巨幅唐卡，在近几届成都非遗节上连续亮相，都获得了最高奖项。

杨华珍坦言，藏羌织绣的创作是"不封口"的，为创新与发展留出了空间。如《十二月花》只有 11 朵，因为还有 1 朵在你心里，"想怎么开就怎么开。"她说——

"说到这个刺绣，看上去很简单，就是几根线的事情。其实没有那么简单，一针一线，就是一辈子。

"震后，我想为家乡做点事情，就组织了一批老姐姐，带着绣花针来'闯世界'。我的第一桶金，是个外省老艺人的女婿，看了我的作品，要捐 60 万给我。我想了一晚上，第二天就坚决拒绝了。我不敢接呀！最后我说，要订单。接受订单做产品，咱就不欠人情。

"回望我的前半生，每一个重要时刻，绣花针都扮演了重要的角色。自十八岁正式创作《四臂观音》以来，我先后创作了近千件作品，并于临近花甲之年成为国家级非物质文化遗产藏族编织、挑花刺绣的传承人。同时，培养了近百名技术骨干，其中多人陆续被评为非遗传承人和四川工艺美术大师。

"藏族挑花刺绣技艺独特之处就在于以刺绣的方式，把独特的藏族文化表达出来，我们刺绣的图案都是反映我们的生活，技艺只是一个媒介，表达的图案和内容才是创作的灵魂。

"民族的才是世界的。我作品中最有特色的是刺绣唐卡，我从收集的唐卡和绣品中寻找灵感，创作了《四臂观音》。它风格典雅，有独特的神秘感，是我很喜欢的一次创新。

"创作灵感来源于我的家乡，立足于我们的文化。我喜欢收藏与藏族文化相关的东西，也常回老家采风，到寺庙上寻找灵感……我去人民公园写生，看到春天美丽繁茂的花，突然就有了创作的欲望……

"在今后的工作中，我还是会从传统民族元素中汲取营养，再大胆发挥想象力，大胆用色，不断推出新的纹样。"

毋庸讳言，《十二生肖·虎》数字出版物在"斑马中国"平台发布、发行当天，1100份《十二生肖·虎》数字藏品一分钟内售罄，版权网站热度创造了历史新高。为了帮助更多非遗传承人参与数字出版物发行，杨华珍组织、出资搭建了一个以非遗为核心的NFT数字版权平台——"一坊藏品"，旨在充分利用区块链、物联网、数字孪生、人工智能等新型技术，打造基于元宇宙领域的非遗数字藏品展示平台，主要从事文创、文博、文旅等领域的数字作品创作、开发及应用推广。

面对镜头，杨华珍心宇澎湃、万分感慨，她说："人生啊，没有什么事是永恒的，就像阿坝的岷江，一直向前流淌……我小时候在寨子里长大，那里的每个姑娘都会绣花，外婆教给阿妈，阿妈再教给女儿，绣的也都是眼睛看到的，云彩啊，大山啊，还有各式各样的花。"

一边打捞传统，一边创作生产。2022年，她根据藏羌地区的传统故事和藏羌织绣传统纹样，创作了面积达到7平方米的《十二生肖》和《格桑梅朵》两件大型刺绣艺术作品。此外，她还启动了《红军长征在雪山草地》系列绣艺作品的创作，以传统工艺再现那段彪炳史册的光辉历程。

晚霞辉映夕阳红，皓首丹心续华章。如今的杨华珍虽年过花甲，但她从未停止传承的脚步。和往常一样，她仍坚持带领团队成员，走访老艺人，深入四川、青海、西藏、甘肃、云南等地的农村、高校以及文化部门，全方位调研藏羌彝织绣艺术，收集传统工艺图案元素并加以规范，对各地不同风格、不同用途的工艺进行系统归纳，将图案及其意义、故事、来源整理成册，提炼创作所需的素材，建立藏、羌、彝织绣数据档案库，对传统图案进行数字转化，为这些非遗项目的保护、研究、应用提供基础。

对杨华珍来说，织绣早已融入生活。

云朵上的民族，灵感源于自然，针起线落，是匠心，是传承，也是艺术。

铁锤声声传经年

——记羌族银饰锻造技艺传承人杨维强

雷子 何丽英 郭文花 / 文

正如世间所有美好的物件都需交相辉映的衬托，一如绚丽的烟花需蓝丝绒般的天空为它们拉开绽放的幕布；一如或清雅或绚丽的羌装少不了如雪的银饰为之点缀和注解。

那些美轮美奂的艺术品装扮着人间烟火，让生活的仪式更具神圣与亲和。沉淀于时光里的古老图案被一代代银饰工匠们从岁月之河里捞出、于烈火中提纯、于千锤万锤中升华，一代代工匠们将前辈和自己的经验综合，将这门技艺从昨天传承到今天，并款款地走向明天。

在四川省阿坝藏族羌族自治州的茂县凤仪镇商业街市场入口处，有一家黑底金字招牌的"禹羌大银楼"，招牌的第二排是一行小楷书"杨氏民族首饰加工行"。敞开的店铺门上方挂着几个铜茶壶、铜火锅和一个书本大小的木质"福"字，让人觉得甚是有趣。店主叫杨维强，他身高约 165 厘米，体型敦实，肤色白而红润、浓眉厚唇，眼睛明亮而澄澈，一点也不像已是天命之年的男人。每当人们路过"禹羌大银楼"时，总会被店铺里叮叮当当悦耳的敲击声所吸引，他埋头制作首饰的样子横竖看都可以拍成一张很有内涵的人物特写。

约 30 平方米的店铺里琳琅满目，屋顶和墙壁四周都贴着墙纸，墙纸呈古铜色，图案生动立体，内容是《红楼梦》里的大观园的建筑与人物，墙纸上的佳人穿梭其中，好一幅才子佳人饮酒作诗的场景。杨维强店铺里的金银首饰非常多，凌而不乱，摆放有序。虽有一股土豪气扑面而来，却不会令人产生沉闷压抑之感，也许这就是人们常说的"大俗即大雅"吧！

店门对面的墙壁上挂着三个吊柜，一个吊柜里悬挂着各种款式的长命锁和粗细不一的银项链、银手链、中国结车挂等；另一个吊柜里则是羌族男子尤其喜好的银烟斗、银烟盒、银腰带、银柄刀具、银制火镰等，此类物件犹显羌族男子富裕雄健之姿。还有一个吊柜里则摆放着三套气质不凡的银酒壶和银器皿，它们静静的样子闪烁着冷凝的光芒，如霜雪般瓷实诱人。

这些物件或由古法錾刻工艺，显得含蓄而高雅；或经抛光后显得古朴厚重，泛着时光的氤氲。爱银饰的人们总会出现"选择困难症"，有了此"银杜鹃"又将失去了那枚"长生草"，遇到痴

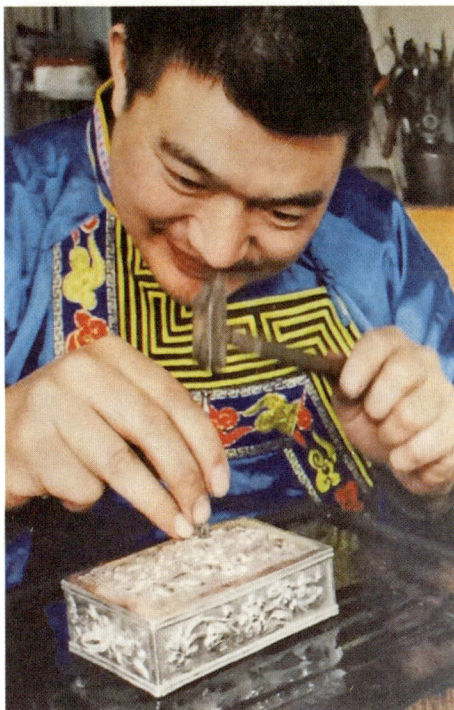

∧ 杨维强制作银饰

迷且豪气的顾客则像收集邮票一样将其所有饰件收入囊中，毕竟比起几百元一克的黄金，白银的价格则更适应大众居民的消费。

当顾客转身颔首看向平面橱柜时，里面整齐摆放着各种时尚与古老款式的银耳环、银发簪、银锁、银勺子、银筷子、银手镯、银马鞍戒等，令人目不暇接。让爱美的人们总是控制不住情绪让老板拿出来看看、选选、再就是买买买。

店铺墙壁的正上方挂着一张他工作时的彩照，令人忍不住去对比照片中他穿着羌服与当下工作状态时相貌上的些许变化，在照片的旁边挂着很多证书，其中有四个奖牌特别引人注目。第一个是"命名杨维强为四川省非物质文化遗产项目羌族银饰锻造技艺的代表性传承人"；第二个是"授予杨维强四川省工艺美术大师"；第三个是授予杨维强同志"四川省农村工艺大师（金属工艺类）"；第四个是"国家市场监督管理总局和中国个体劳动者协会"给他颁发的"全国先进个体工商户"的金底红字奖牌。

"专注为最高宁静"，他总能在动静之间自由转换，所谓"磨刀不误砍柴工"。他常在这些奖牌和证书之下劳作，工作台、铁锤、砧铁、电子秤、吊磨机、焊枪等仿佛是他的全部，可谓方寸之地全是技能。当有人来参观时，他一边热情询问顾客的需求，另一边依旧不放下手中的活路。累了，他就站起来活动活动一下筋骨，耐心回答游客的各种咨询。若遇上对当地历史文化和风土人情感兴趣的人，他就以一个土著的自豪，滔滔不绝地讲述羌族的历史文化，他的店铺俨然成了一个介绍民族文化同时又向游客学习的窗口。

茂县地处川西北高原，是全国最大的羌族聚居县，也是"羌族文化生态保护实验区"的核心区。茂县总人口约12万人，羌族人口占总人口90%以上。在没有抖音、快手等自媒体平台之前，认识杨银匠父子的人很多，他们有的是高山村寨的老奶奶、小媳妇、姑嫂、大妈们；有的是来自邻县各片区爱美的小伙子、大姑娘们。

在20世纪80年代开始，杨维强常常背着自己的银器制作家当，走乡串户为要办喜事的农户订制女孩子出嫁时的陪奁和迎娶新媳妇准备的首饰。由于羌族民间"订亲酒""许口酒""认亲酒"等各阶段仪式内容不同，赠送的礼物包含的寓意也不尽相同。

随着社会发展和老百姓生活水平的提高，在金银制品的制作上部分人仍然喜欢传统图案，而年轻人则偏爱时尚的，比如镶嵌一颗珍珠、镶嵌一颗宝石的异形设计，做工并非因简约而简单，反而是对一个工匠综合审美的综合考验。

从前时间慢，所以很多银饰订制是需要提前三五年的时间，那个时代杨维强为了节约往返时间和车票钱，在村寨一住多则大半年、少则两三月。于是他就成了农户家中的亲戚，与他们同吃同住，当主家在田间地头劳作时，他就像主人一般，边做手里的活路，边烧水煮饭，甚至还要给家里的鸡、鸭、猪、狗喂食。如此循环做完这家活路，又到下一家忙碌。

正是有着这样的经历，他练就了一种眼力，他能随便看一眼人们佩戴的饰品花样就知道他来自哪村哪寨，假若对方穿着汉服，他也能看出对方的饰品是哪个地区的特色，甚至有些银饰出自哪位同行之手，当然羌族服装的多样化也是判断各地区羌族村民最直观的依据。

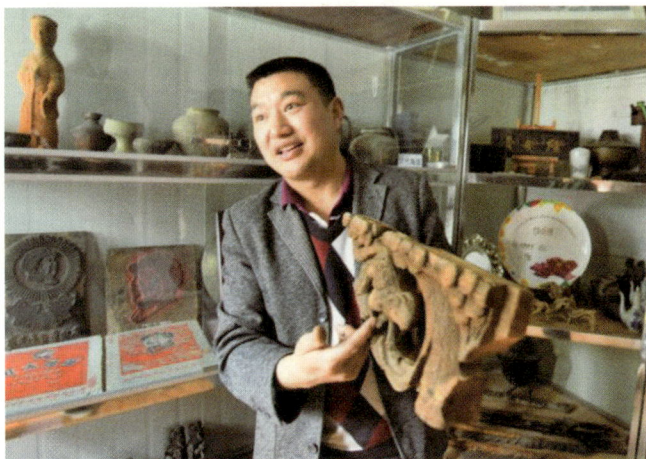

> 杨维强讲解收藏品

时光荏苒，穿着羌衣的人们是银饰消费的主要群体，女人们将旧的银器洗洗又戴，将老旧的款式改了又改，将家中存放的银圆熔化掉，将零碎的散银重新打成手镯或针线包，是老百姓乐此不疲的嗜好。买一半新银加一半旧银，重新铸出的银首饰让节俭爱美的人们内心甚是欢喜。雪白的银饰曾是游牧时光中可以随身携带和傍身的财富，通过银匠的手不断变幻与组合，银子像永不凋谢的太阳花美且永恒，可谓"匠心独运花样翻新人人惬意，妙手雕青冥琢众生律动生命"。

曾经在杨维强的店铺里贴着一张字条："拒收贼货与赃银"，与其说这是一种态度更是他经商做人的原则与底线，这张纸条的效果也是显而易见的，再没有人到他的店铺去兜售来路不明的金银。诚信即口碑，越来越多的人喜欢的不仅是他制作的首饰，更多的是则喜欢自己购买到的饰品是干净与纯粹的。

在计划经济时代，每每需要白银的时候，杨维强就会先到县公安局去开一份证明，然后才能到当地银行去购买到一年所需的上百斤银条，所以他店铺里首饰的纯度也是他生意兴隆的原因之一。

随着国家对非物质文化传承与保护的政策出台以及人民生活水平的提高，民间很多技艺被挖掘后得以复苏。县城里一大批被激活的银匠们偶尔聚集在一起交流金属锻造技艺，展览与宣传他们这个群体的作品，以促进相互的学习与技艺的提升。

复习传统文化，追寻乡愁是人们心灵与精神的需求，这种回归渐渐化成一种消费能力，但凡愿意订制手绣羌服的人，一定舍得去买两朵银花佩戴在"一片瓦"（赤不苏片区妇女头帕）、"虎头帕"（黑虎片区妇女头帕）、"羊角帕"（牛尾村妇女头帕）之上，再购上几颗银纽扣缝在女性羌服的衣襟上，平添了几分隽永之美。

若是小孩子的"虎头帽""狮头帽""猪头帽""狗头帽"上别上寓意深刻的"富贵双全""松柏长青""英雄辈出"等银饰，用它们呈现出神兽图案，达到的效果是双重的，让孩子不仅看起来虎虎生威，而且仿佛有一道看不见的符咒将孩子护佑。对家长而言其安全感和美好的心理暗示则像湖中的涟漪一圈一圈地在生活里荡漾。

收集杨维强手工银饰的群众越来越多，人们就像收藏名人字画一般带着些许痴迷，私人订制成为他忙碌的常态。他不断地被邀请去授课和参加各级各地工匠的锻造比赛和展览。他到过省会、到过贵州苗寨、到过首都，甚至最远跑到过日本东京。他的商铺里已挂不了那么多证书，他开始梳理自己的藏品，计划筹备私人博物馆。

是怎样的成绩和哪样的辛劳付出，他才可以获得如此之多的荣誉和得到社会各界的高度重视呢？回望一个家族走来的路充满了艰辛与坎坷，一个书香门第在历史变革中也在不断选择生存之道。

杨维强的曾祖杨玉堂是清朝光绪二十六年（1900年）的进士，是地地道道的茂县赦堂人（茂县光绪志上有记载），他科举后返乡回来为一介闲官，于是杨玉堂利用自己的学问在家乡办私塾二十余年，是远近闻名的杨先生。杨家孩子多，虽教书育人受人尊敬却入不敷出，家里的老屋破旧而寒酸，每当他看见周围经商和手艺人的日子过得比较充裕和安稳时，他萌生出让自己的孩子去学手艺的念头。杨玉堂告诉杨天福（杨维强的祖父）："天干饿不到手艺人"。于是杨天福在现在茂县前进街火神庙一带的"泉和银楼"当学徒，此银楼一直是为皇家做贡品的，所以技艺精湛的匠人比比皆是。

杨天福由于有些文化功底，加之悟性高，所以学起来手艺来也特别快，他在"全和银楼"潜心学习12年后掌握了全部的锻造技艺流程。学徒拜师有拜师仪式，学成后要经过十里八乡的银匠师傅们考核，要得到乡里乡亲的肯定后，经师傅许可方能"拨职"正式出师，师傅亦会拜托师友师兄多多关照徒弟，以后徒弟到你们地盘上请赏口饭吃之类的话。

杨维强说自己的家中还有他爷爷留下的一杆秤，称上刻有"公平交易"四个字，这也是告诫后人，不能短斤少两，若带徒弟就是带良心，绝不能保守和藏私。

"银秀才"是民间对此行业认可的最高荣誉,不仅要求会写还要会画,能将平面的图变成立体的,过去的"银秀才"要有向达官显贵和文人雅士学习与沟通的能力。所以这个行业对工匠的要求就像对君子的要求有相近之处,比如:孝道、谦逊、刚正、节俭、善良、勇敢等德行兼备的品质。而杨天福就获得此殊荣,享誉十里八乡。

"泉和银楼"因时代变迁逐渐消失在岁月的长河里,银楼里的东家和里面的银匠师傅们也如蒲公英的种子一般分散到各地,唯一能证明其存在过的佐证是当年"泉和银楼"的一枚印章,这枚印章仿佛有灵性一般,历经风雨沧桑几经辗转,最后来到了杨维强的手上,面对这枚知道其出处的印章,他百感交集,那里面包含的不仅有祖辈所有的记忆,还有那明艳艳如月般浩荡而来的时光。所以在杨维强的眼里,它不是一件普通的藏品,也不仅仅是一个家族的念想,而是一段浓缩着羌族地区银器锻造的传承史。

杨天福凭着自己过硬的技术自立门户,不仅改变了家庭的生活条件,也如了自己父亲"耕读传家""匠心独具"的家庭价值观。 杨天福此手艺一做就是 40 多年,其间他将自己的手艺传给了杨维强的父亲杨安国,后来"文革"期间这种行业几乎绝迹,很多银匠选择了改行,而杨维强的父亲也当了很长一段时间的木匠。由于羌族地区婚嫁习俗,银饰陪奁万万不能少,总有人私下来找到杨家人订制首饰,于是老杨银匠杨天福和中年杨安国都是白天出去挣工分,晚上在煤油灯下小心翼翼地做着首饰,他们尽量将敲打的声音降到可控的范围内,一套复杂的首饰往往凝聚着爷孙三代人的心血。

杨维强常说:"银匠和铁匠的职业都离不开火炉,太上老君是我们的祖师爷,我们做手艺的上方都要供奉祖师爷。"头顶有神明,心中就有敬畏,行动才有约束。

杨维强是从小在耳濡目染和潜移默化中学习银饰锻造流程的。他 13 岁时(1986 年),正式开始制作物件,为什么要等 13 岁呢?因为 13 岁的小伙子正是在长身体的时候,训练其拥有一把好力气是当银匠的必备的首要条件。同年，他被茂县二轻局招童子功当过几年银匠小师傅，由于集体单位的不景气而逐步消失，改革开放后个体户的迅猛发展，他退出集体单位后和其父亲杨安国一起经营自己家的银铺，细数经年，他已从艺36年。

杨维强常常调侃自己："当个好银匠难，学成之后一不小心就捡了一个金匠，顺便还捡了个铜匠、锡匠师傅的名号真是太划算。"

白银的熔点高，在锻造上难度上大，不仅要求师傅手臂上有力，还得要用好手腕上的巧劲。更不敢一点马虎，几乎是屏住呼吸小心翼翼，因为顾客根本不是斤斤计较，而是一微丝、一微毫的计较。

制作银饰的步骤需经过：化银、锻打、下料、粗加工、做模具、精加工、焊接、成型、錾花、清洗等十几个工艺流程。从银料熔化，制成薄片、银条出精美纹样再焊接或编织成型，最后，放入白矾水中煮白，再用布擦至发亮即宣告完工。当然，其中最难把握的则是錾刻与焊接技术。

錾刻的掌握全凭心手合一的感觉，用力过大容易将银片錾通，力道不够又不能将纹理的层次感凸显，这是检验一个银匠师傅技艺是否成熟的标准之一。

焊接时火候过大会造成某个局部熔化掉，前期的制作就功亏一篑，火候过小则焊接不牢靠，容易被损坏。为了掌握好这些技术，杨维强常常通宵达旦，反复尝试直到心领神会。为了将石膏模具这个技术掌握好，他远到安县（现在的安州）的严师家认真学习了三个月之久。杨维强正是凭借他独有的聪慧和基因里的艺术天分，经过长期实践和经验掌握了一套十分娴熟的银饰制作技艺。

由于杨维强从父辈和爷爷以及严师傅那里学到的是真传，他长兄若父，主动承担起对他两个弟弟和侄子教学任务。他是严格、苛刻的师傅，同时又是不厌其烦的老妈式的唠叨教育。当他们各自学业完成后，也在县城的闹市区开了一家生意兴隆的"茂州首饰"银楼。

1997年杨维强成家后，他的爱人朱贵英不仅是他的贤内助还是他不折不扣的粉丝。当杨维强不在店铺里时，朱贵英除了要照顾两个女儿的生活与学业外，还要到店里给他准备材料和制作销售金银首饰。当杨维强从某处淘到一样珍品需要大量资金时，她没有埋怨而是选择无怨无悔地支持。

在20世纪90年代初，杨维强和他父亲在下乡为村民定做银器的过程中，常常遇到很多村民为了要一个新首饰就要将有着古老花纹的首饰熔化后重铸，于是他用纯度很高的新银换掉纯度不够的旧饰品，或者用以物易物的方式换给对方满意的首饰，很多时候只收取了不高的手工费。

羌族曾经是马背上的民族，人们对马鞍戒的痴迷来自基因的呼唤，杨维强用了30多年的时间收藏了1000多枚不同式样的马鞍戒，戒指上有飞禽走兽、上百种花卉药草，还有鱼、虫、戏曲、人物等图案。

通过他的田野调查，他发现在羌族地区的马鞍戒上部分有镶嵌珊瑚和玛瑙松石的演变，这不仅仅是出于人们对审美的顿悟，而是在游牧时代，人们在迁徙的过程中，常常有大量的婴孩和动物的幼崽因为缺乏奶水而夭折，所以人们在首饰上镶嵌珊瑚和玛瑙作为一种象征，更是一种隐喻的祷告，它象征着请神灵护佑母亲的乳头奶水充足，祈祷部落的人丁兴旺，牛马羊健壮。

当一件件作品经过光与火、铁锤与灵感完满融合的艺术品优雅呈现时，杨维强仿佛完成了一场庄严的仪式。每每看着藏地羌区周围逢场、赴宴、过节的妇女们都佩戴着自己制作的银花、银月、银纽扣等饰品时，他的喜悦溢满胸口。

杨维强一边精进自己的手艺，一边踏上了一条荆棘坎坷的收藏长路。杨维强发现尤其是5·12汶川特大地震发生后，许多珍贵文物消亡殆尽，拯救迫在眉睫。于是，收藏与传承成为他对民族文化的自觉行动。他认为：只要是他觉得能够代表川西北地区、代表羌族文化的各类物件都被尽量收入囊中。尽管杨维强在茂县城内开了一家工艺美术品商店，即使将其所赚的钱投入收藏也是杯水车薪。

2013年，杨维强将自家的房产抵押给银行，获得了1200万元的贷款筹建博物馆。周围的人都认为他只是一时兴起，终究会败于现实。但杨维强并没有因此而屈服，而是继续他的银饰和收藏梦想。

2016年10月2日，收藏了无数文物的"维强羌族银饰博物馆"在从中央到地方各级相关单位的帮助下正式开业，这是阿坝州乃至羌族地区第一家非国有博物馆。从萌生创立念头、收集文物、陈列布置、申报获批到顺利开馆，犹如把一个幼儿抚养茁壮，对于杨维强来说，那不是一时心血来潮，而是为了传承历史悠久的民族文化精髓。

"维强羌族银饰博物馆"位于茂县凤仪镇内南街，建筑面积1000余平方米，院内花香阵阵、绿意盎然，看不出年代久远的石缸、石狮、石羊、石敢当等静静放在院内的一隅，如星罗棋布。一进门"阿坝州银饰锻造技艺传习所"的牌匾豁然眼前，而刻着"每个人都是非遗传承人"的门楣特别醒目时刻提醒他谨记传承使命。进门右手悬挂着费孝通先生学术名言："羌族是一个对外输血的民族，许多民族都流着羌族的血液"象征着羌民族的悠久历史，也是杨维强孜孜不倦传承的动力。

维强羌族银饰博物馆展厅面积700余平方米，共设七个展厅，馆内藏品上至新石器中期，下到民国，藏品丰富，种类繁多，其中金银器、陶器、瓷器、民俗品、古籍图书等大小合计上万余件精美藏品，其中他自己创作的多件获奖作品也在此博物馆中。据不完全统计，从2016年他的博物馆开馆以来，已接待50余万人次。

迄今已有茂县政协、茂县统战部、茂县文联、茂县科协、四川乡村旅游协会等多家单位以及四川大学、西南民族大学、绵阳西南科技大学等大学院校在此挂牌成立创作研学基地。

杨维强通过三十年如一日的努力与拼搏，逐渐得到了社会各界对他的肯定，各种荣誉纷纷为他加持，2013年被评为"州级非物质文化遗产项目代表性传承人（羌族银饰锻制技艺）"；2016年他获得中国珠宝玉石首饰行业协会颁发的传统首饰艺术品"天工精艺奖"；2016年他被西南民族大学聘为《羌族民间当代羌族地区旅游产品设计人才培养》专业特聘教师；2022年他成为"中国人民政治协商会议第十六届茂县政协委员会常委委员"。

杨维强作品已多次获得国家级、省州奖项，其中部分代表作品如下：

"羌族神兽大吉祥"镇宅辟邪保平安；此作品获得中国珠宝玉石首饰行业协会颁发的传统首饰艺术品"天工精艺奖"银奖；"顶天立地"是借鉴中国古代羌族羌碉图案，此作品获得中国珠宝玉石首饰行业协会颁发的传统首饰艺术品"天工精艺奖"银奖；"九龙香薰"，寓意九龙归位，是文房雅器；此作品获得"四川省工艺美术银奖"；"薪火相传"，此作品用三个部分来描述，第一个部分表现刀耕火种的场景，人们聚鼎而食，第二个部分讲延续文脉传承，皆是人物典故；第三部分火锅的底座用的是三朵大的牡丹，代表我国欣欣向荣的发展和团结奋进的精神！此作品获得"四川省工艺美术金奖"。

杨维强只是我州众多非物质文化传承人的一个代表。我国的非物质文化遗产是中华民族优秀传统文化中的瑰宝，是国人坚定文化自信的重要载体。一大批非遗传承人为让优秀的非遗项目薪火相传，他们心无旁骛，兢兢业业，付出了太多的心血和汗水。他们默默无闻、不断创新、追求精湛的技艺，都值得我们大力弘扬和歌颂；同时，他们在传承中自觉肩负起民族文化的发掘、保护的使命，用毕生心血铸就民族文化新生，推动民族文化的传播力度，吸引更多的人敬畏它、亲近它，用赤子之心重铸民族文化的辉煌。

在众多头衔中，最被杨维强珍视的是"羌族银饰锻造技艺传人"和"维强羌族银饰博物馆馆长"的称号，前者是薪火相传的立身之本，后者是未来发展之道！

我们都是非遗传承人，我们一直在路上！

1. 获奖作品"薪火相传"
2. 羌族服饰"领花"
3. 获奖作品"九龙香薰"
4. 获奖作品"顶天立地"

黄河三角洲岸边的传唱
——记藏戏传承人泽尔科

尼玛吉 / 文

གྲུ་ཨ་ལ་ལ་མོ་ཨ་ལ་ལེན༎
གྲུ་ཐ་ལ་ལ་མོ་ཐ་ལ་ལེན༎
ས་འདི་ཡི་ས་ཆ་ག་ཤེས་ན༎
ས་ཆ་རྨ་ཆུ་གཡུ་ལུང་སུམ་མདོ་ཟེར༎
…　…

阿拉拉姆阿拉唱，

塔拉拉姆塔拉唱。

若问此处是何地，

黄河三角洲[①] རྨ་ཆུ་གཡུ་ལུང་སུམ་མདོ 宝地。

跟随这久远的"仲哇"[②] རྲུང་བ 唱调，耄耋之年的泽尔科老人依旧目光坚定地望向若尔盖这片土地的山山水水，感应着扑朔迷离的古老传说——黄河三角洲岸边的格萨尔故事。

泽尔科，藏族，全名泽旺桑州，若尔盖县麦溪乡黑河村村民。1943年3月5日生于郎木格尔底寺旁的冻卡村。1960年迁往黑河牧场定居。泽尔科老人成为一名格萨尔说唱艺人，受益于其父喀氏铎扎。

铎扎，青海果洛阿埝部落喀郭儿嘛寨喀家人。在那个动荡的年代，青海果洛卷入军阀马家军的铁骑之下，民不聊生。年轻的铎扎和同村其他三人被征招入伍，面对军阀的残忍无道，铎扎和被迫应招的同村青年试图逃脱恶魔的管控。在经历了一段非人的折磨后，1938年，铎扎等人寻得机会，借助一位好心老回兵的帮助，成功出逃。仓皇逃亡中其中一人打死了军阀士兵。为了躲避追杀，铎扎隐姓埋名，辗转多地逃亡至若尔盖地区。40年代初，幸得格尔底寺第十世活佛救引，在该寺旁的冻卡村落脚，改名衮洛，

∧ 格萨尔说唱艺人——泽尔科

和麦溪幕部落牧民仲尕成家，有了儿子泽尔科。即便到了若尔盖，军阀势力依然不减，为掩人耳目，衮洛带着妻儿在若尔盖郎木寺、红星一带以乞讨为生，直到泽尔科12岁左右去世。

对父亲的坎坷一生，泽尔科老人轻描淡写，当谈到父亲衮洛是一名"神授仲哇"③时，他神采飞扬。回忆中，父亲时隔三五天就会发一次"病"，浑身颤抖，厉害时神情恍惚，人们说那是在通灵。恢复意识之后，父亲总能滔滔不绝地讲出关于格萨尔的故事，短则两三个时辰，长则大半晌。泽尔科自小喜欢听父亲讲格萨尔的故事，其中"查木岭"花岭国、"少年格萨尔觉日""玛曲和噶曲的美丽传说"等故事就像电影胶卷印在泽尔科年幼的脑海里。父亲口若悬河的样子，是他最珍贵、最幸福的记忆。

经过父亲的熏陶，耳濡目染的泽尔科自少年起便在同龄人中最擅长讲故事，模仿和记忆力超强。大字不识的他讲故事跌宕起伏，说格言妙语连珠，

∧ 泽尔科的家乡——黑河牧场（远景）

文思泉涌般的表达能力，让人难以想象他的故事全靠智慧、敏捷的思维和他与高原山水之间的心灵感应。

降边嘉措的《格萨尔论》读书笔记中对"仲哇"的分类有七种④，泽尔科老人则更加符合"顿悟艺人"的特性。在若尔盖这片辽阔的草原，在人们的信仰中，山水是神的威严和守护，花草、鸟兽是神的恩赐和精灵，她们在天地间吟唱着人们渴望的安宁和神话，而泽尔科老人这样的"仲哇"无疑是若尔盖岭嘎草原古老文化的讲述人、再造者，他口中涌现的故事历经千年洗礼，而他本人如化石般的存在。

泽尔科老人的这些特异感应，到了二十世纪八十年代才有了随想畅叙的环境，从那时开始他的内心滋生了游遍多年所思所想故事的地方，做实地观景印证的强烈愿望。于是从最初的骑马，到后来的租赁车辆对境踏勘，这样的日子一走就是二十一年。

刚开始，他慢慢回忆父亲讲述的故事，骑着马一步一个脚印，寻遍若尔盖的山水、草原、沟壑，踏勘格萨尔故事遗迹，感受故事脉络，期间用录音机录制近 28 盒磁带。到了 60 岁左右，他走到哪里都会有格萨尔故事在脑中浮现，他把故事讲给自己的亲人和孩子。时光流逝，看着自己日渐苍老，一瘸一拐迈动脚步的身体——"找人记录下这些故事，让它流芳百世"的想法就像顿悟格萨尔故事一样埋在了他的心里。他四处奔波，寻找理想的搭档记录自己讲述的故事，阅人无数。有的人真心想要帮助，有的人掂量利益轻重，他在自己的激情里感受着形形色色的人，有过委屈、有过欺骗，也有过感动，但他从未放弃。

为了心中的梦想，目不识丁的泽尔科老人勇闯学术界、机关大院。二十一世纪初，泽尔科老人参加过全国藏区召开的数次格萨尔研讨会，发言中多次讲述若尔盖境内的格萨尔故事。辗转于州、县文化部门，反复诉说自己在做着的事情，以及他希望出版书籍、成立若尔盖格萨尔文化传习所的愿望等等。在老人常年不懈地努力下，对若尔盖草原格萨尔文化的抢救性保护，引起了有关人士和当地文化部门的关注。2013 年，提出了抢

∧ 泽尔科（中间）和前来听格萨尔故事的群众

救濒危格萨尔文化，扶持泽尔科行动的启动方案建议。若尔盖格尔底寺民管会资助 3 万元，派出拍照摄像记录人员，配合泽尔科老人进行实地踏勘。2014 年初，县文体局接待果洛格萨尔文化专家泽州先生专程寻访泽尔科，泽州先生先后三次专访，认定泽尔科老人是格萨尔传"顿悟"讲述类，并鼓励其继续坚持传承与抢救。若尔盖达扎寺历算学者、格萨尔传爱好者阿科用洛赞助数万元，并协同泽尔科老人全力进行辑录、整理、编撰反映少年格萨尔事迹的传记《 ཨ་ཞིང་གཀར་ཆེ་དག་སྙོར། 》（觉日⑤的童年藏文版）。2016 年二人整理的《玛曲和噶曲的美丽传说》在阿坝藏学分期刊登。2019 年若尔盖县文化体育和旅游局出资 9 万协助出版《 ཨ་ཞིང་གཀར་ཆེ་དག་སྙོར། 》。后经若尔盖县文化体育和旅游局推荐，州文化体育和旅游局邀请著名双语作家龙仁青翻译该书，资助付梓出版《觉日的童年》（汉语版），《玛曲和噶曲》（翻译桑杰措）的故事作为附录一并出版。

318

∧ 泽尔科的书籍

　　泽尔科老人为之执着、痴迷、追求的，不仅是他个人的意志，更是身为中华民族文化传承者共有的信念。如今，泽尔科老人已经八十有余，当我拿着州文联的约稿通知，找到老人时，才知他因重感冒在若尔盖县医院入院治疗。听说我们要来，刚打完点滴的他穿着整洁地坐在床沿边等着我们，精神矍铄。刹见他的样子，我的眼周围有一丝热浪涌过，老人的意志无意间和他讲述的格萨尔坚毅的形象融合在了一起。

　　采访中，泽尔科老人说到自己已经81岁了，剩下的时间谁都无法预料，如今身体里那股神奇的力量在慢慢消失，也许某天上苍会收回去。说话间，他无不惋惜的眼神，让人为之伤感。他说，在若尔盖格萨尔遗迹有72处，每处都有它自己的故事，这些故事他还没讲完，他想让人接续走下去。为此，他为自己定下了传承人，一个是他的孙儿扎西尚州，一个是红星镇的群培。2020年开始，他带着扎西尚州踏勘若尔盖山水，寻找格萨尔故事。扎西尚州担任摄像、驾驶工作，而此时的扎西尚州也有了感应格萨尔故事的特异能力，能讲述部分片段，他跟随爷爷的脚步，寻找着和山水之间的神识。群培是他认识的一位痴迷格萨尔，并在不断研读和撰写格萨尔故事的知识分子。泽尔科老人希望在以后的日子里，他二人能携手完成自己的愿望。一个说一个记，把若尔盖黄河三角洲流传的格萨尔故事完整地记录下来，让它经久不衰。

关于格萨尔藏族有句谚语："岭国人每人嘴里都有一部格萨尔。"也说："有格萨尔流传，地方就兴旺；没有格萨尔流传，地方就衰败。"这句话反映了格萨尔在藏区的历史久远，流传广泛，影响深远，深受藏族群众喜爱，它也是中华文化宝库中的活化石。相关书籍中对格萨尔这个人物也有较为考究的记载。由嘉茂周华著，瓦西·罗桑旦增译注的，如今已经成为西南民族大学、西北民族大学、青海民族大学、青海省师范大学等大专院校历史教材的《藏族史话》一书中写到：

∧ 扎西尚州（左一）、泽尔科（左二）

∧ 群培（左一）、泽尔科（左二）

岭·格萨尔于 11 世纪出生在多康⑥杂曲卡，后来居于玛域即今天的
果洛地区，是一位统治这一带小有名气的人物。彼时，正值吐蕃四分五裂，
地方部落长掌管各自地界。岭·格萨尔骁勇善战，足智多谋，不仅抗击外
敌入侵，让百姓过上安逸舒适的生活，自己更是笃信宗教，迎请名为郎·绛
曲哲果（ རྣམས་བྱང་ཆུབ་འགྲོ་བ། ）成道者，供奉礼品，以求佛法，建立佛殿，广兴
善业，得到百姓尊敬和拥戴。起初其业绩口口相传，最后以故事的形式广
为流传。如今我们见到的《格萨尔王传》的岭·格萨尔，其业绩并非某一
位藏王所为，而是综合了藏族历史上若干大事，通过艺术加工创作出来的。

历史滚滚浪潮中，在黑发藏人的心中格萨尔是一位带领其将领们，不
畏强暴、不怕艰难险阻、以惊人的毅力和神奇的力量，征战四方，降妖除魔，
惩恶扬善，抑强扶弱，造福百姓的英雄人物。无数"仲哇"从奴隶社会到
封建社会的低等人身份——登不了大雅之堂的民间（流浪）艺人，到如今

成为文化瑰宝传承人的尊贵身份，他（她）们用散文式、自由式和格律式的叙述方式，大量使用民间谚语，脱离烦琐的书面语言，且不受诗学明镜的束缚，将格萨尔口口相传，且风采各异，描绘出了世界最长的《格萨尔王传》英雄史诗。2019 年，由四川出版集团策划、投资，喜马拉雅文库搜集、整理，四川民族出版社及四川美术出版社联合出版的《〈格萨尔王传〉大全》总计 1.3 亿字，汇编成 300 卷精装本，成为迄今最全的《格萨尔王传》藏文文库。而世界上最早的英雄史诗《吉尔伽美什》仅 3000 多行诗，用楔形文刻在 12 块泥板上。在世界文学史上，思想上、艺术上的成就最高、流传最广、影响力最大的《荷马史诗》（《伊利亚特》《奥德赛》）共 24 卷，15693 行。与之齐名的印度史诗《罗摩衍那》《摩诃婆罗多》，前者旧的本子约有 24000 颂，按照印度计算法，一颂为两行，共 48000 行，后者全书 18 篇，20 多万行诗。《格萨尔》被发掘整理后，仅篇幅就比以上四大史诗的总和还多，堪称世界史诗之冠。根据格萨尔口口相传的特性，如今的"仲哇"们还在不断增加和丰富其内容。

　　若尔盖，有泽尔科老人是幸运的。有他的讲述，若尔盖这片土地上的格萨尔才会栩栩如生地出现在世人面前，这块文化瑰宝才会有人去诠释它。若尔盖农区、牧区就如同其他藏区一样，流传着很多格萨尔的传说，这里有格萨尔射箭的痕迹，江噶马⑦的蹄印，岭国⑧"ས"字印。一直以来若尔盖这片草原被人们称为"岭国福泽之地"，也有被称为"岭人的部落"，尤其是黄河三角洲在格学中认可其为格萨尔母子被晁同陷害后流放的"玛美玉隆松朵" མ་མེད་གཡུ་ལུང་སྨུག་མོ། 草原。泽尔科老人讲述的就是格萨尔在若尔盖黄河三角洲为民除害，以及赛马称王前的成长故事。

　　"雪山犹如水晶之宝塔，低湖犹如碧玉之曼遮⑨。"格萨尔的故事就是在这样圣洁的雪域高原代代传颂。泽尔科老人生于斯，长于斯，对雪山、低湖有自己的顿悟和传颂。他的人生就像一部命运多舛，而最终走向圆满的励志故事。他坚守着一片土地，传承着古老的语言、古老的神话，讲述着山水的灵与魂，而我们肉眼凡胎看到的却是人间的英雄……

在漫长的格萨尔说唱艺人生涯中，泽尔科老人信念如"宝塔"般圣洁、坚定，愿其信念终得"曼遮"般轮圆具足。

阿拉拉姆阿拉唱
塔拉拉姆塔拉唱
若问此处是何地
黄河三角洲宝地
……

注释：

①此处指若尔盖麦溪乡境内黄河、黑河交汇处。

②格萨尔说唱艺人。

③指神灵附体，一时陷入混沌，清醒后能不断说出格萨尔故事的说唱艺人（藏族民间说法）。

④第一种：托梦艺人，藏语称"包仲"。这类艺人在自己青春少年时期，做过一两次神奇的梦，梦中仿佛经历了格萨尔一生征战的事迹。有的甚至一连几天酣睡不醒。醒后往往大病一场，病愈之后，艺人们突然才思敏捷，便开始滔滔不绝说唱《格萨尔》。第二种：闻知艺人，藏语称"蜕仲"。这类艺人听到别人讲唱《格萨尔》后快速学会，但往往只能将几部或一些片段。这属于普通人通常的学习方式。第三种：吟诵艺人，藏语称"顿仲"。这类艺人是对照文本吟诵，离开文本便不会讲。但他们嗓音卓越、吟诵技巧高超，建国后在媒体说唱的，多为这类艺人。第四种：藏宝艺人，藏语称"贡德"。这源于佛教"心间伏藏"之说，亦即心间藏着宝藏，自行挖掘，无师自通。第五种：圆光艺人，藏语称"扎包"。演唱者对着铜镜说唱，他说自己并不懂格萨尔，只是把铜镜中看到的转述出来，有的会写不会讲。第六种：顿悟艺人，藏语称"达朗仲"。这类艺人随着顿悟的灵感演唱，灵感消失便不会唱，往往只能唱几部，记忆时间短。第七种：掘藏艺人，

藏语称"德顿"，是搜集、整理、挖掘《格萨尔》的人。

⑤格萨尔童年的称呼。

⑥古时藏区的划分为上中下三部，即阿里三围、卫藏四翼、多康六岗。（参考资料《安多政教史》）

⑦格萨尔的坐骑江噶耶哇。

⑧传说中格萨尔统治的王国。

⑨也译作"曼荼罗""曼陀罗""满拏罗"等，系梵文音译，藏传佛教供品之一。"曼遮"分为外、内、密、本四种。外，则指藏人家中供奉的"坛城"，其意为以"须弥山"为中心的四大洲、八小洲、七海、七山的世界（佛教叙述的地球）。

乘着歌声的翅膀
——记国家级非遗项目川西藏族山歌传承人扎西尼玛

泽让闼 / 文

　　有人说，意大利著名盲人歌唱家安德烈·波切利的嗓音是被上帝亲吻过的；有人说，浪漫的钢琴王子理查德·克莱德曼的手指是被上帝亲吻过个。如果你聆听过"山歌王子"扎西尼玛的山歌，你的脑海里也会有一个声音说，这是被上帝亲吻过的嗓音，或者说他天籁般的歌声就是从妙音天女的琴声里流淌出来的。

　　扎西尼玛，一个从大山深处的普通藏寨里走出来的优秀歌手，唱了那么多脍炙人口的歌曲，很多歌曲的歌词意境那么优美，我们却因为他流水般明澈、天空般空灵的嗓音而忽略掉歌词，完全沉浸在歌声传达的幻境中。就如扎西尼玛在《黑帐篷》中唱的："蓝天多么神奇 / 天降甘露

∧ 扎西尼玛

润大地；草原多么奇妙 / 百花争艳美家园；帐篷多么神灵 / 奶茶飘香醉牧人。"他的声音就是天降甘露，就是百花争艳，就是奶茶飘香。

扎西尼玛于 1979 年出生在阿坝州松潘县进安镇牟尼沟村上寨组，由于家庭条件困难，他跟很多农村孩子一样早早就承担起生活的重担，力所能及地帮着家里干活儿，不管是到森林里砍柴，还是到草山上放牧，都是日常生活的一部分，他说："这些琐碎且繁重的劳作，就是我对这个世界的所有认知。"

生活很多时候是枯燥的，但是为了把日子过得有点滋味，就像在面包上抹黄油一样，人们用歌声让心灵变得充盈，让生活有了色彩。因此，一年四季，晨昏昼夜，不管是婚丧嫁娶，还是日常劳作，歌声总是无处不在，这些不同类型的歌曲被人统称为"藏族山歌"。

藏族山歌历史悠久，据史料记载和民间艺人口述，早在公元 8 世纪以前就出现了名为"勒"的民歌体裁。这就是藏族山歌的初期形态，先民的生产劳动、社会生活、精神信仰、欲望情感，都是山歌产生和创作的土壤。

藏族山歌作为一种纯民歌形式，可以由歌者根据情绪状态而即兴发挥，演唱看似简单，其实颇有难度，乐句中间常出现许多密集音符组成多变音型的情况，一般人难以驾驭。要真正唱好藏族山歌，不仅需要有一副高亢悠扬的好嗓子，还需要具备灵活娴熟的演唱技巧。

扎西尼玛天生就有一副好嗓子，加上小时候除了唱歌没有其他娱乐，所以他经常唱山歌。他最初是听父母唱，然后是听村里的大叔大妈们唱，因为对唱歌很有天赋，大人们唱两遍他就学会了。随着学到的山歌越来越多，他开始在家里老人那里学习唱歌的技巧，把自己的嗓音优势更好地展现出来。

那时候，扎西尼玛对山歌入了迷，每天一睁眼就唱，放牧唱，挖药唱，砍柴唱，劳作唱，骑马唱，风里唱，雨中唱，吃饭也唱，甚至躺在床上都在唱，有时候家里的大人想清静一会儿，却被他的歌声不胜烦扰，忍无可忍中把他训斥一番。扎西尼玛每次想到那时的情景，总是忍不住心里发笑。

川西藏族山歌音域宽广，音程起伏大，被人誉为"云的飘逸，风之潇洒"。歌词多为三段，前两段常采用比拟手法，第三段点出主题。曲式结构大多为五声音阶羽调式。乐曲以二乐句为主，四乐句较少，因此一段唱词要分两次才能唱完。

川西藏族山歌的节奏很自由，一般是一口气唱完一个乐句。开始第一个音乐时值很长，尾音时值也很长，这与藏民族在放牧或者劳作时悠然自得的心情分不开。歌曲中的连音较多，一个乐句内的音符几乎都是连贯的，九连音，甚至二十五连音都有，三连音五连音更是普遍。

川西藏族山歌还有一大特点是装饰音丰富多样，依音和颤音多变，但这些都是根据演唱者的性别、年龄以及对歌唱技巧掌握的娴熟程度而定，可多可少，可有可无。所以，当在集会上邀请某人唱上一曲，被邀请的人会谦逊地说："我声音不好。"邀请的人或者观众就会说出那句谚语："没有好嗓音就用好歌词来装饰。"这个谚语的另半句是"没有好歌词就用来好嗓音装饰"，两句常常搭配使用。可见，藏民族自古就清楚一首好的歌曲是由悠扬的旋律和美妙的歌词共同组成的。

时光如梭，随着成长，每逢藏历新年、夏季"畅坝"这样的节日集会，或者村寨里男婚女嫁举行婚礼，扎西尼玛都会尽情放歌，用歌声为大家送上美好的祝福。他说"那个时候就是喜欢唱歌"，每逢这样的日子，他都是村上"狂欢节"的主角，哪里有他，哪里就充满歌声与欢笑。

当然，唱山歌并不需要特定的场所，也没有固定的时段，因为川西藏族山歌的基本特征是集体创作、口头传承，通过口头创作，口头流传，并在流传过程中不断经过集体的加工完善，用以表达藏族人民的思想、感情、意志、要求和愿望，具有强烈的现实性，同时生动地刻画了人们生活中的事物思想理念和精神追求。

川西藏族山歌种类很多，几乎囊括生活的方方面面，常见的比如山歌：

牧歌：

在那辽阔的夏季草原上
正是母羊居住的地方
那里有温暖舒适的牧场

母羊是想草原而来
母羊是想羊羔而来
是让羔羊吸吮奶汁而来

颂赞歌：

前鞍桥上升太阳
太阳升来百马聚

后鞍桥上升月亮
月亮升来百牛聚

两鞍冀上升星星
星星升来百羊聚

情歌：

俊男好似名贵茶
美女就像鲜牛奶
情投意合成奶茶
流言蜚语似沸水

俊男好似金龙缎
美女就像水獭皮

情投意合皮配缎

流言蜚语似绸飘

酒歌：

山涧清水有酒味

嘴虽不渴饮一口

美丽黄花有药味

身虽无病服一副

祝福歌：

吉祥幸福的高峰

寄托给了长流河水

比河流还长流不变的

是那吉祥的祝福

吉祥幸福的高峰

寄托给了金刚岩石

比岩石还坚硬不变的

是那吉祥的祝福

游侠歌：

去时我在众人前

这是因为骏马出众

来时我在众人后

那是因为我是勇士

除了以上类型，还有劳动时的割草歌、挤奶歌、赶毡歌、割麦歌、背柴歌、

< 扎西尼玛在演唱

锄草歌、耕地歌、打麦歌、夯墙歌，婚礼中的各种赞歌，生活中的茶歌、箭歌、诵经调，甚至还有战歌和强盗歌等等，总之万事皆可入歌而唱。

因此，常听老人们津津乐道他们年轻时斗歌的情形，说在某次婚礼上村里的某人和某人对歌，或者哪一次某个地方的"歌王"慕名到这里来挑战村寨里的歌手，他们一比谁会的曲调多，二比谁记得歌词多。歌曲的调子千变万化，歌曲的内容丰富多彩，从庄严华丽的颂赞歌到暧昧狎昵的调情歌，从妇孺皆知在整个藏区广为流传的山歌到只在某个区域传唱的地方调子，精彩纷呈，不一而足。他们常说"比赛进行了三天三夜"，大家最后唱不动了就小声哼，曲调唱尽就说歌词，真是搜肠刮肚，绞尽脑汁，把唱山歌的才华毫无保留地尽情展露。

当然，扎西尼玛在成长中没有经历过那样的场景，但他的人生和歌唱息息相关。1998年，松潘县举行了庆"八一"歌舞比赛，在县城开卡拉OK厅的尼玛带着试一试的心态报名参加了比赛，凭借一曲《阿古班玛》征服全场，一鸣惊人，顺利夺得了一等奖。

通过这次比赛，他的心里忽然有了成为一名歌手的想法。他说："那个奖对我的影响很大，通过唱歌能获得别人的认可，这也让我不那么自卑了。"

初试牛刀的扎西尼玛放弃了卡拉OK厅的经营，来到九寨沟"香格里拉"艺术团，成了一名歌唱演员。2001年10月，九寨沟数十个歌舞团联合举办"庆国庆歌手比赛"，他再次获得一等奖，并被大家誉为"山歌王子"。在九寨沟演出期间，扎西尼玛开阔了眼界，增长了见识，于是他决定到外面的世界去看看。

2001年11月，尼玛带着自己的山歌，只身一人来到成都，考入了"唐古拉风歌舞大世界"，成为一名职业歌手，并与藏区众多歌手一起录制了音乐专辑《唐古拉风暴》，他们用全新的方式演唱了许多大家耳熟能详的传统歌曲，在音乐界刮起一阵旋风，专辑火爆市场，扎西尼玛的"山歌王子"之名得到大家的认可。

机会是留给有准备的人。扎西尼玛通过努力，很快将自己的事业推向高潮，他所唱的歌曲《欢乐的海洋》席卷了川西和西藏的流行音乐市场，演出邀约纷至沓来。2002年参加了四川省第九届运动会开幕式和首届中国（四川）国际熊猫节，2003年参加四川电视台春节联欢晚会，同时他还在中国首届南北歌手擂台赛中夺得第二名，获得"全国十大歌王"称号，并在第四届高原艺术节中夺得一等奖，他的山歌在一次次潮水般的掌声中飞旋。

"因为唱歌，我走出了小山村，也重新认识了这个世界。"扎西尼玛说。他为了自己的事业，一直在不停地努力学习，学知识，学文化，学乐理，不断地充实自己，他说"山山水水都是我的老师"。

扎西尼玛是个非常睿智的人，当我问他，山歌是怎样改变你的人生的？他说，改变我人生的不是山歌，而是我自己，会唱山歌的人很多，会唱歌的人更多，但是很多人不知道怎么改变自己的困境，看不到自己的优势，但我看到了那个时候市场最缺什么。当我问他为什么会选择走音乐这条道路，他说不是我选择了音乐这条路，而是音乐选择了我扎西尼玛。他有着和常人不一样的思维方式，所以比一般的歌手发展得更好。

一个人离开村寨，到外面的世界去闯荡，家人们对他所追寻的事业持什么样的态度呢？扎西尼玛说，谈不上支持或者反对，因为那时候你能唱歌挣钱就已经很不易了，家里人没有理由不支持；不是因为唱歌能出名当歌星，而是因为能挣钱给家里减少负担。

生活就是这样现实而沉重，扎西尼玛却从苦涩的土壤中培育出了芬芳的花朵。酝酿果实的过程当然不仅有阳光和雨露，还有寒风和严霜。20 世纪 90 年代末，扎西尼玛带着自信的歌声，走向了更广阔的舞台，他决定去北京闯一闯，但很快，现实给他上了一课。"找不着北，更找不到自己。"回忆起北漂的那段时间，扎西尼玛坦言，从成都广受大家欢迎的舞台上走出来，一切从零开始，显得十分艰难，也找不到合适的音乐人一起创作。在这样巨大的反差带来的痛苦和迷茫中，扎西尼玛也开始思考，"藏族山歌离开了属于它的那片土地，在钢筋水泥的城市，能生长下去吗？"这种"水土不服"不仅仅表现在藏族山歌里，也表现在扎西尼玛自己身上。他学习了一口纯正的普通话，开始演唱一些带有流行、摇滚元素的歌曲，此时的歌曲里也有藏族元素。这种演唱方式，也让扎西尼玛收获了一批"粉丝"。"当时这样转型也是为了找到更多的观众。打开新的市场。"但后来情况不是特别理想，扎西尼玛开始反思，沉寂了 8 年时间，远离了他心爱的藏族山歌。

在这个过程中，一位老人的出现成为他事业的转折点。2008 年，扎西尼玛回到家乡时，听到一位 78 岁的老者唱歌，这首老歌让他觉得既新鲜又熟悉，于是他决定把这首歌记录下来。但是没想到的是，没过多久这位老人就去世了。而当时他仅仅根据简单的录音资料，记下这首歌的部分

∧ 扎西尼玛（中）

片段，这让他痛心不已。"那么好的音乐就被永远地带走了。"他后来凭着记忆，创作了以这首歌为原型的歌曲《黑帐篷》，后来也成为他的代表作之一。

这次阔别重逢，让他沉醉于原生态藏族山歌里，也使他相信藏族山歌主要市场还是在藏族群众中间。

扎西尼玛说，歌词有界音乐无界，通过音乐来表达藏民族独特的文化内涵是最直接的，尤其这十几年来，音乐起到了让整个世界对藏族文化有了深刻的认识和桥梁的作用。藏民族的音乐是多样性的，不同的音乐影响着不同的人，比如川西藏族山歌对我的影响就是从中可以了解很多关于反映人与自然的关系，感恩自然、敬畏自然、赞美自然，表达父母恩情，讲述爱情，传唱游牧文化、农耕文化等生活习俗。川西藏族山歌是藏文化中最精髓的一部分，生活在世界屋脊的藏族人民通过歌谣来传达生活信念以及生存智慧，这些都是藏族山歌传递给我的信息。

2008年6月，经国务院批准，川西藏族山歌被列入第二批国家级非物质文化遗产代表性项目名录，扎西尼玛成为非遗传承人后，本着责任心，开始有计划地去做一些事情，除了自费收录文字、影像和音频资料，去学习更多传统唱腔以外，还积极走村串户、拜访名师，去挖掘、整理川西藏族山歌，同时也在传承上做大量的工作。扎西尼玛说，他现在已经收录了将近 3000 首传统山歌，带了 10 多名徒弟，下一步计划把这些山歌数字化放在互联网上，让山歌永远传承下去。在传承山歌的过程中，扎西尼玛也在时时思考如何才能在这个"文娱快销"的时代，重新唤起人们对传统文化的热爱。

但是，就像人们常说的"理想很丰满，现实很骨感"，传承之路充满艰辛。他说自己要文化没文化，要资金没资金，要人脉没人脉，唯一能让他坚持的就是有一副跟别人不同的嗓音，但是这个得遇见一个伯乐才行，不然像一只无头的苍蝇在都市里游荡。他说，其实大家平时所看到的歌手们外表都是光鲜亮丽，但处境很可怜，像藏族山歌这类民间歌曲是国家级非物质文化遗产，艺术价值和文化价值很高，但在外来快餐式文化的冲击下，它缺乏市场，缺乏创新，久而久之就变成了一个冷门艺术，所以传承者们的经济条件很不好，在没有经费扶持的情况下很难做到有效的传承与保护，不管是发展、创新还是弘扬，都是摆在眼前的现实难题。

面对个人的发展和所传承的川西藏族山歌的传承，扎西尼玛一直坚守着自己的心。他说，最初是生活让我坚持下来的，后来发现自己爱上了这个职业，然后越陷越深，已经为川西藏族山歌耗了 20 多年，现在除了做川西藏族山歌，再也找不到其他感兴趣的事情了。"可能这就是命吧！"他强调说。

扎西尼玛于 2019 年 8 月举办了首届中国藏族山歌大会，集合川西藏族山歌、甘肃甘南藏族山歌、青海玉树和果洛藏族山歌等各地历史悠久的藏族山歌及优秀山歌手，共同用音乐交流和碰撞，打造出独具特色的非遗保护交流平台和展示平台，此活动得到社会各级的好评，受到国家、省级的非遗专家和音乐专业人士的青睐和高度赞扬。

扎西尼玛作为国家级非遗（川西藏族山歌）传承人、中国藏音库的创始人、中国藏族山歌大会创办人、四川省藏族民歌发展促进会会长、四川川省音乐产业协会副会长、川西行走之声·川西藏族山歌邀请赛暨非遗音乐会联合创始人、中国文艺界最高奖项"山花奖"金奖得主，面对诸多的职责和荣誉，他认为藏族山歌的非遗传承一方面连接着最原生态的土地，另一方面要突破陈规，走向通俗，走向社会，并在各界音乐人士的支持下，找到更好的发展道路。本着这样的思维，他在音乐的道路上也在不断寻求突破。

如今，他不仅仅是非遗传承人，也不只是演唱山歌，而是成了一名"综合性"的歌手，他唱的如《赛马汉子》《欢乐的海洋》《阿克班玛》《相约巴拉》《谁的帐篷》《次真拉姆》《安多敬酒歌》等很多流行歌曲脍炙人口，流传度非常高。他还自己作词作曲创作了歌曲《圣地欢歌》《蝶恋花》《江之源》等。

为了让自己的音乐梦走得更远，扎西尼玛在成都梵木创艺区的工作室专心创作歌曲；为了做出更好的音乐，他卖掉一套成都的房子，希望能够花上 6 年甚至更久的时间，打磨出自己喜爱的一张高水准的音乐专辑。

"不积跬步，无以至千里"，没有谁的梦想是随随便便就能实现的，只是人们往往只看到他们表面的光环，而没有去了解他们背后付出的艰辛和汗水，更没有感受到他们在瓶颈期的焦虑和挫折下的短暂绝望。但是，为梦想拼搏的人从来不会轻易放弃，即使累到疲惫不堪，他们也会短暂休憩后整装上阵。扎西尼玛就是这样负重前行着，相信在梦想这座灯塔的指引下，他将乘着歌声的翅膀，终究会在音乐界留下自己浓墨重彩的一笔。

藏医

——记南派藏医药传承人扎西彭嵯和加措

扎西措 / 文

扎西彭嵯

扎西彭嵯，求吉寺第十五代堪布，南派藏医大师罗让年扎亲传弟子，更盼藏医诊所创始人，成都喜马拉雅藏医医院名誉院长，北京首保集团签约专家，四川省南派藏医药传承人，藏族祥巴版画创始人，金冠舞非遗传承人。

原计划是用一天的时间采访扎西彭嵯堪布，但不巧的是，他要去内地给一位逝者诵经超度，便只好"长话短说"了。好在堪布也是老朋友，过去常去他那里医治头痛，算是直接受益人。对其医术才华及人品学识心生敬仰。后来

337

∧ 扎西彭嵯看诊

也多次推荐朋友前去他处看病。

到达"更盼藏医诊所"时已是正午时光。阳光从深蓝的天幕中倾洒而来，宽敞整洁的院子里弥漫着青草的味道，一株开满白色花朵的果树伸展枝叶掩映着禅意十足的凉亭。凉亭中摆好了简单的茶果，堪布步履轻盈地穿过院子向我们打招呼。

献过哈达，彼此问候后就座。堪布亲自煮茶待客，不一会就有僧人端来洋芋包子，清雅的凉亭中顿时茶香微漾，意境悠远。

为了节省时间，我简单介绍本次采访主题后开始进入访谈。

笔者：据说您师承南派藏医大师阿科年扎？这其中有什么原委？

堪布：是的。阿科年扎原名罗让年扎，因其僧人身份，人们尊称他为阿科年扎。阿科年扎是阿西茸"雅松曼干"（雅松大藏医）昂旺扎巴的高徒，与当代藏医专家且科同窗。同时他还深得昂多、达扎曼巴尼美等优秀藏医的悉心传授。

原来，扎西彭嵯出生于若尔盖县求吉乡下黄寨村然安寨，由于天资聪慧，禀赋超群，深得家族长辈的喜爱。因为罗让年扎是爷爷的远方亲戚，对家族里出现一位聪颖孩子早有耳闻，萌生了要把他培养成藏医继承人的想法。

扎西彭嵯 14 岁那年，父亲把他召回家里，说有位高人想见见他。

来者是个五十开外的长者，眼神犀利睿智。他见扎西彭嵯英姿逼人，华光初现。眉宇间露出爱怜之色。父亲严肃地介绍，说此人正是大名鼎鼎的南派藏医代表人物罗让年扎。

说起南派藏医，不得不追溯藏医药的发展史。藏医药是中华医药宝库中的瑰宝，距今已有 3800 多年的历史。是藏族人民经过长期积累的实践经验，最终形成了独具特色的医学体系。藏医药发展经历了萌芽、奠基、发展、争鸣、繁荣、振兴六个时期。而在争鸣时期（14—17 世纪中叶），因所处地域、医疗实践经验传承的不同，出现了不同的学术流派。其中尤其以南派（苏喀巴学派）北派（强巴学派）影响最深。

两派的命名主要根据派系创立人所处地理位置而定。北派属海拔比较高的地方，南派相对在低一点的地方。南北两派的不同主要是对药物原材料的辨认、药物配置的秘方等持不同观点。南派藏医在继承和创新堪称藏药药王的"佐塔"炼制方面做出了重要贡献。

笔者：年扎大师到您家中提出正式要收您为徒吗？

堪布：阿科年扎到家中时，我感觉到了一种不可言说的预示。当时他已经是若尔盖农牧地区享有声誉的"好门巴"，民间甚至视他为佛陀的化身。我常听父亲说，阿科年针灸疗了哪些顽疾恶疾，他拿一根烧红的铁条治愈过疯子、瘫子。他可以让拐子下地走路，可以让盲人睁眼干活。如此种种进乎"神化"般的传颂也让我对眼前长一副鹰钩鼻子的"门巴"五体投地。

父亲见我愣神傻笑，就推了我一下说给大师倒茶。待大家问安叙旧后直接问我愿不愿意学医？

父亲的话真还为难了我，我想至少要把初中高中读完，再考个中专毕业后就是国家工作人员。那样既体面也能对社会做点贡献。

可面对阿科年扎那样的高人，我不敢说不愿意。再说内心深处，我对"门巴"这个职业还是很憧憬。想到有朝一日也能像年扎大师那样成为行走大地的医生该多么荣耀。

就在我犹豫不决之际，父亲已经用威逼的眼神命令我回复。我眨了一下有点湿湿的眼睛，点头说了"愿意"两个字。

∧ 扎西彭嵯（右一）参加非遗展览活动

笔者：在读书与学医之间做出选择是不是有点失落？凭您的智慧，读书也会有个好前景。

堪布：可以这样说。十四岁对人生来说还太小。当时我在班上成绩优秀，每次考试都是第一名。班主任和学科老师都很看好我的未来，认定考个好学校没问题。选择学医就意味着停止读书，这不能不说是件矛盾的事情。

不过我的犹疑只维持了几分钟，当父亲一半感恩一半感伤地送阿科年扎出门时，我迎过大师回头瞥向我的灼灼眼神，感觉那是一种感召和期许，就再次坚定地在心底说出了"我愿意"。

1797 年对于扎西彭嵯来说是人生重要的转折点，师承罗让年扎学医行医是很多孩子梦寐以求的心愿，他的父亲特别欣慰。这不仅是儿子答应去学医，最主要的原因是众多孩子中就扎西彭嵯与众不同。他具备了一种别人身上所没有的慧光和灵气。如果能得高人指点，一定能成才。

父亲召集家人开了个小会，宣布了让大儿子跟随阿科年扎学医的决定。

1979 年 9 月 1 日，扎西彭嵯带上一卷被盖坐上一辆磕磕碰碰的"三五汽车"去了阿西茸乡卫生院。同时拜年扎为师学习藏医有来自巴西、包座、求吉、阿西等地的学员。大家在年扎大师膝下开始接受藏医药知识。

扎西彭嵯原以为师父要从"什么是藏医药"开始讲第一课，谁知他把一大堆药名放在学员面前要求背诵。由于所学知识都是藏文，大家都没有任何基础，背诵的过程可谓漏洞百出。但过了一段时间，大家在背熟药名的同时也搞懂了每一个药物的治疗原理。那些看似简单的理论却蕴含着无尽的内涵，具体配制成物过的过程宛若涓涓流水，用于治病又似千军万马。藏医学的奥妙就在于它的神秘性和无限可能性。

年扎大师独特的教学方式充分调动了学员的学习积极性，尤其是扎西彭嵯，因天资聪慧，反应灵敏，记忆力超强，大有一目十行，过目不忘之本领，很快就在众多学员中脱颖而出。但年扎师父为了把他培养成一代奇才，对他的管束特别严厉。他担心扎西彭嵯自持天赋骄傲自满，又怕自己疏于教导促其懒惰，就对他实施"一日小打三日大打"制。

当笔者问起阿科年扎对自己亲选的得意门生如何诠释进行严师出高徒的法则时，俊朗的堪布望向对面那座尚未完全融化的雪峰笑了。

堪布：我当时最想不通的是，自己调皮了挨打情有可原，可我的师兄师弟做了什么他都拿我出气。谁背不出药名他要打我，谁在课堂开了小差他更要打我，谁回去拿口粮没有按时回来更是打乎其打。

多少年过去了，当我自己也成为别人眼中的"大师"，被无数人誉为"尊者"时，我才悟出师父的用心良苦，他是恨铁不成钢。

其实，阿科年扎亲自去扎西彭嵯家中选他学医，以及到后来具体传授藏医药知识的时候，就认定他是唯一能传承自己衣钵的最佳人员。他毫无保留地把所有技艺都传给了扎西彭嵯。他不仅教会他藏医学知识，更重要的传承和发扬精神。他欣慰"年扎藏医"后继有人。

扎西彭嵯在年扎大师身边一待就是五年。他从背诵药物名称到接受系统知识经历了艰苦而硕果累累的五年。

扎西彭嵯最难忘怀的课程是师父教他们剖马尾的事情。一根细细的马尾要用刀片分成两半，那是何其艰难的事。稍有不慎不是划破手指就是割断马尾。而任何后果都无疑会招来师父的打骂。

"我最佩服师父的是那样一个心气浮躁的人，剖马尾可以进入无我境界。你可以从他那张漫画一般的鹰钩鼻子下看到薄薄的刀片从细弱游丝的毛囊中穿越。这个几乎可以练成斗鸡眼的手法为我日后的骨科技术锦上添花了。"

堪布谈起跟师父学艺的细节，眼中满是敬畏和思念。五年时间里他从一个懵懂少年变成医术精湛的青年。

进入八十年代后，乡村医生很吃香，这跟传统的劳作方式有关。没有机械化时代都是人工劳动。老百姓摔断腿的，扭伤腰的，碰坏头的、割断筋的比比皆是。年扎师父就带着自己的徒弟去给病人接骨，扎针，配药、灸辽。他们不仅给人治病，还给牛马羊猪治病。骨科学是每一代藏医必然精通的技术，扎西彭措尤其在这方面造诣高深。这是西医界都望尘莫及的绝技。

笔者：作为南派藏医阿科年扎亲传弟子，在配制药物方面都有哪些特点？

堪布：藏医的药物配方中，常见的药物原材料就有一千多种。这些药物的正确辨认和科学加工提炼，合理使用很重要。南派创始人索卡·年尼多杰针对这些特殊情况，在当时的夏秀安噶地区召集所有著名老藏医，讲述了古典药学中的六味、八性、三花、十七效等药物的性质、名称、功能。并把这些古书中的理论结合到实际的运用之中。

无论是当年跟随年扎大师出诊治病，还是后来相继在寺院、更盼藏医诊所践行医者仁心，扎西彭措的脚步和身影从未离开过大山。他遵照传统藏医医书中的经典记录，学术研究，把平生所学融合到临床经验。不断探索创新，积极开拓出自己的独门绝艺。

在海拔三千以上的若尔盖，到处生长着奇花异草，是藏药原材料的庞大根基。大巴瓦，蓝莲花，党参，芍药、玫瑰、雪莲、贝母、虫草、柴胡。它们在旷日持久的岁月中迎风雪而立，沐雨露而精。它们被炮制成成千上万的药物，蕴含"救死扶伤"的使命，从而创造出一个又一个奇迹。

扎西彭措在阿科年扎身边完成了五年的学习后，又跟随他回到老家卓藏，开始了真正的行医之路。那个珍贵的三年也是他把医学知识结合到实践中的重要三年，其间的精进和领悟自然又进入了一个高度。

阿科年扎81岁那年，带口信让扎西彭嵯去见他。那时，他已经是求

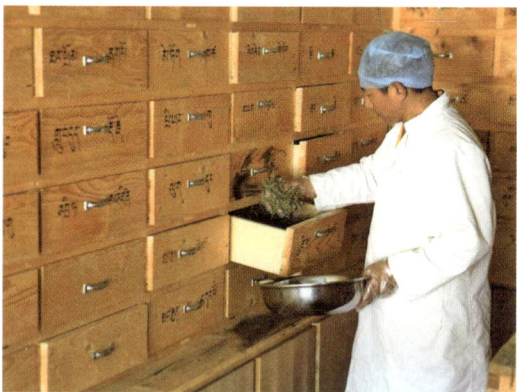

吉寺僧人了。见面后，大师交代了自己最后的心愿，要求扎西彭嵯无论遇到多少困难都不要放弃治病救人的事业。只是当时依旧青春年华的他，并没有完全领会师父的苦心。只想潜心学佛，努力修行，成为一名合格的佛教弟子。所以一段时间都没有再给人看病治病了。

∧ 扎西彭嵯在配制药方

笔者：后来是什么原因让您重新开始行医了？

堪布：有一次，一位老僧的上颌脱落了。牙龈磨破了皮肉喝水都困难。找了很多人帮忙复原都没有成功。情急之下想到了我，我很熟练地帮他复了位。他感动得老泪纵横，唏嘘着一次次道谢。还说没有比解除病人痛苦更具功德的事。

那件事对我的冲击很大，觉得寺庙这样远离红尘的地方更需要医者仁心。我为自己能解除僧友的痛苦而高兴。

还有一次，一位同在寺院的僧人说，我们倾尽一生苦修的是不可知的来世，但我们放眼世界可以掌握的是看得见的今生。你传承了阿科年扎的衣钵，是不是该用自己的平生所学回报大师的恩情？

僧友的话在扎西彭嵯的心里激起千层浪。他猛然从自己的思维魔障中苏醒过来。是呀，修行念经是为了什么？治病救人是为了什么？两个都直指一个结果：脱离苦海！自己年少师承名家，学业精进。师父临终前还不忘留下遗嘱，要他完成未竟的事业。

修行也是为了普度终生，积德行善。他想起了老僧人的话，"没有比解除一个病人的痛苦更具功德的事情"。既然学佛学医都是积累善果，何不两者风雨兼程。

于是，经寺管会同意，扎西彭嵯又开始在自己的僧舍中看起了病。由于他精湛的医术，来寺院请求治的人越来越多。他的名气也在社会上也广泛传播。

2007年，为了让更多的人能够得到堪布的医治，寺院又在求吉街上开了小诊所。基本是免费性质的诊所，只收些原材料加工费。但是，诊所开了没有多久，扎西彭嵯堪布就发现了一个比较困惑的事。在寺院念经时，堪布都要坐在很高的位子上，如果有病人前来求诊他都要穿过众人，特别影响活动场面。加上他出诊的时间有限，病人不分白天黑夜都到诊所找他，搞得颇是身心俱疲。便生发了开个较为宽松环境的私人诊所的念头。他把自己的想法汇报给时任若尔盖县委书记的邓真严培，得到了领导的高度重视。

经过多方协调和相关部门的支持，"更盼藏医诊所"落成了。扎西彭嵯堪布终于实现了少年时期就许下的心愿。

一座众众利民的福祉在格尕山下巍然矗立。

"更盼藏医诊所"的建立，进一步实现了扎西彭嵯堪布救死扶伤、普度众生的心愿。

诊所设立了室门诊、针灸室、治疗室、检测室、住院部，并引进了先进的设备仪器。前来诊所看病的不仅可以得到全方位诊治，还可以以疗养的形式在诊所常住。特别是周边县诸如甘肃迭部、卓尼、四川九寨沟、松潘等地的患者，不用为往返路途而担忧。而扎西彭嵯堪布的日常也精简到诊所和寺院之间的两点一线，不会因为看病而影响到寺院的佛事活动，并且更大程度上给自己和病人留有足够多的时间空间。

笔者：在创立更盼藏医诊所前后，您独创了哪些药物？

堪布：多年的上山采药和配药过程中，我发现很多植物花卉具有延年益寿，医养驻颜生发功效。又根据它们的特性研制出一些现代人普遍需要的药物。

比如：更盼复发露，这个已经取得了专利证书。美容驻颜的花精丹、增长记忆抗老年痴呆的妙玉丸、治疗抑郁的开心丸、胃药十五丸、胃炎、降压十一丸等等。这些都是我潜心研究的新成果。诊所的所有药物都是我亲自去采摘回来的，特别珍贵和稀少。目前有些珍品属于私人订制，数量有限。另外因为堪布的身份，不好找销售渠道。

笔者：您是否研制藏香？

堪布：藏香就是藏医药的一部分，撇开了藏香，就不算系统学习了藏医药知识。我的藏香没有任何添加剂，全都是采自山野的柏树、小叶杜鹃和奇花异草研制而成。算是上品和极品级别的藏香了。

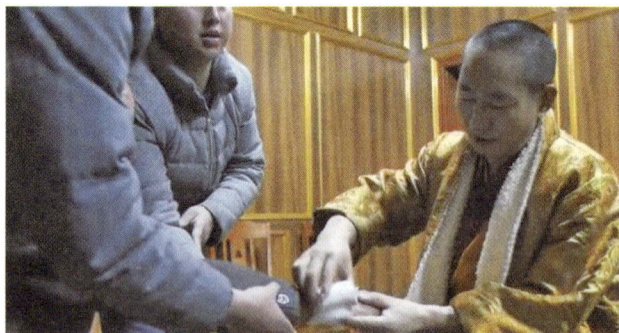

< 义诊

果然，凉亭里，已是"暗香不知何处来，缕缕清风似仙气"。

在问起堪布参加过哪些高规格学术研讨和担任的社会职务时，一个智者才有的光芒瞬间照亮了我们的新路。

从2017到2019年之间，扎西彭嵯堪布代表藏医界代表先后参加了泰国的"中泰文化交流会"，考察了日本的先进医学。他不仅是四川省南派藏医传承人，还是金冠舞和藏族祥巴版画（创始人）的非遗传承人。

同时，为了让藏医藏药走出藏区，服务更多的老百姓，扎西彭嵯堪布还担任了成都喜马拉雅藏医医院的名誉院长，西藏药监局药品评审委员会专家，担任了世界中医药联合委员会常务理事。并签约成为首都北京首保集团的藏医专家，这是一个主打首都首长保健的医疗集团，集合了北京首都各大三甲医院的专家医生，作为藏医的代表荣幸跻身其中，扎西彭嵯堪布希望接下来可以为藏医藏药在首都的推广做出贡献。

笔者：把"更盼藏医诊所"建在格尕山下，长征路上。它的东面是出川北上的红色征途，北面是雄伟的红军纪念碑，南面是王佑军烈士墓。更盼藏医诊所地处这样一个特殊的地方，是不是更具备历史意义？

堪布：历史从来就没有消失在人类的视线。就像"门巴"的眼睛也从未离开过患者一样。更盼藏医诊所既是治病救人的福祉，也是利众利民的福音。我有幸在这片红土地上诠释红衣医者的初心使命，一切都是最好的安排。

结束语：短短一个小时的采访，让我对扎西彭嵯堪布的传承之路有了新的认识。作为远离人间烟火的得道高僧、世外奇人，他其实早已完成了恩师罗让年扎的嘱托和心愿。

红墙内，他是学识浩瀚，德艺双全的堪布。

红墙外，他是才华兼备，医者仁心的门巴。

四月的天空还会飘下雪花，每一个月明星稀的夜晚，更盼藏医院墙下那株枝繁叶茂的绿荫是否就是菩提花开的声音？

加措

源于多年的文化旅游和民宗工作，郎木寺是常去和必去的地方。因其地处川甘两省交界，民风璀璨，文化多姿。境内散落着白龙江源头、红石崖、神居峡、虎穴仙女、一线天而被誉为"瑞士风光"。清澈的白龙江水南北为界，把鳞次栉比的雪峰、峭壁、寺庙、古镇晕染得宛若一幅人间水墨。

高原的阳春四月历来就是真正意义上的冬天，雪在春天下得更频繁了。加上郎木寺虽然是个开阔的谷地，日照丰沛，四周环绕着丰茂林木和山峰岩石。但因所在地阴湿，气候比周边如红星和降扎地区都冷，高山上的积雪六月份才彻底融化。

到达加措医院的时候，远远便闻到了一缕缕沁透心扉的香气。那种香气还伴有一丝药香味，这是加措医院特有的现象。因为在成为一名藏医药传承人之前，加措已经是藏香非遗传承人。

前来迎接我的是加措的助手，一个朝气蓬勃的小伙子。

因为看病的人一早挤满了门诊室，医生还得耽搁一会才能接受采访。

工作室里冷气袭人，中式博古架上放着各种书籍、器皿和藏香。落地玻璃窗外是安静的回民村和顺山势而上的淡绿色草坪。翻过目光可及的山梁就是通往甘肃的碌曲、合作、临夏、兰州和青海西宁的国道213线了。

横跨一条江，坐拥两座省。放眼看迭山，迈步川甘青。这是郎木寺的真实写照。这个方圆不足十里的弹丸之地，却是若尔盖南至成都北往青海的北大门。这里自古就是奇人异士聚集的地方，独特的地理位置和多元文化为郎木寺披上了一层神秘光环。

记得第一次来这里，加措的工作室还是风雅幽清的茶室和书屋。古色古香的案几上摆着茶果和香炉，中式木椅上铺着精美的垫子。

加措总会在客人品茗前演绎一番藏香的魅力流程。随着他举手投足间飘升的袅袅青烟，满室馨香令人神清气爽。更令人动心的是依次端上餐桌的各色养生汤，无论是松茸贝母汤，还是虫草雪莲羹，抑或牦牛奶人生果粥，

∧ 加措

没有一样不带着山野的气息，自然的纯粹。顷刻间让全场惊艳。

加措匆匆上楼时差不多十一点了，因为是老朋友，省去了寒暄。直接进入主题。为了全方位记录本次采访过程，还原藏医药（包括藏香）传承人寻医、求医、行医的真实经历，本文遵照有问有答的原始记录进行呈现。

问：你学医是偶然还是必然？受哪些人的影响最深？

答：我学医父亲起到一定作用，他是藏区第一批西南民族大学学生。有抱负有理想，曾渴望做一名党的好干部好领导。但直接带动我从艺从医的人是舅舅，他是郎木格尔底寺僧人，是个才艺双全的奇人。他用左手（右手因小儿麻痹症残疾）创作的绘画，雕刻，手工、唐卡、银制作品堪称精品，堆绣技术可谓登峰造极。他见我天资聪慧是个可塑之才，便教我画画，练书法，慢慢地又让我学习藏香的配方。

格尔底土司十分倚重他的才华，曾委派去北京考察故宫的建筑风格，

∧ 加措医院

回来就建造了 "格尔底兄弟官寨"。据说落成后的 "格尔底兄弟官寨" 规模之大，气势之宏，艺术之精，堪称是幽谷秘境中的 "小故宫"。

另一个影响我学医的是若尔盖教育先驱阿科尼玛。他创立的藏兽医在当时掀起了一股小旋风。很多人顺应潮流投身到藏兽医的学习中。他后来创办的 "五七学校" 和 "阿坝州藏文中学" 也为国家培养出无数栋梁之材。

正值仕途低谷的父亲，也改行做了兽医。后来回到麦溪乡兽防站当站长。这期间，我也自发地参加到阿科尼玛创建的藏兽医队伍中。

十五岁那年，我突然生病，高烧不止。父亲只好带我去红星乡卫生院治病。当时给我看病的是个汉族男医生。他诊断说是扁桃体发炎，开了方子后给我打了针。我依稀记得医生说打的是青霉素，感觉特别痛持续时间也长，有点吃不消的难受感。那种痛激起了我对青霉素的好奇，就悄悄把空瓶装进衣服口袋带走了。

　　我和父亲没有赶上回麦溪的班车，只好去郎木寺舅舅处留宿，并继续在那儿的卫生院打针。结果同样是青霉素但打下去后没有那么痛，时间也不超过五分钟。觉得很奇怪就把空瓶拿给医生看，医生转动空瓶后眯缝着眼睛说，那个是青霉素＋。我问什么是青霉素＋？医生淡淡地说，给牛打的针。吓得父亲瞬间白了脸，责怪红星卫生院医生太不负责任。

　　父亲在兽防站没有待多久，就被巴塔书记赏识提拔到领导岗位，我也回到舅舅身边继续画唐卡。心想这辈子可能跟医学无缘了。

　　舅舅患有偏头痛，常去格尔寺旁边阿扣扎科诊所开药。每次看到阿扣扎科一边诊脉一边口吐莲花般道出药方，我都会产生一种敬仰之情。那时的藏医在我心里就是活菩萨，就是轻松祛除病魔的奇人。虽然舅舅已经引领我走上了艺术的道路，但总觉得画画是个苦差事，常常累得腰酸背痛。便有了"弃艺从医"的念头。

　　我把自己的想法告诉了阿扣扎科，但他还是劝我不要放弃画唐卡。说没有一定天赋的人就是想画唐卡也不行，何况舅舅当时不仅想传授我所有的技艺，还想让我出家当和尚。那样，我就可以全身心投入艺术生涯免受尘世的干扰。

　　幸运的是，我后来如愿进入若尔盖县藏医院举办的"阿坝州藏医提高班"进行学习。当时进入该班学习的还有甘肃和青海的学员。值得一提的是，培训期间的课堂气氛很活跃，学员可以随意提问。我感觉每一个导师和教师都有不可替代的优势，传授给我们的都是独一无二的专业知识和个人经验。

　　有一天，终于轮到我提问了。

　　"现在最好的藏医是谁？"这话一出口我就后悔了，赶紧埋头等批评。

　　谁知老师温和地说："最好的藏医都在西藏。"

　　西藏？拉萨？我向往的圣地！

　　老师的话又让我蠢蠢欲动了。对，去西藏，去拜师，去学习高端的藏医知识。五年，十年都可以。我相信凭自己对藏医的挚爱应该可以学成归来。

去西藏不是个简单的事情，得有人指点、引荐。我想到了县藏医院院长阿扣旦科。他和舅舅关系好。据说红星卫生院建成之初，药柜、药名都指定舅舅去做。处于回报，阿扣旦科给舅舅的眼疾配了一种药。效果可谓妙手回春，可惜，那种眼药给了舅舅后再也没有制作过。

有一天，我背着舅舅，揣上当时很稀贵的水果罐头去找阿扣旦科。请求给我引荐拉萨的名医。他不置可否，之后一段时间没有见到大师了。后经打听后得知他在夏河拉卜楞寺，决定追到那里请他帮忙。

就在我发愁没有钱去拉卜楞寺之际，父亲偶尔谈到舅舅有一串昂贵的珊瑚项链寄放在村主任家里。县信用联社主任还说过需要贷款时可以拿项链做抵押，这话让我暗暗窃喜。

两个月后，我打探到阿扣旦科在夏河的逗留时间即将结束。就赶回老家问村长要珊瑚项链，说哥哥出了车祸急需用钱。村长一急之下把项链给了我，我就跑到县信用联社，贷款一万后直奔拉卜楞寺。

在夏河拉卜楞寺，我到处打听阿扣旦科的住处。几天后经一位僧人引荐终于找了大师。其实我的内心是希望能跟随大师去西藏，那样就可以少走弯路。但他的回复是还要等一个月才能启程。我只好说先行去拉萨等他，得到允许后乘坐客车去了西宁。

几天后，哥哥开货车到了拉萨。他代表家人对我贷款偷跑的行为进行了严厉的批评。我只好声泪俱下地说为了心中的梦想，必须冒险出走。哥哥毕竟是见过点世面的人，知道打骂都不能改变事实。就给了我五千块，喊我朝拜之后回家。我说来拉萨的目的是拜师学医，不达目的绝不返程。

在拉萨，我打听到有藏医院，就想去那里学习。但有人说要想学习系统的藏医药知识，还得去西藏藏医学院。好在我终于等到阿扣旦科到西藏了。几经周折，大师把我介绍给西藏自治区藏医院院长向巴成里。说了我千里寻医，渴望深造的愿望。

向巴成里院长亲自写了推荐信，让我去藏医学院以旁听的身份学习进修。因为向巴成里院长视力弱，弟子代笔写的推荐信有好几个错别字。学院领导以为我捏造了书信便婉言拒绝。

阿扣旦科得知情况后有点不相信，亲自带我去向巴成里院长那里说了我被拒之门外的事情。向巴成里院长也很惊讶，立即喊助手找到相关人员问明原因，结果是错别字惹的祸。没过多久我就得到了入院学习的机会，身份是旁听生。

一年后，我靠自己的努力考起了西藏藏医学院，成了一名正式学生。这一读就是五年，这五年也是我系统接受藏医药知识的重要五年。虽然我的汉文很差，但藏文水平一直不错。学习起来也算轻松。

1999 年我从西藏藏医学院毕业，云南香格里拉迪庆州卫校专门到学院挖人才，他们高薪聘请我去州卫校工作。但哥哥说供我读书太不容易，不能去那么远的地方。既然学有所获就该回到家乡做点贡献。

问：从西藏藏医学院毕业后，你有没有想过留在拉萨？

答：去西藏拜师学医前，特别是我拿着贷款的一万元现金西行时，一再告诫自己一定要回来，一定要用平生所学治病救人。七八十年代甚至九十年代初期，乡下人穷，看病难。很多老人生病了根本没有医治的概念。所以，我最想做的就是回到老家，成为一名行走在乡村的白衣医者。

问：凭你的学历和知识去体制内工作应该没问题，为什么一定要开私人诊所？

答：是的，铁饭碗对大多数寒窗数载的学子来是心之所向。我也并不是完全不愿意走这条路。

2001 年，时任若尔盖藏医院副院长的雷勇非常重视我，一再建议我考试进藏医院。但我没有医师资格证，这样这个就不能给病人看病。我又渴望展示自己的才华。同时也特别想建座私人医院，四四方方的院子，四周有蓬勃的树木和花卉，中间是可以让病人晒太阳、休息的草坪。我可以按照自己的意愿去履行救死扶伤的职责。

问：开私人诊所不是件容易的事情？你有没有想要放弃过？

答：舅舅一直希望我能成为他那样的艺术家，但我中途弃艺从医。这说明我想做一名医生的愿望胜过做一名艺人，并且我努力朝这个光明的方向前行。

从西藏藏医学院毕业定格了我的人生目标。我很幸运的是在西藏学习期间遇到了很多德高望重的专家教授，从他们那里学到的不只是文化知识、医学典籍，还有做人的道理和精神引领。所以，无论遇到多少困难，我都没有后悔过。

加措医院从一个小小的私人门诊发展到一座规模不小的四层楼，期间也得到了若尔盖县委、县政府以及社会各界的关心帮助。我虽非名医但却行名医之道，施名医之术。看着一个个病人从加措医院康复，我觉得自己的选择还是值得的。

问：在建立加措医院之前，你都以什么方式践行医者仁心？

答：我和家人的愿望是为当地老百姓看病，为牧民群众排忧解难。恰好麦溪乡中心校校长找到去，请我去当校医。我在学校一待就是三年。在给学生看病的同时更多为老百姓服务。我很喜欢面对面与患者交流，了解他们的疾苦。通过自己的双手解除病人的痛苦。我一边治病一边继续看书，用书中知识和临床经验研究治病原理。那个弥足珍贵的三年，对我的促进很大。我的医学水平精进了很多，病人就是最好的教科书，可以积累宝贵的经验。说到医者仁心应该就是尽自己最大的能力，免费给老百姓看病开药，给穷人家的孩子送关怀送温暖。

问：加措医院是个"年轻"的医院，却取得了不菲的成绩。这其中有没有什么捷径？

答：从个人创业角度来讲，我从未走过捷径。一切是水到渠成后的结果。

我去麦溪乡中心校当校医三年，为的是做点小贡献。回报养育我的家乡。但慢慢地，我发现那里太偏僻，与外界几乎失去联系。夏天，牧人都去了远牧点，学校师生也不是一年三百六十五天都在生病。有限的空间驾驭不了无限的思想。我开始为自己的局限焦灼，为释放不出的能量困惑。

"去一个新的地方，开自己的诊所。为更多的人服务。"这个想法又开始在我心里无限蔓延着。

为了成为一名合格的医生，2001年，我参加了职业医师考试。2015年，我又参加中级医师考试，轻松通过。我离自己的目标又近了一步。

2019年是我人生重要的驿站。经若尔盖县人民政府卫生主管部门批准，加措医院正式成立了。医院内设藏医专科、藏医外科、藏药制剂科、内科、妇儿科、康复养生科、影像科、检验科。招聘21名医务人员。其中研究生2名，本科6名，专科生6名。

加措医院是一座藏医为主，西医为辅的综合性医疗机构。医院成立以来，一直以传统藏医药医养结合独有的医治方式。自医院成立以来，有来自北京、上海、天津、宁波、杭州、深圳等城市的患者就治，本地患者就更多了。

问：你其实还有个身份，藏香传承人？

答：说到藏香传人，还要回到最初的话题。之前我也说过，舅舅不仅具备艺术天赋，他还是个出类拔萃的藏香专家。藏香和藏医药有着密切的关系，是藏医药文化宝库中的一朵奇葩。说通俗了，藏香也是一种具备药理的好东西。只是采用熏、闻的方式进行疗病而已。

2000年那年，为了博得舅舅的好感，我专门给他做了个藏香，配料很名贵。感觉点成烟烧成灰有点可惜，不如用来泡制更好。这也是我研究藏香得出的新结论，事实证明泡制的效果就是好。

同时，在研究古老的藏医药书籍过程中，发现藏香有免疫功能。其实，藏医药先祖们早就得出过此类结果。民间将"桑"作为驱邪避讳就是杀毒灭菌提高免疫能力的意思。我把香薰疗法用在质弱不能服药的病人身上，效果很好。这个发现于2018年"世界中联藏医药专业委员会"年会上发表在我的论文《藏香对身心健康的作用》。当时也得到了学术界的高度认可和赞扬。

成立加措医院前后，我从未放弃对藏香的提升和改进。也研制出传统＋现代＋时尚的新型藏香。这两年，又迎市场需求，制作了车载、车挂等新产品。

文旅融合大发展中提倡"非遗进入新生活",我又根据现代生活的优越性和实用性,制作了塔香、短香、细香等产品。这样既免去浪费也便于携带。

问:加措医院走上正轨,它的宗旨会不会改变?

答:加措医院的宗旨是:传承传统藏医药精髓,弘扬藏医药精神。特别是非遗文化,传是根本,承是责任。

问:可否谈谈你的创业经验?

答:加措医院秉承传统藏医药文化精髓,践行治病救人之初心。我们的药物多采用本地名贵药材,每个原料经过精心泡制,引用传统记载的配方。通过这些传统精髓治愈了很多西医无法解释的疑难杂症。

从我这里治愈的重症比比皆是,送锦旗表感恩的特别多。很多病人被华西判了死刑,但经我调理服药后,各项指标恢复正常。这在医学界是很难解释的奇迹。

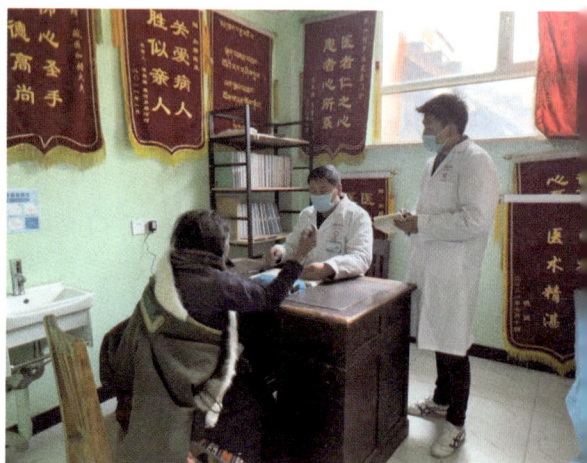

∧ 给群众免费诊治

∧ 智香藏香非遗文化衍生品"车载藏香"新品发布会

　　我的创业经验是：唯有走过艰辛的人才知成功的来之不易。今天，加措医院才迈开了它至关重要的一步，未来的路任重而道远，还需我们全力以赴。

　　问：据我了解，你有很多个头衔。它们有没有对你的事业起到作用？

　　答：诸多头衔算是努力的一种结果。从当麦溪乡中心校校医到今天为止，我参加过不少的学术研讨、考察、培训、交流会。也出过国发表过多部论文。这些对我个人是不可多得的长知识、见世面、识大局、把时代的好机会，高平台。外界也可能由关注我个人而关注加措医院和它秉承的非遗文化精神。

　　问：众多头衔中你比较喜欢哪个？

　　答：嘿嘿，都还好吧。反正没有特别"徒有虚名"。我说出几个，你看看我更像哪个？

　　若尔盖县传统藏文化产品开发有限责任公司执行董事？

　　若尔盖县智香藏香四川省文化产业补助专项资金项目负责人？

若尔盖加措藏医药发展有限责任公司执行董事？

中国民族医药学会科普分会常务理事？

县级非遗文化遗产项目传统技术（藏香制作工艺）代表性传承人？

若尔盖县加措医院院长？

世界中联藏医药专业委员会第二届理事会常务理事若尔盖县统一战线活动基地主任？

阿坝州第三批州级智香藏香非遗文化遗产传习基地负责人……哈哈哈，还多，我都不好意思说了。

问：头衔多是你的成就，你真正的身份就是加措医院院长。所有头衔和光环都围绕着加措医院这顶桂冠。对吗？

答：是的。从我当校医到一路走来到今天，就是为了实现心中的白衣梦。加措医院就是我奋斗的目标，前进的方向，树立的标杆。

问：可否谈谈对进一步传承藏医药和非遗文化有什么打算？

答：从 1999 年初涉藏医药领域以来，我从未间断对藏医药学术和古方的挖掘工作。先后为 138627 例病人诊断治疗。参加国内国际学术研讨会 36 余次，发表论文 19 篇。积累了丰富的经验，取得了可喜的成绩。

2023 年对加措医院是需要进一步争取时间"拼搏"的一年。目前医院走的是保护性研发藏药，还不能成规模开发。在提倡环保的前提下适当开发藏药制作。

我们在六万多古方中提取不破坏生态的原材料，先后研发了促进睡眠、提高免疫能力等 59 种藏香，推出花浴、热浴、滋润浴等 16 种药浴；12 味冬虫夏草藏药、暖宫宝等 6 种保健品。特别是疫情爆发以来，研制出智香藏香、防疫香袋、天珠防疫香袋等 12 种非遗文化旅游衍生品。为当地解决就业人员 82 人，技能培训达 600 多人次。非遗衍生产品畅销北京、上海、浙江、成都、兰州等地。智香藏香、塔香、车载香深受消费者的欢迎和钟情。下一步，我们还将根据现代人生活品质的提高，重点推出藏药浴，冥想，熏香料理、养生、保健汤药等系列产品。

问：加措医院目前有什么困难？

答：困难一直都会有，比如硬件设施的完善，招聘优秀人才并能长久留在医院等等。这些都能克服和解决。目前医院急需解决的就是争取藏药专利，没有专利很多藏药没法泡制，销路也会受阻。但我相信，只要奋斗不止，终会越来越好。

金川县"001号"讲解员

——记民间文化传承者张诗茂

文溢 / 文

　　一个古稀执着的老人，坚守着一通乾隆钦定的御碑，讲述着一段平定维稳的故事，引喻出一则团结进步的启示。20多年来，一直在用文化的力量和讲解的艺术，宣扬"中华民族一家亲，同心共筑中国"的道理。

　　"这通碑的全称是'御制平定金川勒铭噶喇依之碑'，碑高5.20米（包括碑座0.80米）、宽1.56米、厚0.25米……碑文记载着18世纪（1776年）乾隆皇帝第二次用重兵平定金川攻克嘎喇依的'丰功伟绩'，碑文字里行间彰显乾隆皇帝征金川胜利后的喜悦并彪扬伟绩为政绩歌功颂德以流芳千古树丰碑震慑边夷。"

　　2023年3月，又到了梨花烂漫的时节。张诗茂带着二十多名游客，一边走一边讲"两征金川"的故事，慢慢地登上了 179 阶石梯，来到御碑亭，站在御碑前，用金川话铿锵有力地介绍着这通御碑的基本情况和乾隆平定金川后的治理举措。

"老先生，今年贵庚？"

"身份证上是 1949 年，实际上是 1946 年的，属狗，马上满 77 了。"

讲解完后，一个中年男人主动和他交谈，人家问到年龄时，张诗茂回答道。他也不知道为什么一定要把自己身份证上的年龄和实际年龄不一致的问题说清楚，他感觉别人问得很真诚，别人的真诚在他这里，必须要用真诚来回报。

在送走客人后，张诗茂略带疲倦地坐在石凳上。一个人、一通碑，就这样静静地待着，慢慢回忆起自己与身边这通御碑的点点滴滴。

时至今日，张诗茂也记不清楚讲解多少次，接待过多少人。他只记得 2002 年的夏天，自己还在外经商，因为家庭变故的原因，与其说是经商，

∧　　2019 年，州委书记刘坪，州委副书记、州长杨克宁接见全国民族团结进步模范个人张诗茂老师时的合影

还不如说是在放纵，根本没有心思挣钱，像断线的风筝一样，全国各地随风飘荡。

一天，张诗茂突然收到家乡朋友蔡玉龙给寄来的信，里面有一张刻录嘎达山风光的碟子，他劝自己回家乡搞文化旅游。家乡的文化，深深地触动了张诗茂的心灵，就像是牵引风筝的线一样，把他收了回来。

回到安宁后，张诗茂全身心地投入文化的挖掘整理，以此来治愈心灵，开启了与这通乾隆御碑的不解之缘。

安宁，古称康延川，清朝称噶喇依，最早有文字记载绕丹杰布王娶的三子赤德继承王位传位至世孙嘎达，嘎达在位建造雄伟富丽辉煌的噶喇依官寨（索诺木官寨）；乾隆四十一年（1776年）实行改土归流，设噶喇依粮务；乾隆四十四年（1779年）噶喇依粮务与马尔邦粮务合并在此设崇化屯务。崇化屯务辖三街（太平街、崇宁街、安顺街），辖五屯（广法屯、卡撒屯、曾达屯、马邦屯、马奈屯）；1935年，红军改崇化屯为崇化县，在此设崇化县政府；1940年，称安宁镇；1951年，在此设金川县第一区（又称安宁区）设区公所，辖一镇（安宁镇）五乡（安宁乡、卡撒乡、曾达乡、马尔邦乡、独松乡）；1958年，裁镇撤区；1966年，建立安宁人民公社会；1968年，在此设安宁区革命委员会；1984年，恢复乡、村建制，设安宁乡，翌年，撤销安宁区革命委员会，恢复区公所建制，在此设安宁区公所；1990年撤区公所。

从安宁的历史沿革，到乾隆御碑脚下的传说故事、赖青将军的传说故事、刮耳崖的传说、九把锁与钥匙三、噶喇依是个五龙归位的风水宝地、缺尾石龟、九柱一磉磴、色尔岭大水井、莎聪之死等的故事传说；再到噶喇依官寨、崇化衙门、土神庙、关帝庙、城隍庙、娘娘庙、药王庙、悬空观音庙、文昌宫、斗姆宫、昭忠祠等等历史遗址，张诗茂是一年一年地查史比对，一件一件地收集整理、一处一处地搜寻考证。就这样经过近两年的时间，张诗茂心中的安宁有史、有事、有名、有实。

2004年，县政府分管文化旅游的领导率队到安宁调研文化旅游工作的时候，张诗茂带着大家从御碑开始，沿着古屯遗址走了一路、讲了一路，用深厚的历史文化功底，彻底征服了调研组一行人。领导当场指示县旅游办将张诗茂聘为金川县文化旅游讲解员。一个年轻的同志当场给他照了一张相。一周后，县旅游办的同志送来了证件——"金川县001号讲解员"，郑重交代"我们经费有限，只能给你一点补助，客人要是给你辛苦费的话，你可以接，但是绝对不能索要。"从此张诗茂正式持证上岗。

刚开始接待的大多是官方的调研团、考察团，后来周边的干部群众也慢慢多了起来，也有个别的研究民族历史文化的学者团队，2016年以后，金川旅游迎来了突飞猛进的发展，到安宁来看御碑的游客逐渐多了起来，成为张诗茂接待的主要对象。

从御碑广场到御碑亭需要上179阶石梯。在御碑广场，张诗茂会说出

∧ 与参观考察团合影

∧ 张诗茂讲解

他的开场白"我是嘎拉依村夫、金川县'001'号讲解员",然后再介绍安宁的一些基本情况。踏上石梯,便开始边走边讲金川土司的过往和安宁的历史,以及乾隆征战金川的原因。快到御碑亭,会一边指引听众观看山川河流的分布,详细介绍御碑所在的"五龙归位"位置,从堪舆风水学的角度,阐述选择御碑位置的原因。来到御碑亭,会先介绍御碑的基本情况,再说战后处置情况和一些战后治理的事情。最后,会用近代军阀混战导致日寇入侵,国民党反动派因挑起内战而失去民心和天下的大道理,以及安宁地区落实党和国家民族政策,汉族和回族通婚,大家相互理解、相互尊重,家和万事兴的小道理,诠释民族大团结的意义和真谛。

张诗茂的讲解的声音高亢有力,环环相连、丝丝入扣,时不时会加入幽默诙谐的段子,吸引听众的注意。他最喜欢一边讲一边和听众交流。不管是专家学者、外地游客,还是懵懂少年,他总是有问必答。因此,张诗茂的讲解闻名遐迩,得到了社会各界的一致认可。2019年,张诗茂荣获"全国民族团结进步模范个人"荣誉称号。

想起这些,张诗茂嘴角露出满意的笑容。他轻轻摸着身下的石鼋,望着身旁的御碑，无奈地长叹一声："老伙计，不知道还能陪你多久啊！"
这是不甘心更是一种无奈。

张诗茂早已年过古稀，脑血栓、心律失常等多症并发，身体一日不如一日，去年的一场大病差点将自己带走。从医院回来后，张诗茂下定决心戒掉了陪伴一生的烟和酒，身体状态总算有所好转。一个星期，强撑着到现场讲解两场还是没问题的。

其实，张诗茂的讲解早已录制好放在网上了，通过扫描御碑亭的二维码是能够听到原声，但他总感觉这样的讲解少些什么。

乾隆平定金川的大致经过、平定后的治理举措、乾隆御碑的大致情况，书上和网上都是可以看到的，很多人也是清楚的，甚至在讲解的过程中，经常有人会给提出补充或者纠正意见的。

那到底少了什么？应该是感觉吧！那种四眼相对和好奇过后的心满意足，那种欲言又止和探讨之后的痛快淋漓，那种若有所思和本应如此的意犹未尽。这些才是讲解的灵魂所在啊。现场的感染带动、交流互动，少了这些怎么行啊！

"管他呢，能再讲一次就算一次吧。这辈子什么大风大浪没经历过呢？纵观自己这一生也算是跌宕起伏，不乏精彩之处，自己一直在学习创作，对得起挚爱的文化。"张诗茂拍着石鼋自言自语道。

1946年，张诗茂出生在安岳通贤场八仙桥，家中排行老大，原名"张诗元"。爷爷早年间从安岳到懋功（小金）谋生，遇到了从金川安宁炭厂沟到小金务工的奶奶，所以金川也是自己的根。

1953年，带上一支毛笔、一本算数、一本语文在道林寺小学接受启蒙教育。老师姓陈，叫陈袁李，和自家一样也是地主成分，上课时虽然戒尺不离身，却感觉非常的温文尔雅、谦虚随和。

家里非常重视传统礼仪，硬是按照拜师的礼节，给陈老师磕三个头行了拜师礼，父亲把家里的床拆到了学校，方便学习，并叮嘱无论什么时候，遇到老师就要鞠躬行礼。

或许是行了拜师礼懂礼貌的缘故，也可能是都属于"地主"同病相怜的缘故，或者是自己天资聪明学习好的缘故，陈老师对自己格外器重，相同的错误，自己受的惩罚是别人的两倍，生活上经常嘘寒问暖。

当时，班上有个女同学叫"张书元"，两个人的名字叫上去差不多，不好区分。父亲找到陈老师请他给张诗元重新取个名字。陈老师思考后说："你们是在懋功起家的，就叫'张诗懋'吧。"

后来，因为"懋"字太难写，就在报名登记的时候，渐渐变成了谐音"茂"。

在新中国成立初期，全国有很多宣传队，他们以文艺表演的形式歌颂共产党、赞美新中国。在安岳张诗茂的舅舅就是其中一员，会曲艺表演，特别是金钱板，他去排练的时候会带上张诗茂一起去。印象最深刻的有《莲花乐》（金钱板），川戏有《白蛇传》，尤其看到戏中坏人王道灵挨皮鞭的时候更是觉得痛快。自己记忆里比较好，看过几次后记住了很多戏份，还能唱一些。

外公觉得自己有这方面的天分，有意让他往表演队的方向发展，都已经联系了安岳一个姓汪的专唱川戏花脸角色的老师，准备拜师学艺的。后来因为时局变化没有专门学习，却点燃了张诗茂热爱文化、专注文艺的星星之火。

1961年，张诗茂一家为躲避大饥荒，举家迁到金川，在舅爷的安排下，定居在卡撒色尔岭。在卡撒小学续上了他断掉的学习生涯。

人生的选择需要一些天分，同样需要一些机缘。

转眼间又过了三年。1964年，张诗茂小学毕业了，小升初的考试是一篇作文。毫无疑问，他取得了优异的成绩。因为在小学期间，他就以作文写得好，能说会道，表演能力强，在全县挂上了名号。

就在张诗茂憧憬初中不一样的生活的时候，父亲却给了他当头一棒。因为"地主"成分吃了太多的亏，经历了太多的苦。父亲宁愿让充满天赋的儿子，老老实实在色尔岭放猪，当好贫下中农，也不愿让儿子去接受更高一级的教育，做知识分子。

直到时任金川中学的校长张孝堃，看到报名表，发现"小名人"张诗茂没来。便给张诗茂家里写了一封信，托人送给他的父亲。即使这样也没能让父亲改变主意。

"你要读书可以，你要保证每科都考 100 分，考不到就回来放猪。"父亲态度苛刻刁难。

"每科 100 咋可能嘛，我保证每科 98。"张诗茂不甘心却又倔强地说。

"98 可以了，没得几个能每科考到 98 的。"送信的人在父亲旁边劝。

"那你……去吧。"父亲略带担忧地同意了。

初中的两年多时间，张诗茂一直保持着求知渴望和对文艺表演的热爱，在老师和同学的眼中已然是一名成绩优异，全面发展的"能干人"。

1966 年， 在全县"大字报"征集活动中获得第一名，选送到省上。加之优秀的组织能力和语言表达能力，担任金川县红卫兵毛泽东思想文化宣传队负责人，隶属于红卫兵 826 部队，获得了到北京的机会。

张诗茂在担任金川县红卫兵"头头"期间，遇到了从成都到金川补鞋、染布和修电筒的袁俊峰。这是一个多才多艺的人，能够说评书，唱"玩友戏"，唱川戏。因为长得特别，当"花鼻梁"，反串老太婆更是一绝。虽然是一个人生活，但家里收拾得非常干净整洁。用自己画的花、草、鸟、虾点缀在墙上，就连桌布都会划上一些图案来点缀，充满了书香气息，让人羡慕不已。在建筑队当小工的时候，一个人和泥只能满足一个人用料，他却能满足四个人用料。在被人诬陷批斗时，表现得很从容，还用幽默诙谐的话辩驳，让那些人经常摸不着头脑。他告诉张诗茂"腹有诗书气自华"。

在金川期间，张诗茂真诚地帮助过他，两人虽然相差 10 多岁，因为相同的文化情结，经常坐在一起摆龙门阵，袁俊峰说，张诗茂听，用说评书的方式，把四大名著都是讲完了的，这给张诗茂日后的文化之后做了很好的铺垫。

1967 年，张诗茂回到卡撒，认识了安宁的文艺女青年的龙元香。1970 年两人结婚，24 岁张诗茂主动放弃在卡撒的前程，定居安宁。近一年的时间，他的人生可以说是从高光低落到了低谷。他工作当然是保不住的，受人排挤，居无定所，寄身关帝庙。就连看书，都会被人举报"看黄书"，小孩都把他当作哑巴经常欺负。他寄情于诗，写下了《无题》：

> 二四年华志为存，
> 关帝茅舍做常客。
> 顽童戏我如哑人，
> 但凡布衣留安宁。

闲来无事，倒也开启了他对安宁历史文化资源的挖掘之路。他找到了崇化屯衙门的位置，发现了第一任流官白亮福因为怀才不遇，刻下的石碑，取名"牢骚碑"。

安宁衙门遗址前，有颗白亮福亲手种下的柏树，老年人尊称"安宁船的舵"，人们将铆钉打进树体，寓意能够阻止八角碉沟发洪水。在看到当地官员却砍来给自己做寿木，张诗茂心中非常惋惜，写下《伐崇化古柏随感》：

> 崇化开发始于衙，
> 亮福总管植木花。
> 千秋功绩谁人评，
> 衙残花故舵又伐。

在岳父一家的接济下，张诗茂的生活逐渐好转，找了地基临时搭建了房屋。之后几年，女儿张筱莉、儿子张书涛、张书龙相继出生，自己儿女双全，生活正在走上正轨，还成为乡村文艺表演队的骨干，在春节、"五四"青年节的时候，巡回表演。1977年国家倡导节约粮食，他和一个干部农场的年轻人，针对很多地方挖土豆，收拾不干净，很多小土豆浪费在地里的情况，创作的小品《洋芋说话》，其中"肥猪架子打牙劲，母猪吃得吐皮皮"精彩的两句，引发群众共鸣。纷纷起哄"张诗茂再来一个"，他在台下找来一名有表演天分同学，让他客串妇女，两人临场发挥，边唱边跳，演了一出幽默的舞台戏《回娘家》，引得满堂大笑，从此，他在周边乡镇一炮而红，每年都会演好多场次，一直到1983年他外出做生意。

放弃热爱的文化创作和文艺表演外出做生意，是张诗茂最后悔的决定。常年在外，不能照顾到家里，房屋没能及时修缮，1985年房屋倒塌，2个儿子早夭。张诗茂懊恼不已，带上女儿举家外迁。很快女儿成年了，自己在都江堰的万福宾馆生意兴隆，他们一家人很是热心肠，只要是金川在外务工的，遇到困难都知道"到万福找张诗茂"，他们基本来者不拒，给予接济，管吃管喝。

1992年，女儿结婚了，很快便有了外孙。好似一切都在向好的方向发展。1998年的时候，命运和他开了一个天大的玩笑。女儿、女婿出车祸去世了。留下年幼的外孙与他们相依为命。老年丧女，万念俱灰，一夜白头啊。老两口卖掉宾馆，以经商为名全国各地游荡，38万的积蓄，不到三年挥霍一空，被骗、被抢，历经社会险恶。

就在张诗茂失去生活信念的时候，一封家乡的来信，一张嘎达山的碟片，一份"回家开发家乡文化旅游"的邀约，激活了他。收拾行李、叫上爱人、带上外孙，重回安宁，开启了他老骥伏枥的文化讲解和文艺创作新生活。

声如洪钟，语言风趣幽默，讲解风格自成一派，通俗又不失新颖，专家、学者、游客们对张诗茂印象深刻。下雨天，冒雨去讲；艳阳高照，顶着太阳去讲……春去秋来、寒来暑往，只要有人请他讲解，张诗茂从不推辞，随叫随到。迄今为止，他的讲解惠及20多万人次。通往御碑亭有179级阶梯，步步辛苦却甘之如饴，张诗茂早已和乾隆御碑融为一体。

2010年10月29日，应四川大学中国藏学研究所、四川大学人类学研究所邀请，作为金川民间学者，张诗茂在四川大学作了一场题为"乾隆大小金川之役"的讲座。讲座围绕乾隆朝两次金川战役展开，张诗茂以独

<张诗茂老师在练习书法

特的讲解方式，从金川当地文化、风俗习惯、民间传说、神话等视角来回顾、还原这段历史。从农民到民间学者，从一线讲解员到高等学府座上客，张诗茂背后付出的艰辛和努力无人知晓。蜗居在书房里笔耕不辍，走访当地的老人，翻阅文献资料，咨询专家学者……张诗茂仿佛忘了自己已是古稀老人。

一间 10 平方米不到的书房，是张诗茂的自在天地。写字、作诗、看书，他对文学的执着从未懈怠。张诗茂 60 多岁的时候开通了自己的博客，撰写了《乾隆金川之役及御碑》《金川乾隆御碑脚下》《金川的诱惑》《班玛仁清活佛与广法寺的缘》等精美博文，创作了《雪山骄子》《红军北上徐向前的故事》等红色诗词，完成了《欢迎你来嘎达山》《故土情深》《中国碉王》《金川刮耳崖》《采椒姑娘》《游将军营遗址》等家园赞歌……

张诗茂对文化的喜爱是热切的、执着的。2002 年，张诗茂在没有资金、没有设备的情况下，克服种种困难，创建了金川县第一支农村业余文化演出队——金川安宁乾隆御碑文艺业余演出队。张诗茂自编自导，创作了单口相声、散打评书、脱口秀、快板等多种表演形式，内容以歌颂党和祖国、赞美家乡、宣扬团结奋进为主。张诗茂《八大员》、三句半《阿坝新江南》、单口相声《说水电》，张诗茂创作、夫妻俩共同表演的快板《反腐倡廉》等一系列接地气、正能量的表演，深受群众的喜爱。

在张诗茂的组织带领下，文艺演出队足迹遍布金川县境内、小金县部分地区、甘孜州丹巴县、成都市等地，义务为群众演出数百场次。同时，演出队多次参加金川县"送文化下乡活动"，带动了金川县农村文化发展，丰富了群众精神文化生活，传播了民族团结进步理念，为农村精神文明建设作出了积极贡献。

撑着石鼋，张诗茂缓缓地站起身来，拖着疲惫的身躯，慢慢走回家中。望着神龛上的木盒，里面装有"全国民族团结进步模范个人"的荣誉荣誉证书和勋章的。二十年了，张诗茂得到的荣誉数不胜数，他早已不在意这些。唯独这份荣耀，他看得很重，甚至当作告慰儿女在天之灵的心灵寄托。

泡上一壶茶，转身走进书房，打开电脑，找出《金川拾遗》的文件，这里面汇集了张诗茂收集、整理、创作的心血啊。现在已有33万多字了。"加油吧，我还能干。"张诗茂坐在电脑前心里面自我鼓劲……

唤醒神灵的舞
——记国家级非遗项目羌族羊皮鼓舞传承人朱金龙

王明军 / 文

当春天的风雨再一次拂向深谷，那藏在山谷中的那一面羊皮鼓在神杖的目光中再一次醒来。羊皮鼓在左，鼓槌在右，一只羊由生到死，由死到生，那久违的鼓声就在山谷中荡漾。

那山那路那鼓声

羊皮鼓，羌族释比进行法事活动的一件重要法器。释比在主持各种祭祀仪式，传唱释比经典时都会敲起羊皮鼓。羊皮鼓舞是释比做法时取悦神灵或驱赶邪恶鬼怪所跳的个人鼓舞和由释比祭祀羊皮鼓舞演变而来的表演性的群体羊

∧ 朱金龙

皮鼓舞蹈。在羌族地区，汶川县龙溪乡（现灞州镇）有名的释比之乡。这里的阿尔村巴夺寨朱金龙老人是国家级非物质文化遗产名录项目羌族羊皮鼓舞国家级代表性传承人。

从汶川县城威州镇逆杂谷脑河向西行进十余公里，一条深沟出现在了眼前，深沟在右，一块广场上立着些傩戏面具，与石头高碉一起显出的神秘色彩，沟口公路上的寨门高大雄伟，旁边"羌人谷"耀眼的红字在光滑的石头上提醒着人们，将进入的一个羌族人生活的地方。河谷两边山势高雄，车行驶在柏油公路上，时有石头垒建的羌寨人家房屋在树林间闪现。因独特的自然山水和羌寨璀璨的人文风情，这条沟正在进行旅游开发。秘境羌人谷、阿尔沟滑雪场等旅游开发的横幅标语在河风的吹动下，发出噗噢的召唤声。沿着河流铺展的东门口羌寨走完之时，一处巴布拉庄园出现在了河流与公路之间的狭长地带上，这是东门口羌寨开发旅游后建起的一处旅游综合接待点，除了吃住，还有羌族风情的文化展演。咚咚咚、咚咚咚、嚯嚯嚯、嚯嚯嚯的表演声，从围墙里传了出来，能够想象，又一批旅客在羊皮鼓舞的迎接下步入庄园，带着好奇心体验起神秘的古羌文化。

车继续行进在河的右岸，突然一个急转弯，驶向左岸。透过车窗看去，河对岸是一处高位滑坡地段，扬天的尘土随风飘向河谷的远山，一公多里的公路棚洞被山上滑落的泥石包围着，棚洞旁被滚落的山石打断枝杆的树举着残枝和少许的绿叶，努力地开着几朵白色的花朵。到达阿尔巴夺寨，正是中午时分。四周山体一片葱茏绿色，看得出这里的生态环境比沟口要好得多，在狭长的山谷里，更多羌寨的房屋散落在山坡之上，依山势而修建着，大多数的田地都随坡就势地铺展开，形态不一的田地绕着房屋，屋顶不时升起袅袅炊烟，显得宁静安详。

找到朱大爷家，作了自我介绍。朱大爷忙说："你是县上的哈，不好意思，前段时间太忙了，你联系了几次我都没在家，都去水磨、映秀参加羊皮鼓舞展演了。"我知道，汶川县为纪念"5·12"特大地震十五周年，在5月12日前后，开展了如采茶节、"5·12"祭奠活动、樱桃节、半程马拉松等系列活动，羊皮鼓舞作为特色文化展演，在重大的活动中是必不可少的节目。

坐在院子里采访，阳光照在身上，暖暖地，给人一种温暖的感觉。在我的询问下，我们谈起羊皮鼓舞。朱大爷走回房间拿出相册向我展示他跳羊皮鼓舞时留下的影像。说起羊皮鼓，他滔滔不绝，激动之时，又取下放在火塘边神龛旁货架上的羊皮鼓跳了起来。头戴金丝猴皮帽，身穿羊皮褂，左手持鼓和铜响盘、右手拿鼓槌，在院坝上跳了起来，鼓声和铃声相交，鼓声和动作先是迟缓、凝重，营造出一种神秘而庄重的氛围，随后又演变为敏捷、矫健、激烈、明快的节奏，烘托出一种严肃紧张而又热烈的气氛。阵阵鼓声唤醒大山，穿透白云，让我进入了如醉如痴的境界。

神秘的羊皮鼓故事

朱大爷说，他父亲朱顺才是这个地方有名的释比，又是祖传的羌族骨科医生。在那个缺医少药的年代，很多人得了病，家中不顺序了，都请释比去搞驱邪避鬼的法事。小时候，他看见父亲向那个深灰色的麻布背包里放猴头帽时，就知道他要出门给人家治病或打太平保护去了。父亲回家时，就会给家里带回好吃的东西了，带一只羊腿、或带一只公鸡、或带一吊腊肉、或带一些粮食回来。那个时候我心里很是高兴，因为在那个缺少食物的年代，他们家是不会挨饿的。

小时候，没事干的他就会去翻找那个麻布包里的东西，鼓槌、响盘、法刀、铜铃等做法事要用的东西玩。记得有一次，爬上神龛旁的货架，取下羊皮鼓，拿起响盘，敲羊皮鼓耍，晚上吃饭的时候被父亲打了一顿。因为羊皮鼓是释比最重要的法器，要靠它来与神灵鬼怪沟通，是一件神圣的圣洁之物，其他人是不能随便拿来玩弄。他父亲觉得朱大爷喜欢玩这个鼓鼓，就有意无义地给朱大爷讲一些有关羊皮鼓的故事。有关羊皮鼓的故事，都是些神秘之事，跳羊皮鼓舞的这些事又和神话传说有着道不明说不清的关系存在。朱大爷说："现在人把老规矩给搞乱了，不管是不是释比都想戴一顶金丝猴头帽突出自我。猴头帽，是学习释比后，通过盖褂了以后才能佩戴，一般人是不能随意佩戴的。"

朱大爷讲，现在的人去表演羊皮鼓舞，一般把羊皮鼓背在后背，或是扛在肩头，而有一个飞鼓的传说，讲的是释比不随身带鼓，到了主家，释比驾起法事，念起经来，羊皮鼓就会从家里飞到主人家来。相传有一个新出师的释比，他到病人主家做法事，在打太平保护前也驾起了法事，念起了经文，而释比家中谷仓里放着的羊皮鼓咚咚地响了起来，其妻子就前去查看，羊皮鼓正好飞了起来，一头撞在了这个女人的头上后飞走了，释比拿到鼓后，看见鼓圈上的血的印迹，知道出了事，回家后妻子已经死在了家中，从此以后，释比"飞鼓"这项绝技就没有再传授下来。

　　我问朱大爷，羌人为什么要敲羊皮鼓呢？朱大爷就给我讲起了小时候从爷爷朱伍长那里听来的故事。说："羌族最早没有这个羊皮鼓，最早创造经文的这个释比，为了约给村寨净寨、祈福还愿，祭祀天地，他要大徒弟去西天拿这个经书，因为路途遥远，在返回来时疲倦了，就坐下来休息，把经书放在山坡上，一觉醒来，经书被白羊子给舔了，书上的经文就看不见了，成了无字经书，这个徒弟就没得法，不知怎样向师傅交代，就一直哭呀哭。突然，从树上跳下来一只金丝猴来，问你在哭啥子。经书被羊子舔了，经文看不见了。猴子就让徒弟把这只白羊子拎着拉到师傅那里去交差。到时了师傅跟前，他给师傅说，我好不容易把经书取回来，被这只白羊子舔了，经文就看不见了。师傅就气得很，把羊子杀了，用这张羊皮绷了个鼓，来发泄愤恨。不料在敲打中，经文就记起来了。从此以后，释比念经时就开始敲打羊皮鼓舞了。而羊子就成了羌族的罪人，就该千刀万剐，每年祭祀、祭山、祭祖、羌年等祭祀时，就让羊跪在前面，喊它认罪，最后把他杀了，把羊皮绷成鼓。为了感谢金丝猴的指点，便在金丝猴死后也

∧ 敲木

∧ 羊皮鼓

将它的皮制成了帽子，戴在头顶上以示尊崇，把它的头包裹上白纸，供奉在家里。叫猴头神，有的也称张三爷。"

经过历史的岁月，山中最早的那一张羊皮卷，被植进千年未动的传说中，在古老祖先和猴灵的守望下，把天地神鬼投入声声沉沉的皮鼓中，云朵间点燃的火塘，在你们共同的护佑下星罗棋布、万年不灭。

回荡在火塘上的声音

六十年代，我国发生了三年特大自然灾害，国外一些国家趁机散布我国一些古老的少数民族不复存在的谣言。在毛主席的关心下，国务院对少数民族进行了调查，并安排举办少数民族文艺会演。1964年，四川羌族代表演出队，在北京向毛主席、党中央汇报演出了羌族铃鼓舞、演唱了羌族山歌、吹奏了羌笛、唢呐等，代表队们的精彩演出受到了毛主席、周恩来、朱德、刘少奇等党和国家最高领导人的亲切接见。消息传来，羌族人民万分高兴，也激起了对广大群众对民族文化的热爱，劳作之余，不少人就学起了唱跳吹演。受大家学习自己民族文艺的热情影响，朱大爷也开始学习跳羊皮鼓舞。

那时朱大爷开始读初中，受民族文化复兴的影响，学校成立了皮鼓舞表演队等民族文化文艺表演队。选拔人员时，因朱大爷在之前就与父亲学习了跳的羊皮鼓舞的一些动作要领，就很顺利地入先了学校的羊皮鼓舞表演队。朱大爷说，他们那儿的土地是靠山边，以前野猪、猴子等动物多得很，常要来糟蹋地里的庄稼，父亲就带着羊皮鼓敲打驱赶野猪老熊。在不读书的时候，就跟着父亲一起"守棚子"去，那个时候，在棚子里没有事做，父亲就座在棚子里教他打羊皮鼓，羊皮鼓舞的鼓点、节奏都一直记在他的心里。在学校的表演队里学跳羊皮鼓有一年多，受"文化大革命"的影响，学校的羊皮鼓舞表演队也撤销了。

1969年，初中毕业的朱大爷回家劳动，因为读过书，有一定的文化知识，队里就让他当记分员、记工员。后来又当小组长、队长、村长。"文化大革命"时期，"破四旧"释比活动受到影响，但是在那个缺医少药的年代，人们得了病，没钱看病，也很少有地方可以去看病，就不得不在私下里请释比看病，驱邪、打太平保护。在羌寨人家，释比做法事，都在房屋的火坑边，火塘是羌族人家的中心，吃饭、交谈、祭祀祭祖等都在火塘上。没读书了，朱大爷就和父亲一起出行行手艺，做父亲的助手，学习释比唱经、学习跳羊皮鼓舞。农闲在家的时候，他父亲就把朱大爷叫到火塘边，教他打鼓、念经，他一句一句地教念，同时用兰花烟袋在铁三脚上敲打鼓点的节奏。朱大爷说："哪一句的哪一点上鼓怎么敲，经怎样唱，唱经、鼓点怎么接都是有讲究的，就像是你们写文章，句子有的长有的短，有的用句号，有的用的是逗号，释比的唱经和鼓点也是要这个样子配合。释比唱经分上坛经、中坛经和下坛经，一共有一百多部，难学、难记，记性不好、没有毅力儿人是不会学好释比唱经的。那个时候年轻，也因"旧"东西被禁止，学习也不用心，学了这个忘了那个，被父亲骂是常事，有时还要被父亲的烟斗敲。释比学习的唱经都是羌语，外人是听不懂的，有些唱经还有古羌语，羌寨很多老人都没有听说过。"

说到高兴处，朱大爷起身走上神龛，取了三炷香燃起，一炷插在神龛、一炷在火塘、一炷在大门左边的石墙上，回来座下，就开始唱起了释比经典。并一句一句翻译给我听。"释比做法不离鼓，鼓有鼓公和鼓母。鼓声一响邪魔避，鼓声一响神灵到。鼓鸣草木无污秽，鼓鸣山水皆洁净，六畜兴旺庄稼好，地方清洁人平安。"

"左手握住羊皮鼓，右手拿着击鼓槌，今天释比来作法，敬天答地说缘由。木比塔留下四段经，凡民敬神须用鼓。木比塔制就三种鼓，颜色各异用不同。白鼓拿来祭神灵，黑鼓拿来保太平。黄鼓是凶鼓，鬼怪邪恶用它驱。法事不同鼓不同，释比须当分别用。"

他从鼓肚里掏出兰花烟裹了起来，沉默了一会儿说："父亲在火塘里教我的唱经声现在还时不时地出现在我的脑海里，成为我永远怀想的记忆。"

恢复传统到公开传承

　　"文革"时期释比文化受到了冲击，朱大爷说，那个时候村里的老人常常感叹，没有了传统的祭祀、节日活动，一天开大会斗人，人心被震散了，很多人没有了敬畏之心了，啥子事都敢去做了，村子里田地里病虫害也多了。

　　七十年代没有吃的，他们就向荒山要粮，在沟里头开了近百亩的荒地，种洋芋、油麦等，被山上的野物拱了。朱大爷的岳父、父亲都说做了转山会，搞羌年祭祀活动就能把野兽、妨害庄稼的病虫害啊、寄生虫，玉米、麦子结的灰包儿啊，油麦子的火泡儿啊，麦子上的锈病，野猪、猴子害庄稼，这些都是可以通过释比念经把它们控制到的。朱大爷对此也半信半疑，就想实践一下。有人就提出反对，说朱大爷搞封建迷信，那时他已当了几年的队长了，手中有了一点权，做事公道，更多人是信服他，就大起胆子批了集体的三只羊子，组织做转山祭祀活动，来实践释比祭祀看能不能制止

∧ 朱金龙与羊皮鼓

野物祸害庄稼。他说，那一次场面不敢弄大，只是村中的老年人参加了活动，祭祀活动场面虽然小，但是搞得很完整，不敢大张旗鼓地搞，虽然当队长，还是害怕县上的来理抹，就偷偷地搞了一天。这一天他们敲锣打鼓，拿起明火枪一路鸣枪放炮，在释比的带领下转山祭祀、敬献牺牲、许愿、还愿。

　　祭祀活动搞了，也许是巧合，也许是放了什么东西，山上的野猪就很少来拱庄稼，来拱的也只拱其他村的地，旁边立毕组的地只隔一个小水沟，野猪就是不过沟来拱朱大爷他们的地。这一年风调雨顺，野物也很少来糟蹋庄稼，庄稼得到了丰收，家家户户洋芋堆满了房间，玉米码满房背。后来在朱大爷的安排下，他们寨子就连续搞了6年祭祀活动。老百姓就自发参加，龙溪这条沟的其他寨子的人也自愿来参加。8家人当一次会首，香蜡纸钱、酒、祭祀的羊子等全部是几家会首垫出来，全村人民集体吃一顿团圆饭。这样搞了几年，释比文化才没有灭掉，才把这个释比经典传到现在。要是没搞那么几次，啥子转山会、羌历年活动，释比经文啊，啥子上坛、中坛、下坛经，根本谈不上，就有可能传不下来了。这是1979年的事了。

　　1989年，四川省民族艺术研究办公室的收集民间舞蹈集成，朱大爷被请去展示羊皮鼓舞，在成都人民公园表演羊皮鼓，他们一个动作拍一张地拍摄，没有彩色的，就用黑白照片保存，每个动作一一分解，一拍就拍了半个月左右。2005年，汶川萝卜寨开发搞旅游，朱大爷受聘在萝卜寨展演羊皮鼓舞，在那里一搞就搞了三年，2007年不干了就回到了老家。2008年就发生了地震，萝卜损失很大，房子全倒了，也死了几十人。平时有两个老人常来朱大爷他们食堂外空地晒太阳，跟他们"吹牛"，地震那天，两个老人就被倒塌的土墙砸死了。朱大爷感慨地说，如果他还在萝卜寨跳羊皮鼓舞，可能就不在人世了，也就没有了后来在全国各地展演羊皮鼓舞，传播羌文化的事业了。

　　地震中羌族文化受到重大损失，同时也受到了全国、全世界的关注和关怀。朱大爷在北京民族文化宫展演了一个星期的羊皮鼓舞，再到国家大剧院展演了一个多月。他说，有专家老师来看，就一个动作一个动作的记录，第一天的动作第二天还要重来一次，像上在"考核"。中央电视台的节目主持人撒贝宁在电视上采访，啥子都问他，问羊皮鼓上贴的这些彩色纸有什么用，朱大爷就一一给他解释："贴这些纸都是代表祈祷、祝福的意思，羌人崇拜白石，向往纯洁，白色代表百事顺序，羌人崇拜太阳，太阳、火塘中的万年也是红色的，红色代表红红火火，羌族人崇尚感万物有灵，要保护自然生态，青色代表山清水秀，清清闲闲。"朱大爷说，这是他在电视上向全国人民展示羌族优秀的传统文化，他心里十分高兴。

从封建迷信到国家的非物质文化遗产，优秀的民族民间文化得到了前所未有的发展空间。作为非遗代表性传承人，朱金龙老人把具有浓厚羌民族特色的羊皮鼓舞带向了全国各地进行，除了去北京，还带队过去陕西榆林、西安、广东、山西、浙江、成都国际非遗节等地方展演，把羊皮鼓舞推向向全国、全世界。

从圣到俗的羊皮鼓舞

羊皮舞，羌语称"布"。羊皮鼓舞，羌语称"布兹拉"或"莫恩纳莎"，列入国家级非物质文化遗产名录之"民间舞蹈"类。从名称及归类看，似乎羌族羊皮鼓舞就是一种在舞台或广场上表演的艺术舞蹈，而从现实中看，现在羌族人也把它作为日常娱乐的一种普通乐器和道具了，这其实不尽然是这样的。而从民俗文化研究来看，羌族的羊皮鼓舞是一项重要的文化遗产。不是常人就可以随便跳的，羊皮鼓舞原本是来自于羌族释比进行重要祭祀活动时跳的具有非凡意义的仪式性舞蹈，羊皮鼓严格说来是释比的法器，是羌民社会中释比在击鼓诵经跳舞以请神祈福、逐祟驱邪仪式中使用的具有神圣性的法器。

从宗教信仰看，羊皮鼓是释比做法事专用的神圣物品，羊皮鼓意味着经文和文字，只有释比能够击鼓唱经，也就是拾回羌人有关文字的记忆。释比所唱《羊皮鼓经》："鼓经唱起颂木比塔／天神木比塔，造下千秋鼓

/凡人敲来识字鼓/识字鼓是双面鼓。"又道:"神鼓木比塔传凡人/现在释比来传承。"天神给予人世间的羊皮鼓是"识字鼓",最终真正掌握了这"识字"神鼓奥秘并且把它传承下来的乃是羌族释比。击鼓、跳舞、念经是"释比"作法事的基本形式,羊皮鼓舞整个舞蹈鼓声和铃声相交,显出一种庄重和神圣。上坛释比唱经时所跳的羊皮鼓舞为仪式性舞蹈,是以鼓伴唱的羊皮鼓舞,鼓点比较单一,一般以二轻一重的节奏循环往复,舞步少,动作小,是在以舞祀神,以舞娱神。打太平保护、

∧ 羊皮鼓传承人朱金龙在转山会跳羊皮鼓舞的场景

祈祷的中坛释比唱经所跳的羊皮鼓舞鼓点节奏舞蹈步法沉稳热烈,丰富多变。而驱邪除秽的"下坛"释比唱经所跳羊皮鼓舞动作敏捷、矫健、激烈,烘托出一种严肃紧张而又热烈的气氛。而现在的羊皮鼓舞就是从释比祭祀活动所跳的仪式性羊皮鼓演变而来,羊皮鼓舞从释比神圣的仪式性舞走向民众日常娱乐的一种演出舞蹈,从圣走向了俗。

朱大爷说,释比作法的羊皮鼓舞为释比或师徒二人表演的羊皮鼓舞,而现在表演的羊皮鼓舞为群舞,气势宏大,动作夸张,自由奔放,少了严肃和庄重感。释比所用的鼓也是由释比杀鸡、盖裥,开过光的鼓,一般人不能使用,只能为释比专用,在家也上放在楼顶上,不能被玷污,释比制

作羊皮鼓，是有严格要求的，上坛所用羊皮鼓必须同为纯白羊皮制作而成，鼓圈也要由杉木制作而成，这些是必须遵守的规矩。而民间表演性的羊皮鼓舞，一般为多人群舞，所用之鼓不需要开光，也没有特殊的制作要求。

释比唱经里对制鼓和用鼓人也有说法，也是跳羊皮鼓要遵守的规矩。鼓圈不得任意取，麦吊树上取鼓圈，鼓圈蒙皮做成鼓。敬天答地都用它，赶鬼驱邪不可少。鼓和鼓槌制齐了，谁人来用鼓和槌？此人不是非凡人，阿爸锡拉老祖师。朱大爷用释比唱经给我讲述着羊皮鼓的规矩礼俗。

释比唱经分上、中、下三坛，上坛唱经为神事，主要是通过释比沟通诸神，谢天谢地，请神敬神，许愿还愿等，即所谓"还天愿"，这类活动多以村寨为单位，事关全村寨人的群体生产生活，意义重大，就必要用纯洁的白鼓；中坛唱经为人事，主要是安神谢土、打扫房子、打太平保护等，通过释比为家庭祈福禳灾、解污除秽、治病防病等，即所谓"保太平"，所用之鼓为黑鼓；下坛法事乃鬼事，寨中有凶死事件（坠岩跳河、抹喉吊颈、难产等）发生，要请释比招魂除黑进行超度，以使凶死者灵魂转生而不变成厉鬼危害家庭和村寨，即所谓"驱凶邪"，此时释比所用之鼓为黄色。经文分三坛，仪式分三级，鼓色分三种，用鼓就要有所对应。朱大爷再次从释比唱经角度给我讲述了羊皮鼓的使用范围。

在他家房屋的顶层罩楼里，在那里我见到了朱大爷父亲传下来的羊皮鼓，羊皮鼓特别大，足有六七十厘米的直径，鼓黑黑的，挂在石墙上显出历史厚重的印痕，朱大爷口中默默念了两句，把羊皮鼓请了下来，拿起给我展示，让我拍照。他还特别强调，这个鼓只用于祭祀"还天愿"，父亲传下的这个鼓是盖过裓，开过光的。他又拿出神父亲传下来的神杖给我看，神杖长约一米二左右，上粗下细，头部雕有双面人头像，头像上本应有一个帽子的，在地震中损坏了，红绸丝条丛头上垂挂而下，一面为男人面像，一面为女人面像，他说主要用于释比中坛做人事时。他说，还有一些父亲、岳父和其他寨子上释比中收集的法器被侄儿借去拍电影了，到现在还没有归还。

朱大爷邀请我参加今年羌年的祭祀活动。他说，那时就可以看到用父亲传下来的这个羊皮鼓跳传统的羊皮鼓舞了，今天跳的羊皮鼓，是平时表演性的羊皮鼓舞。他又加了一句，传统的羊皮鼓舞随着社会的变化，多年以后可能就变味了。

羊皮鼓舞的传承与发展

从文化保护来说，羊皮鼓舞的传承与发展也面临着一些新的问题。从传统而言，羌族羊皮鼓舞是一种带有宗教性质的仪式舞蹈，但随着社会的发展，现羊皮鼓舞理趁于民间舞蹈表演。民间表演羊皮鼓舞，形式更为自由，舞蹈动作更为夸张、生动和丰富，受到了人们的喜欢。我知道，朱大爷"多年以后可能就变味了"这是其他释比老人和业内专家对羊皮鼓舞的商业化表演感到忧虑，他们担心如果脱离了纯正的释比文化，羊皮鼓舞便成为一种肤浅的表演形式。传统规范的重视和传统规则的遵守是

∧ 羊皮鼓传承人朱金龙受采访时对羊皮鼓传承发展的沉思场景

非物质文化遗产传承的一个中心问题，但固守传统、不敢创新也未必是明智之举。

近年来，随着外来文化的影响，文化要为社会经济服务，从现实来看，文化已很难离开身处的现实需要，包括羊皮鼓舞在内的非遗传承既有困难也面临着一些新的机遇。在朱大爷的带领下全村四个组，已有七十余人学习了羊皮鼓舞，并能够参加各种表演，但是年轻一代只重视表演，很少人

学习传统规则、规范，其现状也让人忧喜并存。据了解，羊皮鼓舞的其他传承人也都在积极培养新人，具备成为传承人条件的人选也不少。改革释比和羊皮鼓舞传统的训练与培养方式，将传统的考试方式与时代结合，一方面注重规范与遵从规则，另一方面又与时俱进将之创新和发展。我想在传承者的坚持和努力下，作为非遗的羊皮鼓舞必将能够得到传承并发扬光大。

咚咚咚，咚咚咚，向上向下，向左向右，羊皮鼓在传承者手中挥舞，那虔诚的舞动，那响彻了万年的鼓声，和着山风升上蔚蓝的天空，飘向远方。

我知道，这鼓声是敲给大山听，敲给神灵听，敲给祖先听，我看见那沉稳的步履，让鼓须舞出了曼妙的光彩，在山谷间荡漾。那不快不慢、不轻不重的鼓声在山谷间回唱，在阳光里起伏，也在我的心里留下抹不去的记忆。